梦歌

恐怖与混搭

我小时候没读过恐怖故事,至少我不管那些叫恐怖故事。我爱的是"怪物故事"。万圣节我们出去捣蛋要糖时,我都想扮成幽灵或怪物,而非牛仔、流浪汉或小丑。

贝约恩有三家电影院,广场剧院是最脏的一家,但每周六下午的怪物电影我从不缺席。那里的入场券只要二十五美分,但例如威廉姆·卡索的《心惊肉跳》或《十三鬼》这种特效片要去更高端的德威特剧院和演讲剧院观看。贝约恩还有一家破破烂烂、犹如腐朽洞穴的老剧院胜利剧院,它在我童年时期就没开过几次门,我唯一去的一次也是看怪物电影。剧院里发霉的座位布满灰尘,还生了虫子——我回家起了一身虫子包,而胜利剧院在那之后没多久就倒闭了。

电视上也有些吓人的节目。如果你妈允许你熬夜,半夜能看到经典的环球恐怖电影系列。我最喜欢的怪物是狼人,德拉库拉伯爵和弗兰肯斯坦(是的,我们习惯称他"弗兰肯斯坦",而不是"弗兰肯斯坦的怪物"或"怪物")也不错。《黑湖妖谭》的怪人和隐身人跟这三个比起来不值一提,而木乃伊除了蠢还是蠢。老电影之外,电视上偶尔也会放《阴阳魔界》或阿尔弗雷德·希区柯克的作品……但鲍里斯·卡洛夫主演的剧集《战栗》比这两者加起来还恐怖,其中根据罗伯特·E.霍华德的《地狱来的鸽子》改编的那集把我吓坏了,我从没在电视上看过这么恐怖的东西,直到越战爆发……但越战也不可能有脑子插了把斧头的人从楼梯上走下来。

怪物漫画我也看了很多,但那时太小,没能接触到好东西——《魔

Dreamsongs

界奇谈》和它的出版公司 EC 漫画的其他作品。这些我后来在同人志上读过，但没买过书。我记得在老家的理发店里偶然看见一本漫画，其内容比我的藏书恐怖得多，显然是理发师闲置的旧 EC 漫画（他还有好多 DC 漫画接手之前的"黑鹰"漫画）。漫威漫画还是漫威漫画时，也登了很多不是太吓人的怪物漫画，那些来自外太空的怪兽名字蠢透了。我都看过，但它们有骗稿费的嫌疑，我觉得还没有超级英雄漫画一半好看。

小人书、电影和电视节目在我心中播下了种子，怪物的种子……但我真正对恐怖小说产生兴趣是在 1965 年，我花五十美分（书价涨得离谱）买了本 avon 平装选集《鲍里斯·卡洛夫最喜欢的恐怖故事》。我在书中读到 H. P. 洛夫克拉夫特①的《猎黑行者》。那本选集不乏优秀作家，包括坡、考恩布鲁斯及罗伯特·布洛赫，但只有洛夫克拉夫特吓得我大气不敢出，觉都不敢睡。我第二天便开始搜集他的作品，而在很长一段时间里，他和罗伯特·海因莱因及托尔金一起占据着我"最喜爱作家"的位置。

所读决定所写。我小时候没读过赞恩·格雷，便没写过西部小说。我读的是海因莱因、托尔金和洛夫克拉夫特，因此我迟早会创造出自己的怪物。至于杂交……

早在阅读 H. P. 洛夫克拉夫特之前，我就在圣诞树下收到过一套化学实验箱。

化学实验箱在 50 年代风靡一时，和火车玩具及带左轮枪的罗杰·罗伊斯枪带一样成为了大众化的圣诞礼物（当然是给男孩——女孩不会收到化学试验箱，她们会得到黛尔·埃文斯模型和贝蒂妙厨的厨具套装之类的）。时值卫星时代，原子时代，查尔斯·范多伦的时代，山姆大叔希望我们男孩都去研究火箭，好抢在该死的俄国佬之前到达月球。

---

① 美国恐怖、科幻与奇幻小说家，最出名的作品为《克苏鲁神话》小说集。

梦歌

那时卖的化学实验箱(据我所知,现在也卖)是一个荷叶金属大箱子,里面有一排排架子,架子上摆着装有各种化学试剂的小玻璃瓶,外加几个试管、烧杯及一本小册子,册子介绍了一些孩子可以独立完成的启蒙小实验。箱子上通常印了个穿白大褂的清爽男孩(从不印女孩),手持试管,似乎在做教学实验(箱子里的套装不包括白大褂)。我敢保证,肯定有些男孩学着箱子上的男孩的样,忠实地根据手册完成启蒙实验,从中学到宝贵的科学知识,并最终成为化学家。

可惜我从没见过这样的人。我认识的孩子,拿到化学实验箱要么热衷于制造爆炸,要么搞出些奇奇怪怪的颜色,再不就弄点泡泡和烟雾。我们会说"来试试这个和那个混一起咋样",我们梦想找到神秘配方,变成超级英雄,至少成为"海德先生"。父母大抵以为化学实验箱会让我们走上约纳斯·沙克和沃纳·冯·布劳恩的道路,却不料我们更想当坏蛋……成为弗兰肯斯坦或毁灭博士。

大多数时候,我们把某某和某某混合的结果是一团糟。幸亏如此。因为一旦我们真发现某种配方能制造出奇怪的颜色,或是冒出泡泡和烟雾,多半会尝一尝……至少也要说服小妹喝下去。

化学实验箱最终被我扔到衣橱后,跟那些《电视指南》一起接灰去了,但"这个和那个混一起"的习惯却保留下来,并在写作中发扬光大。当代出版业喜欢把故事分门别类,像摆放实验箱上的瓶瓶罐罐一样摆放图书,上面贴着整齐的小标签:推理小说,言情小说,西部小说,历史小说,科幻小说,青少年小说。

我呸。这个和那个混一起又怎样?跨过界限,混淆分类,让一个故事包含几种文类,而不属于单独的一类。当然,我们有时会搞砸……但总有成功的时候,总能在无意中制造出爆炸!

我尊崇这种理念,那么多年来创造出各种奇怪的混合也就不足为奇了。《热夜之梦》是一例,尽管它通常被归为恐怖故事,但也可算作蒸汽轮船小说或吸血鬼小说。《末日狂歌》更难分类——奇幻,恐怖,谋杀侦探,摇滚,政治,六十年代,它哪样都沾边,甚至连小精灵青蛙都有。我的奇幻系列"冰与火之歌"也是混血,它既受了托尔金、霍华德和弗里茨·莱伯等奇幻作家的影响,也有尼基尔·特朗特和托马斯·B.科斯坦的历史小说的影子。

不过,我最常混一起的两个文类,是恐怖小说和科幻小说。

我卖出的第二篇作品中就有这样的尝试。《圣布雷塔高速出口》是科幻背景下的鬼故事⋯⋯虽然不怎么吓人。我在尸体操控者系列的前两篇《没人离开新匹兹堡》和《凌控》中作了进一步的跨界尝试,在科幻小说里引进恐怖世界的老朋友——僵尸。而在《黑暗、黑暗的隧道》中,我尝试营造恐怖氛围,并在其后的中长篇《虫族之屋》里得到更完美的发挥。

有些评论家认为恐怖小说和科幻小说水火不容,他们的理论头头是道,尤其是拿洛夫克拉夫特的恐怖小说做例子。科幻小说通常假设,不管宇宙多么神秘可怕,它终究是可以认识的,洛夫克拉夫特却认为哪怕对真实本质的无意一瞥都足以让人类发疯。这可以说是对坎贝尔式宇宙观的最大颠覆。在《亿万年的狂欢》这部洞见科幻文学历史的著作中,布莱斯·奥尔迪斯把约翰·W.坎贝尔称为科幻流派的"思想之极",洛夫克拉夫特为"梦想之极",他们分别站在文学宇宙的两头。

但这两人都写过科幻与恐怖的混合小说。实际上,洛夫克拉夫特的《疯狂山脉》和坎贝尔的《有谁去那里》非常相似,既是让人印象深刻的恐怖小说,同时也是科幻小说。《有谁去那里》可能是坎贝尔最优秀的作品,《疯狂山脉》也能在洛夫克拉夫特的作品中排到前五。这就是混合的优势。

接下来说说我自己的混合作品和恐怖小说。

这本集子里收录的最老的一篇是《肉院情人》,它是我尸体操控者系列的第三篇,也成了该系列的最后一篇。这篇小说的恐怖不在感官上,而是上升到精神和性的层面,但它确实是一篇科幻恐怖混合体。

梦歌

《肉院情人》明显是我写过最黑暗的东西（我写过不少黑暗的东西），原本是给选集《最后险象》的。哈兰·艾里森主编的《险象》和《险象再临》深深影响了我们这一代读者，当然也包括我。我在1972年纽约的lunacon上与哈兰结识，实际上，我问他的头一件事就是我能不能参与《最后险象》。他说不行，选集截稿了。

不过一年后，它又开始了征稿……至少是向我征稿。当时，我通过我们共同的朋友丽莎·图托与哈兰有了更深的交往，并且也出版了更多的小说。这部意义非凡的选集是该系列选集的压轴之作，或许哈兰终于觉得我够资格被收录其中了吧。总之不管什么原因，他收回前言，在1973年向我约稿。我乐疯了……也紧张极了。《最后险象》中大牌云集，我能胜任吗？我的小说够"危险"吗？

我努力了好几个月，终于在1974年初把稿子寄给哈兰，题目是《肉院情人》，但跟现在的《肉院情人》相比只有背景和一些角色的名字是一样的。那篇也比现在这篇短很多，可能只有现在的三分之一长。我使尽浑身解数让它看起来"危险"，但初版《肉院情人》给人的第一印象仍像一道智力练习题。

哈兰在1974年3月30日退了我的稿，并附了封信，信的开头是："小说还可以，只是各部分没能有机串联起来。"他批了我一顿，要我把文中的杂碎去掉，把整个故事从头写一遍。我破口大骂，气得直踹墙，但他信中说的哪点我都无从反驳。因此我坐下来，把文中的杂碎去掉，把整个故事从头写一遍，这次我厘清了脉络，让故事流畅地跃然纸上。1973年到1974年我的事业有了重大突破，但我并不快乐。我的写作蒸蒸日上，生活却完全相反。我受了伤，痛不欲生，我把这一切都写进《肉院情人》，然后把故事寄给了哈兰。

他还是不喜欢。尽管这次的反馈温和许多，但温和的退稿还是退稿。

那之后，我干脆放弃了《肉院情人》，哪怕是距它成稿近三十年的今天，重读依然让我感到伤痛。但为这篇故事我耗费了很多心血，舍不得弃之不用，于是我把它挂到其他写作市场，最终被戴蒙·奈特买下，出版在《轨道》上。那是我唯一一次出现在那套很著名的系列选集中，时间是1976年的《轨道·第十八辑》。

《记住梅乐迪》比《肉院情人》晚几年问世，它是我第一篇现代背景恐怖小说。它的问世要归功于丽莎·图托。1979年我们合著《陨落》，我飞到奥斯丁待了几周，与她当面交流，好为这部中长篇起头。我们轮流使用她的打字机，她敲击键盘时，我坐在旁边读她最近写的稿。丽莎那时写了很多现代恐怖小说，那些精彩绝伦的恐怖故事激发了我创作同类作品的欲望。

《记住梅乐迪》是这欲望的产物。我的经纪人想把它投给高端大气上档次的杂志，结果事与愿违，反倒是《阴阳魔界》乐意买下它。最后，它刊登在《阴阳魔界》1981年4月刊。

早在默片时代，也就是茂瑙的诺斯费拉图的时代，好莱坞就对恐怖题材感兴趣。因此，这六篇故事中有三篇曾被影视化。《记住梅乐迪》不是我第一部被搬上荧屏的作品，却是目前唯一一部被翻拍过两次的——第一次是学生拍的短片，里面都是青涩的学生演员，后来它又成为HBO的单元剧《搭便车者》中的一集。

若你对我稍有了解，估计就听说过《沙王》。在"冰与火之歌"出现以前，《沙王》是我最出名的作品，无疑也是最受欢迎的作品。

《沙王》是我在1978—1979年冬季圣诞假期写的三篇故事中的最后一篇，灵感来自我在大学认识的一个每周末都会举办动物展览的家伙。他养了一缸水虎鱼，在动物展览的间隙，他会往缸里放只小金鱼，来娱乐客人。

《沙王》本来也打算写成系列。背街里能买到各种诡异、危险东西的奇怪小店，这是奇幻小说常见的桥段，如果移植到科幻小说中一定很有趣。我的奇怪小店是家连锁店，在相距无数光年的不同星球上开着

梦歌

分店。这家店的神秘主人沃和希德会出现在每个故事中,但故事的主人公是西蒙·克雷斯这样的顾客(是的,我动笔写过第二篇沃和希德的故事,发生在我的未来史中提过很多次、但从未带读者去过的爱·艾莫瑞星。那篇故事叫《保护》,我写了十八页,然后因不记得的原因扔到一边了)。如果你在1979年1月我刚完成这三篇故事时问我,我肯定认为《冰龙》最赚眼球,是我最好的作品之一。《龙与十字架》也棒极了,说不定会得个奖。《沙王》?只能说不赖。说实话,我觉得《沙王》比不上前两篇,结果呢……哈哈,这篇简直拿奖拿到手软。

我从没对哪篇故事的估计有如此大的偏差。《沙王》卖给了当时最慷慨的东家《欧姆尼》,然后成了那本杂志上有史以来最火的文章。它赢得了当年的雨果和星云双奖,是我唯一一次拿到这个纪录(也是历史上所有作家的第一次)。它被重印、选编的次数数不胜数,给我带来的收益远超我除《热夜之梦》外其他的两部长篇小说,也超过我大部分的电影电视剧本。它还被DC漫画改编成一部图画小说,有朝一日说不定会被改成电脑游戏。好莱坞制片人蜂拥而至,我卖出了六七个改编权,看了六七份不同的改编剧本和大纲,最后由我的朋友玛琳达·M.桑格拉斯改编成电视剧《新外星界限》中长约两小时的开季集。

它是我的最佳作品吗?这要你来评判。

《沙王》的成功激励我创作更多科幻恐怖混合作品,其中最著名的是《夜行者》,一艘闹鬼的星际飞船的故事。

我早就写过把鬼魂放在未来场景中的小说,如《圣布雷塔高速出口》,但那到底是死者的灵魂。在《夜行者》中,我试图创造一种可以用科学原理来解释的幽灵。

《夜行者》原始版长约两万三千个单词,刊登在《类比》上,配上保罗·莱尔的优秀封面……即便有这么长,我仍觉局促,尤其对配角们的处理(他们甚至连名字都没有,只有职务)。当戴尔书社的吉姆·弗伦克尔提出想买一篇就此扩写的中长篇,放进他崭新的双子星系列(该系列打算复兴 ACE 双面书的概念)时,我立马同意了。本书中你看到的《夜行者》就是双子星系列上的版本。

《夜行者》在 1980 年赢得了《轨迹》读者投票奖,但在丹佛的雨果奖上败给戈登·R.迪克逊的《迷途的多赛》。《夜行者》很快被好莱坞相中,成了我第一篇被改编成电影的作品。《夜行者》由凯瑟琳·玛丽·斯图尔特和迈克尔·普莱德主演,拍得很烂,导演连名字都不愿署。原著大部分情节还是在的,但不知出于何种原因,最恐怖最精彩的那段却被去掉了。

《猴子疗法》和《梨形男》的灵感均来自我读杰拉尔德·克什的时期。杰拉尔德·克什是一位活跃在上世纪四五十年代的作家,他有很多优秀的主流小说,如《四海本色》,也有很多光怪陆离、充满奇思妙想的短篇,收在《奇异笔记》《颠茄与诅咒》和《无骨之人》中。只不过他的故事主要发表在《柯莱尔斯》和《星期六晚邮报》,而非《怪谈》或《幻想故事》上,所以即便在他全盛时期,奇幻读者也对他知之甚少,如今更是几乎被遗忘。这真是万分可惜,因为克什是一位风格独特、才华横溢的作家,十分擅长将读者带到世上那些发生令人战栗的诡异故事的角落。我真心希望某家小出版社能把克什的怪谈小说集成我这本书一样的合集,让新一代读者欣赏到他的奇才。

这两篇中,《猴子疗法》成文较早。写它很轻松,但卖它费了牛劲。我本以为这篇小说更大众一些,因此投给发行量大的杂志——《花花公子》《阁楼》和《欧姆尼》——结果一败涂地。小说在每家都得到很高的赞誉,但每家都觉得"不适合我们"。他们认为这篇小说太怪、太诡异。"孩子,我们不能刊登它。"《欧姆尼》的埃伦·达特洛在退稿信中说,而在同一封信中,她又表达了多希望能买下这个故事。

我本该试试《柯莱尔斯》和《星期六晚邮报》,但它们在 1981 年前就倒闭了。无奈,我只能回到主打阵地,卖给《奇幻与科幻杂志》。奇怪也好,诡异也罢,这篇小说还是得到了雨果和星云双奖提名,虽然最

梦歌

终都没获奖。

《梨形男》的遭遇比《猴子疗法》好得多，可能是因为有后者垫底吧。《欧姆尼》的罗伯特·谢克里退回《猴子疗法》时，埃伦·达特洛只是助理编辑，但《梨形男》写成时，她已升为主力编辑，于是直接收下稿子。《梨形男》登在1987年的《欧姆尼》上，并获得第一届布莱姆·斯托克奖——该奖由新成立的美国恐怖作家协会（HWA）创建，颁给年度最优秀的恐怖小说。

HWA的建立（一开始该组织打算叫HOWL，恐怖和超自然小说作家联盟，比现在的名字帅气得多，可惜被那些要面子的成员大叫着否决了）是基于80年代恐怖小说的空前繁荣。但随之而来的是更大的挫折，恐怖小说成为自己过度发展的牺牲品。如今，出版行业中一部分人认为恐怖小说已经死亡（其他人会加上一句"纯属活该"）。

作为一种商业出版类型？确实，恐怖小说消亡了。

但怪物故事不会消失，只要我们记得什么是恐惧。

1986年，我编辑了黑色收割出版社的《黑暗视野·第三辑》。我在引言中写道："那些说我们读恐怖小说是出于和坐过山车一样原因的人根本没明白。大部分情况下，我们坐过山车只为了寻求刺激，但读小说不是。的确，糟糕的恐怖小说会像过山车一样让人感到难受，但相似之处仅止于此。我们在小说中寻求的远超过在游乐园中。

"没错，优秀的恐怖小说会吓到我们，让我们整晚睡不着，让我们起鸡皮疙瘩，让我们做噩梦，让黑夜具有别样的含义。害怕、恐怖、惊惧，随便你叫什么，恐怖小说会带来这些感受，但绝不止于此。那些伟大的故事，那些留在我们记忆中、改变我们生活的故事，都不只是它们表面上说的那些人和事。

"糟糕的恐怖小说关注的是杀吸血鬼的各种方法和老鼠怎样吃男人的阳具；优秀的恐怖小说的关注点更高：希望和绝望，爱与恨，欲望与猜忌，友谊、青春、性和怒火，孤独、疏离和癫狂，勇气和懦弱，人类的心灵、肉体与被折磨的灵魂。总而言之,是人心的感情冲突。优秀的恐怖故事会为我们立起一面黑色哈哈镜,让我们看见令我们不安的、我们不想见到的东西。它们探讨的是人类灵魂的阴影,那些存在于我们体内的恐惧和愤怒。

"若无光明,何来黑暗,若无美丽,恐怖也毫无意义。优秀的恐怖小说总是情节第一,恐怖第二,无论它把我们吓成什么样,都不会仅此而已。故事中有尖叫,也有欢笑,有灾难,也有胜利和温馨。它们不仅塑造恐惧,还有各式各样的生活:爱情、死亡、诞生、希望、欲望和超越以及形成人类生活空间的一系列经历与情感。这些小说中的角色都是人——我们心目中的人,生活在周围的人,而非某书第四章中简单的暴力牺牲品。最好的恐怖小说,讲述的是真实。"

这些话写在将近二十年前,现在我也一字不差地相信。

屈畅 赵琳 译

梦歌

记住梅乐迪

特德正在刮着胡子,门铃忽然响了起来。大惊之下,他竟然失手割伤了自己。他住在这幢公寓的三十二层,一般来说,要是有外人到访的话,公寓守卫杰克都会提前跟他打个招呼。这么说,来者一定是这幢楼里的住户。可是,特德跟这幢楼里的人并不熟,他跟他们的交情也只局限于电梯里礼节性的微笑而已。"就来。"他嚷嚷了一声,然后怒气冲冲地抓过一条毛巾,擦去了脸上的肥皂泡,接着又拿了一张纸巾捂在伤口上。他看着镜子里的自己,大声骂了句"妈的",今天下午他还得出庭呢。如果这次又是偷偷溜进来的——上个月就有一个家伙从杰克眼皮子底下溜了进来——那他可就不客气了。

门铃又响了起来。特德大叫了一声:"就来了,该死的!"接着,他又擦了一下脖子上的血迹,把纸巾扔进废纸篓,然后大步穿过下沉式客厅,来到了门口。开门之前,他先透过猫眼向外看了看。"哦,天哪!"他咕哝了一句。在对方再次按下门铃之前,他卸下了防盗锁链,然后猛地拉开了门。

"你好,梅乐迪。"他说道。

对方有气无力地笑了一下,应了一声:"嗨,特德。"梅乐迪手里拎着个旧提箱,那是个破旧不堪的布面箱子,印着极其丑陋的红黑格子图案。箱子的把手已经没有了,权充把手的是一段绳子。特德上一次看见她是在三年以前,那时她的样子就十分狼狈,而她此刻看上去比那时还要糟糕。她穿着一条短裤和一件扎染T恤,都皱巴巴、脏兮兮的,越发显出了她的憔悴。她整个人瘦骨嶙峋、细脚伶仃,长长的金色鬈发已经好久没洗了,脸又红又肿,就像刚刚哭过一样。这也没什么好奇怪的,梅乐迪总在为这样那样的事情哭个不停。

"你不请我进去吗,特德?"

特德做了个鬼脸。他当然不想请她进来,之前可是有过教训的——请神容易,送神就难了。可是,他总不能让她拎着个手提箱在走廊里站着吧,毕竟她曾是一位亲密的老朋友啊,他心酸地想道。"哦,当然。"他做了个手势,"进来吧。"

他从她手里接过箱子,把箱子放到门边,然后把她领进厨房,又烧上了一些水。"看你的样子,应该来杯咖啡才对。"他说道,尽量保持友善的腔调。

梅乐迪又是微微一笑:"你不记得了吗,特德,我是不喝咖啡的。咖啡对人体不好,特德。以前我老跟你这么说,你不记得了吗?"她从餐桌旁站起身,走向碗柜,开始翻找起来,"你有热巧克力吗?"她问,"我喜欢热巧克力。"

"我从不喝热巧克力,"他说,"我只会使劲儿喝咖啡。"

"你这样是不行的,"她说,"咖啡对你没好处。"

"是啊。"他说,"那你喝果汁吗?我这儿有果汁。"

梅乐迪点了点头:"好的。"

他给她倒了一杯橙汁,领她回到了餐桌旁边。在等水烧开的间隙,他拿过一个杯子,放了勺马克西姆咖啡。"呃,你怎么跑芝加哥来了?"他问。

梅乐迪哭了起来,特德背靠在灶台上看着她。她的哭声很大,泪水哗哗地往下流,一个常常哭泣的人居然还会有这么多泪水,实在有些不可思议。水烧开之后,她才抬起了头。特德往自己的杯里倒了些开水,又加了一勺糖。梅乐迪的脸显然更红肿了,她用责备的目光盯着特德。"我的生活糟透了。特德,我需要帮助。我没有地方住,于是就想到你这儿来住上一阵子。哦,简直糟透了。"

梦歌

"梅乐迪,听你这么说我很难过。"特德回答道,若有所思地啜着咖啡,"如果你愿意的话,可以在这里小住几天,但是不能再长了,我可不需要什么室友。"她总能让特德感觉自己像个不近人情的混蛋,不过,跟她打交道还是一开始就硬起心肠比较好。

听到"室友"两个字,梅乐迪又哭开了。"你说过我是个好室友的,"她哭哭啼啼地说道,"我们以前那么开心,你不记得吗?那时候你可是我的好朋友啊。"特德放下咖啡杯,看了看厨房的钟。"现在我没时间跟你追忆什么过去。你按门铃的时候我正在刮胡子,这会儿得去上班了。"他皱了皱眉,"把果汁喝了吧,随意点儿,不用拘束。我得去穿衣服了。"他倏地站起身来走出了厨房,留下她自己在餐桌旁继续哭泣。

特德回到浴室,刮完胡子,又好好处理了一下伤口,满脑子想的都是梅乐迪。他现在就可以断定,眼前的事情会非常棘手。他也为梅乐迪难过——她的生活一团糟,极其痛苦,而且无处求援——可他不会再让梅乐迪把她那摊子烂事儿摊到自己身上来了。这次不会了。这种转嫁痛苦的事儿她已经干过太多次了。

特德走进卧室,对着衣柜忧心忡忡地发了好半天呆,然后选了一套灰色的西服。他对着镜子仔细地系好领带,又皱着眉头看了看伤口。接着他检查了一遍公文包,确认关于森迪克一案的所有文件都已经按顺序放好,然后点了点头,走回了厨房里。

梅乐迪站在灶台边上,正在煎薄饼,听见特德进来,回过头来冲他嫣然一笑。"还记得我煎的薄饼吗,特德?"她问,"以前你很喜欢吃我煎的薄饼,特别是蓝莓馅儿的,你还记得吗?可是你这儿没有蓝莓,所以我只能做不带馅儿的了,可以吗?"

"上帝呀,"特德咕哝了一句,"见鬼,梅乐迪,谁让你做吃的了?我跟你说过我得去上班了。我没时间跟你一起吃饭,而且现在已经迟到了。再说,我从来都不吃早饭的,我正在努力减肥。"她的眼里又闪出了泪光。"可是——可是这是我特别为你做的煎饼呀,特德。那我该怎么处理这些饼呢?我该怎么办呢?"

"把它们吃掉好了。"特德说道,"你得再长点儿肉才好。天哪,你看起来太糟糕了,看样子你都有一个月没吃东西了。"

梅乐迪的脸拧在了一块儿,显得非常丑陋。"你这个混蛋,"她说,"我还当你是我的朋友呢。"

特德叹了口气。"别生气。"他瞟了一眼手表,"看,现在我已经迟到一刻钟了,真得走了。把你的煎饼吃了吧,然后再睡会儿觉。我六点左右回来。我们可以一起吃饭,边吃边谈,好吗?这样你该满意了吧?"

"那样也好。"她答道,脸上忽然有了些歉疚的神色,"真的好极了。"

"请转告吉尔,让她到我办公室来,立刻。"一到办公室,特德就冲秘书比利嚷道,"顺便你再帮我们拿点儿咖啡,好吗?我急需来点儿咖啡。"

"好的。"

咖啡呈上来几分钟之后,吉尔过来了,她和特德都是这家律师事务所的合伙人。他示意她坐下,然后把一杯咖啡推到她面前。"坐,"他说,"听着,今晚的约会得取消了。我遇到麻烦了。"

"看你的样子就知道了,"她说,"怎么了?"

"今天早上,有一位老朋友上门来找我。"

吉尔一边的眉毛优雅地挑了一下。"是吗?"她说,"老友重逢,应该很开心呀。"

"如果是跟梅乐迪的话,就不会开心了。"

"梅乐迪?"她说,"名字很好听。是旧情人吗,特德?怎么说来着,'夙愿未偿的暗恋者'?"

梦歌

"不，"他说，"不，不是这么回事。"

"那快告诉我是怎么回事吧。你知道，我最喜欢听恐怖离奇的故事。"

"梅乐迪和我是大学时代的室友。同住的不只我们俩——你别想歪了。我们一共四个人，我和一个叫迈克尔·因格哈特的家伙，加上梅乐迪和另一个女孩，安妮·卡耶。我们四人合住着一套破旧的大房子，在那儿住了两年。我们是——朋友。"

"朋友？"看样子，吉尔不怎么相信这种说辞。

特德冲她皱了皱眉。"朋友。"他又说了一遍，"哦，见鬼，我跟梅乐迪上过几次床，跟安妮也上过。她们俩跟迈克尔也鬼混过那么一两次。可是，这种事情也就是——也就是出于友谊，你明白吗？我们要谈恋爱都是跟外面的人谈。我们会互相诉说烦恼，听听对方的意见，趴在对方的肩头哭一哭。见鬼，我知道这听起来很怪异，那时候我还留着一头长发，一直到屁股这儿呢。那时候的一切都很怪异。"他搅了搅杯里的咖啡渣，一副若有所思的样子，"当然了，也是非常美好的时光，非常特别的时光。想到那些时光终究已经逝去，有时候我还会感到遗憾。我们四个很亲密，真的很亲密。当时我真的很爱他们几个。"

"小心措辞呀。"吉尔说道，"我会嫉妒的。我的室友和我可是打心底里瞧不起对方。"她笑了笑，"后来又怎么样了呢？"

特德耸了耸肩。"就是一般的套路呗，"他说，"我们毕了业，然后各奔东西。我还记得在那个老房子里的最后一个晚上，我们抽了大量大麻，一个个晕晕乎乎的，还发誓要永葆友谊；不管发生了什么，我们都不会形同陌路；任何一个需要帮助的时候，嗯，其他三个都得伸出援手。我们达成了这个约定。"

吉尔微笑着。"真是感人，我做梦都想不到你居然还有这样的一面。"

"当然了，这样的约定没能维持多久。"特德接着说了下去，"我们

15

都努力了,可是,世事难料啊。我接着上了法学院,然后辗转来到了芝加哥。迈克尔去了纽约的一家出版社,现在他是兰登书屋的编辑,结了婚又离了婚,还带着两个孩子。我们以前还通信,现在则只在圣诞节互相寄寄贺卡。安妮当了老师,最近一次听到她的消息时她是在菲尼克斯,不过那已经是四五年前的事儿了。我们只聚过一次,她老公显然不大喜欢我们几个。照我看,安妮应该跟他说过我们最后那晚的狂欢吧。"

"那你家里的这位客人呢?"

"梅乐迪,"他叹了口气,"她可是个大麻烦。她在大学时期是非常出色的:充满激情,人也漂亮,活得真叫自由奔放。可是,毕业之后她混得很糟糕。头几年她努力想成为一名画家,可是画得又不够好,没什么成就。谈了几次恋爱,到头来都是不欢而散。后来在单身酒吧认识了一个家伙,差不多一星期之后就嫁给了他。这场婚姻可是糟透了,她老公长期酗酒,喝醉了还要打她。忍耐了半年之后,她终于跟那家伙离了婚。可她老公还是不时地跑去找她,把她揍上一顿。这么过了一年吧,他才终于被赶跑了。那以后,梅乐迪开始吸毒——吸得很厉害。她去戒毒所待了一段时间,出来之后情况也没有任何改观。她没法找到稳定的工作,也离不开毒品,跟每个男朋友的关系也顶多只能维持几个星期。她已经完全自暴自弃了。"说到这儿,他摇了摇头。

吉尔噘起了嘴。"听起来,这位女士需要别人帮她一把。"她说。特德涨红了脸,一下子生气起来。"你以为我不知道吗?你以为我们没试过帮她吗?天哪!她想当画家那会儿,迈克尔从自己供职的出版社给她找了几件封面设计的活儿,可她呢,不单做事拖拖拉拉,还和设计主管大吵大闹,害得迈克尔差点丢了饭碗;我飞到克里夫兰帮她打离婚官司,没收她一分钱。没几个月我又跑了一趟,还在那儿待了好一阵子,就是为了和当地警察交涉,让他们保护她不受前夫骚扰;在她无家可归的时候,安妮收留了她,还把她送到戒毒所戒毒。这一切换来的又

梦歌

是什么呢？她试图勾引安妮的男朋友，还说什么要'分享'男友，就像以前一样。我们都借过钱给她，从来都是有借无还。我们总得听她诉说自己的烦恼，天哪，不管有多烦我们也还是听着。几年前有一阵子，她每周都要给我打电话，诉说花样翻新的伤心故事，电话费当然还得我来掏。打电话的时候，她还总是哭哭啼啼的。"

"我明白你为什么对她的来访不感兴趣了，"吉尔冷冷地说，"下一步你打算怎么办呢？"

"我也不知道，"特德说，"我就不该让她进门。前几次她来电话的时候，我总是不搭理就给挂了，当时看来这招还挺有效。一开始我也觉得内疚，后来也就无所谓了。可是，今天早上看她那可怜兮兮的样子，我真的不知道该怎么赶她走。要我看，最后我还是得硬起心肠残忍一回，别的法子根本行不通。她肯定会破口大骂，把旧友情老承诺这些陈芝麻烂谷子的事儿搬出来，还会拿自杀来要挟我。等着吧，有好戏看咯。"

"那我能帮你什么吗？"吉尔问。

"事后给我点儿安慰就好了。"特德答道，"事后能有个人来跟你说，你还不算是个混蛋，就算你刚把老朋友一脚踢下深渊也没关系——这样的安慰倒是蛮不错的。"

那天下午，他在法庭上的表现糟糕透了。他满脑子想的都是梅乐迪，应该如何摆脱梅乐迪，同时还尽可能地减小对她的伤害，手头的官司反而被挤到了一边。梅乐迪以前老是肆意践踏他的神经，他已经受够了。这一次，他不会再让自己被她折磨得精疲力尽，也不会再让她把自己弄得失魂落魄了。

特德回到了自己的公寓，胳膊底下夹了一包中式外卖——他决定还是不带梅乐迪出去吃了。梅乐迪正赤身裸体地坐在起居室中央，一边吸白粉一边傻笑。看到他进门,梅乐迪抬起头,非常开心地说道:"瞧,我弄到了一些可卡因。"

"天哪!"他惊呼一声,丢下外卖和公文包,怒气冲冲地大步跨过地毯,"我简直不敢相信你会这么做!"他吼道,"老天,我可是个律师,你想砸掉我的饭碗吗?"梅乐迪把白粉摊在一张方纸片上,正在用一张卷起的钞票吸食。特德劈手把这些东西夺了过去,梅乐迪哭了起来。他走进卫生间,把所有东西,包括那张钞票,全扔进马桶里冲走了。就在钞票即将消失的一刹那,他才发现那竟是张二十美元的钞票,而不是一块钱,不由得越发恼怒。他回到起居室里,看见梅乐迪还在哭泣。

"不要再哭了,"他说,"我不想再听你哭闹了。把衣服也穿上吧。"这时候,他心里又有了别的疑问。"你从哪儿弄来的钱买那些东西的?"他逼问着她,"呃,哪儿来的?"

梅乐迪呜咽着。"我卖了一些东西,"她怯生生地说道,"我以为你不会介意。这些可卡因很不赖。"她惊恐地往后退去,还举起一只胳膊挡着脸,似乎害怕特德打她似的。

至于她卖的是谁的东西,简直不言而喻。多年前她曾对迈克尔玩过同样的把戏。至少,他听迈克尔这么说过。他叹了口气。"穿上衣服,"他有气无力地重复了一遍,"我带了中国菜回来。"过一会儿,他得检查检查少了什么东西,然后再给保险公司打电话。

她乖乖地站起身来,摇摇晃晃地走进浴室;几分钟后又走了出来,身上穿了件背心和一条破破烂烂的毛边短裤。

特德找来几个盘子,把那些吃的摆在饭厅的餐桌上。梅乐迪相当温顺地吃了起来,还把所有的东西都在酱油里泡了泡。每隔几分钟,她就会为了某个只有她自己知道的笑话傻笑上一通,笑完之后又一脸严肃地接着吃饭。最后她打开自己的幸运签饼,咧开嘴大笑起来,"看啊,特德!"她开心地叫道,把那张小纸条递给了他。

特德接过来看了一眼,只见上面写着:朋友还是老的好。"妈的。"

他嘟哝了一句。他根本没去打开自己的幸运签饼,对此梅乐迪很是好奇。"特德,你也应该打开来看看,"她说,"不看自己的幸运签饼的人会走霉运的。"

"我不想看,"他说,"我得换下这身衣服。"他站起身来,"坐着别乱动。"

不过,等他换好衣服回来的时候,她已经打开音响,放上了一张唱片。谢天谢地,幸好她没把这个也给卖了,特德想道。

"你想让我跳舞给你看吗?"她问,"还记得以前我怎么给你和迈克尔跳舞的吗?绝对性感……你以前还总夸我跳得好呢。如果我愿意的话,我是可以成为一名舞蹈演员的。"她在起居室中央秀了几个舞步,脚底却绊了一下,差点儿摔倒了。她的样子实在滑稽可笑。

"坐下,梅乐迪,"特德用尽可能严厉的口吻说道,"我们得谈谈。"

她坐了下来。

"不准哭,"正式开讲之前他首先声明,"你知道吗?我不希望你哭。每次不管我说什么,你都要哭,那我们就什么都谈不成。你什么时候开始哭,我们的谈话就什么时候结束。"

梅乐迪点点头。"我不会哭的,特德。"她说,"我现在感觉比早上的时候好很多。因为我和你在一起,所以感觉好多了。"

"你没有跟我在一起,梅乐迪,别来这一套。"

她又开始泪眼婆娑:"你是我的朋友,特德。你、迈克尔,还有安妮,对我来说,你们都是最特别的人。"

他叹了口气,"出什么事了,梅乐迪?你为什么来这儿?"

"我失业了,特德。"她说。

"是那个女招待的工作吗?"他问。特德上一次见她是三年前,那时她在堪萨斯城的一个酒吧当女招待。

梅乐迪困惑地冲他眨巴了一下眼睛。"女招待?"她说,"不是的,特德,那是老早以前的事儿了。那时我还在堪萨斯城,你不记得了吗?"

"我记得很清楚。"他说,"那你最近的工作是什么呢?"

"是个很烂的活儿。"梅乐迪说道,"在工厂里做工。在爱荷华的得梅因,那是个很糟糕的地方。我没去上班,他们就把我炒了。当时我的毒瘾发作了,你明白吗?我只是需要休息几天,然后就会回去上班的,可他们还是把我给炒了。"说着说着她又要掉眼泪了,"我已经好久没有找到过像样的工作了,特德。我可是学艺术的,你还记得吗?你和迈克尔,还有安妮,你们的房间里都挂着我画的画。那些画你还留着吗,特德?"

"还留着。"他撒了个谎,"当然留着,已经收起来了。"其实他在好几年前就已经把那些画处理掉了。那些画总会让他不由得想起梅乐迪,那样的回忆实在太痛苦了。

"还有,我被炒了以后,强尼就埋怨我挣不到钱了。强尼是跟我同居的家伙,他说他是不会养我的,说我得自己找活儿干,可是我找不着。我试过了,特德,可我真的找不着。之后,强尼托人给我弄了份按摩院的工作。他带我去了那里,可那地方糟透了。我可不想去什么按摩院工作,特德,我是学艺术的。"

"我记得呢,梅乐迪。"特德应了一句,因为她似乎期待他能说点儿什么。

梅乐迪点了点头:"所以我没有去,而强尼就把我赶出了门。你看,我实在是没地方可去了,于是就想到了你和安妮,还有迈克尔。还记得我们在一起的最后那个晚上吗?我们都保证过,如果有人需要帮助……"

"我记得,梅乐迪。"特德说道,"虽然没像你那样老是惦记着,可我还是记得的。有你在,我们想忘也忘不了,不是吗?不过,现在还是别提这事儿了吧。这次你想怎样呢?"他的声音冷冰冰的,没有一丝热情。

"你是当律师的,特德。"她说。

"没错。"

梦歌

"所以,我想——"她用纤长的手指不安地来回蹭着自己的脸,"我想你没准儿可以帮我找份工作。我兴许可以当个秘书,就在你的事务所里上班。那样的话,我们又可以在一起了,每天都在一起,就跟从前一样。又或者——"她的兴致明显高涨起来,"——或者我可以去法庭上画画。我肯定会干得很好的。"

"那些画家是受雇于电视台的。"特德耐心地解释道,"而我的事务所也不缺人手。我很抱歉,梅乐迪,我没法帮你找工作。"

出乎意料的是,梅乐迪对他这句话居然没什么反应。"没关系的,特德,"她说,"我想我可以找到工作,靠我自己就行,你只要——只要同意我住在这里就行,好吗?我们可以重新变成室友。"

"哦,上帝,"特德说道。他靠到椅背上,将双臂交叉在一起,"不行。"他断然拒绝。

梅乐迪把手从脸上拿开,恳切地盯着他。"求你了,特德,"她低声说道,"求你了。"

"不行。"他说。这句硬邦邦的话蹦了出来,生硬而又决绝。

"你是我的朋友,特德。"她说,"你答应过要帮我的。"

"你可以在这儿待一个礼拜,"特德说,"不能再长了。我有我自己的生活,梅乐迪,我也有自己的麻烦,总是处理你那些烂事我已经很烦了。我们都烦了。你只会给我们制造麻烦。读大学的时候,你还是很有趣的,可现在你一点也不有趣。我总是在帮你,帮个没完没了,你他妈的到底还要我帮到什么时候?"他越讲越生气,"梅乐迪,世界在变,"他的声音非常冷酷,"人也在变。你不能要求我永远恪守学生时代脑子进水时许下的那些承诺。我没有义务对你的生活负责。振作一点儿,妈的,打起精神来吧。我不能为你代劳,而且我他妈的对你已经烦透了。我甚至都不想再见到你,梅乐迪,你知道吗?"她呜咽起来。"别那么说,特德,我们是朋友啊。对我来说,你们非常重要。只要还有你、迈克尔,还有安妮,我就永远不会是孤身一人,你难道不明白吗?"

"你已经是孤身一人了。"他说。梅乐迪的话激怒了他。

"不,我不是孤身一人。"梅乐迪坚持道,"我有朋友,很特别的朋友,他们一定会帮我。你就是我的朋友,特德。"

"我曾经是你的朋友。"他答道。

她两眼盯着特德,嘴唇在颤抖,心里的伤痛无法形容。有那么一会儿,特德以为局势会变得不可收拾,梅乐迪最终会彻底崩溃,哭个没完。可是,她的表情却突然有了改变。她的脸色开始变白,嘴唇慢慢绷紧,脸上定格为极度愤怒的表情。她生气的样子真是丑得吓人。"你这个混蛋!"她骂道。

特德也动了怒。他猛地从沙发上起身,走到酒柜边上。"别发飙,你只要敢摔一样东西,我就一脚把你踢出去。"他边说边给自己倒了一杯芝华士,还在里面加了些冰块。

"你这个人渣,"她接着骂道,"你根本不是我的朋友,你们都不是。你们对我撒谎,骗取我的信任,还利用我。现在你们个个高高在上,而我什么也不是,你们就不想认我这个朋友了。你们都不想帮我,从一开始就没有真正想过要帮我。"

"我是帮过你的,"特德纠正她的话,"帮过不少次了。我敢说,你欠我的加起来得有两千块了。"

"钱,你就知道钱,你这个混蛋!"她说。

特德啜了一口威士忌,冲她皱起了眉。"去死吧你!"

"承蒙你好意,我本来是要去死的。"她脸色已经一片煞白,"我给你发过电报,两年前,给你们三个都发过电报,那时我需要你们。你保证过,如果我需要你,你就会来找我,你保证过的。你跟我上过床,你是我的朋友,可是我给你发电报的时候,你却没有来。你这个混蛋,你没来,你们谁都没来,谁都没有来!"她大声喊叫着。

特德已经把电报那事给忘了,现在又一下子回想起来。当时他拿着电报看了好几遍,最后给迈克尔打了个电话。迈克尔不在。于是他

梦歌

又看了一遍,然后把电报揉成一团扔进马桶里冲走了。他们俩当中总有个人会去吧,他记得自己当时是这么想的。当时他手头有个大案子,是阿加莎公司的专利权官司,他可不敢冒险把这个官司给搁下来。不过那确实是一封非常绝望的电报,他还为此内疚了好几个星期,最后好不容易才把这整件事情赶出了自己的记忆。"我当时很忙,"他说道,腔调半是生气,半是为自己辩护,"我有更要紧的事情要做,没时间去牵你的手,陪你渡过又一个难关。"

"当时的情况糟糕透了,"梅乐迪叫道,"我需要你们,可你们谁也不管我。我差一点就自杀了。"

"可是你没有,不是吗?"

"就差一点儿,"她说,"差一点就自杀了,而你们连问都没问一声。"

以自杀相要挟是梅乐迪最爱玩的一套把戏,特德都见识过不下一百次了。这一次,他决定不再吃这一套。"你的确可能会自杀,"他平静地说道,"而我们也可能根本不会过问——依我看,你这么说也没错。也许等别人发现你的时候,你的尸体都已经烂了好几个星期,而我们也许得过半年才会得到消息。这么说吧,听到这个噩耗的时候,我也许会伤心么一两个小时,会想起以前的事情,可我接下来就可以把自己灌醉,要不就给我女朋友打个电话,用不了多久就能把这件事忘掉。再往后,我就会把你忘得一干二净。"

"你一定会后悔的。"梅乐迪说。

"不会,"特德答道。他踱回酒柜边,往杯里加了一点酒,"不会的,你知道,我想我不会感到后悔,一点儿都不会。而且也不会有负罪感。所以你最好还是别再拿自杀那一套来威胁我了,梅乐迪,因为这根本就不管用。"

她脸上的怒意慢慢退去,又低声呜咽起来。"求你了,特德,"她说,"不要这样跟我说话。告诉我你会在乎我,告诉我你会记住我。"

他怒视着她。"没门儿,"他说。跟她斥责自己的时候比起来,当她显出一副可怜相,缩成一团,那么瘦小那么脆弱,还在不停呜咽的时候,想要拒绝她显得更加困难。可他必须对这一切做一个了断,把这个困扰了他大半辈子的大麻烦彻底除掉。

"我明天就走。"她温顺地说道,"不会再烦你了。可是特德,告诉我,你在意我,是我的朋友。如果我需要你,你会来找我的。"

"我不会去找你的,梅乐迪,"他说,"一切都过去了。我不希望你再来我这里,也不希望你给我打电话或者发电报,不管你遇到了什么麻烦。你听明白了吧?我希望你从我的生活中消失,然后我会尽快把你彻底忘掉。因为,小姐,你他妈的可真是个糟糕透顶的回忆。"

梅乐迪放声大哭,就跟被他揍了一般。"不!"她说,"不,千万别那么说。记住我吧,你没法不记住我,我会让你自个儿待着的,我保证,也不会再来找你。你说吧,说你会记住我。"她突然站起身来,"我现在就走,"她说,"如果你希望我走,我会走的。可是再跟我做一次爱吧,特德,求你了。我想给你留下点儿东西,好让你记住我。"她淫笑着,开始用力脱自己的背心,特德看着直犯恶心。

他把杯子重重放在桌上。"你疯了。"他说,"你该去找专业人士来帮帮你,梅乐迪。反正我是帮不了你的,我也不想再跟你这些烂事儿搅在一起。我要出去走一走,在外面待上几个小时。等我回来的时候,你必须消失。"

特德往门口走的时候,梅乐迪站在那里看着他,手里拿着背心。她的胸部又小又干瘪,左边的乳房上还有一块文身,他以前可是从来没注意到这个。她现在的身体让人一点欲望也没有。她又呜咽起来,说道:"我只是想给你留下点什么,好让你记住我,如此而已。"

特德重重地摔门而去。

午夜时分,他才阴沉着脸,醉醺醺地回了家。他已经决定,如果梅乐迪还没走的话,他就报警,让这事到此为止。杰克在服务台后面坐着,现在他刚开始上班。特德停住脚步,恶狠狠地训斥他今天早上不该把梅乐迪放进来。可这位守卫却义正词严地拒绝了他的说法:"绝对没有人进来,希勒里先生。我是不会不通知您就让人进去的,这您应该知道。我在这儿干了六年了,不跟住户通上话,我是谁也不会让进的。"

特德怒冲冲地跑开,乘电梯上到三十二楼。

他看见门上贴了一幅画。

他怒不可遏地看了几眼,然后把画扯了下来。那是一幅漫画,画的是梅乐迪自己的卡通形象,不是他今天见到的这个梅乐迪,而是大学时代的那个梅乐迪:充满活力,有趣,漂亮。他们住在一起的时候,梅乐迪经常拿一些她自己的卡通小画像来装点笔记本。让他吃惊的是,她现在居然还能画得那么好。在画像下方,她写了一行字:我给你留了点东西,好让你记住我。

特德生气地看着漫画,考虑着是不是应该把画留下来。他为自己的犹豫感到生气,于是把画揉成一团,伸手去找钥匙。至少她已经走了,他想,说不定再也不会回来了——既然她留下了这张字条,就说明她已经走了。至少,在接下来的几年里,他不用再被她烦了。

他进了屋,把手中的纸团往屋子另一头的废纸篓扔去,看纸团命中的时候还笑了笑。"两分!"他大声地对自己喊了一嗓子。这会儿他醉意醺醺,心满意足,于是走到了酒柜边,动手给自己调酒。

可是,有什么地方不对劲。

他停下手,竖起耳朵听着。是水流声,他听出来了。一定是她忘了把浴室的水关上。

"天哪!"他叫了一声,一些可怕的念头随之袭上心头:也许她根本就没走。也许她还在浴室里,正在冲澡,或者是在兴奋地吸着毒,也许还在哭……"梅乐迪!"他大喊了一声。

没有回应。没错,水是在流。这么说她一定还在,但她却没有回答。

Dreamsongs

"梅乐迪,你还在吗?"他大声喊道,"说话呀,妈的!"

还是沉默。

他把酒放下,走到了浴室前。浴室的门关着,特德站在门外。水确实还在流。"梅乐迪!"他大声喊着,"你在里面吗?梅乐迪?"

没有任何动静。特德开始害怕。

他伸手抓住门把手,很容易就转开了。门没锁。

浴室里蒸汽缭绕,几乎什么都看不见,不过还是能看出浴帘是拉上的。莲蓬头的水开到了最大,从这么多的蒸汽来看,水也一定热得烫人。特德往后退了一步,等着蒸汽散去。"梅乐迪?"他轻声叫道。还是没人应声。

"妈的!"他叫了一声。他努力让自己放宽心,告诉自己她只是说说而已,不会真的那么干。"这么说的人其实都不会真的付诸行动",他以前在什么地方看到过这句话。她这么做只是要吓唬吓唬他。

他往前跨了两大步,伸手扯开了浴帘。

她果然在里面,被蒸汽环绕着,水顺着她裸露的身体往下流。她没有整个躺倒在浴缸里,而是坐直身子,缩在靠近水龙头的那一端。她看起来瘦小得可怜,就像蜷缩在母体内的胎儿。细细的水流顺着她的身体、她的手往下淌着。她想必是用他的剃须刀割开了自己的手腕,然后又想把手放到水下,可是这样还死不了——她用剃刀横向切开了手上的静脉,但谁都知道达到目的的唯一办法是在静脉上直着来上一刀。于是,她又在别处割了一道口子,看起来就像是张开的两张嘴巴。两张嘴都在冲着他微笑——微笑。水流冲走了大部分的血迹,浴缸里没有血渍,不过她下巴下面那第二张"嘴巴"还是鲜红的,还在往下滴血。血淌到她的胸部,停在那块花朵文身上面,然后又被水冲得一干二净。她的头发披散在两颊上,软软的,湿湿的。她微笑着,看起来无比开心,周围都是蒸汽。她这样应该有几个小时了吧,他想。她的身体非常洁净。

特德闭上了眼睛。这样做没有任何用处,他的脑海里还是她的影子,挥之不去。

他睁开眼,梅乐迪还是那样微笑着。他伸手到她身后把水关掉,衬衫袖子被水泡得精湿。

他的脑子里一阵麻木,于是急急忙忙地逃回客厅。上帝啊,他想,上帝,我得给谁打个电话,得报案,我自己没法处理这个事情。他决定往警局打电话,于是抓起了听筒。等到伸出手指开始拨号的时候,他又犹豫了。警察帮不上忙的,他想。于是,他拨通了吉尔的号码。

等他讲完之后,电话那端一片沉寂。"我的天哪,"最后她终于开了口,"太可怕了。我能帮你什么吗?"

"到我这儿来吧,"他说,"马上。"他看到自己刚才放下的那杯酒,赶紧拿过来喝了一口。

吉尔犹豫了一下。"呃——你看,特德,我不是什么处理尸体的行家。你干吗不到我这儿来呢?我不想——呃,我想我以后再也不敢在你那里洗澡了。"

"吉尔,"他虚弱地说道,"我需要有人马上来陪我。"

"上我这儿来吧。"她催促着他。

"我不能让尸体就那样留在浴缸里。"他说。

"好吧,那就别让它留在那儿,"她说,"报警吧,他们会把尸体拿走的。然后你再过来。"

特德打电话报了警。

"如果你觉得这是在开玩笑的话,那可真是一点都不好笑,"赶来的巡警对特德说道,巡警的搭档则在一旁对着特德怒目而视。

"玩笑?"特德说。

"你的浴缸里空空的,"巡警说道,"我真应该把你拉到警局里去。"

"空空的?"特德难以置信地重复了一遍。

Dreamsongs

"别管他了,山姆,"那位搭档说道,"他喝多了,你没看出来吗?"

特德从他俩身边冲进了浴室。

浴缸是空的。他跪下身子,伸手去摸浴缸底部。干的,完全是干的,可他的衬衣袖子还是湿的呢。"不!"他叫道,"不!"然后又冲回了起居室里。两位警员正饶有兴味地看着他。梅乐迪放在门口的手提箱不见了,餐具也都被人放在洗碗机里洗过了——没有办法能证明有人在这儿煎过薄饼。特德把废纸篓翻了个遍,把里头的东西全倒在沙发上,然后在纸堆里翻检起来。

"上床睡一觉,忘掉这事吧,先生。"年长的警员说道,"明天早上你就没事了。"

"走吧。"他的搭档催促着。他们就此离去,留下特德一个人继续翻着那堆纸。没有漫画,没有,没有。

特德把废纸篓冲着屋子那头扔了过去,纸篓撞到墙上,"咚"的一声。

他打车去了吉尔家。

快要天亮的时候,特德突然从床上坐了起来。他的心在狂跳,口干舌燥,惊恐不已。

吉尔睡眼惺忪地咕哝了一句什么。"吉尔。"他摇了摇她。

她惊讶地看着他。"怎么啦?"她说,"几点了,特德? 出什么事儿了?"她坐起身来,把毯子拉过来盖在自己身上。

"你没听见吗?"

"听见什么?"她问。

他傻笑着:"浴缸里有水在流。"

那天早上,尽管厨房里没有镜子,他还是在厨房里刮了胡子,还两次割伤了自己;他的小腹都胀疼了,也不愿跨进浴室的门半步;尽管吉尔不停向他保证水是关着的,见鬼,他还是能听见水声。到公司之后他才去解决了内急——公司的卫生间里没有浴缸。

可是,吉尔看他的眼神却变得异样了。

回到办公室,特德把桌子清理了一遍,开始努力想要把事情想明白。身为一名擅长分析推理的律师,他绞尽脑汁想把这事的前因后果理顺。他今天只喝咖啡,喝了一杯又一杯。

没有手提箱,杰克也没有看到她。没有尸体,没有漫画,也没有别的人见过她。浴缸是干的,桌上也没有餐具。他是喝酒了,可也不是整天都在喝。喝酒是后来的事情,吃了晚饭之后的事情。那就不是喝酒的问题,不可能是。

没有漫画,见过她的人只有他自己。没有漫画。我给你留了点东西,好让你记住我。他把她的电报揉成一团扔进马桶,就这样把她冲出了自己的生活。那是两年前的事情。浴缸里什么也没有。

他拿起话筒。"比利,"他说,"帮我找一份爱荷华州得梅因市的报纸。什么报纸都行。"

最后,他终于辗转找到了那位看管太平间的女士。一开始,她不愿意给他提供任何信息,不过,等到他告诉对方自己是名律师,需要为一件非常重要的案子查找线索时,她就没有再坚持了。

讣告非常简短。上面只说梅乐迪是一名"按摩院员工"。她是在浴缸里自杀的。

"谢谢。"特德说。他放下电话,然后就坐在那里盯着窗外,盯了很长时间。这里的视野很好,能看见远方的湖面,还有石油公司高耸的大楼。他沉思着,考虑下一步该怎么办。他觉得自己的五脏六腑都因为恐惧而纠结在了一起。

今天他可以不在办公室待着,可以放假回家休息。可是,家里浴缸的水也许还是开着的,而他早晚也得到浴室里去。

他也许可以去吉尔家,如果她同意让他去的话。昨晚之后她显得

Dreamsongs

异常冷淡,早上他们一起打车来公司的时候,她还建议特德去看精神科医生。她是不会明白的,没有人会明白……除非……他又抓起话筒,翻了翻档案夹,里面没有名片,也没有号码。他只好又去找比利。"帮我接纽约兰登书屋,"他说,"找迈克尔·因格哈特先生,他是那里的编辑。"

好不容易接通了,电话那头却是一个冷淡而陌生的声音。"希勒里先生?您是迈克尔的朋友吗?还是他的作者?"

特德觉得嘴里发干。"是他的朋友,"他说,"迈克尔在吗?我要跟他本人说话,很……要紧。"

"很抱歉,迈克尔已经不在了,"那个声音说,"不到一星期之前,他的精神彻底崩溃了。"

"那他……"

"他还活着。我想他们是把他送去医院了。兴许我能帮你找到医院的号码。"

"不用了,"特德说,"不用。这样就可以了。"他挂断了电话。

菲尼克斯市的电话簿上没有安妮·卡耶的号码。当然不会有了,他想,她现在已经结婚了嘛。他开始搜肠刮肚地回想她老公姓什么,想了很长时间。他还记得,那应该是一个波兰姓。到了最后,他终于想了起来。

他原本没指望她在家,毕竟今天是学校上课的日子。可是,铃响三声之后,居然有人接了电话。"你好,"他说,"是你吗,安妮?我是特德,现在在芝加哥。安妮,我得跟你谈谈,是跟梅乐迪有关的,安妮,我需要你的帮助。"他有些喘不过气来。

电话那头传来一阵咯咯的笑声。"安妮这会儿没在家,特德,"是梅乐迪的声音,"她去学校了,然后还要去看她老公。你知道,他们现在已经分居了。不过,她答应我八点前会回家的。"

"梅乐迪!"他叫了一声。

梦歌

"当然咯,我也不知道她说话算不算数。你们三个从来都不怎么讲信用。不过,没准儿她会回来的,特德。我希望是这样。我想给她留点东西,好让她记住我。"

陶雪蕾 译

Dreamsongs

沙王

西蒙·克雷斯独自住在一处庞大的庄园里。庄园坐落在干燥多石的山丘上,与城相距五十公里。这样一来,当他因公事被突然叫走时,就没有邻居可以帮他照料那些宠物。兀鹰是不用操心的,它就待在废弃的钟楼里,平常也都是自己喂饱自己;至于跛行兽,克雷斯只需把它赶到屋外,它自己就会想办法的。这个小怪物什么都吃得下去——蜥蜴啦,鸟啦什么的。麻烦的是那个大鱼缸,里面装的可都是正宗的地球产水虎鱼。最后实在没辙,克雷斯只好往鱼缸里扔一大块牛肉了事。如果他的行程超出了预期,水虎鱼会相互残杀。以前它们就这么干过。克雷斯倒是觉得挺有趣儿。

糟糕的是,这一次他在外耽搁得实在太久,等他终于回到家,鱼已经死光了,兀鹰也死了——跛行兽爬进钟楼把它给吃了。克雷斯为此十分恼火。第二天,他驾着飞行器去了大约两百公里之外的阿斯加德①。阿斯加德是整个巴尔德尔最大的城市,以拥有历史最悠久、规模最大的星际港口而著称。克雷斯向来喜欢在朋友面前展示一些与众不同、让人逗乐而且价格不菲的动物,阿斯加德就是购买这种东西的好去处。

不过,这回他的运气可不怎么样。

"外星宠物"店已经关了门;"以太宠物"非要再塞给他一只兀鹰;而"怪水"供应的无非还是些水虎鱼、闪光鲨、蜘蛛鱿之类的普通货色。

---

① 阿斯加德(Asgard)是北欧神话中诸神居住的地方;后文中的巴尔德尔(Baldur),是挪威神话中纯洁、美丽、欢乐与和平之神的名字。

梦歌

这些克雷斯可都见识过了,他想要的是一些新东西,一些能让人眼前一亮的东西。

傍晚时分,克雷斯溜达到彩虹大道上,想找一家从没光顾过的宠物店。这条街离港口很近,街上有许多卖进口货的商店。那些大型百货公司的橱窗长得惊人,橱窗里的毡垫上陈列着稀罕昂贵的外星文物。橱窗后垂着深色的帘子,让人无法窥见商店内部的情况。各百货公司之间是一些店面狭窄、肮脏凌乱的旧货商店,里面塞满了稀奇古怪的小玩意儿。克雷斯在这两种商店之间来回穿梭,在哪儿都提不起兴致来。

接下来,他碰上了一家与众不同的小店。

这家店紧挨着港口,克雷斯以前从没来过这儿。

商店的所在是一座规模不大的单层建筑,夹在一个欢乐吧和"秘密修女会"开办的一间神妓馆①之间。

这个地段的彩虹大道已经显得破败不堪了,但这家商店却异军突起,十分引人眼球。

橱窗里充满了雾气,还变幻着各种色彩:一会儿是浅红色,一会儿是灰色,一会儿又成了闪耀的金色,雾气打着旋儿转动着。店内则亮着幽暗的光。克雷斯扫了一眼橱窗里的东西——几件艺术品,还有些他不认得的物品。当然,他哪件东西也没看得真切——雾气在这些东西周围优雅地舞动着,忽隐忽现,又或者只是偶见冰山一角罢了。这反倒能勾起人们的好奇心。

---

① 神妓馆是古代一些宗教团体开办的妓院,其目的是为到这里来的男人同时提供肉体享乐和精神洗涤。据说,早在公元前 2300 年左右,美索不达米亚地区就出现了神妓馆。

Dreamsongs

看着看着,雾气逐渐凝成了字母,接着一个个单词便相继显现出来。克雷斯站在那里读着:沃和希德进口商店主营文物、艺术品、生物及各色杂货。雾气到这儿便停住了,不再显现新的字母。

雾气中,克雷斯隐约看到店内有什么东西在动,而且广告里也提到了"生物",他一下子来了兴趣,掸了掸外套,走进了商店。

到了店内,克雷斯觉得有些晕头转向。里面非常宽敞,这大大超过了克雷斯的猜测——店面并不怎么起眼,他料想里面也不会太大。店里昏暗,寂静无声。天花板上是一片星海,点缀着螺旋状的星云,光线虽暗,但非常逼真,看起来也十分漂亮。所有的柜台都发着微光,那是为了更好地展示里面的商品。走道的地面上也都弥漫着雾气——有些地方的雾气差不多漫过了他的膝盖。走动的时候,雾气就在身边盘绕着。

"需要帮忙吗?"一个女人出现了,似乎是从雾气中突然升腾出来。她又高又瘦,脸色苍白,身穿一条灰色的连衫裤,脑袋后面耷拉着一顶怪模怪样的小帽子。

"你是沃还是希德?还是帮忙看店的?"克雷斯问道。

"我是贾拉·沃,很高兴为您效劳。"她说,"希德是不见客的。我们也没有雇帮手。"

"你们这个店挺大的,我却从来没有听说过,真是奇怪。"克雷斯感到很困惑。

"巴尔德尔的这家店面刚刚开张,"她说,"不过我们在其他一些星球上也有连锁店。您想看点什么呢?艺术品吗?您看起来像个收藏家。我们有一些非常不错的诺达路希水晶雕刻。"

"不用了,"克雷斯说,"该有的水晶雕刻我都已经有了。我是来看宠物的。"

"您想要活的吗?"

"对。"

"外星的?"

"当然。"

"我们有一只会模仿人的动物,产自希莉亚星球。是一只聪明的小猿猴,它不单能模仿人讲话,还能模仿您的嗓音、语调和手势,甚至脸部表情。"

"很可爱,"克雷斯说,"也很普通。但我想要的不是'可爱和普通'。沃,我想要的是怪异的、不同寻常的宠物。不要可爱的那种,我讨厌可爱的动物。我现在有一只跛行兽,从科索进口的,价格可不便宜。我时不时地喂它一窝讨厌的小猫——这就是我对'可爱'的态度。说得够清楚了吗?"

沃诡秘地笑了笑。"您养过会崇拜您的动物吗?"她问道。

克雷斯咧着嘴笑了笑。"哦,偶尔吧。可是我不需要崇拜,沃,只要有乐子就行。"

"您没听明白,"她说,脸上还是那副奇怪的笑容,"我说的是真正的崇拜。"

"你是什么意思?"

"我想我们有您想要的东西。"她说,"跟我来。"

她领着他穿过闪闪发光的柜台,进入一条长长的通道。通道内雾气缭绕,头顶上是人工仿造的星光。他们穿过一道雾墙,走进商店的另一片区域,在一个巨大的塑料箱子前停住了。那是个鱼缸,克雷斯心想。

沃向他招了招手。他走近箱子,发现自己想错了。这是一个陆栖动物饲养箱,里面是一块两米见方的微缩沙漠,白色的沙粒在暗淡的红光下呈现出血红的色泽。箱子里还有很多石头,有玄武岩、石英岩和花岗岩。箱子的四个角落里各矗立着一座城堡。

克雷斯眯缝着眼睛瞧了瞧,修正了自己的看法。

确切地说,箱子里只有三座城堡,另外一座已经倾斜崩塌,成了一片废墟。那三座城堡是用石头和沙子砌成的,做工虽然粗劣,但却完整无缺。一些小动物在城垛上和圆形的门廊下爬来爬去。克雷斯把脸贴到了箱子上。"这些是昆虫吗?"他问道。

"不是,"沃回答说,"是一种比昆虫高级得多的生物,智商也要高很多。这东西比你的跛行兽可要厉害多了。我们管它们叫沙王。"

"只要是昆虫,"克雷斯说着,一边从箱子边上抽回身来,"我才不在乎它们有多高级呢。"他皱了皱眉头。"拜托别拿智商这一套来糊弄我了。这些东西那么小,它们的大脑只能是最原始的那一种。"

"它们在各自的群体中共享同一个群体意识,"沃说,"在这儿应该称作'城堡意识'。箱子里实际上只有三个生物,第四个已经死了。你看,它的城堡已经倒塌了。"

克雷斯又往箱子里瞅了一眼。"群体意识?嗯,有点儿意思。"他又皱了皱眉头,"但不管怎么说,这也不过是特大号的蚂蚁窝而已。我想来点更精彩的东西。"

"它们会打仗。"

"打仗?哦。"克雷斯又看了看箱子。

"你不妨看看它们的颜色。"她指了指聚集在最近的城堡边上的那些生物,其中一只正在箱壁上爬来爬去。克雷斯盯着它看了个仔细。但无论怎么看,他都觉得这是只昆虫:只有他手指甲盖那么大,六条腿,六只小眼睛长在身体四周,一对凶猛的大颚噼里啪啦地响着,很是惹眼。两根纤长的触须则在空中摇来摆去,交织出种种图案。这东西的触须、大颚、眼睛和腿都是乌黑的,而盔甲般的外壳则是深深的橙色,那才是它身体的主色调。

梦歌

"是昆虫。"克雷斯又说了一遍。

"不是昆虫。"沃坚持道,语调很平静。

"沙王长大后会蜕掉坚硬的外壳。但这个玻璃箱太小,它们长不到那么大,也就不会蜕壳。"她拽着克雷斯的胳膊,领他绕着箱子走到另一个城堡边上,"看看这些沙王的颜色。"

克雷斯看了看,这边的沙王颜色跟刚才的有所不同。这些沙王的甲壳呈亮红色,触须、大颚、眼睛和腿则是黄色的。克雷斯往箱子的另一头扫了一眼:第三个城堡里的居民拥有灰白色的甲壳,其他部位则是红色的。他"嗯"了一声。

"我跟您说过,它们会打仗,"沃说道,"它们甚至还会休战和结盟。第四个城堡就是被其他三方的盟军摧毁的。黑色沙王发展得太强大了,于是其他几方就联合起来打垮了它们。"

克雷斯还是不太服气。"是挺有趣儿的。不过,昆虫也会打仗啊。"

"昆虫不会崇拜您。"沃说。

"呃?"

沃笑了笑,将手指指向城堡。克雷斯定睛细看,发现高处塔楼的墙上刻着一个头像。他认出来了,那是贾拉·沃的脸。

"这……"

"我把自己脸部的全息图像投影到箱子里,投影了好几天。对它们来说,这就是上帝的面容,你懂了吗?我给它们喂食,总在它们身边待着。沙王有一种基本的灵能,跟心灵感应有点类似。它们感应到我的存在,于是用我的脸的图像来装饰它们的建筑,以示对我的崇拜。你看,所有城堡上都有这样的头像。"

事实确实如此。城堡之上,贾拉·沃的脸栩栩如生,神态平静而又安详。这样的高超技艺令克雷斯惊叹不已。"它们是怎么做到的呢?"

"它们最前面的两条腿可以起到手臂的作用。它们甚至还有类似于手指的器官,那是三根小小的、柔软灵活的卷须。此外,它们有很好的合作意识,在修建城堡和行军作战时能合作默契。要知道,同一种颜色的沙王都是受控于同一个意识的。"

"继续往下说。"克雷斯请求道。

沃笑了笑。"沙母住在城堡里。'沙母'是我给起的名字——有点儿一语双关的含义,你明白吧①?这东西行使着母亲和胃的双重职能。沙母是雌性的,大小跟你的拳头差不多,本身不能来回走动。其实,把这种生物通称为'沙王'有些用词不当,那些只负责寻找食物和进行打仗的叫作'工沙',它们就相当于战士。真正的统治者是'沙母'。当然这个比方也不全对。大体上说来,整个城堡就是一个雌雄同体的生物。"

"它们吃什么呢?"

"工沙们吃半流质的、从城堡里来的经过消化的食物——食物是沙母给的,沙母已经帮它们消化了好几天了。工沙的胃接受不了别的东西。要是沙母死了,它们也很快就会死掉。至于沙母……沙母什么都吃。它们没什么特别要求,喂点残羹剩饭就很好了。"

"活的东西吃吗?"克雷斯问。

沃耸了耸肩。"也吃,沙母会吃掉来自其他城堡的工沙。"

"我对此很有兴趣,"克雷斯承认道,"要是它们的体积不那么小就好了!"

"你可以把它们养得更大些。这儿的沙王小是因为箱子小,它们会控制自己的生长来适应现有的空间。要是我把它们移到大一点的容器里,它们就会继续长大。"

---

① "沙母"的英文原文为"maw",既表示"动物的胃",在方言中也有"母亲"的意思。因此说具有双关意义。

"嗯,我的水虎鱼缸有这个的两倍大,现在正空着呢。我可以把它清扫出来,装上沙子……"

"我们可以上门服务,很乐意为您效劳。"

"那太好了,"克雷斯说,"我想要四个完整无缺的城堡。"

"没问题。"沃说。

于是他们开始讨价还价。

三天之后,贾拉·沃带着几只休眠的沙王和一队负责安装的工人来到了西蒙·克雷斯家里。沃的助手都来自于外星球,克雷斯还没见过这般长相的外星人——身材粗短,有两只脚和四只手,还长着鼓鼓的复眼。他们厚厚的皮肤如同皮革一般,身上到处都是褶皱——这儿长着一只角,那儿支着一根刺,别的什么地方又鼓着一个包。不过他们都非常强壮,干活也很得力。沃用一种音乐般的语言支使他们干这干那,那种语言也是克雷斯闻所未闻的。

活儿当天就干完了。工人们把水虎鱼缸搬到了克雷斯家宽敞的起居室的中央,再在鱼缸两旁摆上一圈沙发,这样利于观赏。他们把鱼缸刷洗干净,在里面三分之二的空间里填上沙子和石块,然后装上一个特殊的照明系统。这个系统既可以发射沙王喜欢的暗红色光线,又具有把全息图像投影到鱼缸里的功能。他们还在鱼缸顶上加了一个非常结实的塑料盖子,盖子里有一个喂食装置。"这样,你喂它们的时候就不用把盖子挪开了。"沃跟他解释说,"你肯定不想让那些工沙有机会跑掉吧。"

盖子里还装着一台湿度控制仪,可以使鱼缸里的湿度保持在适当的水平。"里面得保持干燥,但是也不能太干了。"沃说。

Dreamsongs

最后，一个工人爬进鱼缸，在四个角上各挖了个深坑。他的一个同伴从结着霜的冷冻运输箱里拿出休眠的沙王，一个接一个地递给了他。

这些沙王实在不美观，克雷斯觉得它们就像一团团颜色斑驳的腐肉，只不过多了一张嘴而已。

外星工人把它们分别埋在四个角落里，跟着把鱼缸封好，然后就离开了。

"沙王遇热之后就会醒来，"沃说，"一周之内，工沙就会开始孵化。它们会挖洞，然后钻到地面上来。一定要给它们充足的食物，它们在成长期间需要保持充沛的体力。我估计，大约三个星期之后你就能看到城堡了。"

"那我的头像呢？什么时候它们才会开始雕刻我的头像？"

"大概一个月之后你再把全息图像投进去。"

她建议说："要有耐心。有什么问题就打电话来，我们随时为您效劳。"她朝克雷斯鞠了一躬，然后就走了。

克雷斯踱回到鱼缸边上，点着了一支大麻烟卷。沙漠里寂静无声，空无一物。他不耐烦地敲了敲缸壁，皱起了眉头。

到了第四天，克雷斯觉察到沙子下面似乎有了动静——来自地下的轻微扰动。

第五天，他看见了第一只工沙。它孤零零地待在鱼缸里，身体是白色的。第六天，他数出了十二只沙王，白的、红的、黑的都有。橙色沙王却迟迟不见动静。

他把一碗剩菜倒进鱼缸，沙王们马上就注意到了。它们冲上来，动手把食物拉回各自的角落。

每种颜色的沙王都秩序井然，互相之间也没有争斗。克雷斯觉得有些失望，不过还是决定再等上一阵子。

第八天，橙色沙王粉墨登场了。这时，其他的沙王都已经在搬运小石块，搭建粗糙的城堡了。

梦歌

它们还是没有打仗。它们现在的个头还只是店里那些同类的一半大小,不过克雷斯觉得这些家伙长得挺快。

在第二个星期内,城堡就盖了一半。工沙们排着井然有序的队伍,把大块的砂岩和花岗岩拖回各自的角落里,其他一些工沙则忙着用大颚和卷须把沙石堆砌起来。

克雷斯买了一副放大目镜,这样就可以把鱼缸里的动静尽收眼底。他绕着高高的缸壁走了一圈又一圈,仔仔细细地观察着。真是有意思极了。

城堡多少有些简陋,克雷斯不是十分满意。不过,他已经想到了一个改进的法子。第二天,他把一些黑曜石和彩色玻璃碎片跟食物一块投了进去。

几个钟头之后,这些石头和玻璃片就成了城堡墙面的一部分。

最先竣工的是黑色城堡,白堡和红堡紧随其后。不出所料,橙堡又是最后一个。克雷斯把饭拿到起居室里,坐在沙发上边看边吃,他觉得,头一场战争随时可能爆发。

他又一次失望了。日子一天天过去,城堡越来越高大,也越来越宏伟。除了上洗手间、接听重要的公务电话之外,克雷斯和鱼缸寸步不离。但沙王们还是没有开战,他开始不耐烦起来。

最后,他不再给它们喂食。

沙漠里不再有剩饭从天而降。两天之后,四只黑工沙围住了一只橙色同类,把它拖回去献给了自己的沙母。它们先扯下它的大颚、触须和腿,使其成了残废,然后把它拖进了微型城堡那道阴暗的正门里。那只沙王就此消失。不到一个小时,四十多只橙色沙王从沙漠另一头行军而来,向黑色军团所在的角落发起了进攻。但是,从地底深处冲出来的黑色沙王在数量上占尽优势。战斗结束时,进攻者们已经被屠杀殆尽。战死者和它们奄奄一息的同伴都被拖到了地下,成了黑沙母的盘中餐。

克雷斯非常兴奋,为自己的天才想法得意不已。

第二天,当他把食物放进鱼缸时,一场抢夺食物的三国大战爆发了。白色军团最终成了最大的赢家。

自那以后,战争就一场接一场,打得个不亦乐乎。

距贾拉·沃把沙王送来的时间已经快一个月了,克雷斯打开了全息投影仪,他的脸立刻出现在了鱼缸里。图像慢慢地旋转,这一来,四个城堡都可以均匀地接收到他的目光。克雷斯觉得这个投影还是和自己挺相像的:他顽皮地咧开嘴笑着,嘴巴宽宽的,脸颊丰满,蓝色的眼睛里闪烁着光芒,灰色的头发被精心梳成了时髦的分头,眉毛稀疏,一副老成世故的模样。

很快,沙王们就行动起来了。当自己的头像在沙王们的头顶闪耀时,克雷斯给它们投放了异常丰盛的食物。战争终于告一段落,现在的一切行动都围绕着"崇拜"这个主题展开。

西蒙·克雷斯的脸慢慢地显现在了城堡的墙面上。

一开始,克雷斯觉得四个城堡上的雕像几无二致。随着工程的进展,他对这些复制品进行了仔细的研究,发现它们在制作工艺以及最终效果上还是有细微的差别。红色军团最具有艺术天分,它们用小块的板岩表现出他灰扑扑的发色。白沙王制作的脸谱显得年轻又顽皮,而黑色军团的创作则突出了他智慧、慈祥的特点——不过脸都是一样的脸。橙色沙王还跟原来一样,进度最慢,效果也最差。它们在战场上的表现乏善可陈,相形之下,它们的城堡也是一副寒碜相。橙色沙王的雕像看上去潦潦草草,简直就像一幅漫画,而且它们看上去也不打算做什么改进了。看到它们停止了对雕像的加工,克雷斯心里很不是味儿,但也只有干瞪眼的份儿。

　　等到所有版本的头像都完工的时候,克雷斯关掉了投影仪——现在是时候来一次聚会了,他想,这肯定会让朋友们惊叹不已。他甚至还打算为大伙儿导演一出战争的好戏。他高兴地哼着歌,开始起草聚会客人的名单。

　　聚会果然大获成功。

　　克雷斯一共邀请了三十位客人。有几个是跟他爱好相同的密友,还有几个前任情人,其他的都是他生意和社交场上的竞争对手。他知道有些客人看了他的沙王会觉得不舒服,甚至会反感——这早在他的意料之中。

　　他一时冲动地把贾拉·沃的名字也写进了名单里,在给她的邀请函中又补上一句:"如果你愿意,把希德也叫上吧。"

　　她接受了邀请,不过她的话让他觉得有些不解。

　　"希德,呃,他不能来。他从来不参加社交聚会。至于我嘛,我很高兴能有机会看看你的沙王到底怎么样了。"

　　克雷斯为聚会预订了尤为丰盛的餐点。到了最后,客人们的谈资渐渐枯竭,大多数客人已经被红酒和大麻烟弄得晕头转向了。就在这时,克雷斯亲自动手把桌上的残羹冷炙一股脑儿地搜刮进了一个大碗里,这个举动让所有人都大吃一惊。"大家都上这边来,"他招呼着客人们,"我想让你们看看我的最新宠物。"他端着碗,领他们进了起居室。

　　沙王们总算没辜负他的一番厚望。事前被饿了两天,现在正是它们跃跃欲试的时候。克雷斯颇为周到地为客人们准备了放大目镜,大家便围在鱼缸边上就着目镜往里看。沙王之间展开了一场异常惨烈的剩饭争夺战。战斗结束之后,克雷斯清点了一下战场:差不多死了六十只工沙。红沙王和白沙王新近结成了联盟,大部分食物都被它们抢走了。

"克雷斯,你真是恶心。"卡茜·穆雷冲着他说。两年前他们在一起住过很短的一段时间,最后他实在受不了她那要命的多愁善感,跟她分了手,"我可真是个傻瓜,居然还到你这儿来。我还以为你也许会收敛一点儿,想要跟我道歉呢。"有一次,他的跛行兽把一只特别可爱的小狗给吃掉了。

那是卡茜的爱物,为这事儿她一直都不肯原谅他。"别再请我到这个鬼地方来了,西蒙。"她大踏步地冲了出去,后头紧跟着她的现任情人。一片嘲笑声在他们身后响起。

其他的客人都有满肚子的问题要问。

"这些沙王是从哪儿弄来的?"

"沃和希德进口商店。"他回答道,一边向贾拉·沃做了个礼节性的手势。她一直都很安静,大部分时间里都是一个人待着。

"为什么沙王要拿他的头像来装饰城堡?"

"因为我是它们的上帝。难道你们不知道吗?"他的回答引发了一阵哧哧的笑声。

"它们还会打起来吗?"

"当然。不过今天晚上不会了。别担心,这样的聚会以后还会有。"

业余外星生物学家贾德·拉吉斯聊起了其他的群居昆虫,还有它们掀起的那些战争。"这些沙王很有意思,但也没什么特别了不起的地方。你不妨读一读关于另外一些昆虫的书,比方说,《地球上的兵蚁》。"

"沙王不是昆虫。"贾拉·沃突然插了一句。

不过贾德已经走开了。谁也没在意她的话。克雷斯冲她笑了笑,耸了耸肩。

玛拉达·布雷提议在下次观战时设一个赌局,大家都对这个主意表示赞同。接着,他们兴致勃勃地就赌博的规则和赔率展开了讨论,一直持续了接近一个钟头。最后,客人们开始陆续离去。

贾拉·沃是最后一个走的。等到就剩他们俩的时候,克雷斯跟她说:"看来,我的沙王所引起的反响似乎非常不错。"

"它们长得不错,"沃说,"已经比我自己养的那些大点儿了。"

"对,只有橙色沙王例外。"克雷斯说。

"我也注意到了,"沃回答道,"它们的数量似乎很少,城堡也很破败。"

"呃,总得有人落后的,"克雷斯说,"橙色沙王出来得晚,城堡盖得也晚,所以它们吃亏了。"

"能不能告诉我,"沃说,"你有没有喂它们足够多的食物?"

克雷斯耸了耸肩。"它们得时不时地节节食,这样能更好地激起它们的斗志。"

沃不满地皱了皱眉:"你没必要饿着它们,它们自然会在某个时间因为某种理由而发动战争,那是它们的本性。那样你看到的就会是非常复杂的对抗,令人赏心悦目。眼下这种因为饿肚子引起的连续战争毫无艺术感,档次也不高。"

克雷斯态度激烈地回敬了她的不满:"你现在是在我家里,沃,在这里,档次高不高得由我来决定。我一开始就是按照你的建议来喂养它们,可它们根本就不开打。"

"你得有耐心。"

"不,"克雷斯说,"归根结底,我才是它们的主人和上帝。为什么我得等到它们自己想打时才打呢?它们打斗的次数没达到我的要求,我只是对这种状态做了一番修正而已。"

"我知道了,"沃说,"我会跟希德商量一下的。"

"这不关你的事,跟他也没关系。"克雷斯打断了她。

"那,我想我也该告辞了。"沃的语气听起来有些无可奈何。在披上外套时她又瞪了他最后一眼。"好好留意你那头像吧,西蒙·克雷斯。"她警告道,"看看你那头像。"说完就离开了。

克雷斯满腹狐疑地踱回到鱼缸边上,紧盯着那城堡。他的头像还在,跟原来一样,只是——他抓起放大目镜戴上,长时间地审视着那脸,不过还是很难说清到底有什么不妥。但,头像的表情似乎有了细微的改变。笑容有些扭曲,神色显得有点恶毒。当然,变化微乎其微——如果这也算是变化的话。最后,克雷斯把这归结为心理暗示的缘故,并决定再也不邀请贾拉·沃来参加聚会了。

接下来的几个月里,克雷斯和他的十来个死党每周都要聚在一块儿玩一种游戏,他喜欢称之为"战争游戏"。但最初的那股狂热劲儿早已过去,他不再花那么多时间围着鱼缸,转而开始更多地关注生意上的事务和社交生活。不过,他还是喜欢时不时地叫几个朋友过来看上一两场战争。他总是让沙王们处在饥饿的边缘,橙色沙王因此付出了惨重的代价,数量明显地减少。到后来,克雷斯开始怀疑它们的沙母是不是已经死了。其他沙王的日子倒还过得逍遥。

在一些难以成眠的夜晚,克雷斯会拿着一瓶红酒走进起居室,那儿唯一的光源就是微型沙漠里的暗红色光芒。他会自个儿边喝酒边观察沙王,一连看上好几个小时。一般情况下,总会有某个角落正在打仗。碰上鱼缸里一片太平的时候,他只需要扔一点点食物进去,马上就能挑起一场纷争。

梦歌

就像玛拉达·布雷提议的那样,克雷斯的同伴们开始为每周的"战争游戏"下注。克雷斯把宝押在白色沙王身上,赢了不少钱。白色沙王现在已经是鱼缸里最人多势众的一派了,它们的城堡也最为宏伟壮观。有一次,他没有像平时那样在战场中央投放食物,而是掀开鱼缸盖子的一角,把食物直接倒在了白色城堡边上。这一来,其他沙王要想得到食物就必须去攻击白沙王的要塞。它们的确这么干了,但白沙王成功地抵挡住了进攻,克雷斯也因此从贾德·拉吉斯手里赢到了一百块钱。

实际上,拉吉斯几乎每个星期都在大输特输。他自认为对沙王和它们的行为方式非常了解,声称自己从第一次聚会之后就开始研究它们,但是一到下注的时候,他的运气就不见了。克雷斯怀疑拉吉斯是在吹牛。他自己也曾一时兴起想研究一下沙王,还泡在图书馆里查询自己的新宠物到底来自哪个星球,但是图书馆根本就没有关于沙王的任何记录。他也曾想跟沃联系,问问她有关的情况,但又因为别的事情给搁下了。渐渐地,也就把这事儿给忘了。

后来有一次,拉吉斯又来参加战争游戏了。之前的一个月里他总共输掉了一千多块钱。这次他来的时候,胳膊下夹了个小小的塑料盒子,里头有一只类似于蜘蛛的东西,身上覆盖着一层金色的细毛。

"这是只沙漠蜘蛛。"拉吉斯宣布,"产自卡萨蒂。我今天下午在'以太宠物'买的。通常他们都会把蜘蛛的毒囊取掉,不过这只还是完好无损的。西蒙,你敢跟我赌吗?我要把我的钱赢回来。我押一千块,赌沙漠蜘蛛能打赢沙王。"克雷斯审视着被关在塑料盒子里的蜘蛛,在心里掂量了一番。他的沙王已经长大了——比沃那些沙王要大上一倍,就像她预言的那样——但是跟这个庞然大物比起来可就相形见绌了;而且蜘蛛是有毒的,沙王可没有这种武器。但话又说回来,沙王们有着庞大的数量。再说了,没完没了的沙王之战也让他看得发腻了。于是,这种新奇的比赛一下便勾起了他的兴致。

"成交。"克雷斯说,"贾德你傻了,沙王们会前仆后继地进攻,直到把你的这个丑东西杀死才会罢手。"

"傻的人是你,西蒙,"拉吉斯微笑着回敬道,"卡萨蒂沙漠蜘蛛吃的就是那些躲在角落和缝隙里的胆小鬼。瞧着吧,它肯定会径直冲进城堡把你那些沙母吃掉的。"

其他人都笑了,克雷斯却沉下脸来。他之前可没想到这一点。"那就走着瞧吧。"他不耐烦地说,然后就给自己加酒去了。

蜘蛛个子太大了,没法顺利地通过喂食器进到鱼缸里。有两位客人帮着拉吉斯把鱼缸的盖子往边上挪了挪,玛拉达·布雷把盒子递了上去。拉吉斯就把蜘蛛给抖搂了出来。蜘蛛轻巧地降落在红色城堡前面的一个沙丘上,迷惑不解地在原地待了一会儿,嘴和脚则气势汹汹地抖动着。

"上啊。"拉吉斯催促着蜘蛛。他们现在都围到了鱼缸边上。克雷斯找来了放大目镜,把它戴上。就算他真的要输掉一千块钱,起码也得把这场战斗好好地欣赏一番。

沙王们发现了入侵者。红色城堡里的所有活动都停止了。那些小小的红色工沙都呆立在原地,观望着。

蜘蛛开始爬向城堡大门,向着吉凶难料的前途进发了。克雷斯的头像从上方的塔楼俯视着它,木无表情。

一场混战立刻爆发了。离得最近的那些红色工沙排成了两个楔形战队,顺着沙地朝蜘蛛冲了过去。更多的士兵源源不断地从城堡里涌出来,组成了一个三列纵队,保卫着沙母居住的地下城堡的入口。侦察兵在沙丘之间来回奔忙着,召唤同伴们加入战团。

双方短兵相接。

发起进攻的沙王们如潮水般涌到了蜘蛛身上,用大颚紧紧地咬住蜘蛛的腿和腹部不放。红色沙王顺着入侵者金色的腿脚爬到了对方的背上,然后又咬又撕。有一只沙王找着了蜘蛛的一只眼睛,用自己那小小的黄色卷须把它揪了下来。克雷斯满脸堆笑,在一旁指指点点。

但是它们太小了,也没有毒液,因此没能把蜘蛛制住。蜘蛛弹动着腿,把沙王拨向自己身体两侧,同时用淌着涎水的颚去对付其他的沙王。沙王们被蜘蛛咬得支离破碎,身体也僵硬了。一会儿工夫,就有十多只红沙王奄奄一息地倒在了地上。沙漠蜘蛛步步逼近,大步流星地跨过了排在城堡前面的三排卫兵。沙王队伍缩小了包围圈,把蜘蛛裹在中间,进行着玉石俱焚的战斗。有一队沙王把蜘蛛的一条腿咬了下来。防御者们络绎不绝地从塔楼上跳下来,加入了纠结的密集战团。

蜘蛛全身上下都爬满了沙王,它突然倒向一边,莫名其妙地消失在了沙石中。

拉吉斯长吁了一口气,他看起来脸色苍白。"太精彩了。"有人在说。玛拉达·布雷咯咯地轻声笑着。

"看啊。"艾迪·诺兰迪安说,并拽住了克雷斯的胳膊。

大家一直专注于眼前这个角落的战斗,谁也没有注意到鱼缸里其他部分的情形。他们面前的城堡现在已经安静下来,沙地上只剩下红色工沙的残骸,别的什么也没有。

三支大军汇聚到了红色城堡前面。橙、白、黑三色沙王排着整齐的队列,纹丝不动地站在那里。它们在等着看地下会冒出什么东西来。

克雷斯笑了。"这是一条防御封锁线。"他说,"再看别的城堡,贾德。"

拉吉斯看了看,不由得咒骂了一句。一队队工沙正在拿沙子和石头把城堡的各个入口封上。就算蜘蛛在这次遭遇战中侥幸存活,也难以进入其他城堡。

"我应该拿四只蜘蛛来。"拉吉斯说,"反正我还是赢了,我的蜘蛛现在就在下面,正在吃你那该死的沙母呢。"

克雷斯没有回答。他等着看结果。这时候,沙漠的阴暗处有了动静。

转眼之间,红色的工沙又开始从大门里涌了出来。它们在城堡上各就各位,开始修复被蜘蛛弄坏的部位。其他的沙王军队也都散开了队形,开始往各自所在的角落撤退。

"贾德,"克雷斯说,"我想你还没搞清楚到底是谁吃了谁。"

接下来的那个星期,拉吉斯带来了四条细长的银蛇,沙王们没费多大力气就把它们给解决了。

再下次他带了只大黑鸟。黑鸟吃掉了三十多只白工沙,而且还真把白色城堡给扑腾垮了。可最后,它实在扑腾不动了,因为不管在哪儿落地,沙王们都会对其发起猛烈的进攻。

黑鸟之后是一盒昆虫——那些甲壳虫长得跟沙王颇为相似,但傻多了。橙黑沙王的联军冲乱了这些甲壳虫的队形,它们被分割开来,很快便被屠杀殆尽。

拉吉斯开始拿期票跟克雷斯结账了。

差不多就在那个时期,克雷斯再次遇见了卡茜·穆雷。那天晚上,克雷斯在阿斯加德一家他最中意的饭馆里吃饭,而她碰巧也在那儿用餐。他走到她的餐桌旁,跟她说了说战争游戏的事,然后邀请她也加入。她听了之后气得满脸通红,但很快便恢复了常态,冷冷地对他说:"得有个人来让你悬崖勒马了,西蒙。我想那个人就是我。"

克雷斯耸了耸肩,然后回自己的座位享用一顿美味的晚餐,就此把她的威胁置之脑后。

梦歌

一个星期之后,一个矮胖的女人来到了克雷斯的家门口,向他出示了自己的警察袖章。"我们接到了投诉,"她说,"克雷斯先生,您家里是不是养了满满一缸子危险的昆虫?"

"不是昆虫,"克雷斯恼怒地说,"您不妨自己进来看看。"

看到沙王之后,她大摇其头。"这样绝对不行。你对这些动物了解多少呢?你知道它们来自哪个星球吗?它们通过生态委员会的检查了吗?你有饲养它们的许可证吗?我们收到投诉说它们是食肉动物,可能非常危险。还有一份投诉说它们是半智能生物。它们到底是从哪儿来的?"

"沃和希德宠物店。"克雷斯回答道。

"没听说有这么个店。"女警察说,"这些人多半是通过走私把它们弄进来的,因为我们的生态学家绝不会批准进口这种动物。不行,克雷斯先生,这样绝对不行。我得没收这个鱼缸,然后把它销毁。您还得交一些罚款。"

克雷斯许给她一百块钱,让她放过他和他的宠物。

"现在您可又多了一项贿赂公务人员的罪名。"

直到他把价码加到两千,她才终于松了口。"你知道,这事儿麻烦着呢,"她说,"有些表格得要修改,还有些记录得想办法删掉,从生态学家那里搞一张伪造的许可证也得花上不少时间,打发那个投诉者的麻烦就更不用说了。要是她再打电话来怎么办呢?"

"让我来对付她。"克雷斯说,"让我来。"

他着实费了番心思,想着该怎么应付这件事情。

当天晚上,他打了好几通电话。

首先找到了"以太宠物"。

"我想买条狗,"他说,"一只小狗。"

全息影像里,长着一张圆脸的店主呆呆地瞪着他。"一只小狗?西蒙,这可不像你啊。干吗不亲自来一趟呢?我这儿有一只不错的货色。"

"我要的是一种特别的狗,"克雷斯说,"你拿支笔记一下,我给你形容一下是什么样的。"

然后他又找上了艾迪·诺兰迪安。"艾迪,今晚到我这儿来一趟吧,带上你的全息拍摄装备。我想录下沙王们与小狗打斗的场面,打算当礼物送给一位朋友。"

那天夜里,拍完录像并将其寄送出去,克雷斯一直折腾到很晚。他给自己准备了一份小点心,抽了几支大麻烟,还开了一瓶红酒,在自己的感官娱乐室里看了一出离经叛道的闹剧。最后,才心满意足地端着酒杯踱进了起居室。

起居室没有开灯,鱼缸发出的红光让所有东西都变成了红色,气氛显得十分躁动不安。克雷斯走过去俯瞰自己的领地,因为他很想知道黑色沙王的城堡修得怎么样了——小狗把它们的城堡弄得一团糟。

修复工作进行得很顺利。但是,当克雷斯透过放大目镜视察它们的工作成果时,碰巧近距离地瞥见了沙堡墙面上自己的头像,不由得大吃一惊。

他退后一步,眨了眨眼,又喝了口酒定了定神,再一次往缸里看去。墙上那张脸的确还是自己的,但却已经扭曲变形,脸颊肿胀得像只猪,笑容显得狡诈淫荡,看上去邪恶得难以形容。他心神不宁地绕着鱼缸走了一圈,仔细看了看其他的城堡。各个城堡上的脸谱有着细微的区别,但都相差无几。

橙色城堡上的头像略去了大部分的细枝末节,但看上去还是十分残暴粗野——嘴角显得十分蛮横,眼睛里则是一副茫然无措的神情。红色沙王给他的头像加上了恶魔般的狞笑,嘴角像在抽动着,那动作既古怪又令人厌恶。他最喜欢的白色沙王雕出来的也是一个凶残的撒旦形象。克雷斯狂怒地把酒杯扔向了房间的另一头。"你们可真是胆大包天。"他压着嗓子说道,"一个星期之内,别想吃到东西,你们这些该死的……"他的声音变得尖锐刺耳,"我得好好教训教训你们。"突然之间,他有了一个主意。

他大步走出房间,不一会儿又走了回来,手里多了把铁做的古董标枪。标枪有一米长,枪尖十分锋利。克雷斯狞笑着,爬上去把鱼缸盖子挪开了一点,腾出了刚好够他动手的空间。沙漠的一角暴露在他面前,他弯下身,用标枪向着白色城堡猛刺下去。他来回杵着标枪,把塔楼、工事和城墙一股脑儿地摧毁了。沙子和石子哗哗地往下掉,把四处逃窜的工沙埋在了沙下。他轻轻抖了一下手腕,按他的脸制作的那个傲慢无礼的讽刺肖像彻底灭迹了。接下来,他把枪头对准通往沙母密室的那个阴暗洞口,然后用尽全力戳下去。他感觉到一股阻力,接着就听到了轻微的碎裂声。所有的工沙都战栗着瘫倒在地。克雷斯心满意足地抽回了标枪,然后观察了一会儿,想弄清楚沙母是不是已经被杀死了。枪头已经湿了,还有点黏糊糊的。最后,白色沙王又开始动起来,很缓慢、很无力,但的确是在动。他正准备把盖子挪一下,好接着对付下一个城堡,却忽然感觉到自己手上有什么东西在爬。他尖叫着扔下标枪,把那只沙王从身上掸了下来。沙王掉到了地毯上,他赶紧过去用脚把它踩死,然后又来来回回地把尸体碾得粉碎——在他踩上去的时候,那只沙王发出"嘎吱"一声惨叫。在这之后,他一边打着战,一边赶紧封好了鱼缸。然后他冲出房间,洗了个澡,把自己全身上下查了个遍,又把衣服放到水里去煮。再后来,他又喝了几杯红酒,这才走回了起居室。他觉得有点儿害臊,居然被一只沙王吓成这样。不过他可不打算再打开鱼缸,从这以后,鱼缸的盖子永远不会再打开了。当然,他还是得惩罚其他那些沙王。他决定再喝杯酒,借此润滑一下生锈的脑子。喝完之后,他又有了主意。他走到鱼缸边上,调了一下湿度控制仪。等他攥着酒杯在沙发上酣然入梦的时候,那些沙堡已经让雨水给溶解了。

一阵狂乱的敲门声把他惊醒。

他摇摇晃晃地坐起身来,脑袋隐隐作痛。他心想,宿醉真是件让人难受的事情,一边蹒跚着走到了门厅里。

站在门外的是卡茜·穆雷。"你这个恶魔!"她冲他叫嚷道。她的脸肿了,上面还留着一道道泪痕。

"我哭了一个晚上,你这个该死的!我绝不容许你再这样了,西蒙,绝不。"

"好啊,"他捧着自己的脑袋,"我酒还没醒呢。"

她咒骂着把他推到一边,冲进了房子。跛行兽跑过来蹲在角落里,想看看发生了什么事情。她用力拍了它一掌,大踏步地进了起居室。克雷斯有气无力地跟在她后头。"等等,"他说,"你这是要去……你别……"他突然停下来,被吓住了——她左手拿了把沉重的大锤。"不要!"他叫着。

她径直走到鱼缸前。"你很喜欢这些小可爱是吧,西蒙?现在你可以跟它们一起待着了。"

"卡茜!"他大声叫道。

她双手紧握大锤,用尽全力向鱼缸抡了过去。

大锤撞击鱼缸的声音让克雷斯的脑袋嗡嗡作响,他绝望地发出了一声低沉的哀号。但缸壁依然完好如初。

她又抡起了大锤。这次鱼缸裂了,缸壁上出现了网状的细线。

在她收回手,准备再一次攻击的时候,克雷斯向她撞了过去。他们倒在一起,厮打着在地上滚来滚去。她手里的锤子掉了,便拼命想掐住他的脖子,但克雷斯用力挣脱了。他在她胳膊上咬了一口,咬出了血痕。两个人都摇摇晃晃地站了起来,喘着粗气。

"看看你自己吧,西蒙。"她冷冷地说,"你的嘴角滴着血,跟你的宠物一个德行。味道怎么样啊?"

"滚出去!"他说。他看到昨晚掉在地上的标枪还在原处,就一把将它抓了起来。"滚!"他又重复道,还特意晃了晃标枪,"不许再靠近鱼缸。"

她对他的举动表示嘲笑。"你没这个胆子。"她说着就弯下身去捡锤子。

克雷斯冲她尖叫了一声,刺出了手中的标枪。还没明白过来怎么回事呢,铁铸的枪头已经穿透了她的肚子。卡茜·穆雷难以置信地看了他一眼,又低头看了看标枪。克雷斯一边往后退,一边呜咽着:"我不是故意的……我只是想……"

她被标枪扎穿了,血流如注,但却不知道为什么没有倒下。尽管嘴里都是血,她还是挣扎着说出了一句:"你这个恶魔。"让人不可思议的是,她又转过身来,身上带着标枪,用尽最后一丝力气撞到了鱼缸上。塑料片、沙子和泥浆如雪崩一般泻落下来,把她整个儿埋在了下面。

克雷斯发出了歇斯底里的微弱叫声,连滚带爬地到了沙发上。

沙王们从起居室地上那堆脏东西里钻了出来。卡茜的尸体上爬满了沙王。有一些还试着穿过地毯,其他的沙王也跟了过去。

沙王们渐渐组成了一支队伍——一个蠕动着的沙王方阵。它们抬着一个东西,那东西黏糊糊的,说不出是什么形状,似乎是一块跟人脑差不多大小的生肉。它们正在把它从鱼缸里抬出来。那东西还在有节奏地跳动着。

克雷斯再也看不下去了,于是夺门而出。

他实在没有勇气回家,于是跑向自己的飞行器,开着它去了最近的一座城市,那里离他家大约有五十公里远。他怕得要命,差不多快要吐了。不过,逃离险境之后,他找了家小饭馆,喝了几杯咖啡,吞了两片醒酒药,又吃了顿丰盛的早餐,就这样慢慢地恢复了镇静。

这天早上的事情的确十分可怕,不过总去想它也是无济于事的。

他又要了些咖啡,然后开始冷静地审度目前的局面。

卡茜·穆雷死在了他的手里。他要不要去自首,跟警察说这是一次意外呢?行不通的。他把她刺了个透心凉,而且还跟那个女警察说过让自己来对付她的话。他必须把证据毁灭掉,还得指望卡茜没有跟别人说过她那天的安排。应该没有。她应该是昨天夜里很晚才收到礼物的。她说自己哭了一晚上,而且是自己一个人来的。他只需要把尸体和她的飞行器灭迹就行了。形势还算不错。

接下来就是那些沙王了,它们也许会造成很大的麻烦。毫无疑问,它们现在都已经逃脱了牢笼。一想到它们会在他的房子里、床上、衣服里跑来跑去,在他的食物里生息繁衍,他身上就直起鸡皮疙瘩。他打了个战,努力压制住那种恶心的感觉。他提醒自己,要消灭它们应该不算很难。不需要把每一只工沙都考虑到,只要把那四只沙母干掉就行。这件事并不难。沙母的个头都不小,他见过的,他能够把它们找出来杀掉。过去他曾是它们的上帝,现在,他将成为它们的终结者。

回家之前,他去买了些东西。一副能把自己从头裹到脚的薄皮套,几包杀岩蜓用的毒药丸子,外加一个喷雾罐——里面装有一种药力极强的违禁杀虫剂。他还买了一台牵引起重装置。

接近傍晚的时候,他回到了家,马上开始有条不紊地处理每件事情。首先,他用牵引起重机把卡茜的飞行器钩在了自己的飞行器上。在搜索卡茜的飞行器的时候,他碰上了第一个好彩头——录有艾迪·诺兰迪安拍的沙王战争场面的晶片还在飞行器的前座上摆着。他本来还一直在担心这个东西的下落。

处理完飞行器之后,他把皮套罩在了身上,走进房里去搬卡茜的尸体。

尸体已经不在原地了。他仔细地检查过那些正在迅速变干的沙堆,毫无疑问,尸体的确是不见了。难道是她自己爬到别处去了吗？不太可能,但克雷斯还是四处搜寻了一番。他把整个房子粗略地检查了一遍,既没找着尸体,也没看见沙王的踪影。那个昭示他罪状的飞行器还在大门外面,他可没时间再仔仔细细地检查一遍了。他决定以后再找。

离他家七十公里左右的地方有一个活火山群,他拖着卡茜的飞行器飞到那里。最大的那座火山张着火焰熊熊的大口,他在上空松开了起重牵引装置,然后看着飞行器一头栽了下去,在熔岩中消失了。

等他再回到家的时候已经是黄昏,他的工作因此暂时告一段落。他想过要飞回城里,在那儿过夜,不过马上又打消了这个念头。还有很多事情要做,现在还不安全。

他在房子外面撒上了一圈毒丸子,这不会让人起疑心,因为那些岩蜓向来很让他头疼。这项工作完成之后,他往喷雾罐里灌满了杀虫剂,大着胆子回到了房间里。

克雷斯挨个检查着每个房间,走到哪儿就把哪儿的灯给打开。到了最后,整座房子变得灯火通明。他停下来清扫了一下起居室,用铲子把沙子和塑料碎片弄回破裂的鱼缸中。他一直害怕的事情终于发生了:沙王都跑了。那些城堡在克雷斯的水攻之下也都扭曲变形,缩作一团,最后变成了一堆烂泥。剩下的一丁点儿也在风干的过程中土崩瓦解。

他皱着眉头继续搜索,肩膀上还挂着那个杀虫喷雾器。

他在酒窖里找到了卡茜·穆雷的尸体。

尸体在一段陡峻的楼梯下面,四肢都扭曲着,就像是突然从上面摔下去一样。爬满了白色工沙的尸体,正在几乎满是沙王的泥地上一下一下地挪动着。

克雷斯狞笑着,把灯光拧到了最亮。对面的那个角落里有一个低矮的土堡,两排酒架之间还有一个黑洞。在酒窖的墙上,克雷斯依稀看见了自己脸部的大致轮廓。

尸体又动了一下,朝城堡的方向挪动了几厘米的距离。克雷斯脑子突然浮现出了白沙母饥肠辘辘地等待食物的情景。它也许能把卡茜的脚吃进嘴里,再多它可就吃不了了。这番情景可真是荒谬。他又笑了笑,继续注视着下方酒窖里的情形。喷雾器的软管在他右手下面耷拉着,他的手指就放在软管的开关上。

这时,几百只沙王突然统一行动起来。它们扔下尸体,在克雷斯和白沙母之间排好战斗阵形。克雷斯眼前顿时出现了一片白色的海洋。

克雷斯突然又有了新的灵感。他笑了笑,放下了握住开关的手。

"卡茜一直都是块难啃的骨头。"

他为自己的聪明得意不已。"对你们这种个头的东西来说更是如此。来,让我来帮帮你们。说到底,上帝是干吗的呀?"

他爬上楼梯,走出酒窖,不一会儿就拿了把切肉刀回来。沙王们耐心地看着克雷斯把卡茜·穆雷剁成了一小块一小块容易消化的碎片。当天夜里克雷斯是穿着皮套睡的,杀虫剂就放在手边。其实他根本用不着杀虫剂。白色沙王都心满意足地待在酒窖里,而其他的沙王全部都无影无踪。

第二天早上,他总算把起居室打扫干净了。经过他的一番收拾,除了那个破鱼缸之外,房间里再没留下任何打斗的痕迹。

中午他随便吃了点东西,然后继续寻找那些失踪的沙王。在明亮的日光之下,他没费多大劲就找到了它们。黑沙王在他的假山庭园里安营扎寨,用黑曜石和石英石造了一座巨大的城堡。红沙王是在早已废弃不用的游泳池里找到的,经年累月的风沙几乎快把池子填满了。他看见自己的庭院里到处都是黑色和红色的工沙,其中有不少正在把毒丸子搬回去孝敬各自的沙母。克雷斯忍不住偷笑,看来是没必要用杀虫剂了,也没必要冒险跟它们大干一仗,有这些毒丸子就够了。黑色和红色的沙母应该活不到今天晚上。

就剩那些橙色的沙王还没下落。克雷斯绕着房子找了好几圈,搜索范围也越来越大,但还是没有找到橙色沙王的蛛丝马迹。天气又干又热,他被皮套捂出了汗,于是就不再拿橙色沙王的下落当回事了。如果它们出了院子,那它们多半也已经跟红沙王和黑沙王一样吃下了毒丸子。

走回房间的时候,他用脚碾碎了几只沙王,心里不免有些快感。进屋之后,他脱掉了皮套,舒舒服服地坐下来享用了一顿美餐,终于有了一丝放松的感觉。一切都在掌握之中。有两只沙母马上就要完蛋了;第三只也待在不会对自己造成危险的地方,他利用完它之后就可以把它处理掉;最后一只他也肯定能够找着;至于卡茜,她来过这儿的所有痕迹都已经被抹得一干二净。

电话视屏开始闪动,打断了他的思绪。是贾德·拉吉斯,他打电话来吹嘘自己又找着了几只食人蠕虫,还说今晚打算带它们来参加战争游戏。

克雷斯已经把这事儿给忘了,不过很快就想了起来。"哦,贾德,不好意思,忘了跟你说,我对这些玩意儿已经腻烦了,那些沙王也被我处理掉了。都是些丑陋的小玩意儿。对不起,今晚没有聚会了。"

拉吉斯觉得愤愤不平。"那我拿这些蠕虫怎么办呢？"

"放在果篮里寄给情人吧。"克雷斯冲着他说，然后挂了电话。他马上开始拨其他人的电话。这个时候他不希望有任何人找上门来，因为沙王们还活着，还在房子里面大肆折腾。

在给艾迪·诺兰迪安打电话的时候，他突然意识到自己疏忽了一件令人头痛的事情。屏幕变得清晰起来，显示已经有人应答。克雷斯轻轻点了一下应答键。

一个钟头后，艾迪如约抵达。聚会取消的事情让她很是奇怪，但她也很高兴能单独跟克雷斯待一个晚上。他讲了卡茜看了他俩一起拍的片子之后的反应，这让艾迪乐得不行。克雷斯一边说，一边想方设法地弄清楚了艾迪并没有把这个恶作剧告诉过别人。他满意地点了点头，往杯子里加满了酒。瓶里只剩一点点。"我再去拿一瓶，"他说，"跟我一起上酒窖去吧，帮我挑一瓶好年份的酒。你对酒的感觉总是比我好。"

她欣然同往。不过当克雷斯打开地窖门示意让她先进时，她却站在楼梯上犹豫不前。"灯呢？"她问克雷斯，"里面有股味儿……这是什么怪味儿啊，西蒙？"

他推了她一把，她一时间似乎被吓呆了，然后尖叫着从楼梯上滚了下去。克雷斯关上了门，又用板子和气锤把门钉死。这些工具都是他事先就放在那儿的。快要弄完的时候，他听见了艾迪的呻吟，"我好痛。"她叫着，"西蒙，这是什么东西？"

她突然惊叫了一声，紧接着就开始歇斯底里地尖叫。

叫声一直持续了好几个小时。克雷斯去了自己的感官娱乐室，选播了一出粗俗的喜剧，好让自己不去想这件事情。

确信艾迪已经死了之后，克雷斯把她的飞行器也载到北方扔进了火山口。看来那架牵引起重机是买对了。

第二天早上,克雷斯来到酒窖那儿,想看看情况怎么样了,这时门里边传来了奇怪的扒门声。他紧张地听了一会儿,心想艾迪也许还没死,正在使劲儿抓门想出来。这似乎不太可能,应该是沙王的声音才对。这个念头让克雷斯不寒而栗。他决定让门封着,至少先封上一段时间再说。然后他拿了把铲子走到屋外,想把红沙母和黑沙母埋葬在它们各自的城堡里。

它们都还好端端地活着呢。

黑城堡上的黑曜石闪闪发光,城堡上爬满了沙王,它们正在修复和加固城堡。最高的塔楼已经到他腰部那么高了,上面刻着他的脸,一个极度扭曲丑陋的漫画肖像。当他走近城堡时,黑色沙王全都停止了工作,组成了两个气势汹汹的方阵。克雷斯往身后瞥了一眼,只见其他的沙王也在步步逼近,封住了他的退路。惊骇之下,克雷斯扔下了铲子,用尽全力跑出了包围圈。又有几只工沙死在了他的脚下。

红色城堡正沿着游泳池的池壁往上延伸,沙母就安居在沙子、混凝土和城垛之间的一个深坑里。池底爬满了红色沙王。克雷斯看见它们把一只岩蜓和一只大蜥蜴拖进了城堡里,心里恐惧到了极点。他从游泳池边退了回去,觉得有什么东西在嘎吱作响。他低下头,看见三只工沙正顺着自己的腿往上爬。他伸手把它们掸到地上,用力踩死它们,别的沙王正在飞快地向他冲过来。它们比他印象中大多了,其中一些都快有他的拇指那么粗大了。

他开始狂奔起来。

终于安全地跑回房子里面,克雷斯上气不接下气,心扑通扑通地狂跳不已。他关好门,还赶紧上了锁。他的房子应该是不怕虫子的,待在这儿想必不会有什么危险。

他喝了杯烈酒,总算让自己镇定了下来。这么说,毒药也治不了它们,他暗自思忖。他早该想到这一点——贾拉·沃曾经警告过他:沙母什么都能吃。

看来只能靠杀虫剂了。他又喝了杯酒,好再给自己壮壮胆,然后穿上皮套,背上了喷雾器。

他开了门。

沙王们正在门外恭候着他。

克雷斯面对的是两支大军——它们因为共同的敌人而结成了联盟,数量之多出乎他的意料。那些该死的沙母肯定是像岩蜒那样生个没完没了。到处都是工沙,眼前是一片蠕动的海洋。

克雷斯举起软管,扣动了扳机,一阵灰色的水雾随即洒到了最近那一排沙王身上。他的手来回移动着,水雾所到之处,沙王们纷纷抽搐起来,然后突地痉挛一下,就此一命呜呼。克雷斯满意地笑了,它们根本不是他的对手。他用杀虫剂在自己面前喷出了一片宽阔的弧形地带,然后自信地走上前去,踏过一堆黑黑红红的狼藉残骸。沙王大军开始撤退。克雷斯步步紧逼,打算从它们中间杀出一条血路,然后直捣沙母所在的老巢。

突然间,沙王们不再后退,上千只沙王如潮水般向他涌了过来。

克雷斯对它们的反击早有准备。他站在原地,用水雾之剑在自己面前挥出了一个又一个巨大的圆弧。沙王们朝他冲过来,跟着就死在了他的面前。

也有几只穿过了他的防线,他的喷雾圈不可能那么密不透风。他感觉它们爬到了自己的腿上,用大颚徒劳地咬着皮套上的强化塑胶。他对此置之不理,只顾喷洒着杀虫剂。

接下来,他感到有什么东西在轻轻地撞击自己的头和肩膀。

克雷斯哆哆嗦嗦地转过身,一抬头,只见房子的正面已经成了沙王的世界——黑的红的都有,一共有好几百只。它们先蹦到空中,然后雨点般地落到他身上,他全身上下都落满了沙王。有一只落在了他的脸上,他还没来得及把它赶走,眼睛就被它的大颚咬了一下。这一下真是难受极了。

他抡起软管,朝空中和房上喷洒着杀虫剂。那些空降的沙王纷纷死去,剩下的也只是在苟延残喘。水雾掉回到他自己身上,他不由得干咳了几声,不过并未就此罢手。直到房上的沙王都已经被消灭干净,他才把注意力转回了地面。

他已经被沙王包围了,身上也都是沙王。有几十只正在他身上快速爬行,身后还跟着好几百个同类。

他把水雾转向了它们。软管突然没了动静,克雷斯耳边传来响亮的嘶嘶声,一大团致命的雾气从他双肩之间喷了出来,把他整个儿都罩在了里面。他觉得自己快要窒息,双眼火辣辣地疼,视线也模糊不清。克雷斯伸出爬满垂死沙王的双手,摸索着去够软管。软管已经被切断,那些该死的家伙把管子咬穿了。他身上笼罩着一层杀虫剂的气雾,眼睛无法看清东西。

脚下忽被绊了一下,他尖叫一声,开始往屋子里边跑,边跑边努力甩掉身上的沙王。

他一进屋就锁上了门,然后躺倒在地毯上滚来滚去,直到确信身上那些沙王都被压死了才作罢。喷雾器已经空了,发出无力的嘶嘶声。克雷斯飞快地脱下皮套,冲了个澡。热水有些烫人,弄得皮肤又红又痒,不过身上好歹不再起鸡皮疙瘩了。

克雷斯找出了自己最厚的衣服,那是些厚重的工装裤和皮衣。他神经质地把这些衣服抖了又抖,然后才穿在身上。"该死的。"他不停嘀咕着,嗓子眼干涩得要命,"该死的。"他把门厅每个角落都检查了一遍,确信已经没有沙王,这才坐下来给自己斟了杯酒。"该死的。"他又咕哝了一句。他倒酒的时候手有些哆嗦,酒洒到了地毯上。

他借着酒精的力量镇静了下来,不过还是心有余悸。他又倒了杯酒,然后轻手轻脚地走到窗边。沙王们正在厚厚的塑料窗格上爬来爬去。他打了个战,往回走到了通讯控制台前。他脑子里一团乱麻,觉得自己必须寻求帮助。不妨给警察局打个电话,警察会带着火焰喷射器赶来,然后……

电话拨到一半时他停住了,忍不住叹了口气。不能找警察。那样他就得告诉他们酒窖里还有白沙王,酒窖里的尸体也就会暴露无遗。也许沙母已经把卡茜·穆雷的尸体吃光了,但艾迪·诺兰迪安的尸体肯定还在——他忘了把她剁成碎块。再说,就算都吃光了,也肯定还会留有骨头。不行,不到最后关头绝不能将警察找来。

他坐在控制台前,眉头紧锁。通讯设备足足占了整整一面墙的空间,通过它们,他可以跟巴尔德尔的任何一个人取得联系。他很有钱,鬼主意也不少,后者向来是他引以为荣的东西。他总归能想出办法来搞定这件事情的。

他想过要给沃打个电话,不过很快就打消了这个念头。沃知道得太多,她肯定会问这问那,而且他也不信任她。不,得找一个做事听话,不会拿一堆问题来烦他的人。

他的眉头慢慢舒展开来,脸上又有了笑容,毕竟他克雷斯还是有很多门路的。他开始拨一个好久没有拨过的号码。

显示屏上出现了一个女人的脸,她一头白发,面无表情,长着一个长长的鹰钩鼻。她的声音很尖细,说话直奔主题:"西蒙,最近生意怎么样?"

"生意不错。"克雷斯回答道,"莉珊德拉,我有笔生意准备给你。"

"搬家吗?我这里的价钱已经涨了,西蒙。上次给你干活儿可是十年前的事儿了。"

"我会开个好价的。"克雷斯说,"你知道我一向很大方。我想要你帮我除掉一些害虫。"

她的脸上有了一丝笑意。"西蒙,别这么拐弯抹角,有什么话直说,我的电话是有屏蔽的。"

"不,我是说真的。我遭虫灾了,那些虫子很危险。帮我处理掉它们,但别问任何问题。明白了吗?"

"明白。"

"那就好。你需要……呃,三到四个有经验的工人,给他们配备抗热皮套,还有火焰喷射器或者激光枪,或是其他类似的装备。直接到我家来,你就会看到是什么问题了。虫子,很多很多的虫子。在我的假山庭园和游泳池里有它们搭的城堡,你得把城堡毁掉,杀死里面的所有东西。干完以后敲敲门,我会告诉你下一步要做什么。你能快点来吗?"

她的脸上依然是那副冷漠的表情。"我们一小时内出发。"

莉珊德拉没有食言,一架小小的黑色飞行器载着她和三个助手准时到达。克雷斯在二楼窗户边上的安全地带里看着他们。他们穿着黑色的塑料皮套,脸也盖得严严实实。其中两个人带着便携式火焰喷射器,还有一个拿着激光炮和炸药。莉珊德拉则什么也没拿,克雷斯根据她给别人发号施令的姿态把她认了出来。

飞行器先在低空盘旋了一圈——他们是在勘察形势。沙王们发了狂,红色和黑色的工沙疯了似的四处乱窜。克雷斯所处的位置相当有利,可以看见假山庭园里的那座城堡已经有人那么高了,防御工事上爬满了黑色的卫兵,一队工沙正在缓缓涌向地底深处。

莉珊德拉的飞行器降落在了克雷斯的飞行器旁。

助手们从飞行器里跳出来,调整好武器准备行动。他们看上去杀气腾腾,如同某种非人的怪物。

黑色沙王在他们和城堡之间排出了战斗队形。红沙王——克雷斯突然意识到红沙王不见了。他觉得很奇怪,它们去哪儿了呢?莉珊德拉指指点点,大声叫嚷着。两个带着火焰喷射器的助手分散开,开始向黑沙王喷射火焰。

他们的武器发出了低沉的"咔嗒"声,然后就开始咆哮起来,吐出一条条长长的、蓝色和鲜红色的火舌。

火舌吞噬了阻挡在前面的一切东西,沙王们的躯体纷纷蜷曲、皱缩,然后死亡。助手们让两股火焰交叉着来回扫射。他们小心翼翼、步伐一致地往前推进着。

黑沙王的军队在烈火之中土崩瓦解了。数以千计的工沙四散奔逃,有些在往城堡里跑,有些则朝着敌人所在的方向逃窜,没有一只工沙能爬到拿火焰喷射器的助手身边。莉珊德拉的手下的确非常专业。

突然间,一个负责喷火的助手脚下绊了一跤。

但那不过是表面的假象。克雷斯定睛细看,发现那人脚下的地面裂了道缝隙。地道——他感到不寒而栗。地道!沙坑!陷阱!火焰手陷进沙地里,沙石很快便没到了腰部。接着,地面似乎在突然之间炸裂,红色沙王覆盖了他的全身。

他扔下火焰喷射器,疯狂地在自己身上乱抓。

那尖叫声实在惨不忍闻。

他的同伴迟疑了一下,然后转过身朝他开了火。

火柱吞没了人和沙王,尖叫声戛然而止。

梦歌

同伴满意地回过身来,继续迈步向城堡行进。但他的脚也开始往下陷,沙石很快没过了脚踝。他打算往后退,试着把脚拔出来,却越陷越深。火焰手失去了平衡,摔倒在地上。他痛苦地扭动着身体,在地上打着滚儿,沙王蜂拥而至,爬遍他的全身。火焰喷射器已经派不上用场,不知道丢在了什么地方。克雷斯拼命地捶着窗户,大声喊叫着以引起他们的注意。

"城堡!消灭城堡!"莉珊德拉站在自己的飞行器旁,听见他的喊话做了个手势。第三个助手便举起激光炮,瞄准之后开了火。激光光束在地面上跳动着,削去了城堡的顶部。他迅速调低炮口,对着城堡的沙石胸墙一阵狂轰。塔楼纷纷应声而倒,克雷斯的头像也已支离破碎。激光钻进土里,在地下四处搜寻。城堡分崩离析,化成了一堆沙砾,但黑色工沙还在四处疯跑。沙母埋得太深,激光没能够着它。莉珊德拉又发出一个指令。她的助手扔下激光炮,装好炸药,一头往前冲去。他跨过第一个火焰手那还在冒烟的尸体,站在假山庭园里还没塌陷的地面上,扔出了炸弹。炸弹直接落在了黑色城堡的废墟上,炽热的白光刺痛了克雷斯的眼睛。无数沙子、石头和工沙腾空而起。有那么一阵子,尘土遮没了眼前的一切,之后,混着沙王和它们残缺的肢体如雨点般从天而降。

克雷斯看到黑色工沙都已经死去,不再动弹,便隔着窗户冲下面大声叫喊:"游泳池!干掉游泳池里的城堡!"莉珊德拉很快明白了他的意图。

地上到处都是死去的黑色工沙,红色沙王还在迅速后撤,同时整理着队形。她的助手不知所措地呆立了一会儿,然后弯下身掏出了另一枚炸弹。

他刚往前走了一步,就听见莉珊德拉在背后叫他,于是飞快地往她那边跑了回去。接下来的一切就容易多了。莉珊德拉把他吊到了空中,克雷斯连忙跑到另一个房间的窗户边上去看。

飞行器从游泳池的正上方俯冲下去,助手随即往红色城堡上投下了炸弹。四轮轰炸过后,城堡已经面目全非,沙王们也没有了动静。莉珊德拉想得很周到,她让助手又在每个城堡上补了好几颗炸弹。最后助手拿起激光炮,非常专业地来了几轮交叉扫射。这样一来,地上那些碎片下绝不可能还有什么完好无损的活物了。

终于,他们敲开了他的门。克雷斯狂笑着把他们请进了屋。"痛快,"他说,"真是痛快!"莉珊德拉扯下了皮套上的面具。"西蒙,你得破点财了,死了两个助手,更不用说还得算上我自己遇到的生命危险。"

"没问题,"克雷斯想都没想就说道,"莉珊德拉,我一定会好好谢你的。你要什么都行。现在还是先把活儿干完吧。"

"还有什么没干完?"

"你还得清理我的酒窖。"克雷斯说,"那下面还有一个城堡。这回不能用炸药,我不想把房子也炸塌了。"

莉珊德拉朝助手打了个手势。"出去拿上拉吉科的火焰喷射器,它应该还能用。"

助手带着喷射器回来了。他一言不发,已经做好了战斗的准备。克雷斯领他们去了酒窖。

酒窖沉重的门扉还跟原来一样钉得死死的,不过有些往外凸起,似乎是被某种巨大的压力弄得变了形。克雷斯不禁紧张起来。他们谁也没说话,这气氛让克雷斯越发地觉得不安。莉珊德拉的助手上前拆掉门上的钉子和木板,克雷斯远远地站在一旁。

他用手指着火焰喷射器,嘀咕了几句:"在这儿用这个东西安全吗?你知道,我不希望引起火灾。"

梦歌

"我还有激光炮呢,"莉珊德拉说,"我们用这个来对付它们。也许用不着火焰喷射器,我只是将它带在身边,以防万一。还有比火灾更可怕的东西呢,西蒙。"

他点头称是。

门上最后一根木板已经被卸了下来,可下面还是没有动静。莉珊德拉打了个响指,她的助手后退几步,站到她身后,举起火焰喷射器对准酒窖的门口。

她戴好面具,举起激光炮,走上前去推开了门。

无声无息。酒窖里面一片漆黑。

"有灯吗?"莉珊德拉问道。

"就在门里边儿。"克雷斯说,"右手边。小心脚下,楼梯很陡的。"

她跨进门里,把激光炮换到了左手,然后伸出右手去摸墙上的开关。酒窖里还是没什么动静。"我摸到了,"莉珊德拉说,"可是它好像……"

她惊叫起来,跟跟跄跄地往后退。一只巨大的白沙王紧紧地钳住了她的手腕。它的大颚咬穿了皮套,鲜血从里面涌了出来。这只沙王足足有她的手掌那么大。

莉珊德拉惊恐地在屋里乱蹦,并使劲地把手往就近的墙上磕。一次又一次,手打在墙上发出重重的砰砰声,沙王终于从她手上掉了下去。

她抽泣着跪倒在地。

"我的手指头肯定都破了。"她无力地说。手还在不停地流血,激光炮也被扔在了酒窖的门边上。

"我不下去了。"她的助手用非常清晰坚决的语调说道。

莉珊德拉抬头看着他。"行,"她说,"站在门口向它们喷火,把它们全部烧成灰烬。明白吗?"

他点了点头。

"我的房子……"克雷斯觉得自己的胃部正在翻江倒海。那只白沙王已经够大的了,下面还会有多少呢?"别,"他接着说,"别管它们了,我改主意了。"

莉珊德拉会错了意。她伸出手,手上全是血,还流着绿黑色的脓水。"你的那些玩意儿咬穿了我的手套,你看看,都伤成这样了。我才不在乎你的房子呢,西蒙。不管那下面是什么东西,都必须得死。"

克雷斯没听见她在说什么。他觉得自己已经看见了门后阴影里的动静:白色大军蜂拥而出,每个士兵都有刚才袭击莉珊德拉的那只那么大。他仿佛看见自己被一百只小胳膊举了起来,被慢慢拖进黑暗深处,而饥肠辘辘的沙母正在那里等待着他。他不由得害怕起来。"不要!"他叫道,可他们根本不听。莉珊德拉的助手正要开火,克雷斯冲了过去,肩膀猛烈地撞在助手的后背上。助手"哼"了一声,脚下失去了平衡,一头栽进了黑咕隆咚的酒窖里。克雷斯听见他滚下楼梯的声音,紧接着是别的一些声音——窸窸窣窣的脚步声、咀嚼声,还有什么东西被压扁了的"嘎吱"声。克雷斯转过身来面对着莉珊德拉,他浑身都是冷汗,心里却洋溢着一种病态的激情。

莉珊德拉非常平静,冷冷的眼睛透过面具直盯着他。"你要干什么?"她问道,克雷斯低头捡起了她掉在地上的激光炮,"西蒙!"

"闭嘴!"

他哈哈大笑着。"它们是不会伤害上帝的。不会。只要上帝对它们好,对它们慷慨大方。以前是我太残忍,把它们饿着了,现在我要补偿它们,你明白吗。"

"你疯了!"莉珊德拉说。这是她在这个世上的最后遗言。克雷斯朝她开了火,在她胸前打出了一个足够把手穿过去的大洞。他把她的尸体拖到酒窖门口,从楼梯上滚了下去。这回底下的动静更大了——

梦歌

硬壳爆裂的噼啪声、刮擦声,还有飘忽浑浊的回声。克雷斯重新钉上了酒窖的门,然后逃开了。他觉得害怕,可是这害怕的表层又裹着一层糖衣,那是一种来自心灵深处的满足感。这根本就不像是自己的感觉。

他计划着离开家,飞到城里去,开个房间住上一晚,或者干脆住上一年。可是他没有走,反而开始喝起酒来,自己也不知道这是什么缘故。他连着喝了好几个小时,然后开始大吐特吐,把肚子里的东西全倾倒在了起居室里的地毯上,之后便模模糊糊地睡着了,醒来时屋里已经一片漆黑。他靠着沙发蜷缩着,恍惚中听到一些声音。有东西在墙上爬,他已经被它们包围了。他的听觉变得特别敏锐,每一阵细微的"嘎吱"声都是一只沙王在爬动。他闭上眼睛,一动不动地等待它们那可怕的触碰,生怕一不小心就碰着它们。

克雷斯呜咽着,然后是一片沉寂。

时间一分一秒地过去,什么事也没发生。

他睁开双眼,浑身战栗。慢慢地,房间里的暗影变得柔和起来,最后消逝无踪。月光穿过高高的窗户照进房间。他的眼睛终于适应了黑暗。

起居室里空无一物。什么也没有,没有。有的只是他自己的醉意和恐惧。

克雷斯强打起精神,站起身来开了盏灯。

什么也没有。房间已经空了。

他支起耳朵听着,没有声音。四面的墙上也没有东西。一切都是他在恐惧中产生的幻觉。

他不由自主地想起了莉珊德拉和酒窖里的那些东西,心里涌起了

Dreamsongs

一股羞耻和愤怒。他为什么要那么做呢？他本应该帮助她焚烧沙王，杀死它们，可为什么……他知道为什么了。沙母遥控了他，让他临阵怯场。沃说过，那东西很小的时候就有灵能，更何况它现在已经长大了，长得那么大了。它已经饱餐了卡茜和艾迪的尸体，现在又有了另外两具，它还会继续长大。而且它已经学会了享受人肉的美味，他恨恨地想。

※

他发起抖来，但很快便控制住了自己。它们不会伤害他的，他是它们的上帝，而白色沙王也一直是他的宠儿。

他又想起来，自己曾经用标枪去戳过它。那事就发生在卡茜到来之前，她可真是可恶。

他不能再在这里待下去了。沙母还会感到饥饿，而且它现在个头这么大，肯定饿得更快。它的胃口想必已经大到了恐怖的程度。那该怎么办呢？他必须趁沙母还被关在酒窖里的时候赶紧逃跑，逃到城里安全的地方去。酒窖只不过是用灰泥和夯实的土砌成，工沙们肯定可以从里面挖地道出来。等它们获得了自由……克雷斯不敢再往下想。

※

他走到卧室里，开始收拾东西。他拿了三个包，里面却只装了够一次换洗的衣物——他觉得这就行了。剩下的空地儿全装了贵重物品，珠宝啦、艺术品啦，还有其他一些他舍不得扔的东西。

他可不打算再回这个鬼地方来了。

跛行兽跟着他下了楼梯。它两眼放光，眼神恶毒地盯着他。它看起来很憔悴，克雷斯意识到自己已经很长时间没有喂过它食物了。平常它都能自己照顾自己，但是最近它肯定找不着什么吃的。跛行兽想抓住他的腿，他生气地吆喝一声，一脚把它踢开了。跛行兽显然是受了委屈,赶忙逃开。

克雷斯手忙脚乱地拎上那堆包,蹑手蹑脚地溜了出去,关上房门。

他紧贴着房子站了一会儿,心"咚咚"地狂跳不已。飞行器离他只有几米之遥,可就这几步路他都不敢迈出去。月光很是明亮,房子前面的空地上是一片大屠杀的景象。莉珊德拉的两个火焰手还躺在原地,一个身体扭曲着,已经被烧焦了;另一个则被沙王的尸体裹得严严实实,只能看到一个鼓鼓的大包。他身边密密麻麻全是黑黑红红的沙王,过了好一会儿他才想起来它们都已经死了——但它们看上去却像在等着开战,就跟以往每次大敌当前的时候一样。别胡思乱想了,克雷斯告诫自己,不过是酒喝多了心里发虚而已。

❧

他亲眼看见那些城堡被打成了废墟。它们都已经死了,而白色沙母还困在酒窖里。他深吸了几口气,踩着沙王的尸体往前走去,脚下发出了"嘎吱嘎吱"的声音。他狠狠地把它们踩进了沙地里,而它们已经不会再动弹了。

克雷斯得意地笑着,慢慢走过战场,一边侧耳听着脚下的声音。那声音是安全的标志,嘎吱,噼啪,嘎吱……他把包放在地上,打开了飞行器的门。有东西从黑暗里爬了出来,一个苍白模糊的影子出现在了飞行器的座椅上。大概有他前臂那么长,大颚轻轻地"咔嗒"作响,身体周围的六只小眼睛往上瞅着他。克雷斯吓得尿了裤子,瘫软地后退着。飞行器里面的动静更大了——他惊慌得忘了关上飞行器的门。那只沙王出了飞行器,小心翼翼地朝他爬了过来,后面还跟着一些同伴。原来它们通过挖地洞爬进了飞行器,此前一直躲在座椅下面,现在终于获得自由。它们在飞行器周围排成一圈。

❧

克雷斯舔了舔嘴唇,转身朝莉珊德拉的飞行器飞奔过去。还没跑到一半,他就停住了。那架飞行器里也有东西在动,蠕虫般的庞然大物在月光下隐约可见。克雷斯发出一声哀鸣,赶紧往房子里面撤退。快到大门的时候,他抬头看了看,十来个长长的白影正在屋墙上来来回回地爬着。其中四个在废弃钟楼的楼顶附近挤作一团,兀鹰以前就待在这座塔楼里。它们在刻着什么东西——是一张脸,一张非常熟悉的脸。克雷斯尖叫一声,跑进了屋里。

他一进屋就直奔酒柜而去。一番痛饮之后,他达到了目的:暂时忘记了眼前的一切。但最终还是醒了过来,不管有多不愿意,他还是醒了。他头疼得要命,身上发出一股怪味儿,饥肠辘辘。简直是饿得不行!从来没有过的饿!克雷斯知道并不是自己的胃在作怪——一只白色沙王在卧室梳妆台的顶上盯着他,触须微微抖动着。它的个头跟飞行器里面的那只沙王一般大。他努力控制着自己不往后退。

"我……我给你找吃的,"他对沙王说,"找吃的。"他嘴里发干,干得如同一张砂纸。他舔舔嘴唇,逃出了这个房间。屋子里到处都是沙王,必须非常小心才能找到落脚的地方。沙王们似乎都在忙着完成自己的差使,没有理会克雷斯。它们正在对他的房子进行改造,在墙上挖进挖出,雕刻着什么东西。

克雷斯两次在意想不到的地方撞见了自己的脸,都直愣愣地瞪着他。这两张脸扭曲变形,面如死灰,上面写满了恐惧。

克雷斯走到外面,想把院子里那两具正在腐烂的尸体搬进来,希望借此缓解一下白沙母的饥饿问题。可两具尸体都不见了,他这才想起来:工沙能够轻而易举地搬动比自己重好多倍的东西。

已经吃了这么多,沙母居然还觉得饿,克雷斯越想越觉得恐怖。

克雷斯回到屋里,看见一列沙王正沿着楼梯爬下来,每一只都拖着跛行兽的一片残躯。沙王队伍从他身边经过时,跛行兽的头似乎正在责备地看着他。

克雷斯掏空了冰箱、橱柜和其他所有储藏食物的地方,把全部吃的都堆在厨房地板的中央。十来只沙王正在边上等着把食物搬走。除了冷冻食品,它们把别的都拿走了。冷冻食品慢慢融化开来,地板上积起了一大摊水。

沙王们搬走食物之后,尽管腹中空无一物,克雷斯也觉得自己身上那种极度的饥饿感终于缓和了些。不过他也知道,这维持不了多久,沙母很快又会饿的。他还得喂它。

克雷斯想到该怎么做了,他往通讯仪走去。

"玛拉达,"他装作漫不经心地跟第一个接听电话的朋友说,"今晚我这儿有一个小聚会。我知道这会儿才通知实在有些仓促,但还是非常希望你能来,真的。"

接下来他找了贾德·拉吉斯,然后是其他人。等他打完这一通电话,有五个人接受了邀请。克雷斯暗自盘算着,这么多人应该够了吧。

克雷斯到外面去接客人——工沙们以惊人的高效率把院子掇拾干净了,地面看起来就跟战争发生之前一模一样——然后把他们领到大门口。他让他们先进去,自己却留在了门外。

等四个客人陆续进入房间,克雷斯终于鼓足了勇气——最后一人前脚刚踏入,他便从外面关上了门。屋子里立即响起了惊呼声,很快又变成了叽里呱啦的狂乱喊叫。克雷斯只当没有听见,飞快地向着一位男宾驶来的飞行器狂奔过去。他平安地钻进了驾驶舱,用拇指揿了揿启动面板,然后便咒骂起来。飞行器有安全设置,只有机主本人的指纹才能让它飞起来——这点他早该想到的。

最后一位姗姗来迟的是拉吉斯。他的飞行器刚一停稳,克雷斯就跑了过去。他一把抓住从飞行器里出来的拉吉斯的胳膊。"快回飞行器里去。"他说，一边把拉吉斯往回推，"带我到城里去，快点，贾德。离开这儿！"

可拉吉斯只是瞪了他一眼。"干吗呀，怎么啦，西蒙？真不知道你在说什么。聚会怎么样了？"

可已经太迟了，四周松软的沙地开始搅动起来，一只只红色的眼睛盯上了他们，大颚也开始"咔嗒"作响。拉吉斯发出了窒息般的叫声，想回到飞行器里去，可是一对大颚已经死死地咬住了他的脚踝，他一下子跪倒在地。伴随着沙王在地底下的疯狂活动，沙地上整个儿开了锅。沙王慢慢把拉吉斯撕成碎片，他拼命地挣扎着，凄厉地哭喊着。克雷斯都快看不下去了。

从那以后，克雷斯就放弃了逃跑的打算。待屋子里消停下来他对酒柜里剩下的东西来了次大扫荡，把自己灌得烂醉。他心里明白，这是最后一次奢侈的享受了，因为其余的酒都存在酒窖里。

克雷斯整整一天粒米未进，最后却还是心满意足地睡了过去，那种疯狂的饥饿感也就此消失。噩梦袭来之前，他还在想着明天能把谁约出来。

第二天早晨，气候又干又热。克雷斯睁开眼，又看见了那只待在梳妆台上的白色沙王。他赶紧闭上眼睛，希望这个噩梦赶快离开。噩梦没有离开，他自己也没再睡着。不久之后，他意识到自己正在盯着那个东西看。他盯了它将近五分钟的时间，才忽然觉得有些奇怪——这只沙王一直都没有动。工沙当然有这个能力，能够长时间地保持静止状态，他也曾无数次地看见它们在等待和守望。但以往它们多少会弄出一些动静来——大颚"咔嗒"作响，腿部阵阵抽搐，纤长的触须轻轻地摇来摆去——而梳妆台上的这只沙王却是纹丝不动。克雷斯站起身，屏住呼吸，心里却不敢有什么奢望，难道它已经死了？被什么东西杀死了?他鼓起勇气走了过去。沙王的眼睛呆滞而暗淡,身体似乎有些肿胀,就像里面有什么东西正在软化腐烂,沤出的气体把白色的甲壳撑了起来。克雷斯哆哆嗦嗦地伸出手摸了摸它。

沙王的身体很暖和,甚至还有些烫人,而且越来越烫。但它始终一动不动。他缩回手,沙王身上一片白色外壳随即掉了下来。外壳底下的肉也是一样的颜色,不过看起来要软一些。白色的肉肿肿的,热乎乎的,似乎还在抽搐。克雷斯急忙退开,跑到了门口。走廊里也有三只白沙王,它们的情况跟卧室里的同伴一模一样。他跑下楼梯,从一只又一只沙王身上跳过,它们全都一动不动。屋子里到处都是沙王,全都已经死了,或者是快死了,再不然就是昏迷了。克雷斯没兴趣知道它们究竟出了什么问题,只要它们不动就好。飞行器里有四只沙王,他一只接一只地捡起来,用尽全力把它们扔向了远处。

该死的怪物!他钻回飞行器里,坐到被啃得残缺不全的椅子上,用拇指揿了一下启动面板。

什么反应也没有。

克雷斯试了又试,还是没有反应。老天怎么这么不长眼?这是他自己的飞行器,应该能启动的。它为什么不动呢?他实在搞不明白。

无奈之下他钻出飞行器,开始检查机器到底出了什么问题,并在心里做着最坏的打算。他找到了原因——机头已经被沙王们弄得四分五裂。他逃不了,最终还是被它们给困住了。

克雷斯怒冲冲地走回房里,到陈列室拿了一把古董斧头,这把斧头就挂在杀死卡茜·穆雷的那把标枪旁。他开始行动起来。在被斧头劈碎的瞬间,沙王们仍然没有任何反应。它们就像突然间炸裂了一般,体

Dreamsongs

内的东西四处飞溅——有一些既恶心又怪异的半成形器官,一些跟人血差不多的红色黏液,还有黄色的脓水。

克雷斯一气砍碎了二十只沙王,然后才意识到这样做根本无济于事。说到底,工沙并不是问题的关键。再说它们的数量又那么多,就算他砍上一天一夜,也还是不能把它们赶尽杀绝。

他应该下到酒窖里去,用斧头招呼沙母。主意已定,他便向酒窖进发了。酒窖的门映入眼帘,他不由得停下了脚步。

那已经不是一个门了。四周的墙壁也被啃噬掉,只留下一个圆形洞口,比原来的门大了一倍。眼前这个大坑,没有任何迹象显示在这个黑洞洞的深渊之上还曾有过一扇被钉死的门。

深渊里隐约飘来阵阵令人窒息的恶臭。

坑壁湿糊糊的,上面鲜血淋漓,还有东一块西一块的白色霉斑。

最糟糕的是,那东西还在呼吸。

克雷斯站在房间的另一头,被那东西呼出的热气裹住了全身。他好不容易才没有被熏倒,待风一转向,他便赶紧逃开了。

回到起居室,他又砍碎了三只工沙,然后瘫倒在地。到底发生了什么?他百思不得其解。

他想到了那个唯一有可能了解真相的人。便又一次跑向了通讯仪,忙乱之中还踩上了一只沙王。他热切地祈祷着,希望通讯仪还能管用。待显示屏上出现了贾拉·沃的脸,他的神经一下子崩溃了,把整件事情原原本本地告诉了她。

她听着他的述说,没有打断,苍白憔悴的脸上没有任何表情,只是轻轻地皱着眉头。等他讲完之后,她只说了一句:"我应该让你留在那里等死。"

克雷斯开始号啕大哭:"不要!救救我,我会给钱的。"

"照理说我应该那样做，"她说，"可我不会不管你。"

"谢谢，"克雷斯说，"哦，谢——"

"闭嘴！"沃说，"听我说，你这都是自作自受。如果你好好对待它们，它们会是规规矩矩的战士，而你却用饥饿和折磨把它们变成了别的东西。你是它们的上帝，是你把它们变成这样的。你酒窖里的那个沙母已经病了，你留在它身上的伤还在折磨着它。它可能已经疯了，它现在的行为很不正常。

"你必须尽快逃离那儿。那些工沙并没有死，克雷斯，它们只是在休眠。我告诉过你，它们长大后外壳就会脱落。通常——实际上，你的沙王脱壳脱得太早了。你的沙王还在虫形期就长得这么大，简直前所未闻。依我看，这是你伤害白沙母的另一个后果。不过这还不算严重，真正严重的是你的沙王现在正在蜕变。你也看到了，沙母越长越大，它的智力也在快速增长，它的灵能越来越强，头脑越来越复杂，野心也越来越大。当沙母还很小、还处于半智能状态的时候，那些带着硬壳的工沙对它来说已经够用了。到了现在，它需要有更好的仆人来为自己服务，需要它们有更多的能力。你明白了吗？工沙们正在孕育一种新的沙王。我不太确定这种新沙王会是什么样子，那是由每个沙母根据自己的需要和愿望来决定的。不过我可以肯定它们会有两只脚，四只胳膊，还会有与之相对的拇指。它们将具有制造和操作复杂机械的能力。沙王个体是没有智能的，沙母的智力却可以达到非常高的程度。"

克雷斯目瞪口呆地盯着显示屏上的沃。"那你那些工人，"他总算说出了话，"那些到这儿来……安装鱼缸的……"

沃勉强挤出了一丝笑容。"他们就是希德。"她说。

"而希德就是一种沙王，"克雷斯木然地接过她的话，"你卖给我一鱼缸的……的……婴儿。啊……"

"别胡说，"沃说道，"处在第一个阶段的沙王更像是精子而不是婴儿。在自然状态下，它们会受到战争的磨炼和控制，一百只沙王里只有一只能发育到第二个阶段；而能像希德那样进入第三个阶段——也就是最后的成熟期——的沙王更只有千分之一。但成年沙王对小沙母是不会有感情的。"她叹了口气。

"现在说这些已经是在浪费时间了。那只白沙母很快就会苏醒过来，恢复到完全清醒的状态。它已经不再需要你了。它恨你，而且它肯定饿得不行。蜕变是很耗力气的，沙母在蜕变前后都需要吃大量的食物。你必须得赶快离开，明白吗？"

"可我走不了。"克雷斯说，"我的飞行器已经被它们弄坏了，别人的飞行器我又发动不了，也不知道怎样重新设置它们。你能来接我吗？"

"好吧，"沃说，"我和希德会马上出发。但是，从阿斯加德去你那儿有两百多公里呢，而且我们还得带上一些设备，为的是对付你制造出来的那只疯狂的沙母。你不能在那儿等着。你还有脚呢。走吧，一直往东走，往你能看见的最近的地方走，越快越好。你的房子外面很荒凉，我们在空中很容易就能看见你。这样你才能安全地远离那些沙王。明白了吗？"

"明白了，"克雷斯说，"好的，好的。"

挂掉电话，克雷斯快步走向门口。走到一半时他听到了一声响动，一种什么东西爆开或是裂开的声音。

一只沙王的壳从中间裂开，四只小手从裂缝里伸了出来，把死壳往两边推，手上沾满了红红黄黄的血。

克雷斯跑起来。

他没想到外面会这么热。

山上全是光秃秃的岩石，干得快要冒烟了。克雷斯用尽全力往远处跑，跑到肋骨发疼、喘不过来气的时候才停下来走走。感觉稍微好一点之后,他马上又开始跑起来。他就这样在毒辣的太阳底下跑跑走走,一直持续了将近一个小时。他浑身淌满汗,后悔自己出门时没带点水。他抬头望向天空,希望能看见沃和希德。

克雷斯可受不了这种折磨。天气干热得要命,他的身体状况又不好,但是他强迫自己继续前行,一面回想着沙母那可怕的呼吸,想象着那些扭来扭去的小东西在房子里到处乱爬的情景。但愿沃和希德能有对付它们的办法。

他自己则另有对付沃和希德的办法。全是他们的错,克雷斯想,他们必须为此付出代价。莉珊德拉已经死了,不过他还认识她的同行。他要报复他们。他大汗淋漓,挣扎着往东走着,一边在心里上百次地回味着这个念头。

他希望自己起码没搞错方向。他的方向感并不是很好,一开始慌慌张张,也没弄清楚自己走的到底是哪条路。但打那以后他一直在努力地辨认方向,确保自己能像沃建议的那样一直往东走。

跑了好几个小时,还没看到援兵的踪影,克雷斯终于断定自己已经走错了方向。

又过了好几个小时,他开始担心起来。要是沃和希德找不着他怎么办?他会死在这里的。他已经两天没吃东西,身体虚弱不堪,心里极度恐惧,嗓子也干得发疼。他没法再走下去了。太阳正在落山,天黑以后他就会完全迷失方向。到底是怎么回事?难道说沙王把沃和希德也给吃了?他又一次陷入恐惧,满心的恐惧,还有极度的干渴和饥饿。但他还是继续着逃命的旅程。现在的他跑起来已经是跌跌撞撞了,还摔了两跤。第二次摔倒的时候,他的手被一块石头给蹭破了,血流不止。他边走边用嘴吮着血,还担心着伤口会不会感染。

太阳已经落到他身后的地平线上,地面终于凉快了一些,这倒正合他意。他决定一直走到天全黑了再停下来,利用夜里的时间休息一下。他肯定自己离那些沙王已经足够远,已经安全了,到第二天早上,沃和希德就能找着他。

爬上又一座山头的时候,他看见前面有一座房子的轮廓。

这房子没有他自己的住所那么大,不过也不算小。有房子就有人烟,就有安全。克雷斯大声叫喊着,朝着房子奔了过去。得赶快弄点吃的和喝的,他必须补充营养。他已经感觉到了食物的味道,饥饿使他痛苦难耐。他跑下山坡,跑向房子,一边挥舞着胳膊,冲房子里的人叫喊着。天差不多全黑了,但他还是借着太阳的余光认出了五六个小孩玩耍的身影。"嗨,"他大声叫着,"救救我!救救我!"

他们迎着他跑了过来。

克雷斯突然停住了。"不,"他说,"哦,不,哦,不!"他倒退了几步,在沙子上滑了一跤,然后又爬起来打算往回跑。他们轻而易举地抓住了他——那是些幽灵般的小东西,有着鼓鼓的眼睛和暗橙色的皮肤。他拼命挣扎,但是无济于事。他们虽然个头很小,但却都长着四只胳膊,而克雷斯只有两只。

他们抬着他往房子那边走去。这是座阴森破旧的房子,材质是细碎的沙子。它的门倒是特别大,黑黢黢的,而且正在呼吸。这情形的确可怕,但西蒙·克雷斯尖叫却不是为了这个。他尖叫是因为其他那些小孩——那些从城堡里爬出来的橙色小孩,他们漠然地看着他从自己面前经过——他们的脸——跟克雷斯自己的一模一样。

胡纾 译

梦歌

夜行者

拿撒勒的耶稣在十字架上奄奄一息时,沃尔克尼人的飞船从距他不到一光年的地方经过,向太空深处飞去。

地球爆发火焰之战时,沃尔克尼人在老海神附近,这里的大洋还没有名字,也没有任何种族在此捕捞。星际跃迁器的发明使地球同盟衍变为联邦帝国,这个时候,沃尔克尼人来到了哈兰甘人活动区域的边缘,哈兰甘人却对它一无所知。和我们一样,哈兰甘人也是没有长大成人的儿童,安居在自己明亮的、小小的世界里,环绕着自己的太阳旋转;对远道而来、在他们的各个世界之间穿行的访客,哈兰甘人既没有兴趣,更无法察觉。

战争持续了一千年。沃尔克尼人穿过战火,悄无声息,毫发无损,停靠在任何火焰都无法燃烧的所在。此后,联邦帝国分崩离析,灰飞烟灭,哈兰甘人也湮没在寂灭的黑暗中,但沃尔克尼人所在之地却比寂灭更为黑暗。

当克莱勒诺马斯驾驶他的勘察船飞离阿瓦隆时,沃尔克尼人离他不到十光年。克莱勒诺马斯发现了许多东西,却没有发现沃尔克尼人。出发勘察时没有发现,穷尽一生后返回阿瓦隆的回程中同样没有发现。

我还是个三岁孩童时,克莱勒诺马斯已经归于尘土,跟耶稣一样冰冷遥远;而那时,沃尔克尼人正从达罗尼附近掠过。那个时节,所有克雷超感人都变得大不同于平时,他们熠熠生辉的眼睛忽闪着,怔怔地凝望群星。

当我长大成人时,沃尔克尼人已经远远驶离了塔拉,连克雷超感人都无法探测那么遥远的地方。但他们仍然向着更深远的太空前进。现

Dreamsongs

在,我已经老了,而且日益衰老,沃尔克尼飞船很快就要穿过像黑雾一样悬挂在内外银河之间的腾普特星尘。我们一直追踪它们,追踪它们。穿过无人涉足的黑色峡湾,穿过虚无,穿过无止境的静寂,我和我的夜行者号,我们追踪着它们。

在失重状态下,他们手拉着手,慢慢穿过长长的透明管道。管道一端是飞船停泊站,另一边是一艘星际飞船,正停在前方,等待着他们。

在失重状态下,只有梅兰莎·基尔不显得笨手笨脚。她稍稍停住脚步,看了眼位于他们下方的阿瓦隆星球,它仿佛由玉石和琥珀构成,宏大而庄严。她露出笑容,继续走下管道,超越一个个同伴,动作轻捷优美。他们所有人都上过飞船,但这次却很不一样。大多数飞船直接停靠在码头泊位上,可卡罗里·德布莱为这次任务找来的这艘飞船实在太大,形状也太奇特,无法进港。飞船矗立在前方,犹如三个并排的巨形鸡蛋,底部是两个更大的球体,排列成合适的角度。球体中间是飞船的动力舱。长长的管道连接各个部分。飞船的颜色是简朴的白色。

梅兰莎·基尔第一个进入减压舱,其他人一个接一个跌跌撞撞地走进来。乘客共有九人,四男五女,都是学者,专业、背景各不相同。最后一个进入飞船的是年轻瘦弱的心灵感应师特尔·拉萨莫。其他人都在互相交谈、等待登船程序完成,他却紧张兮兮地到处打量。"有人在监视我们。"他说。

他们身后的外侧门关闭,连接管道脱离。内侧门滑开了。"欢迎乘坐我的夜行者号。"船舱内部传出一个浑厚圆润的声音。

但飞船里面看不到一个人。

梅兰莎·基尔走进飞船内部走廊。"你好。"她一边说,一边探寻地四下看着。卡罗里·德布莱因跟在她身后。

"你好。"圆润的声音回答。声音来自一面黑色屏幕下方的通话格栅,"我叫罗伊德·阿瑞斯,是夜行者号的主人。很高兴再次见到你,卡罗里。也很高兴看到其他人到来。"

"你在哪里?"有人问。

"我在我的房间,它占据了生命支持球体的一半空间。"罗伊德·阿瑞斯和蔼地回答,"另一半空间包括一个休息室——兼作图书馆和厨房——两个卫生间,一个双人舱,以及一个很小的单间。不能住双人舱和单间的,恐怕只好把睡网安置在存放货物的球体舱里了。夜行者是艘贸易商船,并非搭载乘客的客船。不过我已经开通了所有相关通道和减压舱,让货舱也有空气、热量和水。我想这样能让你们更舒服些。你们的装备和电脑系统已经存放在货舱了,请放心,里边非常宽敞。我建议你们先在货舱安顿下来,再到休息室用餐。"

"你会一起来吗?"超感心理学家阿格莎·马里基-布莱克问。这是位长着一张急躁易怒的瘦脸的女人。

"以某种方式吧,"罗伊德·阿瑞斯说,"某种方式。"

出现在晚宴上的是个幻影。

他们将睡网吊好,在各自的睡网附近安顿个人物品,之后很容易就找到了休息室。在飞船的这个区域,它是最大的房间。房间一头是器具配备齐全的厨房,储备着大量食物和餐具,另一头安放着几张舒服的椅子,两个阅读器,一台三维投影仪,还有占据整整一面墙壁的书、录音带和晶体芯片。房间正中是一张能坐十人的长桌。

晚餐分量不多,热气腾腾,已在桌上摆好。学者们随意坐下,谈笑风生,比刚上船时自在了许多。

舱内部启用了重力系统,大家都觉得舒适。不多久,失重状态下行动笨拙的尴尬就被抛诸脑后。

待大家都已入座,桌子最前方的那个空位上出现了一个幻影。

桌边的对话停止了。

"你们好。"幻影开口。这是个举止优雅、淡色眼珠、长着一头白发的青年的影像。他的衣服还是二十年前的样式:宽松的蓝衬衫,膨胀式袖口,扎在靴子里的紧身白裤。他们的目光可以穿透这个人形影像,而影像的那双眼睛却无法看到他们。

"是个全息影像。"阿丽丝·诺斯文德说。她是外星科技学家,身材矮小结实。

"罗伊德,罗伊德,我不明白。"卡罗里·德布莱因瞪着这个幻影,"这算什么?为什么只送个影像过来?你不亲自出来跟我们用餐吗?"

幻影淡淡地微笑,抬手一指,"我的住所在那堵墙的另一侧。"他说,"恐怕两个球体之间没有门,也没有减压舱。大部分时间,我都是一个人度过,而且我很看重个人隐私。我希望你们能理解我,尊重我的想法。虽说如此,我仍是个十分好客的主人。在这个休息室,我的影像可以跟你们待在一起。在其他地方,如果你们有任何需要,或者想跟我谈话,那么用对讲机好了。现在,请继续用餐、聊天。我会很乐意倾听。我已经很久没有搭载过乘客了。"

他们极力不在意,但桌子一端的幻影给整个场合蒙上了长长的阴影。晚餐气氛紧张,结束得十分匆忙。

自夜行者号进入星际跃迁那一刻起,罗伊德·阿瑞斯就一直观察着他的乘客们。

短短几天,大部分学者已经逐渐习惯了对讲机里没有形体的声音和休息室的全息影像。但只有梅兰莎·基尔与卡罗里·德布莱因对他的存在毫不在乎。至于其他人,如果知道罗伊德始终监控着他们、跟他们在一起,他们会更加不自在。其实,无论何时何地,他始终注视着他们。即使卫生间都有罗伊德的眼睛和耳朵。

梦歌

他窥视他们工作、吃饭、睡觉、做爱,不知疲倦地听他们交谈。一周时间,他已经了解了他们所有人,并开始搜索他们那些低俗的小秘密。

人机整合专家洛米·索恩喜欢跟她的电脑交谈,更喜欢和电脑在一起,不想与人类为伴。她十分聪明,反应敏捷,有一张表情生动的面庞,小小的个子,像个男孩。大部分同伴都觉得她很漂亮,但她不喜欢别人碰她。她只做过一次爱,是跟梅兰莎·基尔。洛米·索恩穿着质地柔软的金属上衣,可通过左腕的植入芯片直接跟电脑交流。

外星生物学家罗因·克里斯托夫,性格粗暴,好争执且愤世嫉俗,几乎不怎么掩饰对同伴的轻蔑。另外,他还喜欢独自喝酒。此人个子很高,有点驼背,面目丑陋。

那两个语言学家——丹尼尔和琳德兰,公开场合是情侣,总是手拉着手,总是为对方说话。但私下里,他们吵得厉害。琳德兰尖酸刻薄,挖苦丹尼尔时总是拣最伤人的话,说他在专业上不称职。他们经常做爱,却都是跟其他人。

超感心理学家阿格莎·马里基-布莱克患有抑郁症,时常情绪低落。夜行者号局促的空间进一步加重了她的病情。

外星科技学家阿丽丝·诺斯文德随时随地都在吃东西,却几乎从不洗漱。她的长指甲里满是泥垢。航行的头两星期,她一直穿着一件套头衫,只有做爱时才脱掉,而这种时刻总是非常短暂。

心灵感应师特尔·拉萨莫永远紧张兮兮,而且脾气变化无常。他害怕身边的所有人,但又常常攫取同伴头脑中的想法,还拿这个嘲弄他们。每到这种时候,他就会变得傲慢狂妄起来。

罗伊德·阿瑞斯仔细观察着他们,研究他们,随时随地跟他们在一起,洞察他们的内心。没有任何事能逃过他的眼睛和耳朵,即使是最让人恶心的细节也不例外。然而,夜行者开始星际跃迁两星期后,他的注意力大都集中到了乘客中的其中两个人身上。

"最重要的是,我想知道为什么。"离开阿瓦隆的第二周,卡罗里·

德布莱因这样告诉罗伊德。那是一个夜晚,黑暗的休息室里,罗伊德发光的幻影坐在德布莱因旁边,注视着他喝下苦中带甜的热可可。其他人都睡了。在星际飞船上,白天和黑夜毫无分别,但夜行者仍然保持着正常的昼夜周期,大多数乘客也遵循着昼夜习惯。例外的只有队长卡罗里·德布莱因,他有着独特的作息时间,热爱工作,几乎不怎么睡觉。他热衷于讨论他心爱的、多年来一直纠缠着他的那个研究课题:沃尔克尼人。

"是否存在和为什么同样重要,卡罗里。"罗伊德回答,"你敢肯定你的这些外星生物一定存在吗?"

"我敢肯定。"卡罗里·德布莱因用力挤挤眼。这个人长得很紧凑,身材瘦小,铁灰色头发梳理得一丝不乱,那身衣服更是整洁得有点过分。但他夸张的肢体动作和蓬勃的激情跟那副严肃外表很不相称,"这就够了。如果每个人都像我这么肯定,我们就会有一整队研究飞船,而不是你这艘小小的夜行者号了。"他啜了口可可,满足地叹口气,"你知道诺特勒什人吗,罗伊德?"

从没听说过。但罗伊德只花了短短一瞬,就在图书馆电脑里查到了相关信息。"是人类活动空间另一侧的外星种族,乃至在费恩迪和达莫斯两族的居住区之外。很可能只是个传说。"

德布莱因笑道:"不,不,不。你的图书馆已经过时了,我的朋友。返回阿瓦隆以后,你一定得更新。这不是传说,不是的。很遥远,但却完全真实。关于诺特勒什人,我们没什么资料,但他们的确存在,这一点我能肯定,尽管你我也许永远都碰不上一个诺特勒什人。嗯,一切就是从诺特勒什人开始的。"

"跟我说说,"罗伊德说,"我对你的工作很有兴趣,卡罗里。"

"我当时正往学院的电脑里输入信息,内容是一个来自达姆土兰的信息包,传送了整整二十个标准年,刚刚收到。其中一部分是诺特勒什的民间传说。至于这些信息花了多久、通过什么途径才从诺特勒什传到达姆土兰,我一无所知,但这无关紧要,反正民间传说无所谓时效。这些东西精彩极了。你知道吗,我拿的第一个学位就是外星神话学。"

"不知道,请接着讲。"罗伊德说。

"沃尔克尼人的故事是诺特勒什神话的一部分。这个传说真让我敬畏不已:一个智能种族,来自星系核心的某个神秘起源,不断驶向星系外缘。传说声称,他们的最终目的地是星际空间。在这个过程中,他们的飞船始终航行于深远的星际太空,从不在行星着陆,也很少驶入距某个恒星一光年的范围之内。"德布莱因的灰眼睛闪闪发光,一边说,一边挥舞双手,仿佛要囊括整个银河,"最不可思议的是,他们竟然没有星际驱动器,无法进行星际跃迁。罗伊德,他们的航行速度只有光速的几分之一!这是最让我着迷的细节!我的沃尔克尼人,他们跟我们实在太不一样了——睿智,充满耐心,生命长久,眼光长远,完全不像低级种族那样急躁狂热。想想吧,那些飞船,沃尔克尼飞船,它们会多么古老!"

"很古老。"罗伊德赞同,"卡罗里,你说飞船不止一艘?"

"是的,很多。"德布莱因说,"根据诺特勒什人的传说,最初只有一两艘,出现在大气层最边缘,其他的接踵而至。数以百计,每艘都是独立的,依靠自己的动力飞行,目标都是外太空。永远是外太空。一万五千个标准年的时间里,他们在都诺特勒什诸星球间穿行,然后离开了那片区域。据传说,最后一艘沃尔克尼飞船是在三千年前飞离的。"

"一万八千年。"罗伊德说,接着又补充道,"诺特勒什人的历史有那么古老吗?"

"是的,但他们星际旅行的历史没多长。"德布莱因笑道,"根据诺特勒什人自己的历史记载,他们进入文明的历史只有这一半长。这导致我在一段时间里轻视了这个问题,因为从年代上看,沃尔克尼显然只是个传说。美丽的传说,仅此而已。

"但最终,我还是没放下这个课题。在空闲时间,我跟其他外星宇

Dreamsongs

宙学家一起调查，不放过任何蛛丝马迹。我们想看看诺特勒什人之外的种族是否也有类似的传说。沿着这条线索发掘，我们收获颇丰。

"我发现的情况让我震惊不已。在哈兰甘人和被哈兰甘人奴役的种族那里，我们一无所获。但你看，事情本就该是这样，因为这些种族在人类活动空间的外侧，只有经过我们的活动空间之后，沃尔克尼人才会接触到他们。而在人类活动空间内侧的调查则发现，沃尔克尼飞船的故事无处不在。"卡罗里热切地往前倾了倾身，续道，"啊，罗伊德，那些故事，那些故事！"

"跟我讲讲。"罗伊德说。

"费恩迪人管它们叫依－唯为依，翻译过来就是虚无部落，或者黑色部落。每一个费恩迪族群都流传着同样的传说，只有白痴才不相信。据说，这些飞船体积巨大，他们或我们的历史中从没出现过那么大的飞船。他们说那是战舰。一个关于失落的费恩迪族群的传说中说道，三百艘费恩迪飞船，与一艘依－唯为依相遇，三百艘船全部覆灭。当然，这是几千年前的事，所以细节不是很清楚。

"而达莫斯人的传说则有些不同，他们认定它是千真万确的事实。你知道，达莫斯人是我们遇到过的最古老的种族，他们管我的沃尔克尼人叫峡湾种族。他们的传说美极了，罗伊德，美极了！那些飞船犹如巨大的黑色城市，无声无息，缓缓移动，比它们所处的宇宙空间的速度还慢。根据达莫斯传说，沃尔克尼人来自原初，从星系最深处而来，是一群难民，为逃离一场可怕得难以想象的战争。他们放弃了家园，放弃了他们进化时居住的那些行星和恒星。他们远赴太空，寻找真正的和平。

"居住在阿斯的哥斯素德人也有极其相似的故事。但据他们的传说，那场战争曾摧毁了我们星系的一切生灵，而沃尔克尼人是某种神灵，在飞行沿途一路播撒生命的种子。其他种族将他们视为上帝的信使，或者来自地狱的幽灵，来警告我们逃离这场即将从星系中心爆发的大灾难。"

梦歌

"你的这些故事互相矛盾呀,卡罗里。"

"是的,是的,当然,但它们在本质上是一致的——沃尔克尼人从星系内部向外飞行,驾驶着他们古老、永恒的亚光速飞船,经过一个个短命的帝国和转瞬即逝的辉煌。这才是最重要的!其他的都只是修饰装点。我们很快就会知道真相。我调查了一些据称生活在比人类活动空间内侧更遥远的地方的种族,距离我们甚至比诺特勒什人更远,几乎没什么相关资料。那些种族与文明本身就差不多是传说,比如达兰、尤利施,以及洛赫纳卡。只要我能找到一点点相关材料的地方,我都一次又一次地发现了沃尔克尼人。"

"传说中的传说。"幻影嘴边露出了笑容。

"是的,的确如此。"德布莱因同意,"研究进行到这一步,我请教了专家,非人类智能种族研究院的学者。我们一起研究了两年。信息资料都在那儿,研究院的图书馆、记忆库和档案文件里都有。只不过以前从来没有人认真研究过,更没人把这些资料综合起来。

"在人类历史的绝大多数时间里,早在太空飞行的黎明到来之前,沃尔克尼人一直在我们周围穿行。当我们能够扭曲空间、以此解决相对论的矛盾时,他们那些庞大的飞船正在穿越我们所谓文明的核心区域,经过我们当时最繁华的世界,缓慢、庄严地以亚光速飞向星系边缘和星系间的黑暗。了不起,罗伊德,真是太了不起了。"

"了不起。"罗伊德附和。

卡罗里·德布莱因一口喝干杯里的可可,想伸手去抓罗伊德的胳膊。但他却抓了个空。他一时有点不知所措,接着笑道:"啊,我的沃尔克尼人。我有点兴奋过头了,罗伊德,我现在是如此接近。十多年了,他们一直占据着我的脑海,而现在,不出一个月,我就会看到他们,用我这双昏花老眼目睹他们的辉煌。那以后,如果我能接通通讯频道,如果我们这个种族能够与如此伟大、如此奇异、跟我们如此不同的种族接触——我抱着希望,罗伊德,希望到最后,我会知道那个为什么!"

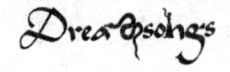

罗伊德·阿瑞斯的幻影微笑着,那双淡色眸子平静地望着他。

乘客会在飞船进入跃迁状态后不久变得坐立不安。在夜行者号上,焦躁情绪来得更快。第二个星期快结束时,猜测开始了,热火朝天。

"这个罗伊德·阿瑞斯究竟是什么人?"一天晚上,四位学者玩扑克时,外星生物学家罗因·克里斯托夫抱怨道,"为什么他不露面?他跟我们隔绝,到底有什么目的?"

"去问他。"语言学家中的男性丹尼尔提议。

"如果他是个罪犯呢?"克里斯托夫说,"我们知道他的背景吗?不,当然不知道。找他的是德布莱因,而德布莱因是个无能的老糊涂,这我们都知道。"

"该你出牌了。"洛米·索恩说。

克里斯托夫"啪"地打出一张牌。"停步牌,你们得重新抽牌了。"他笑着说,"说到这个阿瑞斯,谁知道他是不是正计划把我们全干掉呢。"

"目的是谋取我们的巨额财产,毫无疑问。"女语言学家琳德兰说。她打出一张牌,扣在克里斯托夫刚才那张上。"飞牌。"她轻声叫牌,面带微笑。观察着他们的罗伊德也微笑起来。

梅兰莎·基尔看着就让人舒服。

年轻,健康,精力充沛。梅兰莎·基尔几乎在任何方面都优于旁人:比船上所有人都高一头,骨架宽大,胸部丰满,双腿修长健壮,肌肉在黑亮的皮肤下灵活地滚动着。她的胃口同样惊人,饭量是同伴们的两倍,酒量也大。每天她都要在她带上船的器械上锻炼四个小时。到了第三周,她已经跟四个男人两个女人上过床。即使在床上,她也异常活跃,让对方筋疲力尽。罗伊德一直饶有兴趣地观察着她。

"我是改进版。"她一边玩双杠,一边对罗伊德说。她赤裸的肌肤闪着光,长长的黑发绾在发网里。

"改进?"罗伊德问。他不能将全息影像投射到货舱,是梅兰莎特意呼叫他,好在锻炼时跟他聊天。她不知道的是,无论呼不呼叫,他都在。她停止了运动,伸直双臂高高撑起身体,稳住。"基因改良,船长。"她喜欢叫他船长,"我出生在普罗米修斯,父母属于当地的精英阶层,都是基因设计师。改良版的意思是,我需要常人两倍的能量,但摄入的能量全都用得上,不会白白堆积。我有更健全的新陈代谢系统,身体强健,耐力更强,寿命也比普通人长一倍。我们那儿的人总想大幅度改变人体,结果铸下大错;但小改良却做得相当不错。"

她不再说话,继续锻炼,动作轻松自如。结束之后,她从杠上一跃而下,喘了会儿粗气,然后双手抱胸,脑袋一歪,笑道:"船长,这下子,你算是知道我的平生经历了。"她拉下发网,甩了甩头,让头发散开。

"肯定不只这些。"对讲机里的声音说。

梅兰莎·基尔笑起来:"当然。想听听我造反逃到阿瓦隆的故事吗?原因、经过,以及给我在普罗米修斯的家人带来的麻烦。或者,你对我在非人类学研究方面取得的非凡成就更感兴趣?想听这个吗?"

"换个时候吧。"罗伊德礼貌地说,"你身上戴的那块晶体是什么?"

它通常悬挂在她胸间,因为刚才做运动,她把它取了下来。现在她重新拾起,戴在脖子上。这是一小块绿宝石,以黑色镶边,用银链挂着。它触碰到她身体时,梅兰莎闭上眼睛,然后重新睁开,笑道:"它是活的。以前见过这种东西?这是块呢喃宝石,船长,即所谓共鸣水晶,用意念波束把记忆蚀刻、储存在上面,以保存当时的感受。每次接触都能让你重新感受一次。"

"原理我知道,"罗伊德说,"但用法我不太清楚。这么说,你保存了一些珍贵的记忆?是关于你家人的?"

梅兰莎·基尔抓起条毛巾,擦拭身上的汗水。"我的宝石储存的是我最满意的床上体验,船长。它能激发性欲,或者说以前有这个功能。

呢喃宝石到了一定时候功能就会消退,它现在唤起的感受已经不如从前了。但有时候,通常在做爱刚完,或者刚刚运动之后,它又会重新焕发生机,跟从前一样。"

"哦,"罗伊德的声音问,"这么说,它这会儿激起了你的性欲?你现在就要去寻欢了吗?"

梅兰莎笑了。"我算明白你想知道我哪方面的经历了,船长——我充满激情的罗曼史。哦,可我不会告诉你,除非你先告诉我你的身世。我对这个很好奇。你到底是谁,船长?"

"像你这种改良版,理应猜得出来。"罗伊德答道。

梅兰莎哈哈大笑,将毛巾朝通话格栅上扔去。

洛米·索恩大部分时间都待在被改装成电脑房的舱室里,组装打算用来分析沃尔克尼人的系统。有时候,外星科技学家阿丽丝·诺斯文德会进来搭把手。人机整合专家边工作边吹口哨,诺斯文德则阴沉着脸,一声不吭,按她的吩咐办事。偶尔她们才攀谈几句。

"阿瑞斯不是人类。"一天,洛米·索恩这样说,当时她正在监督安装显示屏幕。

阿丽丝·诺斯文德咕哝道:"什么?"她那张平板的方脸皱了起来。克里斯托夫那天的话本来已经让她对阿瑞斯惴惴不安了。她咔地装上另一个零件,转过身来。

"他跟我们交谈,我们却看不到他。"人机整合专家说,"这艘飞船没有机组人员,除了他,一切都像是自动操控的。那么,为什么不完全自动化呢?我敢打赌,罗伊德·阿瑞斯是个相当复杂的电脑系统,或许是人工智能。很普通的程序都能模仿人类对话,让外人无法分辨。我敢打赌,像这样的系统,只要转起来,准能蒙过你。"

外星科技学家哼了一声,转身继续工作:"那他为什么要假扮人类?"

"因为,"洛米·索恩说,"大多数地方的法律禁止使用人工智能。飞船不能自己拥有自己,即使在阿瓦隆也不行。夜行者号大概是怕自己被没收,然后解体。"她吹了声口哨,"这就相当于死亡,阿丽丝,自我意识和思维的终止。"

"我每天都跟机器共事。"阿丽丝·诺斯文德固执地说,"关闭,开启,对它来说都一样,它们根本不在意。为什么这台机器会在乎这个?"

洛米·索恩笑着说:"你说的是单独一台电脑,阿丽丝,跟我讲的不是一回事。这是个庞大的系统,拥有思想、意识、生命。"她的右手轻轻握住左腕,拇指心不在焉地揉着植入芯片,"它还能够感受,我敢肯定。感受的能力,没有人想丧失。说到底,它们其实跟你我并没有什么不同,真的。"

科技学家回头扫了眼身后,然后摇着头:"真的。"不冷不热,是全然不信的语气。

罗伊德·阿瑞斯倾听着,观察着,脸上没有笑容。

特尔·拉萨莫是个瘦弱的小东西,淡麻色头发,水汪汪的蓝眼睛。一般情况下,他打扮得像只孔雀,喜欢穿蕾丝 V 领衬衫,带褶的紧身裤。在他的母星,这套行头在下层人士中仍很流行。但那天他在小单间里找到卡罗里·德布莱因时,穿的却是一套朴素的灰色连身裤,几乎算得上很严肃。

"我有感应。"他抓住德布莱因的胳膊,长长的指甲深陷在肉里,"什么地方不对劲,卡罗里,出大问题了。我已经开始害怕了。"

心灵感应师的指甲掐进德布莱因的皮肤,他使劲挣出胳膊。"你弄疼我了。"他不满地说,"我的朋友,怎么了? 害怕? 害怕什么? 怕谁? 我真搞不懂,有什么可怕的?"

Dreamsongs

拉萨莫抬起苍白的双手，捂在脸上。"我不知道，不知道。"他号叫起来，"但它的确存在，我能感觉到。卡罗里，我感应到了某种东西。你知道我很在行，所以才选中我。就在刚才，当我用指甲掐你的时候，我感觉到了。我读得出你的心思，一阵一阵的。你在想我太激动了，觉得这个封闭空间影响了我的情绪，你觉得应该想办法让我镇定下来。"年轻人发出一阵神经质的笑声，笑声刚开始，马上又止住，"不是这么回事。你也看到了，我很棒。我是通过验证的一级感应师，而我告诉你，我真的很害怕。我感应到了它，感受到了它，梦到了它。刚上船时我就感应到了，现在这种感觉更为强烈。某种极度危险的东西。某种虚无缥缈的东西。不是人，卡罗里，是异类。"

"沃尔克尼人！"德布莱因叫道。

"不，不是，不可能。我们还在跃迁状态，他们还在无数光年以外呢。"又是一阵神经质的大笑，"我还没棒到那种程度，卡罗里。我听你说过克雷超感人的事，但我只是人类，感应不到那么远。那东西离我们很近，就在船上。"

"我们中的一个？"

"或许吧。"拉萨莫心不在焉地搓着面颊，"我分辨不出来。"

德布莱因叹口气，像父亲一样将手搭在年轻人的肩膀上。"特尔，你的这种感觉——或许只是太累了？我们大家都承受着很大压力。完全无所事事，这个滋味很磨人的。"

"把你的手拿开。"年轻人厉声喝道。德布莱因马上抽回手。

"这是真的。"感应师固执地说，"你也用不着暗自后悔，觉得不该选我，诸如此类。我的状态跟其他人，跟其他在这个……这个……鬼飞船上的人一样'稳定'。你竟认为我心态不稳！你真该去瞧瞧其他人脑子里的想法。克里斯托夫跟他的酒瓶，还有那些肮脏的幻想；丹尼尔怕得要命；洛米和她的那些机器——接触她的头脑，感觉就跟接触金属、灯光、电路差不多，告诉你，真恶心死了；基尔是个傲慢的家伙，而阿

梦歌

格莎永远是满脑子抱怨牢骚,阿丽丝无知得像头母牛。你,你没接触过他们,无法透视他们,还说什么心态稳定?一伙无能之辈,德布莱因,他们塞给了你一伙无能之辈。而我,我是你最好的队员,所以别胡思乱想觉得我心态不稳定,脑子不清醒,听到了吗。"他那双蓝眼睛似乎要喷出火来,"听到了吗?"

"放松点,"德布莱因说,"放松点,特尔,你太激动了。"

感应师眨巴着眼睛,疯狂的神情突然消失。"激动?"他说,"是的。"他内疚地看看四周,"我知道这很困难,卡罗里,但请听我说,你必须好好听我说。我警告你,我们很危险。"

"我听着呢,"德布莱因说,"但在取得确切信息之前,我不能采取行动。你必须发挥你的才能,帮我获取信息,好吗?你能做到的。"

拉萨莫点点头:"是的,是的。"他们又轻声交谈了一个多小时,感应师终于平静下来,离开了。之后,德布莱因去找超感心理学家。她正躺在睡网里,四周堆满药品,叫苦连天身上到处疼。听完德布莱因的叙述,她道:"真有意思,我也隐约感觉到了点什么,一种威胁,非常模糊,缥缈不定。我还以为是我自己的缘故:幽闭、无聊,才会产生这种错觉。有时候我的情绪很不稳定。他有没有说点具体的?"

"没有。"

"我准备四处转转,感应一下我们的感应师,还有其他人,看能不能发现点什么。不过,真要有什么的话,他会比我先察觉到。他是一级感应师,我只是三级。"

德布莱因点点头:"他的感应力好像真的很强。他跟我说了很多其他人的情况。"

"这并不代表什么。有时候,心灵感应师一口咬定自己什么都能感应到,其实正好说明他什么都没感应到。他想象自己感觉到了什么,读取到了什么,然后以此为基础编出一堆子虚乌有的东西。我会注意观察他,德布莱因。有时候,这种天生的感应力会出问题,变成某种歇斯底里。在这种情况下,感应师会把自己的感受传播出去,而不是接收、感应外界事物。在封闭的空间内,这是很危险的。"

德布莱因点头:"当然,当然。"

在飞船的另一部分,罗伊德·阿瑞斯皱起了眉头。

"你们注意到罗伊德幻影穿的衣服没有?"罗因·克里斯托夫问阿丽丝·诺斯文德。他们单独待在一个舱室里,甲板上潮湿的地方用垫子垫上。两人倚在垫子上,外星生物学家点燃一根欣快香烟,递给同伴。诺斯文德挡开了。

"至少过时了十几年。我父亲小时候住在老海神时穿过那种衬衫。"

"阿瑞斯偏好老古董。"阿丽丝·诺斯文德说,"那又如何?我才不在乎他穿什么呢。像我,我就喜欢连体服,穿着很舒服。才不管别人怎么想呢。"

"你倒真是不在乎。"克里斯托夫皱起大鼻子嗅了嗅。对方没理会这个小动作,"嗯,你不明白我的话。假如那个影像并非真正的阿瑞斯呢?影像可以是任何东西,完全可以凭空变出来。我觉得他根本不是那个长相。"

"不是?"她突然好奇起来,翻了个身,依偎在他的胳膊下,又大又白的乳房抵在他的胸口上。

"或许他有病,身体畸形,难为情,所以不想让我们看到真实面目。也可能真的得了什么病,也许是慢性血疫,你知道,得了那种病,人就不成样子了,但还会熬几十年才送命。说起疾病,其他的还多着呢——外套疹、新麻风、融解病、朗氏症,等等。罗伊德的自我隔离恐怕就是这么回事。隔离。想想吧。"

阿丽丝·诺斯文德紧皱眉头。"阿瑞斯这个,阿瑞斯那个,说起来没完。说得我心里直发毛。"

外星生物学家吸了一口欣快香烟,笑道:"那么,欢迎来到夜行者号。你才开始,我们这些人早就心里发毛了。"

第五周结束前的某天,梅兰莎·基尔把卒子推进到第六排,罗伊德知道无可挽回,只好认输。这么多天来,他和梅兰莎下棋连战连败,这是第八局了。梅兰莎盘腿坐在休息室的地板上,棋子散落在暗下来的显示屏前面。她扫开棋子,"别垂头丧气,我可是改良版,比普通人领先三步。"

"我应该连接上我的电脑,"罗伊德回答,"反正你不知道。"他的幻影突然出现,笑着站在显示屏前。

"你试试看,三步之内我就能看出来。"梅兰莎·基尔道。

这一个多星期以来,象棋狂热席卷夜行者号。他们俩是最后一对上瘾的。最初是克里斯托夫拿出棋盘,催促大家都来玩,但等到特尔·拉萨莫坐了下来,将他们一一击败,其他人很快便失去了兴趣。每个人都相信,感应师之所以取胜,是因为能读取他们的思想。但没有人把这种看法宣之于口,因为感应师情绪恶劣,喜怒无常。梅兰莎却没怎么费劲就赢了拉萨莫。"其实他下得不怎么样。"她事后对罗伊德说,"就算他想读取我的想法,弄到的也不过是些乱七八糟的东西。基因改进人知道怎么控制思维,我完全可以对他屏蔽思路。"克里斯托夫和其他几个人也曾跟梅兰莎下过一两局,但每次都输。最后,罗伊德自己也想玩,可愿意坐下来跟他对局的只有梅兰莎和卡罗里,而卡罗里连自己刚走了哪步棋都会很快忘记,所以只剩下梅兰莎常跟罗伊德对弈。获胜的总是梅兰莎,但两人似乎都越下劲头越足。

梅兰莎站起身,径直从罗伊德的影像上穿过,向厨房走去。她坚决拒绝假装这个影像是真正的人。

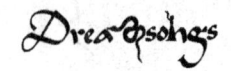

"其他人都是从我旁边走的。"罗伊德抱怨。

她耸耸肩,从一个储藏格里找出一袋啤酒。"船长,你什么时候才能打破障碍,让我拜访你的房间呢?"她问,"你在那边不觉得孤单吗?有没有受性饥渴的煎熬呢?有没有患幽闭恐怖症?"

"梅兰莎,我在夜行者号上航行了一辈子。"罗伊德说。既然对方对他的影像视而不见,他便关掉了幻影,"如果有幽闭症、性饥渴,我是不可能过这种生活的。身为基因改良版,你不可能不知道这点吧?"

她一挤软囊,喝了口啤酒,发出一阵低沉甜美的悦耳笑声。"总有一天,我会解开你这个谜,船长。"

"没解开之前,"他说,"请再告诉我一些有关你身世的谎言吧。"

"听说过木星吗?"外星科技学家问。她喝醉了,瘫在货舱的睡网上。

"是跟地球有关吧。"语言学家中的一个答道,"我相信这两个名字都源自同一个神秘星系。"

"木星,"外星科技学家提高嗓门,"是一颗气态巨星,跟古老的地球同处于太阳系。这个你们不知道吗?"

"除了这些琐事,我有更重要的事情要思考,阿丽丝。"琳德兰说。

阿丽丝·诺斯文德自鸣得意地笑道:"好好听着我的话。发明超时空跃迁技术时,人类正准备开发那颗行星。嗯,那以后,大家就不再理会这种气态巨星了。只要进入跃迁,找个更适合生存的地方就行。彗星呀,火星呀,气态巨星呀,统统不再受重视。几光年之外会有另一个星系,那儿有更多适合居住的行星。但有些人认为木星上存在生命,你们知道吗?"

"我只知道你醉得一塌糊涂。"琳德兰说。

克里斯托夫恼火地说:"气态巨星上确实可能存在生物,但他们不会离开这种星球、到外星发展。"他厉声道,"目前我们遭遇的所有智能种族均来自跟地球差不多的行星,而且绝大多数呼吸氧气。莫非你认为沃尔克尼人来自气态巨星?"

外星科技学家坐起来,阴谋家似的笑道:"不是沃尔克尼人,是罗伊德·阿瑞斯。砸开休息室的前壁,瞧着吧,甲烷和氨水就会冒着烟流出来。"她的手在空中比画着烟雾缭绕的样子,笑得喘不过气。

系统安装完毕,开始运转。人机整合专家洛米·索恩坐在主控面板前。主控面板是个不起眼的黑色塑料盘,它的上方可以显示出上百个键盘的全息影像,各键盘的键位排列方式大相径庭。这些键盘轮番显现,即使在她使用时也在不断消失、重组。她的周围浮现着晶状数据表,排列着各种屏幕和读出装置,上边是一行行不断变化、旋转的数字和几何图形,它们犹如无尽的黑色金属,包裹着系统的中枢和灵魂。她愉快地坐在半明半暗的舱室里,吹着口哨,让系统运行几个简单程序,她的手指闪电般掠过不断明灭的按键。"啊。"她只说了这个字,笑了。过了一会儿,又一个字,"好。"

全系统运行的时刻到了。洛米·索恩卷起金属质地的左袖口,手腕插到控制面板下方,找到接口,插入,让自己和机器融为一体。界面出现。

狂喜。

屏幕上,十二种色彩混合,汇成墨迹图形,不断变化、融合、分离。

只片刻工夫便结束了。

洛米·索恩抽回手腕,脸上露出既吃惊又满足的笑容。但笑容之外还有一丝困惑。她用拇指摸了摸腕部植入芯片的插孔处。感觉暖暖的,带着一丝刺痒。洛米颤抖了一下。

系统运转十分完美。硬件状况良好,软件也正按照计划发挥作用,

Dreamsongs

人机结合界面天衣无缝。像往常一样,这个过程让人兴奋。当她融入系统时,她拥有了超出她年龄的智慧,无比强大。她感到体内充满光,充满电,充满生机,感到自己的一切都是那么井井有条,那么振作奋发。她不再孤独,不再弱小。每次和机器融合,让自我扩张,都会产生这种感觉。

但这次有点儿不一样。有什么冷冰冰的东西触碰了她,只是一瞬间。冰凉异常、令人恐惧。在那一瞬间,她和她的系统都清楚地看到了它,但之后,它倏地消失了。

人机整合专家摇摇头,将胡思乱想逐出头脑。她继续工作,过了一会儿,她又吹起了口哨。

※

到了第六周,阿丽丝·诺斯文德在准备小吃的时候割伤了手指,伤得很重。她当时站在厨房里,用一把长刀切加料香肠,然后突然尖叫起来。

丹尼尔和琳德兰跑过去,发现她恐惧地盯着面前的案板。她左手食指的第一节被切了下来,鲜血喷涌。"飞船晃了一下。"她盯着丹尼尔,痴痴呆呆地说,"你们没感觉到吗?它让刀子歪向一边。"

"找东西止血。"琳德兰说。丹尼尔惊慌地看着四周,"噢,得了得了,我自己来吧,"琳德兰边说边替诺斯文德包扎好伤口。

超感心理学家阿格莎·马里基-布莱克给了诺斯文德一颗镇定药,然后看着两个语言学家。"你们看到事发经过了吗?"

"是她自己拿刀子不小心。"丹尼尔说。

走廊深处的某个地方,发出一阵癫狂的、歇斯底里的笑声。

※

"我给他用了抑制剂。"同一天晚些时候,超感心理学家向德布莱因报告,"超感抑制剂四号会让他的感应能力中断好几天。如果他需要,我这儿还有药。"

德布莱因十分难过。"我跟他谈过几次。我看得出来,特尔一天比一天害怕,可他对原因却只字不提。非得关闭他的感应能力不可吗?"

超感心理学家耸耸肩:"他已经快丧失理智了。以他的感应级别,真要崩溃的话,他会拉着我们大家一起垮台。德布莱因,你真不该把个一级感应师带上船,他们太不稳定了。"

"但我们必须跟外星种族沟通。提醒你一下,这不是个简单的任务。沃尔克尼人会比我们遇见过的任何智能种族更异于人类。想跟他们交流,唯一的可能就是通过一级感应师。我的朋友,想想吧,他们有那么多东西可以教给我们。"

"你说得倒轻巧。"她说,"但瞧瞧你那位一级感应师的状态吧,到时候,别说一级,他干脆就是个废人,根本指望不上。一半的时间,他缩在睡网里,蜷成婴儿姿势;另一半时间他到处乱窜,说些丧气话,把自己吓得半死。他一口咬定我们现在有危险,实实在在的危险,可他却并不知道是什么危险、来自何处。最糟糕的是我分辨不出他是真的感应到了什么,还是妄想症大发作。他倒是表现出了某些典型的妄想症症状,比如说他认定有人在监视他。说不定,他这些情况跟我们、跟沃尔克尼人并无关系,甚至跟他的能力都没有关系。但我现在无法断言。"

"你不是也有感应力吗?"德布莱因问,"你也可以感应他,不是吗?"

"用不着你指点我如何工作。"她厉声回答,"上周我跟他上过床,要说和谁协调一致、感应对方,这是最好的机会。但即便在那种情况下,我还是毫无收获。他的思维乱成一团,他的恐惧强烈得简直能散发出恶臭,甚至浸透床单。至于其他人,除了一般的紧张和沮丧之外,我没发现什么。但话又说回来,我只是个三级感应师,这个结论说明不了什么。我能力有限,再说我一直不舒服,你知道的,在这艘船上,我简直无法呼吸,觉得空气沉甸甸的,头一阵阵悸痛。我本应卧床休息才对。"

"是的,当然。"德布莱因赶紧说,"我没有责备你的意思。局面这么复杂困难,你做得已经够好了。特尔多久才能恢复?"

超感心理学家疲惫地揉着太阳穴。"我的建议是,一直给他服用抑制剂,直到此次任务结束。我警告你,德布莱因,发疯或者歇斯底里大发作的感应师是非常危险的。要知道,诺斯文德割伤手指那件事,说不定就是他干的。你还记得吗,事故刚过没多久,他就开始大喊大叫起来。也许他用意念碰了她一下,只一下——咳,这些是我瞎想,但的确有这种可能。关键在于,我们冒不起这个险。我这儿有足够的四号抑制剂,完全可以关掉他的感应力,而且不会影响他的其他方面,一直持续到我们返回阿瓦隆。"

"可是——罗伊德用不了多久就会带我们脱离跃迁,很快就要跟沃尔克尼人接触了。到那时,我们需要特尔,需要他的意念,他的感应力。非关掉他的感应力不可吗?难道就没有其他办法了吗?"

马里基-布莱克皱了皱眉。"另一个选择是给他注射一剂埃斯帕隆。那种药会让他的感应能力完全释放,几小时之内,他的感应力会扩大十倍。到那时,我希望他能发现他所感应到的危险的来源。如果没什么危险,就矫正自己的感觉,如果真有危险,那便着手对付它。不过我必须说明,四号抑制剂安全得多。埃斯帕隆是一剂猛药,会产生强烈的副作用。它将大幅度提高血压,有时还会导致窒息、癫痫,甚至出现过心跳终止的病例。当然,拉萨莫还年轻,我不担心他会出现最后那种情况。但我认为他情绪不够稳定,当埃斯帕隆大大增强他的感应力之后,他会不知道怎么应付。用抑制剂还有个好处:如果感应力关闭之后他还是那么害怕,那我们就可以断定,他的恐惧与他的超感能力无关。"

"他要是不再害怕了呢?"德布莱因问。

阿格莎·马里基-布莱克狡黠地一笑:"你是说如果拉萨莫安静下来,不再一天到晚不停地重复什么地方有危险?这个嘛,就说明他没再感应到东西了。那就意味着,这里确实存在着某种东西,他之前感应到了。而他从一开始就是对的。"

当天晚餐时,拉萨莫很安静,神思恍惚,机械地吃着东西,那双蓝眼睛里雾蒙蒙的。离席之后,他径直走到床边,一头扎进睡网,很快便陷入了昏睡。

"你对他做了什么?"洛米问马里基-布莱克。

"我关了他那个四处探头探脑的感应力。"她回答道。

"两星期前你就该这么做了。"琳德兰说,"吃药以后,他好打交道多了。"

卡罗里·德布莱因几乎没怎么吃东西。

人造的黑夜来临,德布莱因正端着可可想心事,罗伊德的投影出现了。"卡罗里,"幻影道,"能不能把你队员带来的电脑系统与我的飞船联通?沃尔克尼人的传说让我着迷,我想在空闲时研究一下。你的研究资料是储存在那里面的吧?"

"当然可以,"德布莱因有些心不在焉,"我们的系统已经运转起来了,跟夜行者号联通应该不成问题。我让洛米明天就处理这件事。"

房间里寂静无声,气氛凝重。卡罗里呷着可可,盯着暗处出神,几乎忘了罗伊德的存在。

"你有心事。"过了一会儿,罗伊德道。

"嗯?哦,是的。"罗伊德回过神来,"抱歉,我的朋友。我脑子有点乱。"

"是特尔·拉萨莫的事,对吗?"

卡罗里·德布莱因看着对面这个苍白发光的影像,过了好长一会儿,才僵硬地点点头。"是的。我能问问你是怎么知道的吗?"

"我知道夜行者上发生的一切。"罗伊德答道。

"你在监视我们,"卡罗里语气严肃,带着指责的意味,"看来,特尔是对的,我们的确被监视着。罗伊德,你怎能这样?偷窥有违你的身份。"

幻影透明的眼睛没有生机,这是一双视而不见的眼睛。"别告诉其他人。"罗伊德警告,"卡罗里,我的朋友——请允许我这样称呼你——关于监视,我有我的理由,而你们不需要了解。我不希望你们受到伤害。相信我。你雇我把你们安全地带往沃尔克尼飞船处,再安全返航,我想做的只有这些。"

"你在逃避话题,罗伊德。"德布莱因说,"为什么监视我们?你是不是把什么都看在眼里?你有偷窥癖,还是对我们怀有敌意?这就是你不跟我们待在一起的原因吗?你只想偷窥?"

"你的怀疑让我很难过,卡罗里。"

"你的欺骗也让我很难过。你还没有回答我的问题。"

"每个角落都有我的眼睛和耳朵,"罗伊德说,"夜行者上没有什么事能躲过我。我是不是把什么都看在眼里?不,有时不行。不管你的同事们怎么想,我只是个普通人,我得睡觉。显示屏会一直亮着,但不是随时都会看。我一次只能关注一两处地方或数据。有时我还会分心,变得不够机警。我看着一切,卡罗里,但我无法看到一切。"

"为什么?"德布莱因又给自己倒了一杯可可,努力让双手不要颤抖。

"我没必要回答这个问题。夜行者是我的飞船。"

德布莱因啜了口可可,眨眨眼,若有所思地点点头:"你的话让我伤心,我的朋友。你让我别无选择。特尔告诉我,有人在监视我们。我现在知道他是对的。他还说我们身处险境,某种异类在威胁着我们。是你吗?"

幻影一动不动,一言不发。

德布莱因大声说:"你不回答!好吧,罗伊德,我该做什么?如此一来，我只能相信特尔了。我们身处险境，而危险的来源可能就是你。那么，我必须中止这次任务，返回阿瓦隆，罗伊德。这就是我的决定。"

幻影微微一笑。"如此接近，却要放弃？我们很快就要脱离跃迁了。"

卡罗里·德布莱因的喉咙深处发出一声悲哀的低鸣。"我的沃尔克尼人。"他说着，叹了口气，"如此接近……是啊，弃他们而去真让我心痛。但我别无选择，别无选择。"

"你有选择。"罗伊德说，"相信我。我只要求这一点，卡罗里。相信我，我没有恶意。特尔一直在说有危险，但到目前为止，并没有人受到伤害。不是吗？"

"的确，"德布莱因承认，"除非算上阿丽丝，她今天下午割伤了自己。"

"什么，"罗伊德只迟疑了一会儿，"割伤了自己？我没看到，卡罗里。这是什么时候的事？"

"哦，有一阵子了……我想就在拉萨莫开始大吵大闹之前。"

"我明白了。"罗伊德的声音若有所思，"当时我正在看梅兰莎锻炼，跟她聊天。我没注意到。告诉我事情的经过。"

德布莱因告诉了他。

"听我说，"罗伊德说，"相信我，卡罗里，我会带你到你的沃尔克尼人那里。让你的人保持冷静，让他们相信我不会造成威胁。继续给拉萨莫用药，让他保持安静，你明白吗？这很重要。他是问题所在。"

"阿格莎也是这么说的。"

"我知道，"罗伊德说，"我同意她的说法。你会照我说的做吗？"

"不知道，"德布莱因说，"你让我很为难。我不知道哪里出了问题，我的朋友。你能跟我再说详细些吗？"

罗伊德·阿瑞斯没有回答。他的幻影在等待。

"好吧，"德布莱因最后道，"你不肯说。你真的让我太难办了。还要多久,罗伊德?还要多久我们才能见到我的沃尔克尼人?"

"很快,"罗伊德说,"大约再过七十小时,我们就会脱离跃迁。"

"七十小时,"德布莱因缓缓地道,"没多久了……两手空空地返航……"他舔舔嘴唇,端起杯子,发现里面已经空了,"那么,继续航行吧。我会按你说的做。我会相信你,继续给拉萨莫用药,我会只字不提你的监视。这够了吗?把我的沃尔克尼人带给我,我已经等得太久!"

"我知道,"罗伊德说,"我知道。"

幻影消失了,卡罗里·德布莱因独坐在阴暗的休息室。他想把杯子添满,手却颤抖起来,可可溅到手上,杯子掉了。他咒骂着,猜疑着,心里痛苦不已。

第二天的气氛愈加紧张,空气中充满愤怒和烦躁。琳德兰和丹尼尔的"私下"争吵几乎半架飞船都听得到。休息室里一场三方战争游戏以克里斯托夫痛骂梅兰莎作弊而惨淡收场。洛米不断抱怨将她自己的系统与飞船连接时所碰到的异乎寻常的困难。阿丽丝·诺斯文德在休息室一坐就是几小时,盯着缠胶布的手指,怒气郁积。阿格莎·马里基-布莱克在走廊里来回走动,一会儿埋怨飞船太热一会儿埋怨飞船太冷,抱怨关节痛,对飞船混浊的空气和烟味也唠叨个没完。就连卡罗里·德布莱因都烦躁不安。只有心灵感应师看起来很满足。注射了足量的四号抑制剂以后,特尔·拉萨莫神情呆滞,昏昏欲睡,但至少他不再一看到什么影子就吓得哆嗦了。

罗伊德·阿瑞斯没有出现,不管是声音还是全息投影。

晚饭时,他仍没露面。学者们不安地吃着东西,以为飞船主人的投影随时会出现在餐桌旁,坐到平时的位子上,跟大家交谈。但直到晚饭结束,一杯杯可可、茶、咖啡摆在面前时,幻影仍旧没出现。

"咱们的船长好像很忙。"梅兰莎·基尔靠着椅背,一边观察其他人,一边晃动盛白兰地的酒杯。

"我们就要脱离跃迁了,"卡罗里·德布莱因说,"得做很多准备工作。"其实,罗伊德的缺席让他暗暗不安,不知他们这会儿是不是仍在他的监视之下。

罗因·克里斯托夫清清嗓子:"既然除他之外,我们都在这里,不如来讨论些事情吧。我不在乎他是不是错过了晚饭。他不需要吃饭,他只是个该死的影像,一顿饭不吃有什么关系?说不定他真的不用吃,咱们可以讨论讨论。卡罗里,我们很多人都对罗伊德看不顺眼,你了解这个神秘人吗?"

"了解?我的朋友,"德布莱因起身续了杯浓浓的可可,慢慢啜着,想给自己争取一些思考的时间,"了解什么?"

"你没注意到吗,他从不出来玩儿。"琳德兰冷冷地说,"你雇下这艘船时,有谁提起过他这种怪癖吗?"

"我也想知道答案。"另一位语言学家丹尼尔附和道,"在阿瓦隆来来往往有那么多交通工具,你为什么偏偏选择阿瑞斯这艘?别人是怎么跟你说起他的情况的?"

"说起他的情况?我得承认,没说什么情况。我问过一些太空港官员和飞船租赁公司,他们都不认识罗伊德。你们也知道,他没在阿瓦隆做过生意。"

"真是个破借口。"琳德兰说。

"而且很可疑。"丹尼尔补充。

"他是哪儿的人?"琳德兰问,"丹尼尔和我仔细听过他讲话。他说话标准流畅,不带任何口音,没有什么能让我们辨别出他身份的特别音调。"

"有时候,他的话听起来有点陈旧过时,"丹尼尔插话,"他的话语结构偶尔会让我联想起某个地方。问题是这种情况每次出现时都不一样。说明他一定去过很多地方。"

"这个推论真是废话。"琳德兰拍了拍他的手,"亲爱的,生意人当然会到处走,拥有自己的飞船就更方便了。"

丹尼尔怒视着她,但琳德兰只管往下说:"真的,你知道他的任何情况吗?我们这艘夜行者到底是从哪儿来的?"

"我不知道,"德布莱因承认,"我——我从来没想过打听这些。"

他的考察队员们难以置信地彼此对视了一眼。"你从来没想过?"克里斯托夫质问,"那么你为什么选这艘飞船?"

"我只能选这艘飞船。研究院管理委员会批准了我的项目,给我分配了人员。但他们腾不出一艘科考船。此外,研究经费也很有限。"

阿格莎·马里基-布莱克发出一阵苦笑。"我不知道你们有没有猜透其中玄机。这么说吧,研究院对他的外星神话研究很感兴趣,觉得沃尔克尼人的传说有点儿意思,但说到要出发去寻找他们,院方的态度就没那么积极了。于是乎,他们只给了他一点点经费,哄他高兴,让他继续下去。至于这次小考察,他们认为不可能有成果,所以给他分配的人手都是阿瓦隆想打发走的人。"她环视在座的每个人,"瞧瞧咱们这一伙吧,我们中没有一个是从一开始就参与了德布莱因的项目,全是为了出这趟差临时拼凑起来的。还有,我们中没有一个是第一流的学者。"

"你说的只是你自己吧,"梅兰莎·基尔说,"我可是主动要求参加的。"

"我不想在这个话题上纠缠。"超感心理学家继续道,"我想说的是,选择夜行者号不是什么了不起的大秘密。德布莱因,你选中这艘飞船,是因为它费用最少吧?"

"空闲的飞船还是有的,但它们的船主根本不理会我的计划。"德布莱因说,"我也承认,这个项目听上去是有些古怪。还有,飞船会在附近没有行星的星际空间脱离跃迁,很多船主对这点相当恐惧,几乎是一种迷信。而在那些同意出航的船主中,罗伊德·阿瑞斯的条件最好,而且他答应立刻出发。"

"可不是,我们必须立刻出发,"琳德兰嘲讽地说,"否则沃尔克尼人就会飞走。他们在这个区域已经飞了一万年了,这个判断嘛,最多也就是上下相差几千年吧。"

有人笑出声来,德布莱因为难地说:"朋友们,当然,我是可以推迟出发时间。我承认,我急切地想见到我的沃尔克尼人,看看他们那些伟大的飞船,向他们请教许多长期困扰着我的问题,去发现那个为什么。但我同样声明,推迟时间不会产生什么大问题。可为什么要推迟呢?罗伊德船长为人和善,驾驶技术娴熟,对我们也很好。"

"你跟他会过面吗?"阿丽丝·诺斯文德问,"我是说登船之前、你跟他安排各种事项的时候。你见过他吗?"

"我们谈过很多次。但我在阿瓦隆,罗伊德在轨道上。我只在显示屏上见过他。"

"他还是影像。电脑生成的,什么都说明不了。"洛米·索恩说,"我可以让我的系统造出各种各样的长相,卡罗里,再传送到你的显示屏幕上。"

"没人真正见过罗伊德·阿瑞斯。"克里斯托夫说,"从一开始,他就把自己弄成了一个神秘人物。"

"这是一种躲避手段。"琳德兰说,"他到底在躲什么?"

梅兰莎·基尔笑起来,所有目光都转移到她身上。她笑着摇摇头:"我瞧罗伊德船长没什么不妥,一个怪人正好从事这次奇怪的任务。你们这些人,难道就不喜欢神秘吗?瞧瞧这次任务吧,远行无数光年,目的是接触传说中的外星飞船,而早在人类学会打仗之前,这些飞船就从星系内部向外飞行了。你们呢,你们紧张不安的原因只是无法好好数数船长鼻子上长了几颗疣子。"她的手伸过桌子,给自己的白兰地杯子里又斟了些酒,轻声说,"我母亲说得对,普通的意思就是低档次。"

"也许我们应该听梅兰莎的。"卡罗里·德布莱因沉吟道,"罗伊德的怪癖是他自己的事,只要别影响我们就行。"

"反正我觉得不舒服。"丹尼尔轻声抱怨。

"说不定我们的同伴是个罪犯,或者异形。"阿丽丝·诺斯文德提醒道。

"他是个木星人。"不知谁嘟囔了一句。外星科技学家的脸唰地红了。长桌边有人开始偷笑。

但就在这时,特尔·拉萨莫从餐碟上抬起头来,视线躲躲闪闪,咯咯傻笑着。"异形……哈哈……"他的蓝眼睛来回乱转,似乎想钻进脑袋里躲起来似的。它们明亮而狂热。马里基-布莱克咒骂了一句:"药力失效了。"

又转身对德布莱因说:"我得回房再拿点药来。"

由于担心在飞船上造成恐慌,德布莱因一直很谨慎,没怎么对大家提起拉萨莫发神经的事。此时洛米·索恩追问道:"什么药,这是怎么回事?"

"危险。"拉萨莫喃喃自语。他转向坐在他身边的人机整合专家,一把抓住她的前臂,涂过的长指甲挠着她上衣的银色金属,"我们有危险,我跟你说,我感觉到了。某种异类,想对我们不利。血,我看见了血。"他大笑起来,"你尝不到吗,阿格莎?我几乎能尝到血的味道。它也能。"

马里基-布莱克站起身来。"他的状况很不好,"她说,"我给他服用抑制剂,以控制他的妄想症。我这就去拿药。"说完,她向门口走去。

"给他用了抑制剂?"克里斯托夫惊恐地说,"他在警告我们。你听不到吗?我想知道他说的是什么。"

"别用抑制剂,给他注射埃斯帕隆试试。"梅兰莎·基尔说。

"我的工作不用你指点,小姐。"

"很抱歉,"梅兰莎耸耸肩,"但我的确比你快三步。埃斯帕隆能打消他的虚妄念头,不是吗?"

"是这样,但是……"

"并且,这药能让他把精力集中到他所感应到的威胁上,对吧?"

"我了解埃斯帕隆的药性。"超感心理学家恼火地说。

梅兰莎端着白兰地酒杯笑起来:"我知道你了解。现在听我说,你们大家好像都对罗伊德很好奇,你们无法容忍他隐藏自己的情况。罗因已经编了几个星期的故事,其中任何一个他都可以相信。阿丽丝更是紧张到把自己的手指切下来。我们大家一直吵个不停。像这样疑神疑鬼,我们不可能团结协作。所以,结束这种状况吧。办法很简单。"她用手一指,"这儿坐着一个一级心灵感应师。用埃斯帕隆增强他的能力,之后他就能把船长的身世告诉大家,让所有人都满意。同时也能驱逐他自己的心魔。"

"他在窥视我们。"心灵感应师用低沉、急促的声音说。

"不,"卡罗里·德布莱因说,"我们必须抑制特尔。"

"卡罗里,"克里斯托夫说,"我们拖得太久了。大家都很紧张,这小伙子更是吓得要死。我认为是时候揭开罗伊德·阿瑞斯的秘密了。梅兰莎说得对。"

德布莱因很为难:"我们没有权利……"

"我们必须这么做。"洛米·索恩说,"我赞同梅兰莎。"

"对。"阿丽丝·诺斯文德附和。两个语言学家也点点头。

德布莱因想着对罗伊德许下的承诺,心里觉得很过意不去。但他们没给他选择的余地。他与超感心理学家对视一眼,叹口气:"好吧,给他注射埃斯帕隆。"

"他想杀我。"年轻人跳起来尖叫。洛米·索恩抓住他的胳膊,试图让他平静下来,他却抓起一杯咖啡,泼到她脸上。三个人才把他控制住,可感应师仍在不停地挣扎。"快点。"克里斯托夫催促。马里基-布莱克打了个哆嗦,离开了休息室。

超感心理学家一回来,其他人就把拉萨莫架到桌子上,将他摁倒。

他的淡色长发被拨到一侧,露出颈动脉。

马里基-布莱克走了过去。

"放开他,"罗伊德说,"没必要这样做。"

他的幻影突然在长桌尽头的空椅上现身。正将埃斯帕隆吸进注射枪的超感心理学家一下子僵住了。阿丽丝·诺斯文德吓了一大跳,松开了拉萨莫的一只胳膊。但俘虏并没有趁机挣脱,他躺在桌子上,喘着粗气,淡蓝色的眼睛呆滞无神,瞪着罗伊德的幻影,仿佛被影像的突然出现定住了,无法动弹。

梅兰莎·基尔举杯致敬:"喔,船长,你错过了晚餐。"

"罗伊德,我很抱歉。"卡罗里·德布莱因内疚地说。

幻影视而不见的眼睛注视着远处的墙壁。"放开他。"声音从对讲机中传出,"如果我的隐私让你们如此恐惧,我愿意把这个天大的秘密告诉你们。"

"他一直在监视我们。"丹尼尔说。

"说吧。"诺斯文德怀疑地说,"你到底是什么?"

"你那个气态巨星的猜测很有意思,"罗伊德说,"遗憾的是,真实情况没那么戏剧化。我只是个普通中年人,如果你们想知道准确岁数,六十八个标准年。你们面前的投影是真实的罗伊德·阿瑞斯,或者说,是一些年前的罗伊德·阿瑞斯。现在的我老了一些,但为了接待客人,我用电脑模拟出了一个更年轻的形象。"

"是吗?"洛米·索恩问道,她脸上被咖啡烫到的地方红通通的,"那为什么搞得这么神神秘秘?"

"这个故事要从我的母亲说起。"罗伊德回答,"夜行者号最初是她的船,是新荷尔姆的太空船厂按她的要求特别定制的。我母亲是个自由贸易者,事业非常成功。她出生在一个叫沃斯的世界,离这里很远,或许你们当中有些人听说过。她的家庭在当地地位很低,但她努力工作,一步一步向上攀登,最后拥有了自己的船队。没过多久,便挣下了

梦歌

巨额财富,因为她愿意接运不同寻常的货物,愿意偏离主航道,将货物运到更遥远的地方,比别的船愿去的地方远一个月、一年甚至两年。这样,风险固然大大增加,但利润也高得多。我母亲从不考虑她和船员多久才能回一次家。她以飞船为家,第一次离开沃斯就把它彻底抛诸脑后。只要能够避免,她从不两次前往同一个地方。"

"她喜欢冒险。"梅兰莎说。

"不,"罗伊德说,"真正的原因是,我母亲极度厌恶与人交往。她不喜欢人类,一点儿也不喜欢。她的船员对她没有好感,我母亲也讨厌他们。她有一个毕生的梦想——自己驾驶飞船而不用任何船员。有钱以后,她开始实践,于是夜行者号诞生了。自从驾着夜行者号离开新荷尔姆,她再也没有踏上过任何一颗行星的土地,再也没有接触过任何一个人类。她通过现在属于我的这艘飞船处理所有商业事务,和人打交道都用显示屏和激光通讯射束。你也许会称之为疯狂。是的,没错。"幻影淡淡地笑笑,"但她的一生确实多姿多彩,即使在与世隔绝之后仍然如此。卡罗里,她见过多少奇异的世界啊!如果把她的经历告诉你,你会被迷得神魂颠倒。但她的这些事,你永远不会知道了。她销毁了大部分记录,唯恐她死之后,其他人利用她的经历牟利或取乐。她就是这样的人。"

"那你呢?"阿丽丝·诺斯文德问。

"至少她跟某个人类亲密接触过。"琳德兰插话说,脸上挂着暧昧的笑容。

"我其实不该叫她母亲。"罗伊德道,"我是她的男性克隆体。在这艘船上独自飞行三十年之后,她厌倦了。克隆我是想让我充当她的同伴和情人。她本来可以精心塑造我,把我培养成为完美的玩物,但她对小孩没耐心,不打算亲自抚养。我被密封在培养容器里,一个联在她电脑上的胚胎,电脑就是我的老师,我出生前是这样,出生之后仍然如此。其实我根本无所谓'出生'。正常孩子呱呱坠地,我却被关在容器里,

115

缓慢地成长、学习。我什么都看不见,只有梦境,还有赖以维生的输送养分的管子。只有等到了青春期,她觉得能与她为伴的时候,我才会被放出来。"

"太可怕了。"德布莱因说,"罗伊德,我的朋友,我不知道是这样。"

"我真为你难过,船长。"梅兰莎·基尔说,"你被剥夺了童年。"

"我从来没有怀念过童年,"罗伊德说道,"她也没怀念过她的童年。不过,她的计划落空了。我被克隆几个月之后,她死了。但她事先作了安排,让飞船可以应付这种突发事件。飞船停止飞行,自动关闭,在星际空间飘浮了十一个标准年。在这段时间里,电脑将我——"他停住笑了笑,"我本来想说,电脑将我培养成了一个人类。这么说吧,这段时间里,电脑将我培养成了现在这种人。我就是这样继承了这艘飞船。从容器里'出生'以后,我花了好几个月来熟悉飞船的操作,并探究身世。"

"太神奇了。"卡罗里·德布莱因感叹。

"是啊,"女语言学家琳德兰也说,"但这还是不能解释你为什么要封闭自己。"

"他已经解释得很清楚了。"梅兰莎·基尔道,"不过船长,或许你得给这些没改良的人再费点口舌。"

"我母亲憎恨行星,"罗伊德说,"她厌恶行星上的臭味、泥土、细菌和阴晴不定的天气,厌恶其他人的目光。她打造了一个完美的环境,竭尽所能让它彻底无菌化。她同样不喜欢重力。在负担不起人造重力的自由贸易飞船上工作时,她习惯了失重状态,并更喜欢那种状态。

"这就是我出生长大的环境。我的身体没有抵抗力,跟你们任何人接触都可能让我大病一场,甚至要了我的命。我的肌肉萎缩,没有力量。夜行者舱内的重力是为了方便你们而制造出来的。但这种重力让我痛苦不已。现在,真正的我坐在一把可以支撑我的体重的悬浮椅上,但我仍然觉得难受,也许我的内脏已经受损。这也是我为什么不经常搭载乘客的原因之一。"

"这么说,你对人类的看法同你母亲一样?"超感心理学家马里基-布莱克问。

"不,我喜欢人类。我自己就是人类,虽然这不是我的选择,但我接受这点。我只能通过二手途径体验人类的生活。我贪婪地读书,阅读小说、戏剧、历史;听录音带,看三维戏剧;还服用梦尘,在致幻剂带来的梦境中体验生活。偶尔,我还会鼓起勇气,搭载些乘客。每当这种时候,我就会尽可能地深深啜饮他们的生活。"

"你怎么不让飞船保持失重状态呢?"洛米·索恩建议。

"的确可以。"罗伊德礼貌地回答,"但我发现,出生在行星上的人,绝大部分不喜欢失重状态,就和我不喜欢重力环境一样。没有或者不启用人造重力的飞船很难找到乘客。就算有少数人愿作这种尝试,旅途的大半时间也会病倒卧床不起。这样当然不行。我知道,我其实也可以和乘客们来往,只要坐在悬浮椅上,再穿一身全封闭保护服就行。我也这样做过。但我发现,这种做法不但没有增加,反而减少了我的参与度。我成了个怪物,一个残废,大家必须以不同的方式对待我,跟我保持距离。这不是我的目的。我更喜欢像这样跟乘客隔离开来。只要我能鼓起勇气,我就会搭载一批异类,并认真研究这些乘客。"

"异类?"诺斯文德不解地问。

"对我来说,你们都是异类。"罗伊德答道。

夜行者号的休息室里一片沉默。

"朋友,刚才的一切,我感到抱歉。"卡罗里·德布莱因对幻影说。

"抱歉。"超感心理学家嘟囔了一句。她皱着眉头,将一瓶埃斯帕隆吸入注射枪的腔室,"嗯,说得倒是头头是道。可这些是真话吗?我们仍旧没有证据,有的只是一个床头故事。这个幻影大可以宣称自己是木星生物,是智能电脑,或者战争罪犯。我们没有任何办法辨别他的话是否真实。不——我们有一个办法。"她快步走到感应师躺着的床边,"他仍需要治疗,而我们也仍旧需要确认罗伊德的话。反正已经走到了这一步,这会儿停下毫无意义。明明可以就此了断,为什么还要让这种心神不定的状态继续下去?"她将感应师不再反抗的脑袋侧向一边,找到动脉之后,将注射枪紧贴在他的皮肤上。

"阿格莎,"卡罗里说,"你不觉得……或许我们不应该这样做,既然罗伊德……"

"不!"罗伊德说,"住手,我命令你。这是我的飞船,快住手!不然……"

"……不然怎么样?"注射枪哧的一响。挪开以后,心灵感应师的脖子上留下一块红印。

拉萨莫双肘撑着身子半坐起来。"特尔,"马里基-布莱克拿出最职业化的口吻对他说,"把注意力集中到罗伊德身上,你能做到的。我们都知道你很棒。只要一会儿,埃斯帕隆就会彻底激发你的潜能。"

年轻人淡蓝色的眼睛里雾蒙蒙的。"还不够近。"他喃喃道,"一级,我是一级,经过验证的一级。很棒,你们知道我很棒。但我必须再近些。"他开始颤抖。

超感心理学家伸出一只胳膊搂着他,轻轻抚摸,循循诱导。"埃斯帕隆会让你的感应力延伸得更远,特尔。感觉一下,感到你变得更有力量了。你感觉到了吗?一切都变得越来越清晰,是不是?"她鼓励地说,"你能读到我的想法,我知道你能。但别管我的想法,也别管其他人,把你感应到的其他想法全推到一边去,所有的思想、欲望、恐惧统统抛开。还记得吗?你说我们有危险,记得吗?寻找它,特尔,找到它。把你的意念延伸到舱壁另一边,告诉我们那边有什么,把罗伊德的事告诉我们。他说的是实话吗?告诉我们。你很棒,大家都知道,你能告诉我们。"她不住地念诵。

年轻人甩开她的手臂,自己坐直。"我感应到了。"他的眼神突然清晰起来,"有些东西……我头好疼……我害怕!"

"别害怕。"马里基-布莱克说,"埃斯帕隆不会让你头疼,只会强化你的能力。没什么好怕的。"

她轻抚他的前额,"告诉我们你看到了什么?"特尔·拉萨莫用孩童般惊恐的眼神看着罗伊德的影像,舌头不停地舔着下唇:"他是——"

他的脑袋突然迸裂开来。

歇斯底里,一片混乱。

感应师头颅爆炸的力量很大,鲜血溅了大家一身。尸体还在桌面上蹦跶了好一会儿,颈动脉里喷射出一股股血柱,抽搐的四肢疯狂起舞。他的脑袋已不复存在,但他仍不肯安宁下来。阿格莎·马里基-布莱克正站在他身边。她手中的注射枪掉在地上,嘴巴呆滞地张着,满身鲜血,沾满细碎的血肉。一块长而尖利的碎骨刺进她右眼下的皮肤,她的血与感应师的血混在一起,可她却似乎毫无察觉。

罗因·克里斯托夫仰面跌倒,连滚带爬地站起来,紧紧贴住墙壁。

丹尼尔尖叫,尖叫,不停地尖叫,直到琳德兰一记耳光扇在他沾满血迹的脸上,呵斥着让他安静。阿丽丝·诺斯文德扑通跪下,用一种奇怪的语言喃喃祷告。

卡罗里·德布莱因呆坐着,两眼直愣愣地瞪着,完全忘了手里还端着可可杯子。

"做点儿什么,"洛米·索恩哀鸣不已,"谁来做点儿什么。"琳德兰的一只胳膊无力地动了一下,擦过她的身体。她尖叫一声躲开。

梅兰莎·基尔将白兰地杯子往旁边一放。"大家镇定。"她厉声喝道,"他死了,不会伤着你们。"

他们望着她,除了德布莱因和马里基-布莱克——这二人似乎已经吓呆了。罗伊德的投影不知何时消失了。梅兰莎开始下令:"丹尼尔,琳德兰,罗伊德——找条床单之类的东西把他裹起来搬走;阿丽丝,你和洛米找些水和海绵。我们得把这儿弄干净。"其他人都照她的吩咐冲出去找材料,梅兰莎朝卡罗里走来。"卡罗里,"她的手轻轻放到他肩上,"你还好吗,卡罗里?"

他抬头看着她,灰色的眼睛眨巴着。"我……好,还好,我……我让她不要么做。梅兰莎,我说过。"

"对,你说过,"梅兰莎·基尔道。她坚定地拍了他一下,沿着桌子走到阿格莎·马里基－布莱克身边,"阿格莎。"她叫道。但超感心理学家没有反应。梅兰莎抓住她的肩膀前后摇晃,她仍旧毫无反应,眼神空空洞洞。"受惊过度。"梅兰莎一边说,一边皱眉看着刺入马里基－布莱克脸颊的白色骨头,然后用餐巾擦拭她的脸,小心地取出碎骨。

"怎么处置尸体?"琳德兰问。他们找来一条床单把它包了起来。尸体停止了抽搐,但血还在往外冒,染红了床单。

"放进货舱的一间舱室。"克里斯托夫建议。

"不,"梅兰莎说,"那不是无菌舱室,尸体会腐烂。"她想了一会儿,"给他穿上宇航服,放进动力室。想个办法把它塞进去捆在什么地方。必要的话可以撕碎床单。飞船那部分是真空,放那儿最合适。"

克里斯托夫点点头,他们三人行动起来,抬着拉萨莫死沉死沉的尸体。梅兰莎转身想照看马里基－布莱克,正在擦拭桌面血迹的洛米·索恩突然剧烈干呕起来。梅兰莎低声咒骂,吆喝道:"来个人帮帮她。"

卡罗里·德布莱因终于可以动弹。他起身接过洛米手中被血浸透的抹布,扶着她离开这里,去他的房间。

"我一个人没法做这些事!"阿丽丝·诺斯文德满心厌恶地哭喊着,也想抽身离开。

"那就过来帮我。"梅兰莎说。她和诺斯文德半牵半抬地把超感心理学家带出休息室,脱下她的衣服,擦干净身体,给她打了一针她自己的药物让她睡去。随后,梅兰莎拿起注射枪,在所有人那儿转了一圈,问谁需要用药。诺斯文德和洛米·索恩需要温和的镇静剂,丹尼尔则要了一剂强效的。

三个小时后,幸存者们才再次见面。

他们聚到货舱里最大的舱室,考察队员中有三人的睡网支在那里。八人中来了七个。阿格莎·马里基-布莱克仍不清醒,没人清楚她是在睡、在昏迷,还是受惊过度吓傻了。其他人看上去已经恢复,只是脸色仍旧苍白憔悴。大家都换了衣服,连人机整合专家也换了套新的连体服,虽然式样与旧的没什么不同。

"我不明白,"卡罗里·德布莱因说,"我想不通这是怎么回事,什么东西能……"

"罗伊德杀了他。"诺斯文德咬牙切齿,"他的秘密受到威胁,所以他就——就把他炸掉了。大家都亲眼所见。"

"我无法相信,"卡罗里·德布莱因痛苦地说,"我不相信。我跟罗伊德谈过。许多夜晚,你们都已睡下,我们却在交谈。他很温和,很好奇,很敏感,他是个梦想家。他知道考察沃尔克尼人的严肃性,他不会做出这种丧心病狂的事。"

"惨剧发生以后,他的投影就消失了。"琳德兰说,"你们也都注意到了,从那之后他一直没说话。"

"你们大家的话不也没有平时多吗。"梅兰莎·基尔反驳,"我也不知道究竟是怎么回事,但凭直觉,我同意卡罗里的观点。我们没有任何证据证明船长是元凶。这里面一定有什么我们还没弄明白的事。"

阿丽丝·诺斯文德哼了一声:"证据!"

"事实上,"梅兰莎置之不理,继续说道,"我不知道是否真的存在凶手。注射埃斯帕隆之前他好好的,会不会是药物的问题?"

"这个副作用的劲头可真够大的。"琳德兰低声咕哝。

罗因·克里斯托夫皱着眉头:"虽然这并非我研究的领域,但我觉得不像。埃斯帕隆的药性猛,会造成极强的心理和生理反应。但还没强到这种程度。"

"这样的话,"洛米·索恩问,"是什么害死了他?"

"置他于死地的或许正是他自身的超能力。"

外星生物学家道:"药物大大增强了他的超能力。除了强化他的力量和敏感度以外,埃斯帕隆可能还激发出了潜伏在他体内的其他超能力,最终导致他送了命。"

"其他超能力?说具体点。"洛米·索恩道。

"生物电控制。意念遥控。"

梅兰莎·基尔早已想到大家的前头。"埃斯帕隆大大提高了他的血压,又将全身血液急速输往脑部,造成颅腔压力急剧增大。与此同时,他的超能力又使他头部周围的空气压力降低,在短短的一瞬间形成一个真空。大家可以想象一下。"

他们照做了,但没人喜欢那场面。

"不可能有谁故意干出那种事,"卡罗里·德布莱因说,"只能是他自身的原因,他自身的超能力失控了。"

"也可能是一股更强大的超能力控制了他的超能力,让它反作用于感应者本身。"阿丽丝·诺斯文德固执地说。

"控制他人的身体、思想或者灵魂——人类心灵感应师不可能做到,哪怕只是一瞬间。"

"没错,"矮小敦实的外星科技学家说,"人类做不到。"

"来自气态巨星的怪物?"洛米·索恩的语气充满嘲讽。

阿丽丝·诺斯文德盯着她:"我可以举出克雷超感人、吉斯洋基的灵魂吸食者,这些还只是我一时想到的种族。像这样的种族有一大堆,没必要一一列举。我只说一种:哈兰甘人,他们就有意念伤人的本领。"

这种猜测让大家毛骨悚然。想到夜行者主控舱里藏着一个拥有巨

梦歌

大且恶毒力量的哈兰甘人,所有人都沉默了,变得坐立不安。最后,梅兰莎·基尔用一声短促、嘲弄的大笑打破了僵局。"你这是自己吓唬自己,阿丽丝。"她说,"好好想想,你就知道这些话是多么可笑。你们都还是什么研究外星的专家呢。语言学家,心理学家,生物学家,科技学家。真是的。我们与古代哈兰甘人打了一千多年的仗,却从来没有跟任何一个哈兰甘人成功交流过。如果罗伊德·阿瑞斯是哈兰甘人,那从大崩溃到现在这几个世纪,他们的交流技能准是大大改进了。"

阿丽丝·诺斯文德涨红了脸,喃喃说道:"你说得没错,是我太紧张了。"

"朋友们,"卡罗里·德布莱因说,"我们不能惊慌失措,疑神疑鬼。悲剧已经发生,我们的一个同伴遇难了,而且目前暂时找不出原因。但我们还是要继续调查,直到找出真凶。现在不能草率行事伤及无辜。也许等我们返回阿瓦隆以后,有关方面能查明真相。尸体保存没问题吧?"

"我们通过减压舱将它放进动力室,那里是真空,尸体能够完好保存住。"女语言学家说。

"这样的话,我们返航之后就能好好检查了。"德布莱因说。

"我们必须立即返航。"诺斯文德说,"告诉阿瑞斯马上掉转航向。"

德布莱因大吃一惊。"沃尔克尼人怎么办!再过一个星期,如果我的数据准确,我们就能遇到他们了。返回需要六个星期,再多等一个星期也是值得的,对吧?特尔不会希望他的死没有任何价值。"

"特尔死前不断说起异类,说有危险。"诺斯文德固执己见,"而我们正急急忙忙赶去与外星人会面。如果危险就来自他们,怎么办?说不定沃尔克尼人比哈兰甘人更可怕。或许他们根本不想被发现,不想被找到,不想成为研究对象。那样的话该怎么办,卡罗里?这些你想过吗?你那些故事传说——不是记载了遇到沃尔克尼人的种族的悲惨遭遇吗?"

"传说,"德布莱因道,"迷信而已。"

"某个传说中提到,整个费恩迪族群都消失了。"罗因·克里斯托夫插话。

"传说中的恐惧不足取信。"德布莱因争辩。

"或许这些传说里没什么真东西。"诺斯文德道,"但你想冒险吗?这值得吗?为了什么呢?你那些资料也许根本就是别人杜撰的,夸大的,说不定还完全是错的。你的理解和计算也可能出问题。又或者,他们早已改变了路线。等我们脱离跃迁状态,离沃尔克尼人还不知有多少光年呢!"

"啊,"梅兰莎·基尔说,"我明白了。既然它们那么危险,而且也可能根本找不到它们,那我们干脆别去了,就此打道回府吧。"德布莱因笑了,琳德兰也忍不住笑出声来。"有什么好笑的?"外星科技学家顶了一句,但没再多说。

"即使有危险,"梅兰莎接着说,"在我们到达目的地、脱离跃迁之前,危险性也不可能大大增加。我们总归是要脱离跃迁的,哪怕是为了返航重新编程,也得先脱离跃迁。再说,我们已经为沃尔克尼人走了这么久,我得承认我自己对他们很好奇。"她依次看着大家。没人提出异议,"那么,我们继续前进。"

"罗伊德怎么办?"德布莱因问。

"如果可能,像从前一样对待我们的船长。"梅兰莎用决定的口气说,"打开对讲机跟他通话。如果罗伊德愿意开诚布公,或许我们现在就能搞清楚一些一直困扰着我们的谜团。"

"他可能跟我们一样,对发生的事感到震惊。我的朋友们。"德布莱因说,"他也许会怕我们责怪他,甚至伤害他。"

"我认为我们应该打穿舱壁,进入他的区域,哪怕连踢带打也得把他拖出来。"克里斯托夫说,"我们有工具,这样能以最快速度把我们的恐惧画上句号。"

梦歌

"那会要了罗伊德的命,"梅兰莎说,"他也会有正当的理由以任何手段来阻止我们。他控制着飞船。如果他决定与我们为敌,他能做出更多不利于我们的事。"她用力摇摇头,"不,罗因,我们不能攻击罗伊德。我们必须安慰他。如果没人愿意做,那我来。"没有人自告奋勇,"好吧,我来做,但我不想你们去实施什么愚蠢的计划。管好自己的事,表现得跟往常一样。"

德布莱因点点头。"先别想罗伊德跟特尔了,集中精力开始准备吧。脱离跃迁、重新进入正常空间时,感应仪器和电脑系统都必须运行起来。我们还得温习一下沃尔克尼人的信息。"接着,他转向两个语言学家,和他们讨论下一步工作。不一会儿,夜行者号乘客的话题便转向了沃尔克尼人,大家渐渐忘却了恐惧。

洛米·索恩一直坐在那里,静静地听着,心不在焉地用拇指抚弄着手腕的植入芯片。没有人注意到她若有所思的表情。

连一直在偷听的罗伊德也没有发现。

梅兰莎·基尔独自返回了休息室。

不知是谁把灯关上了。"船长?"她轻声唤道。

他出现在她面前,苍白,发出柔和的光,眼睛视而不见。一身薄薄的、过时的衣服,只有纯白和淡蓝两种色调。"你好,梅兰莎。"对讲机里传出圆润的声音,他的影像也无声地做出相应的口型。

"你都听到了吧,船长?"

"是的。"他的声音里透出一丝惊讶,"夜行者上发生的一切我都了如指掌。不仅在休息室,也不仅限于对讲机和观察屏开启的时候。你是什么时候知道的?"

"什么时候?"她笑了,"在你称赞阿丽丝气态巨星的猜测时。那天晚上对讲机并没有打开,你不可能知道,除非……"

"之前我从未犯过这样的错误。"船长承认,"我告诉了卡罗里,但那是特意告诉他的。现在,对不起,我承受着很大压力。"

Dreamsongs

"我相信你,船长。"她接着说,"没关系。我可是改良版,记得吧?几星期前我就开始猜测了。"

一时间,罗伊德沉默了,然后他问:"你打算什么时候来安慰我?"

"我现在就在做啊。觉得好些了吗?"

幻影耸耸肩。"很高兴你和卡罗里没把我当成杀人凶手。否则我会很恐慌。情况有些失控,梅兰莎。为什么她不听我的劝告?我告诉过卡罗里,要他抑制那个感应师。我告诉阿格莎不要给他注射。我警告过他们。"

"他们同样很恐惧。"梅兰莎说,"他们害怕你是想吓退他们,来保护你可怕的计划。我不知道。某种程度上,这是我的失误,是我建议使用埃斯帕隆的。我觉得那样能让特尔放松下来,告诉我们关于你的事情。我很好奇。"她皱起眉头,"要命的好奇心,弄得我的双手沾染了鲜血。"

梅兰莎的眼睛渐渐适应了这个房间的黑暗。借助幻影发出的微光,她能看见惨剧发生的那张桌子。桌面布满暗色污迹,那是血。她隐约听到液体滴落的滴答声,不知是血还是咖啡,她忍不住颤抖起来。"我不喜欢这里。"

"如果你想离开,我可以陪你去任何地方。"

"不,"她回答,"我就待在这儿,罗伊德。我觉得,如果你不这样随时随地盯着我们,也许会好些。换句话说,别看也别听。如果我要求,你会关掉飞船上的监控设备么?当然,休息室例外。这样肯定会让大家感觉自在些。"

"可他们并不知情。"

"他们总会知道的。你当着所有人的面评论气态巨星的说法。有些人肯定已经察觉到了。"

"即使我告诉你我已经关掉了,你也不能确定是不是真的。"

"我信得过你。"梅兰莎回答。

两人陷入沉默。幻影似乎若有所思。过了一会儿,罗伊德终于开口:"如你所愿,我关掉了一切监视系统。现在我的视听仅限于这个房间。梅兰莎,答应我,现在你必须管住他们。不能搞什么阴谋,或者进入我的区域。你能做到么?"

"我想我能。"

"你相信我的身世?"罗伊德问。

"嗯,"她答道,"很离奇的故事,船长,非常精彩。如果是编造的,我很乐意跟你交换这种档次的谎言,什么时候都行。如果是真的,那么离奇、精彩的就是你了。"

"是真的。"幻影低声回答,"梅兰莎……"

"什么?"

"你介意我……监视过你么?在你无意识的情况下监视过你?"

"有一点,"她回答,"但我想我能理解。"

"我看过你做爱。"

她微笑起来。"哦,这方面我相当出色。"

"我不知道,但看着真不错。"罗伊德说。

又是一阵沉默。她竭力不去听那种持续而又微弱的滴答声。犹豫了一会儿,她说:"好的。"

"好的?什么好的?"

"好的,罗伊德,"她强调,"如果可能,我可以跟你上床。"

"你怎么知道我在想什么?"罗伊德吓了一跳,声音里充满焦虑,还有某种十分接近恐惧的东西。

"我是改良版呀。"她回答,"再说这也不是什么难猜的事。你忘了?我总是快你三步。"

"你不会也有感应力吧?"

"不,"梅兰莎说,"当然不。"

罗伊德顿了很久,"我相信我已经得到了安慰。"

"很好。"梅兰莎说。

"梅兰莎,"他又说,"还有件事,有时候,比别人快几步并不好。你明白吗?"

"什么?不,完全不明白。你吓到我了。现在轮到你安慰我了,罗伊德船长。"

"哪方面?"

"船上到底发生了什么?"

罗伊德没有回答。

"我觉得你知道些什么。为了阻止他们给他注射埃斯帕隆,你把自己的秘密和盘托出。之后,你还'命令'我们别再追究。为什么?"梅兰莎问。

"埃斯帕隆是一种危险药物。"罗伊德说。

"没那么简单,船长。"梅兰莎逼问,"是什么杀了他?或者说,是谁?"

"不是我。"

"我们中的一个?沃尔克尼人?"

罗伊德没有回答。

"有其他异形上了你的船,船长?是不是?"她追问。

仍是沉默。

"我们有危险吗?我有危险吗?船长,我并不害怕,是不是很傻啊?"

"我喜欢人类。"罗伊德终于说,"在我能承受的范围之内,我喜欢搭载乘客。我观察他们。其实他们没那么糟糕。我尤其喜欢你跟卡罗里,不会让你们出事的。"

"会出什么事?"她问。

罗伊德不肯开口。

"那么其他人呢,罗伊德?克里斯托夫与诺斯文德?丹尼尔、琳德兰跟洛米·索恩?你也会保护他们吗?还是只管我与卡罗里?"

没有回答。

"你今晚不太爱说话。"梅兰莎盯着他说。

"我有些紧张,"他答道,"有些事你不知道更安全。去睡吧,梅兰莎·基尔。我们说得已经够多了。"

"好吧,船长。"她对幻影微笑着挥手,幻影也向她挥手。梅兰莎温暖黝黑的血肉之躯和罗伊德苍白的幻影直面相撞,重叠到了一起。梅兰莎·基尔转身出去,直到进入走廊,再次沐浴在灯光之下,她才停止颤抖,找回了安全感。

虚假的午夜来临。

学者们的讨论结束了,他们一个接一个入睡。连卡罗里也睡了。休息室的一幕让他对可可都倒了胃口。

入睡前,两个语言学家激烈地做爱,弄出了很大声响,似乎要在特尔·拉萨莫的惨死之后确认自己仍还活着。罗因·克里斯托夫刚刚还在听音乐,但现在他们都睡着了。

夜行者号上一片寂静。

货舱中最大的舱室一片黑暗,里面并排挂着三张睡网。熟睡中的梅兰莎偶尔会抽搐一下,脸颊发烫,好像在做着什么噩梦。阿丽丝·诺斯文德仰面平躺,响亮地打鼾,结实、肉滚滚的胸部发出一阵阵呼哧呼哧的喘气声,与鼾声相和。

洛米醒着,想着。

终于,她起身轻轻翻下睡网,身体赤裸,动作轻得像只猫。她穿上紧身短裤,套上一件金属质地的黑色宽袖上衣,腰间用一条银链扎住。她晃晃头,让短发散开。她没穿靴子,赤脚走路更安静,她的脚小巧柔软,没有一个茧疤。

她走到中间的睡床,摇晃阿丽丝的肩膀。鼾声突然停住。"啊?"外星科技学家发出不满的哼哼声。

洛米对她一招手,悄声说:"来。"

阿丽丝眨巴着眼睛,拖着步子,跟随人机整合专家出门来到走廊上——她睡觉时也穿着那套连身衣裤,拉链一直敞到裤裆。她皱着眉,把拉链拉上。"到底有他妈的什么事?"她嘟囔着,觉得晕头转向,一肚子不高兴。

"有一个办法能鉴别罗伊德的话是真是假。"

洛米·索恩小心翼翼地说:"不过梅兰莎会反对。你想尝试一下吗?"

"怎么做?"诺斯文德问,脸上露出颇感兴趣的神情。

"跟我来。"人机整合专家说。

货舱三个较小的舱室中有一个已经改成了电脑控制室。她们悄悄溜了进去。里边空无一人。晶状数据表上流动着一道道光,不断相交、会合、散开,犹如色彩斑斓的江河,在黑色的大地上交错奔流。房间很暗,只有机器的嗡嗡声,若有似无,在人类听力极限处徘徊。洛米·索恩穿过房间,连续击键,拨弄着一个个开关,引导着光流。一点一点地,系统被慢慢唤醒。

"你在做什么?"阿丽丝·诺斯文德问。

"卡罗里让我把我们的系统跟飞船系统连接起来,"洛米·索恩一边工作一边回答,"他说罗伊德想查阅沃尔克尼人的数据。好的,我联通了。你知道这意味着什么吗?"随着动作,她的上衣发出细微的金属摩擦音。

外星科技学家阿丽丝·诺斯文德平板的五官一下子变得急切起来。"两个系统联到一起了!"

"没错。所以罗伊德能找出沃尔克尼人的资料,而我们也能找到罗伊德的。"她皱起眉头,"如果对夜行者的硬件设备再熟悉些就好了,不过我想我能摸索出门路。德布莱因为他的项目要到手的这套系统相当先进。"

"你能从阿瑞斯手里接管飞船吗?"外星科技学家兴奋地问。

"接管?"洛米不解地问,"阿丽丝,你又喝酒了?"

"不,我是认真的。用你的系统切入飞船控制系统,从阿瑞斯手中夺过控制权,取消他的指令,让夜行者号听我们的,由我们在这里操纵。如果飞船掌握在我们手里,难道你不觉得安全得多吗?"

"或许吧,"人机整合专家迟疑地说,"我可以试试。可为什么要那么做?"

"以防万一。我们用不着马上行使控制权,只要拥有这种能力就行,以应付紧急情况。"

人机整合专家耸耸肩:"先是气态巨星,现在又是什么紧急情况……我只想弄清罗伊德是怎么回事,究竟是不是他杀害了拉萨莫。"她走到由六个一米见方的显示屏围着的控制台前,唤醒其中一个。人机整合专家漂亮的脸蛋变得严肃起来,她思索着,开始工作,修长的手指在无数全息按键中穿梭来去。随着她的动作,按键忽隐忽现,键盘的形状也不断改变,"我们进去了。"她说。一个屏幕上出现了鲜红的文字,在深色屏幕上翻滚闪烁。第二个屏幕上出现了夜行者的结构图,不断扩大、分割;随着洛米手指的敲击,飞船的球体变幻着大小和视角,底下的一排数字给出了详细介绍。人机整合专家看着,最终锁定文字。

"这儿,"她说,"关于硬件,这就是我找到的答案。别想控制飞船了,除非你那些气态巨星的朋友能来帮上一把。夜行者的系统比我们带来的任何一个系统都庞大得多,智能程度也高很多。你还是放弃这个想法吧。除了罗伊德,飞船上的一切都是自动控制的。"

她的手再次动起来,又有两个显示屏有了反应。洛米·索恩吹着口哨,低声嘟哝着鼓励她的搜索程序。"看来确实存在着这么一个罗伊德。如果这艘飞船是全自动,就不该是这种设置。该死,我还以为根本没有罗伊德,飞船……"文字又开始流动浮现,人机整合专家读着,"这里有个生命维持系统,或许能发现点什么。"她突然用手指一点,屏幕再次锁定。

"没什么特别的。"阿丽丝·诺斯文德失望地说。

"标准的排泄物处理系统,循环用水,食物制造,还有蛋白质和维他命储备装置。"她又吹起口哨,"大量瑞尼苔藓和尼奥草,以吸收二氧化碳,制造氧气。没有氮气和氨水,抱歉。"

"去你的,跟你的电脑鬼混去吧。"

人机整合专家笑起来。"你试过吗?"她的手指又移动起来,"我还应该找什么?这方面你在行,蛛丝马迹会出现在什么地方?给点建议。"

"检查一下培养容器、克隆工具什么的。"外星科技学家说,"这些东西会告诉我们他是不是在说谎。"

"我不知道,"洛米·索恩说,"也许那些东西他早扔了,对他毫无用处。"

"找找罗伊德的生平经历,"诺斯文德说,"还有他母亲的。看看他们都干过些什么,做过哪些买卖。他们一定有记录。账本、收支表、货舱发票,类似的东西。"她突然激动起来,从后面一把抓住人机整合专家的肩膀,"日志。航行日志!肯定有航行日志。找到它,赶快找到它!"

"好的。"洛米·索恩愉快地吹着口哨,轻松自如地用她的系统调用各种数据。片刻后,她前面的屏幕变成了明亮的红色,不停地闪烁。她笑着按下一个全息按键,键盘随之融化、重塑,变成了另一个。她又按下一个按键。又有三个屏幕变成红色,闪烁起来。她脸上的笑容退去了。

"怎么了?"

"安全系统。"洛米·索恩说,"马上搞定它。等着。"她再一次变换全息键盘,输入另一个搜索程序,还在它上面附了一个超驰程序,免得它被系统挡住。又一个屏幕变成红色。她让机器处理收集到的信息，同时运行另一个感应程序。更多屏幕变成红色，闪烁着，亮得刺痛眼睛。最后所有屏幕都变红了。"这个安全程序真棒。"她的口气里透着羡慕，"日志被保护得很好。"

阿丽丝咕哝着："我们被挡住了？"

"反应时间太慢。"洛米咬着下唇，苦苦思索，"有一个法子。"她笑起来，挽起袖口柔软的黑色金属。

"你干什么？"

"瞧着。"她把手臂伸到控制台下，找到插孔，接入。

"哈。"她低低地哼了一声，让自己的思维伸进夜行者的系统，绕过一个个封锁程序。一个接一个，不断闪烁的红色封锁信号从显示屏上消失，"没有什么比攻克另一个系统的安全程序更爽的了。就像攻克男人。"日志记录在她们面前闪过，快得阿丽丝无法看清。但洛米能以这种速度阅读。

突然间，她浑身一紧。"哦，"声音像啜泣，"好冷。"她说。她摇摇头，寒意退去，但耳边又响起了某种声音，一种可怕的呜呜声。"该死，"人机整合专家骂道，"所有人都会被吵醒的。"她感到阿丽丝双手抓住她的肩膀，掐得她生疼，于是抬头望去。

几乎没发出什么声音，一块灰色钢板封住了走廊入口，隔断了警报的呜呜声。"怎么回事？"洛米·索恩问。

"那是应急空气密封板。"阿丽丝·诺斯文德的声音充满绝望，她了解星际飞船，"在真空中装卸货物时，它就会被放下。"

她们的视线同时移向头顶，上面是巨大的弧形减压舱门。里层闸门完全打开了，外层闸门的密封板正嘎嘎作响。在她们的注视下，它滑开了半米，还在继续打开。舱门外是扭曲的虚空，强光灼烧着她们的眼睛。

"哦！"洛米·索恩说。一阵寒意向她袭来，她不再吹口哨了。

四处警报大作,乘客们骚动起来。梅兰莎·基尔从睡网上一跃而下,紧张不安,光着身体就向走廊冲去。卡罗里·德布莱因迷迷糊糊地坐起身。超感心理学家因为服了催眠药,仍在断断续续地梦呓。外星生物学家大声叫喊,让大家小心。

远处传来一阵金属撕裂的嘎嘎声,整个飞船剧烈摇晃。两个语言学家被甩出睡网,把梅兰莎摔倒在地。

夜行者号的控制区里有一个四面白墙的球形房间,里面还有个较小的球体,悬浮在房间中央。这是个悬浮式控制台。当飞船处于跃迁状态时,墙壁是不透明的,因为跃迁状态下扭曲闪耀的太空景象会让人无法承受。

但现在,房间变成了黑色,显示出外面的全息图景:冷冰冰的黑色,群星散布,发出冷寂、明亮、毫不闪烁的星光。上下之分消失了,毫无方向感。在这个模拟太空、一片黑暗的房间中,那个悬浮式球形控制台是唯一的特征。

夜行者号脱离了超时空跃迁。

梅兰莎·基尔总算站了起来,按下一个对讲机。警报器仍在高声鸣响,通话声几乎听不清。"船长,"她大喊道,"出什么事了?"

"我不知道,"罗伊德答道,"我在尽力找原因。等着。"

梅兰莎等着。卡罗里蹒跚地走进走廊,揉着不住眨巴的眼睛。他身后不远处是罗因。"怎么了?出了什么事?"他问。但梅兰莎只是摇头。琳德兰和丹尼尔稍后出现。没有马里基-布莱克、阿丽丝和洛米的影子。学者们不安地望着被密封的三号货舱。梅兰莎让罗因四处看看。几分钟后,他回来了。"马里基-布莱克还不清醒!"他提高音量试图压过警报声,"她能走动,但药力没退。她正乱哭乱叫。"

"阿丽丝和洛米呢?"

克里斯托夫耸耸肩:"找不到她们。问你的朋友罗伊德。"

警报终于停止,对讲机响了起来。"我们已经回到正常空间,"罗伊德说,"但飞船被破坏了。还在跃迁状态下的时候,三号货舱出了问题,就是你们的电脑机房。它被湍流撕开了。幸运的是,电脑自动带领我们退出了跃迁,否则跃迁中的力量会撕裂整条飞船。"

"罗伊德,"梅兰莎说,"诺斯文德和洛米失踪了。"

"看样子,货舱出问题的时候,你们的电脑系统正被人使用。"罗伊德小心翼翼地说,"我觉得她们没命了,但还无法确定。梅兰莎要求我关闭飞船的监视设备,只保留休息室的,所以我不知道发生了什么。但这艘飞船很小,卡罗里。如果她们没跟你一起,我们只能作最坏的推测。"他停顿片刻,"如果要找点安慰的话,她们死得很快,并不痛苦。"

"是你杀了她们,"克里斯托夫的脸涨得通红,怒气冲冲。他还想说下去,却被梅兰莎·基尔一把捂住了嘴。两个语言学家交换了一个意味深长的眼色。"事故是怎么发生的,你知道吗,船长?"梅兰莎问。

"知道。"他答道,但语气很勉强。

外星生物学家明白了梅兰莎的意思,她这才松开手,让他呼吸。梅兰莎催促道:"罗伊德?"

"说起来,你们也许不相信,梅兰莎。"他解释,"你的同事像是打开了货舱的载货舱门。当然,我估计是无意中打开的。她们从自己的系统界面进入了夜行者的数据库和控制程序,并一路绕开了所有安全系统。"

"我明白了。"梅兰莎说,"可怕的悲剧。"

"是的,或许比你想象的更可怕。我现在必须分析飞船的损坏程度。"

"我们不耽搁你的工作了,船长。"梅兰莎说,"现在这种状态下也不适合讨论问题。去检测飞船的状况吧,我们换个时间再谈。好吗?"

"好的。"罗伊德回答。梅兰莎关掉了对讲机。现在,从理论上说,这个装置停止工作了,罗伊德听不见他们的讲话,当然更看不见他们。

"你相信他?"克里斯托夫厉声质问。

"我不知道。"梅兰莎·基尔说,"但我知道货船的其他三个舱室也可能像三号舱一样突然敞开。我准备把睡网搬到里面,我建议你们住在二号舱的人也这么做。"

"好主意,"女语言学家急切地点头,"挤在一起虽然不太舒服,但如果继续住在外面,我不认为我会睡得像以前那样安稳。"

"我们应该把四号货舱里的衣服也拿过来放在身边,"她的伴侣建议,"以防万一。"

"好的,"梅兰莎确认,"所有的闸门都能立刻打开,罗伊德没法责怪我们太过警惕。"她嘴角闪过一丝冷笑,"从今天起,我们有权草率行事。"

"现在不是你开这该死的玩笑的时候,梅兰莎,"克里斯托夫说,他仍然涨红着脸,恼怒的声音颤抖着,"已经死了三个人,而阿丽丝不是昏迷不醒就是精神失常。我们都处在危险之中——"

"我们还不清楚发生了什么。"她指出。

"罗伊德·阿瑞斯要杀死我们!"他叫嚷着,"我不知道他是谁,是什么东西,我也不知道他的身世故事是真是假——我也不想知道!管他是哈兰甘人还是沃尔克尼的复仇天使,就算是耶稣二世又怎样?这些他妈的有什么区别?他要杀死我们!"他挨个看着每个人,"我们中的任何一位都可能是下一个,"他补充道,"我们中的任何一位。除非……我们必须要计划,要做点什么,尽快停止这一切。"

"你知道,"梅兰莎语气温和,"没法确认我们的好船长是不是真的关掉了这里的监视系统。他可能正在监视我们,听着我们的谈话。当然他不会那么做。他告诉我他不会,而我相信他。但我们也只有他的保证而已。看来你并不信任罗伊德,那么他的保证你肯定也不会相信。如果是这样的话,你现在说这些话可是很不明智唷。"梅兰莎狡黠地一笑,"你懂我话里的意思吗?"

克里斯托夫的嘴开开合合,像极了一只丑陋的大鱼。他一言不发,眼神鬼鬼祟祟,满脸通红。

琳德兰浅浅一笑:"我想他懂了。"

"我们带上来的电脑系统全没了。"卡罗里·德布莱因突然低声说。

梅兰莎看着他。"恐怕是的。"

德布莱因用指头理了理头发,好像对自己现在的邋遢样子有所察觉。"沃尔克尼人,"他喃喃自语,"没有电脑我们怎么工作。"他又点点头,"我房间里还有个手腕型的小电脑,说不定能派上点用场。它一定能派上用场,一定。我必须从罗伊德那儿找些数据,弄清楚我们是从哪里退出超时空跃迁的。对不起,我的朋友,抱歉,我必须走了。"他自言自语,拖着疲惫的步子踱进走廊。

"我们刚刚说的他一个字都没听进去。"丹尼尔怀疑地说。

"想想看,要是我们都死了,他得多郁闷啊,"琳德兰尖酸地说,"那就没人帮他找沃尔克尼人了。"

"随他去吧,"梅兰莎说,"也许他比我们更难过,只是表达方式不同而已。他故意装糊涂来掩饰自己。"

"啊,那我们又靠什么办法?"

"忍耐。"梅兰莎说,"那些死掉的人在临死前都试图解开罗伊德的秘密,而我们没那么做,所以现在还能坐在这里讨论他们的死因。"

"你不觉得很可疑吗?"琳德兰问。

"非常可疑,"梅兰莎·基尔回答,"我甚至想出了一个办法来检测我的怀疑是否有根据:我们中的人可以再去尝试找出船长的秘密。如果他或她不幸遇难,那我的怀疑就成立。"她耸耸肩,"很抱歉,那个人不是我。不过,如果你们仍旧保持着好奇心,我不会阻止。我反而会饶有兴趣地记录下发生的一切。好啦,我打算先搬出货舱,然后睡上一觉。"

她转身大步走开,剩下的人面面相觑。

"傲慢的婊子。"梅兰莎离开后,丹尼尔轻蔑地骂道。

"你觉得他能听到我们说话吗?"克里斯托夫悄声问两个语言学家。

"每个字都能。"琳德兰一边说,一边对他的狼狈相报以微笑,"走,丹尼尔,我们回安全区睡一觉。"

他点点头。

"可是……"外星生物学家追问,"可是我们就不做些什么吗?比如计划一下怎么保护自己?"

琳德兰尖刻地看了他最后一眼,拉着丹尼尔走下走廊。

"梅兰莎?卡罗里?"

她立即被这低沉的声音唤醒,从狭窄的铺位上坐起身,彻底清醒过来。挤在她身旁的德布莱因轻轻呻吟,翻个身,打着哈欠。

"罗伊德?早上了吗?"她问。

"我们正在星际空间里漂流,距离最近的星球也有三光年,梅兰莎。"温和的声音从墙壁里传出,"这种情况下,早晨还有意义吗?不过,对,是早上了。"

梅兰莎笑起来:"你说漂流?情形有多糟?"

"很糟糕,但还不致命。三号货舱彻底毁坏,像个碎裂的金属蛋壳,从我的飞船剥离开。幸而损毁已得到了控制。跃迁系统完好无损,夜行者号的系统也没有因为你们的电脑被破坏而受影响。我曾担心它会受致命的创伤。"

德布莱因终于发出声音:"嗯?罗伊德?"

梅兰莎轻轻拍拍他:"我一会儿告诉你,卡罗里。"她转开头,"罗伊德,听你说起来似乎挺严重,还有吗?"

"我在担心返航的事,梅兰莎。"他道,"当我驾驶夜行者重启跃迁时,跃迁的涌流会直接作用在飞船的每个部分,它将无法承受。目前飞船的整体结构都已歪斜,我可以给你具体数据,但涌流的力量才是至关重要的问题。三号货舱的空气密封板相当关键。我做了许多模拟运算,但我仍然不能肯定它能否承受住压力。如果它爆裂开来,整个飞船将从中间断裂。引擎会自动关闭,然后……即使生命维持装置保存完好,我们还是会死得很快。"

"我明白了。我们能做些什么吗?"

"能。暴露出来的区域不难修复,坚固的外层机壳能经受住跃迁的巨大扭力,只要将它安放回原处就好。尽管简陋粗糙,但足够了。如果一切顺利,飞船的结构便能恢复平衡。听着,当减压舱打开时,大块机壳被撕开,不过并未飞远,它们飘浮在飞船周围一两千米处。我们可以把它们找回来。"

德布莱因已经清醒过来。"我带有四个真空飞橇,"听到这里,他说,"我们可以帮你找回机壳,我的朋友。"

"很好,卡罗里,但这不是我担心的首要问题。我的飞船在一定程度内可以自我修复,但若超出限度,我就得自己来干。"

"你?"德布莱因不解,"朋友,你说那个……你的肌肉,你的缺陷……这工作对你来说太繁重了。没问题,我们能替你干!"

罗伊德耐心回答:"在重力状态下我的确是个废人,卡罗里,但失重的话,我就能发挥能力了。所以需要时,我会暂时关掉重力系统,好让自己修复飞船。不,卡罗里,你误会我的意思了。我能胜任这项工作,我有工具,还有适合我身体的高功率飞橇。"

"我想我知道你在担心什么,船长。"梅兰莎说。

"我很高兴你这样讲,"罗伊德道,"那么也许你能回答我的问题:如果我从封闭的安全房间里出来工作,你能保证你的朋友们不杀我吗?"

卡罗里·德布莱因大吃一惊:"噢,罗伊德,罗伊德,你怎能这样想?

Dreamsongs

我们是学者,是科学家,不是——不是士兵或者罪犯,不是——不是动物,我们是人,你怎会觉得我们有威胁呢?"

"人,"罗伊德重复,"对我而言就是异类。他们怀疑我,不信任我。别给我没用的保证,卡罗里。"

卡罗里感到愤怒,梅兰莎抓住他的手,稳住他的情绪。"罗伊德,"她说,"我不会骗你,你出来可能是有些危险。但我认为,你要是出来,其他人也会同时觉得非常安心,因为他们会发现你说的都是真的,你只不过是个人。"她微笑道,"他们会发现的,对吧?"

"是的,"罗伊德说,"但这样做真能打消他们的怀疑吗?他们不是认定我杀了你的三位朋友吗?"

"认定?不,不是认定。有些人这么猜测,有些人半信半疑。他们吓坏了,船长。我也吓坏了。"

"我比你们更害怕。"

"如果能弄清楚原因,我就不会那么惊恐了。你能告诉我吗?"

罗伊德没有回答。

"罗伊德,假如——"

"我犯了错误,梅兰莎,"罗伊德沉重地说,"但错误不光是我一个人的。我尽全力阻止他们给感应师注射埃斯帕隆,但我失败了。如果我能事先发现那两个人,听到她们的话,知道她们在做什么,也可以让她们免于遇难。但你让我关掉了监视器,梅兰莎。如果我又聋又瞎,便什么忙也帮不上。为什么?你不是快人三步吗,你预料到了这些后果吗?"

梅兰莎·基尔感到些许内疚,"是我的错,船长,我也该受责备。我记得,相信我,我记得。但如果你不知道游戏规则,很难做到快人三步。告诉我规则。"

"我又聋又瞎,"罗伊德没理睬她,"这很郁闷。如果我又聋又瞎,那就什么忙也帮不上。我要把监视设备打开,梅兰莎。如果你不允许,那我很抱歉。我希望得到你的允许,但无论如何,我都要这么做。我必须要能看见。"

"打开它们,"梅兰莎沉吟道,"是我错了,船长。我不该让你弄'瞎'自己。我不了解状况,高估了自己控制局面的能力。是我的失误。改良版总以为自己无所不能。"思维飞速转动,她为自己的错误痛心不已;她估计错误,领导失算,双手沾染上了更多鲜血,"我想我现在弄明白了。"

"明白什么?"卡罗里狐疑地问。

"你不明白,你根本不明白!"罗伊德厉声斥责,"别装作什么都懂,梅兰莎·基尔!别装了。领先别人太多,既不明智也不安全。"他的声音里隐约透出不安。

而梅兰莎没有忽略这点。

"怎么了?"卡罗里困惑不解,"梅兰莎,我不明白。"

"我也不明白,"她小心翼翼地说,"卡罗里,不明白……"她轻轻吻了下他,"我们都不明白,对吗?"

"很好。"罗伊德说。

她点点头,把手臂搭在卡罗里肩膀上,帮他打消疑虑。"罗伊德,"她说,"回到维修的话题上。看来不管我们给你什么承诺,你都必须亲自修复飞船。你不会冒险让它在目前这种情况下进入跃迁;要不就只有让它继续在星际空间漂流,直到我们全部死去。你别无选择。"

"我有选择,"罗伊德语气极度严肃,"我可以将你们全部杀死——如果那是挽救我和飞船的唯一办法。"

"你可以试试。"梅兰莎说。

"咱们别说什么死不死的了。"德布莱因打断他们的谈话。

"你说得对,卡罗里。"罗伊德道,"我不想伤害你们中任何一人,但我必须保护自己。"

"你会的,"梅兰莎说,"卡罗里可以让其他人去找机壳碎片,我则寸步不离你身边,保护你,任何人想要对付你,首先得过我这一关。我还能协助你,工作进度定会加快三倍。"

罗伊德礼貌地回答:"依我的经验,所有在有重力的星球长大的人在失重状态下都是笨手笨脚的。如果我独自工作,效率会高很多。当然,我很荣幸地接受你担任我的保镖。"

"我想提醒你,船长,我可是改良版。"梅兰莎反驳,"在失重状态下的表现跟床上一样好。我能帮你。"

"你真固执。那随便你吧,我马上关闭重力系统,卡罗里,让你的人做好准备,穿好宇航服,取下飞橇。三小时以后,当我从重力状态带来的疼痛中恢复,我就会离开夜行者号。到时候我希望所有的人都已离开飞船。明白吗?"

"好的,"卡罗里说,"但阿格莎除外。她神志不清,朋友,她不会威胁到你。"

"不,"罗伊德说,"所有人,包括阿格莎。把她带出来。"

"罗伊德!"德布莱因还想争辩。

"你是船长,"梅兰莎口气坚定,"你说了算。我们都会出去,包括阿格莎。"

外面,群星组成的天幕仿佛被巨兽咬了一口。

梅兰莎·基尔站在飞橇上,靠着夜行者号,看着群星。太空深处四周的景象都大同小异,星星泛着冰冷的光泽,没有闪烁,毫无生气。为各个星系带来光明的闪烁恒星此刻却显得死寂呆滞,这里甚至连基本路标都没有,意味着他们被夹在星系之间:一个人类永远不会驻足,留给沃尔克尼飞船驶过的地方。她试图找出阿瓦隆的太阳,却无从入手。周围的一切对她来说异常陌生,令她完全丧失了方向感,身前、身后,头顶,到处都是无限延伸的星系。她朝脚下,朝飞橇和夜行者号下方望去,却没见到意料中的陌生群星,那里黑乎乎的,像巨兽的嘴巴。

梅兰莎感到眩晕,她正悬在无底深渊之上,那深渊犹如宇宙中的一道巨大裂口,其中暗无星辰。

一片虚空。

她想起来,那是腾普特星尘——其实就是一团黑气,星河的尘埃阻挡了外域的光线。若当它近在眼前,还是会巨大得让人恐惧。一种下坠之感铺天盖地袭来,她急忙移开视线。

那是深谷,矗立在她和泛着银白光芒的、脆弱的夜行者号下面,仿佛随时都能将它们吞噬。

梅兰莎触动飞橇把手上的控制钮,掉转方向,好让星尘位于她旁边,而非下面。这样好多了,她可以将精力集中到夜行者号上,暂时忘却远处隐约的黑色巨墙。夜行者号才是她现在最关心的东西,它笨拙但却明亮,三个小型的蛋状体并排在一起,两个较大的圆球分别位于下方以及右上角,由长管连接。其中的一个蛋状体已经粉碎,飞船看起来失去了平衡。

她看到其他飞橇在黑暗中穿行,收集丢失的"蛋壳",并将它们带回飞船。像往常一样,两个语言学家一起工作,共同驾驶一艘飞橇。罗因·克里斯托夫单独行动,一言不发,闷闷不乐,梅兰莎威胁动用武力才勉强让他加入。外星生物学家肯定这是个阴谋,等他们出来,夜行者号就会进入跃迁,把大家留下等死。他喝了很多,疑神疑鬼,梅兰莎和卡罗里最终强迫他穿上宇航服时,他仍然满口酒气。卡罗里的飞橇上搭载着一个安静的乘客:阿格莎·马里基-布莱克,她刚刚用完药,在他们帮她穿上的宇航服中沉睡,被安全地绑在飞橇上。

同事们忙碌时,梅兰莎·基尔在等待罗伊德·阿瑞斯。她通过通讯器不时跟其他人搭话。两个语言学家不适应失重状态,不停地抱怨,为鸡毛蒜皮的小事斗嘴。卡罗里尽力安慰他们。克里斯托夫话很少,只偶尔丢出一两句辛辣刺耳的讽刺。他还在生气。此刻,他正从梅兰

Dreamsongs

莎视线中掠过,穿着黑色紧身宇航服,笔直僵硬地站在飞橇上。

终于,夜行者号球形控制中心上方的弧形闸门打开,罗伊德·阿瑞斯出现了。

梅兰莎好奇地注视着他走近,脑子里不断闪过他可能的样子,连续出现了六七幅景象。他那一口文绉绉的上流社会口音,让她想起家乡普罗米修斯上那些深色皮肤的贵族,那些以摆弄人类基因、玩弄巴洛克装饰为消遣的基因巫师;有时他天真得又让她觉得他是个未经世事的少年,然而,虽然他的幻影瘦削而年轻,但本人想必已经很老了。可在交谈时,梅兰莎却丝毫感觉不到对方是个老年人。

随着他的靠近,梅兰莎越来越紧张。他的飞橇和宇航服都与他们不同,令人不安。异类,她心想,他是个异类,但又瞬间打消了这个念头。这些不同不能说明任何问题。罗伊德的飞橇确实比其他人大,构造也有差异——椭圆形的长板,从底部伸出八只爪钩,像极了一只机械蜘蛛,操纵台下竖着一台大功率激光切割机,切割机的头部危险地前伸。他的宇航服也很怪异,比学院提供的都要大,肩胛之间有个突起,估计是能量装置,肩膀和头盔上方还有质地轻薄的发光飞翼。这让他看起来笨重驼背,甚至有点畸形。

他逐渐靠近,梅兰莎看清了他的脸,一张普普通通的脸。

白,惨白——就是这张脸留给梅兰莎的主要印象。一头白发剪得极短,银色短须围绕在尖下巴周围。淡得看不见的眉毛下面是转个不停的蓝眼睛——那双又大又鲜活的眼睛是他脸上唯一吸引人的部位。他的皮肤苍白,没有皱纹,几乎看不到岁月的痕迹。

她觉得他很疲惫,或许还有点惊恐。

罗伊德在她附近停住飞橇,进入已是一片废墟的三号货舱,检查破损程度。废墟中曾是鲜血、碎肉、玻璃、金属以及塑料的各种碎片,经过燃烧、熔化,最后冻在了一起,现在已难以分辨。"我们有大量工作要做,"他说,"开始吧?"

"我们先谈谈。"她答道。她将飞橇开得更近些,想接近他,但被真空飞橇的宽板隔开,两人间仍隔着一段距离。梅兰莎退后一些,然后完全翻转过来,这样就能头脚倒置接近罗伊德了。她再次靠近他,将飞橇停在他的正上方(也许是正下方)。他们伸出手,互相轻触了一下,又分开,梅兰莎接着调整高度,他们的宇航帽面罩碰在了一起。

"我触到你了,"罗伊德的声音颤抖,"我之前没碰过任何人,也从没被触摸过。"

"哦,可怜的罗伊德。这并不是真正的触摸。宇航服挡着我们。但我会触摸你,真真正正地触摸你。我发誓。"

"不可能,你做不到。"

"我会找到办法的,"她坚定地说,"现在关掉你的通讯器。声音可以通过头盔传递。"

他眨巴眼睛,用舌头关掉嘴边的通讯器。

"现在我们可以交谈了,"她说,"私下交谈。"

"我不喜欢这样,梅兰莎,"他说,"这太显眼了,很危险。"

"没有其他办法,"她说,"罗伊德,我明白了。"

"是,"他没有惊讶,"我知道你明白了。你总是快三步,梅兰莎,我还记得你下棋的样子。但这是一场致命的游戏,如果你假装无知,或许会更安全。"

"好的,船长。至少还有些事我不敢肯定,能谈谈么?"

"不,不要。照我说的做就好。你现在正处于极度危险之中,你们所有人都是。我可以保护你。你知道得越少,我越能更好地保护你。"隔着透明面罩,他表情严肃。

她望进他下垂的眼睛:"也许还有第二个船员,有人住在你的房间,但现在我看见了你,我不相信是那样。不,不是你,是你的飞船,对吗?你的飞船想杀死我们,船长……当然,我的猜测未免过于荒诞。但你操纵着夜行者号,它怎能独自行动?这又是为什么?出于什么目的?它是怎么谋杀特尔·拉萨莫的?杀死阿丽丝和洛米,那很容易,但运用超感应力谋杀特尔·拉萨莫?一艘拥有超感应力的飞船?我无法接受。不可能是飞船干的,但究竟是什么?给我些指点吧,船长。"

他眨巴眼睛,隐藏着痛苦:"我不该接受卡罗里的委托,我不知道你们中有心灵感应师,这太冒险了。但我确实想看看沃尔克尼飞船,他把它们描述得如此动人。"他叹口气,"你已经知道得太多了,梅兰莎。我不能再多说,否则便无法保护你。你只需知道飞船出了故障,其他别再追问。只要一切还在我掌控之中,你和你的同事就不太危险。相信我。"

"信任是相互的。"梅兰莎口气坚定。

罗伊德抬起胳膊将她推开,用舌头重新开启通讯器。"闲话少说,"他轻快地道,"我们开始修复工作。来吧,让我看看改良版有多棒。"

梅兰莎在头盔里轻轻咒骂了两句。

罗因·克里斯托夫不耐烦地踩动飞橇的金属磁力踏板,驶回夜行者号。他一直远远注视着罗伊德·阿瑞斯,从他驾着巨大的工作飞橇出现,到梅兰莎·基尔接近他,再到她翻转飞橇让两人面对面。克里斯托夫听到了他们之间的温言软语,听到梅兰莎发誓要触摸他,阿瑞斯,这个异类,这个杀人凶手。他勉强按捺住内心的怒火。之后他们切断了通讯,切断了跟其他所有人的通讯,中断了对外的"广播"。而梅兰莎仍倒立悬浮着,在那个穿怪异宇航服的怪人之上,两个人的面罩紧贴,简直像情侣接吻。

克里斯托夫驶到梅兰莎和罗伊德近前,解开找来的机壳碎块,让它向他们飘去。"在这儿,"他宣布,"我去找其他的。"他用舌头关掉通讯器,开始咒骂,他的飞橇绕着夜行者号的球体和管道飞行。

梦歌

梅兰莎跟罗伊德之间有问题，说不定老德布莱因也参加了，他酸溜溜地想。他觉得从一开始梅兰莎就在刻意保护罗伊德，破坏大家的联合行动，隐瞒真相，阻止他揭开罗伊德的身世之谜。他不信任她。想起自己还曾和梅兰莎相拥上床，不禁浑身直起鸡皮疙瘩。不管她和阿瑞斯是什么关系，他们都是一丘之貉。可怜的阿丽丝已经死了，还有愚蠢的洛米和该死的心灵感应师，但梅兰莎仍旧和他在一起，和他们作对。半醉半醒的罗因·克里斯托夫感到深深的恐惧和愤怒。

其他人已经离开他的视线，去寻找四散的机壳碎片。罗伊德跟梅兰莎正注视着对方。飞船里空无一人，毫无防御。这对他来说可谓天赐良机。难怪阿瑞斯坚持让他们先一步离开飞船。没有夜行者号的保护，他只是个普通人，一个虚弱的普通人。

外星生物学家露出一丝冷笑，驾驶飞橇绕过货舱球体，躲开人们的视线，消失在动力舱大张的"咽喉"处。那是一个长长的通道，所有设备都暴露在真空中，以防被气体腐蚀破坏。像大多数星际飞船一样，夜行者号有三套动力系统：起落时用到的重力场，当脱离重力区域后就没用处了；核能引擎用于在恒星系内部飞行；还有巨大的超时空跃迁器。他穿过核能光环，飞橇尾部的光线掠过关闭的超时空跃迁装置，洒下长长的明亮阴影——那个柱状的巨大引擎表面布满金属和晶体制成的网格，它能够扭曲时空。

通道尽头有扇巨大的环状门，由加固金属制成，紧紧关闭：主减压舱。克里斯托夫停下飞橇，费力地把脚从飞橇磁力踏板上挪开，走进减压舱。他觉得这应该是最难的部分，特尔·拉萨莫无头的尸体松松地系在一个巨大的圆柱上，宛如恐怖的守门人。等待闸门转动期间，外星生物学家不得不盯着这具无头尸。他每每移开视线，过了一会儿，眼神又会不自觉地回到尸体上。尸体看起来是那么自然，好像它天生就不曾有过脑袋。克里斯托夫努力回想拉萨莫的样子，却发现自己做不到，只能不安地挪动着。终于，他欣喜地发现闸门打开了，便赶紧进入飞船。

夜行者号里,他孤身一人。

出于谨慎的天性,他没脱宇航服,不过松了头盔,再将金属制的上衣翻转过来,犹如帽子挂在背后,但需要时他可以迅速将其复位。在储存设备的四号货舱中,外星生物学家找到了想要的东西,一个充好电的便携式激光切割器。虽然威力不大,但足够了。

他在失重状态下缓慢笨拙地行进,穿过走廊,来到黑暗的休息室。

里边很冷,脸颊暴露在冰冷的空气中,他尽量不去在意。他扶住门,用力一推,身体飘过被牢牢固定于地板的家具,穿越房间。在这过程当中,他觉得脸上碰到了某些冰冷潮湿的东西,不由得吓了一跳。可还没等他弄清楚,那东西已经不见了。

当那东西再次出现时,克里斯托夫伸手将它抓住,然后突然一阵恶心。他忘了,休息室还没清扫。碎屑还在!血液、碎肉、骨渣和脑浆就在他四周,静静飘浮。

他到达远处的墙壁,用双臂稳住,然后向下移动。防水层。墙壁。他找不到入口,好在金属墙不厚,过去就是控制室,电脑接口,安全系统,动力装置。罗因·克里斯托夫不认为自己是个报复心强的人,他不想伤害罗伊德·阿瑞斯,那种决定不该由他来做。他只想控制夜行者号,给阿瑞斯一点颜色瞧瞧,好让他老老实实地待在自己的宇航服里。他想带着全体成员返航,不再追寻什么神秘的沃尔克尼人,不再有死亡。回到阿瓦隆,学院的仲裁者将倾听他们的经历,审问阿瑞斯,查清事情真相,将凶手绳之以法。

激光切割器射出一道铅笔粗细的红光。克里斯托夫微笑着把它射到防水层上。慢工出细活,他有的是耐心。他之前那么安静,他们不会想起他。就算他们发现他不见了,也一定会以为他飞去"打捞"某块机壳。阿瑞斯的维修要花几小时,甚至几天。切割机明亮的刀锋碰到金属,呼呼冒烟。他加紧工作。

梦歌

有东西移动到他视线外侧，仅仅是个小光点，若隐若现。又一块飘浮的大脑碎屑，他心想，或是一截碎骨，一片还沾着毛发的带血碎肉。恐怖的东西，但没什么好担心的。他是生物学家，早已习惯了血液、脑浆和肉块，以及比这些更可怕的事物；他解剖过很多外星人，在甲壳和黏液之间切割，散发恶臭的、蠕动的食物囊，有毒的骨刺，他全都见过，全都摸过。

那东西又一动，牵引了他的视线。他不能不看。克里斯托夫控制不住自己，就像刚才在减压舱门口无法忽视那具无头尸一样。他看过去。

那是只眼睛。

克里斯托夫忍不住战栗起来，手中切割机射出的激光也划向一边，他不得不费劲地将它重新调整好，对准之前的角度。他的心突突直跳。他尽力保持平静，没什么好怕的，这里没人，就算罗伊德回来，呃，他也可以拿切割机做武器。就算减压舱爆开，他还有宇航服。

他再次望向那只眼睛，企图驱除内心的恐惧。不过是只眼睛罢了，特尔·拉萨莫的眼睛，血迹斑斑但完好无损，跟生前一样，水汪汪的蓝眼睛，没什么怪异之处，这只是飘浮在休息室的若干尸体碎片中的一块而已。应该有人负责休息室，克里斯托夫气恼地想，让它就这样乱糟糟的太不妥当，真是缺乏教养的行为。

这只眼睛一动不动。那些恐怖的碎块随着气流在房间里缓慢飘浮，唯独这只眼睛，既不摇晃也不旋转。它盯着他，死死盯着他。

他暗自咒骂，把注意力集中在切割器上，继续工作。他已经在防水层上割出差不多一米长的竖向裂缝，然后开始向右切割。

那只眼睛还在冷冷地盯着他。克里斯托夫突然觉得无法忍受。他的一只手松开切割机，伸出去抓住那只眼睛，将它扔向房间对面。这个动作让他失去了平衡。他踉跄着向后倒去，切割机从手中滑落。他不停地拍动胳膊，像只笨重的大鸟。终于，他抓住桌子一角，稳住身体。

Dreamsongs

切割机悬浮在房间中央,在咖啡杯和人体的残骸中飘浮,红色射线依旧闪烁,慢慢旋转。真荒谬,没人操纵的切割机应该自动关闭,定是件伪劣产品,克里斯托夫紧张地想。它仍在慢慢旋转,地毯被射出一条细线,冒起了烟。

恐惧袭上心头,克里斯托夫发现那束激光正转向他。

他双手用力一推桌子,身体向反方向飞去,飞向天花板。

激光的旋转突然加快。

他赶紧又推开天花板,砰地撞到墙上,痛苦地哼哼。接着他用脚一蹬,又向地板弹去。激光的旋转越来越快,追逐着他。克里斯托夫再一次蹬起来,抓住天花板,准备下一次弹跳。那束激光仍在旋转,但反应不够快。

应该在激光朝向另一个方向时抓住它。

他靠近切割机,伸出手,看到了那只眼睛。

它就浮在切割机上方,盯着他。

罗因·克里斯托夫喉咙里发出低低的悲咽,他伸出的手迟疑了一下——只是一下,但已足够——那束血色的光线转了回来。

轻轻地,不经意地扫过他的脖子。

大家想起他已是一个多小时以后。卡罗里·德布莱因首先发现他不见了,赶紧用通讯器联系,但没有回应。于是他询问其他人。

罗伊德·阿瑞斯驾驶飞橇从刚刚加固的外层机壳那边驶来。透过面罩,梅兰莎·基尔看到他的嘴唇僵硬,眼神警觉。

就在这时,一阵尖叫声传来。

尖叫声中夹杂着痛苦与恐惧,接着变成哀鸣和呜咽。可怕的、湿漉漉的声音,犹如一个人被他自己的血哽住了喉咙。所有人都听到了,这声音通过通讯器传到他们的宇航头盔中。在一片绝望的声响中,似乎有个清晰的声音在叫喊:"救命。"

"是克里斯托夫。"一个女人的声音响起,是琳德兰。

"他受伤了,"丹尼尔接着道,"他在呼救,你们听不到吗?"

"他在哪儿——"有人问。

"在飞船上,"琳德兰回答,"他一定是回到飞船里了。"

罗伊德·阿瑞斯说:"这个傻瓜。不,我警告过你们——"

"我们得进去看看。"琳德兰不予理睬。丹尼尔扔掉他们拖来的外壳碎片,碎片旋转着飞开。他们驾着飞橇向夜行者号驶去。

"停下!"罗伊德大声制止,"如果你们愿意,我现在就回去检查。但你们不能进去,你们都待在外面等我的信号。"

可怕的声音不断回响,不断回响。

"见鬼去吧!"琳德兰通过通讯器冲他嚷道。

卡罗里·德布莱因也匆忙开着飞橇跟在两个语言学家身后,但因为距离较远,他要花更长时间才能开回夜行者号。"罗伊德,你是什么意思?我们必须帮助他,你不明白吗?他受伤了,请听听吧,我的朋友。"

"不,"罗伊德制止他,"卡罗里,停下!如果罗因是单独返回飞船,他肯定早就死了。"

"你怎么知道?"丹尼尔问,"是不是你安排好的?为防我们下手而设置的防卫陷阱?"

"不,"罗伊德重复,"听我说,你们没法救他。只有我能,可他不听我的话。相信我,赶快停下。"他的话音里满是绝望。

远处,德布莱因减慢了速度,语言学家却继续前行。"我们他妈的已经听你扯得太多太多了。"琳德兰愤愤地说。传进他们头盔里的呜咽撕心裂肺,还有那湿漉漉的吸气声和断断续续的求救,她不得不扯着嗓子喊,"梅兰莎,"痛苦充斥了每个人的听觉,"让阿瑞斯待在原地。我们进去弄清到底发生了什么,我们会很小心。但是我不想让他返回飞船进行控制。明白吗？"

梅兰莎·基尔犹豫了。那恐怖的呜咽不断撞击着她的耳膜，让她无法思考。

罗伊德将自己的飞橇翻转，跟她面对面。她感觉到了他目光中的分量。"让他们停下，"他强调，"梅兰莎，卡罗里，快下命令。他们不听我的。他们根本不清楚自己在做什么。"他显然很痛苦。

看着他的表情，梅兰莎做出了决定："罗伊德，赶快回飞船，做你能做的一切。我会尽力阻止他们。"

"你到底站在哪边？"琳德兰质问。

隔着面罩，他冲她点头，但梅兰莎已经开始行动。她驾驶飞橇退出满是船壳碎片和其他杂物的工作区域，然后陡然加速，绕过夜行者号外围向动力舱驶去。

即便如此，还是太迟了。两个语言学家已经快到飞船了，速度比她快很多。

"别过去！"她大声命令，"克里斯托夫已经死了。"

"原来是他的鬼魂在呼救。"琳德兰回答，"他们摆弄你的基因的时候，一定弄坏了听觉神经，婊子。"

"飞船里不安全！"

"婊子。"这是她得到的唯一回复。

卡罗里也在驾着飞橇苦苦追赶："朋友们，请你们赶快停下。我请求你们。我们一起来想想办法。"

回答他的只有那无休止的呜咽。

"我是你们的队长，"他继续道，"我命令你们在外边等候。你们听到没有？我以人类知识研究学院的名义命令你们。求你们了，朋友们，听我的话吧。"

梅兰莎无助地看着琳德兰和丹尼尔消失在通往飞船动力舱的长长通道里。

片刻之后,她将飞橇停在黑暗的通道口。那口子仿若一张等待她的大嘴。她犹豫着要不要一起进去,或许能在闸门开启之前制止他们。

罗伊德沙哑的嗓音突然响起,跟悲鸣掺杂,回答了她心中的疑问:"待在那儿,梅兰莎。不要再追了。"

她看看身后,罗伊德正驾着飞橇赶来。

"你干什么呢!"她命令,"罗伊德,从你专用的闸门走,你必须回到飞船。"

"梅兰莎,"他声音平静,"我无能为力。飞船现在不听我的,闸门不会开启。可以手动开启的闸门只有通向动力舱的那扇。总之,我也被困在外面了,而且在我重新控制它之前,我不想让你跟卡罗里进入飞船。"

梅兰莎·基尔看着动力舱昏暗的通道,两个语言学家就是从这里进入飞船的。

"那怎么办——"

"求他们回来,梅兰莎,请求他们回来。如果他们听你的,可能还来得及。"

她又尝试呼唤,卡罗里·德布莱因也加入进来。他们的呼喊跟痛苦的呻吟混杂在一起,不停回荡。但无论丹尼尔还是琳德兰都不予理睬。

"他们关掉了通讯器,"梅兰莎愤愤地说,"他们不想听我们说话,也可能是……不想听那呜咽声。"

罗伊德和卡罗里同时赶到她身边。"我不明白,"卡罗里说,"为什么你进不去,罗伊德?到底发生了什么?"

"很简单,卡罗里,"罗伊德无奈地回答,"我只能待在外边,直到——直到——"

"什么?"梅兰莎催促。

"——直到我母亲把他们干掉。"

Dreamsongs

两个语言学家将自己的飞橇与克里斯托夫的停放在一起,急匆匆地穿过减压舱闸门,连那个无头的看门尸体都没看上一眼。

进去后他们停了一会儿,取下头盔。"我还是能听见他的声音。"丹尼尔说。声音隐约从飞船深处传来。

琳德兰点点头。"从休息室传来的,咱们快点。"

他们蹬着地板一路飘行,不到一分钟就穿越了走廊。声音越来越大,越来越近。"他在里边。"琳德兰说。他们已经来到休息室门口。

"是的,"丹尼尔道,"但里边只有他吗?我们需要找件武器。要是……要是罗伊德撒谎,如果这船上还有其他人,我们得自卫。"

琳德兰已经等不及了。"我们是两个人,"她催促,"快点!"她冲入休息室,开始呼唤克里斯托夫的名字。

房间里很黑,唯一的光亮来自走廊,从门缝里微弱地透入,她的眼睛过了好一会儿才适应。一切都很混乱。墙、地面和天花板看起来毫无差别,她完全丧失了方向感。"罗因,"她在眩晕中叫喊,"你在哪儿?"休息室看起来空空荡荡,也许是光亮的缘故,也许是她自己太紧张。

"跟着声音找。"丹尼尔建议。他站在门口,谨慎地观察,确定没什么问题后,这才顺着墙缓慢地摸索进来。

像是回应他的意见,呜咽声突然变大。但声源似乎飘忽不定。

琳德兰急不可耐地穿过房间,开始搜索。她擦过厨房区的墙壁,突然想到了武器,想到了丹尼尔的恐惧。她知道厨具放在什么地方。"这儿,"不一会儿,她欣喜地叫道,"这儿,我找到把刀,你总该放心了吧。"说着,她挥动刀子,朝一个如她拳头般大小的飘浮血泡刺去。旋转的血泡炸裂成无数小血滴。其中一滴贴着她的脸颊飞过,她一尝,血的滋味。

梦歌

但拉萨莫死了很久,他的血应该干了,她想。

"哦,仁慈的主啊!"丹尼尔的声音因惊恐而颤抖。

"怎么了?"琳德兰询问,"你找到他了?"

丹尼尔跌跌撞撞地转身,像个大甲虫似的顺着墙壁向门口爬去。"离开这儿,琳德兰,"他大声警告,"快!"

"为什么?"她不由自主地颤抖起来,"出了什么事?"

"那尖叫声,"他说,"墙,琳德兰,墙,声音。"

"你在说些什么?"她大喝道,"慌什么慌!"

他的声音含混不清:"你没发现吗?声音是从墙那边传来的!是对讲机。假的,模拟的。"他好不容易来到门边,一跃而出,大声喘气。他全然不顾自己的伴侣,用手一次次疯狂地推着墙壁,脚则在身后不停蹬踩,顺着走廊飞速逃开。

琳德兰把位置调整好,想跟着一起出去。

声音从她面前传来,门的方向。"救我,"是罗因·克里斯托夫的声音。她又听到哀鸣和那可怕的湿漉漉的哽咽声,不由得停住了。

旁边又传来临死前挣扎的喘息声。"啊啊啊,"这声音似乎在跟面前的哀鸣竞争,"救我。"

"救我,救我,救我。"克里斯托夫的声音又从身后的黑暗中传来。

咳嗽和微弱的呻吟在她脚下响起。

"救我,"所有的声音如同合唱,"救我,救我,救我。"这是录音,她明白了,不断回放的录音。"救我,救我,救我,救我。"所有的声音都越来越大,越来越高亢,变成了尖叫,随后化为湿漉漉的哽咽声,化为混浊的呼吸和喘气,化作死亡之音。

所有声音都停止了,就像……就像被突然关掉一样。

琳德兰双脚不断蹬踏,向门口飞去,手里还握着那把刀。

有个黑乎乎的东西从餐桌下爬出来,挡住了去路。借着透进来的灯光,她终于看清楚了:是罗因·克里斯托夫,仍穿着真空宇航服,只是头盔被摘了下来。他手里拿着什么东西,正慢慢举起来对准她。切割器,琳德兰发现,那是激光切割器。

她不由自主地径直朝他移动过去。她拼命挣扎,想让自己停下来,但身体不听使唤。

靠近后,她看到了他脖子上那道长长的黑暗裂口,犹如第二张嘴巴,血肉模糊的嘴巴,正朝她狰狞地大笑。湿黏的血液从那张嘴里缓慢地滴出来,飘浮在空中。

丹尼尔极度惊恐,在走廊上横冲乱撞,身体碰到墙壁和地板,多处瘀青。惊慌和失重让他异常笨拙。他边逃边回头张望,希望琳德兰跟上来,同时又害怕看到什么恐怖景象。每次的回望,都会让他失衡摔上一跤。

花了很久很久的时间,减压舱的闸门才打开。等待时,他全身打战,狂奔的脉搏慢了下来。身后的声音逐渐变小,并没有追击的迹象。他努力让自己恢复镇静。等走进减压舱,闸门将他和休息室隔开,他才觉得安全。

他开始感到如此惊慌失措真是莫名其妙。

他开始感到羞愧,因为他抛下她独自跑掉了。为什么呢?是什么让他如此恐惧?一个空空的休息室?对讲机里传出的噪声?一时间,他找不到合适的理由来解释恐惧。这只说明可怜的克里斯托夫还活着,待在飞船的某个角落,用通讯器传达着他的痛苦。

男语言学家沮丧地摇摇头。他知道自己的耳根再也无法清净了,女语言学家会不停唠叨这件事,好让他一辈子也忘不了。至少,他应该回休息室向她道歉,也许能补偿些过错。于是他坚决地伸手拉住闸门上的环状把手,反转了回去。门外刚被阻隔的空气又噗噗地渗进来。

内层门缓缓打开,莫名其妙的恐惧又向他袭来。他突然想到,会不会从休息室里溜出来什么可怕的东西,此刻正在夜行者号的走廊上等着他。丹尼尔竭力跟恐惧搏斗,渐渐感到胆子大了起来。

迈出减压舱,琳德兰正等着他。在她平静得有些怪异的表情里,看不到一丝一毫愤怒或鄙夷的迹象。他朝她走去,想找些理由求得原谅:"我不知道我怎么——"

带着几分疲惫与优雅,她的手从背后缓缓伸出,握着那把刀。刀光向上一闪,划出一道致命的弧线。他终于发现她的宇航服被烧穿了一个洞,还在冒烟,那是心脏的位置。

"你母亲?"梅兰莎·基尔难以置信。他们待在飞船外的虚空中,束手无策。

"我们说什么她都能听到,"罗伊德回答,"不过这已经没意义了。罗因肯定做了什么蠢事,威胁到了她。现在她打算把你们全干掉。"

"她?她?你是什么意思?"德布莱因迷惑不解,"罗伊德,你母亲还活着?可你说她在你出生之前就死了。"

"她死了,卡罗里,"罗伊德道,"我没骗你。"

"我觉得你没撒谎,"梅兰莎说,"但也没把事情的全部真相告诉我们。"

罗伊德点点头:"我母亲已经死了,但她的——她的精神还活着,并且还控制着我的夜行者号。"他叹口气,"说是她的夜行者号更合适。我的力量发挥到最大限度也不及她一分。"

"罗伊德,"德布莱因道,"世上没有鬼魂。这是虚构的。人死之后什么都没了。瞧,我的沃尔克尼传说可比什么鬼魂真实得多。"他的声音里带点轻微的责怪。

"我也不相信鬼魂。"梅兰莎·基尔坦率地说。

"随便你们怎么叫它都好。"罗伊德说,"称呼无所谓,重要的是事实。我的母亲,或者说我母亲的一部分,居住在夜行者号里,她会杀了你们,就像以前干掉其他人一样。"

Dreamsongs

"罗伊德,我听不懂你的话。"德布莱因困惑不解。

"安静,卡罗里,听船长解释。"

"好的。"罗伊德接着说,"你们知道,夜行者号是一艘非常——非常先进的飞船。它能自动控制,很大程度上还能自我修复,这是我母亲的初衷,只有这样才能摆脱机组人员。你们也许还记得,它是在新荷尔姆建成的。虽然我没去过那儿,但我知道新荷尔姆的技术相当先进。我猜阿瓦隆根本无法复制这样的飞船,没几个地方造得出来。"

"船长,问题出在哪儿?"

"问题——问题是它的电脑系统,梅兰莎。它们无与伦比。真的,对此我深信不疑。晶体矩阵构成的中央控制器,激光网格的数据处理器,遍布全船每个细部的感觉延伸体系,还有其他的——特性。"

"你是说夜行者号具有人工智能?就像洛米·索恩一直怀疑的那样?"

"她错了,"罗伊德说,"我的船没有人工智能,至少不是你们所理解的那样。但有些接近。我母亲将她的个人意愿设计到系统里。她把自己的记忆、欲求、癖好、她的爱……和恨,全都输入了中控晶体。这就是为什么她让电脑来培育我的原因,你们明白吗?在她看来,由电脑培养我跟她自己干是一样的,而且比她自己更有耐心。在其他方面她也做了同样的设计。"

"你不能重设程序吗,我的朋友?"卡罗里问。

罗伊德绝望地说:"我试过,卡罗里。但在电脑方面我不拿手,这些程序也太复杂,系统太先进。我至少三次尝试清除她的意志,每次她都能恢复。她是个幽灵程序,难觅踪迹,来去自如。就像鬼魂,明白吗?她的记忆和个性跟飞船的控制程序紧密结合在一起。要想对付她,就必须破坏中控晶体,抹除整个系统,但那样一来,我就会完全处于无助的状态。我不懂复杂的编程,若是电脑系统毁坏,飞船也会失控。跃迁装置,生命供给系统,所有的一切,全完了。我不得不离开夜行者,而那样做等于自杀。"

"你早该告诉我们,我的朋友。"卡罗里·德布莱因说,"在阿瓦隆,我们有很多人机整合专家,对编程相当精通。我们或许能做些什么,给你提供专业帮助。洛米·索恩说不定就可以帮你。"

"卡罗里,我早就找专家帮过忙了。我曾两次把人机整合专家请上飞船。第一个对我说了我刚才跟你们说的同一番话,即只能彻底破坏整个系统;第二个专家曾在新荷尔姆学习过,她觉得自己能帮我,最后却被我母亲杀害了。"

"你还漏掉了一些事。"梅兰莎指出,"那个系统鬼魂可以随意开关减压舱,制造出之前的事故。但第一个遇难的心灵感应师呢?他的死你怎么解释?"

"那件事,应该说罪魁祸首是我。"罗伊德回答,"孤独的生活状态让我犯了个大错误。我自以为能保护你们,即使你们当中有个心灵感应师。我以前的确安全地搭载过一些乘客,但其间我得频繁地监视他们,警告他们不要做危险的事情。如果我母亲想出来行凶,我便直接从控制室抵抗她。这办法通常很有效,但也有不管用的时候。在你们之前,我母亲只杀过五个人。前三个是在我很小的时候——我就是通过那些事才了解她的,了解到她仍旧存在于这艘船上。那群受害人里就有个心灵感应师。

"我早该知道,卡罗里,我对生活的渴望注定会害死你们。我高估了自己的能力,也低估了她对于暴露的恐惧。受到威胁时,她会全力反击,而拥有心灵感应能力的人对她来说永远是个威胁。他们能感觉到她,这你们知道。他们告诉我感觉到一个邪恶、模糊的存在:冷酷,毫无人性,充满敌意。"

"对,"卡罗里·德布莱因承认,"对,特尔就是这么说的。异于人类的异类,他十分肯定。"

"毫无疑问,在和有机体头脑打惯了交道的心灵感应师看来,她的思维显得十分陌生,不同于人类,我也说不太清楚——一段存于晶体中的复合记忆,一个相互交织的程序网,一团电路与精神的融合。是的,我能理解他们为什么觉得她是异类。"

"但你还是没说清楚,一个电脑程序怎会让人脑袋炸开。"梅兰莎追问。

"答案就挂在你胸口,梅兰莎。"

"我的呢喃宝石?"她疑惑地说。在她的宇航服和其他衣服底下,有颗冰冷的东西,隐约的激情让她颤抖。仿佛被罗伊德这一提,宝石又恢复了活力。

"在你说起你呢喃宝石之前,我对这东西并不熟悉,"罗伊德说,"但原理相同。超感知蚀刻,你说过,心灵力量可以被贮存。瞧,夜行者号电脑系统的核心就是共鸣晶体,它的体积比你的宝石大许多倍。我想,我母亲在死前将她的感受全刻进去了。"

"只有具备超感应能力的人才能蚀刻呢喃宝石。"梅兰莎说。

"你为什么不问我母亲将感受刻下来的原因呢,卡罗里?"罗伊德说,"你也没有,梅兰莎。你们从没问过为什么我母亲痛恨人类。其实,她天赋异禀。要是生在阿瓦隆,或许会通过检验,经受训练,然后成为所谓的一级感应师,被赋予崇高的荣誉。她的能力将得到赞美和奖赏,或许会变得非常出名。说实话,她的力量也许比那些一级感应师更强大,但好像直到死去的时候,这份力量才终于彻底觉醒,甚至与飞船紧密连接了起来……

"问题在于,她没有出生在阿瓦隆。在沃斯,她出生的世界,她的能力被看作是一种诅咒,陌生而又恐怖。他们想治愈她,用药物,用电击,甚至用催眠术。每当她想使用自己的能力,就会受到狠狠的惩罚。同时,他们也采用表面比较温和,但实质一样狠毒的疗方。最终,她没有丧失能力,只是不能有效地运用它,不能以自己的意识去控制它。这力量在她体内,被压制着,漂流着,让她觉得既耻辱又痛苦,性格也随之变得乖僻残暴。五年的系统治疗,几乎让她崩溃。难怪她这么痛恨人类。"

"那她的力量是什么?意念感应?"

"不。哦,那也许是她的潜能之一。书上说,所有的超能力者除了表露在外的特征,还拥有其他潜能。我母亲无法感知思想,但她能感受他人的情感,可经过治疗的摧残,这种能力已经被扭曲——她感受到的情感片段总让她心烦意乱。不过,她最最重要的能力,他们花了五年时间去粉碎根除的能力,是意念遥控。"

梅兰莎咒骂了声:"难怪她那么痛恨重力!意念遥控在失重状态下——"

"是的。"罗伊德续道,"让夜行者处于重力状态对我来说是种折磨,但可以限制我母亲。"

大家陷入了沉默,每个人都看着动力舱的黑暗通道。卡罗里·德布莱因在飞橇上笨拙地挪动着。"丹尼尔和琳德兰没回来。"

"或许已经死了。"罗伊德语气冰冷。

"我们该做什么,罗伊德,我的朋友?我们必须干点什么,不能一直这么等待下去。"

"首要的问题是我能做什么。"罗伊德·阿瑞斯回答,"我把实情都说了。你们知道,我之前说过,无知会让你们更安全,但现在事态已经超出了控制。死了太多人,也有了太多目击者。我母亲不会让你们活着返回阿瓦隆。"

"啊,是的,"梅兰莎道,"那她会怎么对付你呢?她已经不相信你了,对吧,船长?"

"这正是问题的关键所在。"罗伊德不得不承认,"梅兰莎,你还是比常人快三步。但我怀疑这不够。你的对手在比赛中快四步,而你的卒子们几乎全完了。恐怕你快被将军了。"

"如果我能说服对手的老王弃垒逃跑呢?"

罗伊德朝她无力地笑着:"如果我跟你们站在同一边,她大概也会把我干掉。她并不需要我。"

卡罗里·德布莱因听得一头雾水:"但——但是你还能做其他——"

"我的飞橇上有个激光器,而你们没有。我现在就可以杀掉你们两个,然后祈求夜行者饶我一命。"

梅兰莎跟罗伊德的飞橇相距仅有三米,两人目光相接。她的手随意搭在控制杆上。"你可以试试,船长。但请记住,改良版不是那么容易被干掉的。"

"我不会杀你,梅兰莎·基尔。"罗伊德表情严肃,"我已经活了六十八个标准年,却从没真正生活过。我累了,而你给了我很多美丽的谎言。你真的会触摸我吗?"

"我会。"

"为了那一触,我可要冒很大风险。但从某种程度上说,也不能称之为危险。如果行动失败,我们就会一起死;如果夜行者号被摧毁,我还是得死。与其像个废人一样躺在太空医院,我宁愿现在去死。"

"我们会给你造一艘新飞船,船长。"梅兰莎许诺。

"骗子。"罗伊德回答,但语调明显有些欢欣,"没关系。我反正时日不多。死亡吓不倒我。如果我们赢了,卡罗里,你得再给我说说沃尔克尼人的事。还有你,梅兰莎,你得继续跟我下棋,想个办法触摸我,还有……"

"还有跟你做爱?"她笑着帮他说完。

"如果你愿意的话。"他轻声道,然后耸耸肩,"好吧,我母亲早已听到了我们的谈话。毫无疑问她还会仔细窃听我们的每一步计划,所以,不用费心商量了。现在我操纵不了自动闸门,它跟飞船的电脑系统直接连在一起,我们只有沿着你的同事们的路线,从动力舱走,穿过手动闸门,然后见机行事。如果我能到达操纵台,恢复重力,也许我们——"

他的话被一阵低沉的呻吟打断。

梅兰莎以为又是夜行者为引诱他们发出的悲鸣,正奇怪它怎会愚蠢到故伎重施。呻吟声再度响起,它来自卡罗里·德布莱因飞橇的后部,被大家遗忘的第四位幸存者正在努力挣脱绳索。德布莱因连忙松开她。阿格莎·马里基-布莱克想站起来,却差点跌出飞橇,幸好德布莱因抓住她的手,将她拉了回来。

"你还好吧?"他问道,"能听见我说话么?还疼不疼?"

隔着透明面罩,她惊恐地睁大了眼睛,边眨巴着将视线迅速扫过卡罗里、梅兰莎和罗伊德,接着移向受损的夜行者号。梅兰莎怀疑这个女人是不是已经疯了,正想提醒德布莱因小心,马里基-布莱克却突然开口说话:"沃尔克尼人,沃尔克尼人,哦,哦,沃尔克尼人!"自始至终她都重复着这一句。

在飞船动力舱口,环状的核能引擎发出微弱的光亮。梅兰莎·基尔听到罗伊德猛吸一口气。她赶忙拉动飞橇操纵杆,"快!"她高喊,"飞船要启动了!"

在通向动力舱的长长通道中走到三分之一处时,罗伊德赶了上来,和她并肩行进,身上宽大的黑色宇航服犹如铠甲。他们一起驶过柱状的超时空跃迁装置及其晶体网络,前方隐约泛光的,就是主减压舱和门口那恐怖的无头哨兵。

"到达减压舱门口时,你跳到我飞橇上来。"罗伊德说,"我需要这身装备,减压舱容不下两副飞橇。"

梅兰莎·基尔飞快地向身后扫了一眼,"卡罗里!"她呼喊道,"你在哪儿?"

"我在外边,亲爱的,我的朋友,"卡罗里的声音传来,"我不能跟你们一起进去。原谅我。"

"我们必须待在一起!"

"不,"德布莱因答道,"不行,我不能。如此接近了,现在不能放弃,不能无功而返,梅兰莎。我不在乎死亡,但我一定要先看看它们。我等待了这么多年,一定要先看看它们。"他的声音异常平静坚定。

"我母亲即将启动飞船,"罗伊德插话,"卡罗里,你不明白吗?你会被落下的。"

"我必须等,"卡罗里回答,"我的沃尔克尼人就要来了,我要在这里等他们。"

没时间多说了,减压舱就在眼前。两人将飞橇减速,停住。罗伊德·阿瑞斯开始转动闸门开关,梅兰莎则跳上他的巨大飞橇。外层闸门打开后,他们钻了进去。

"一旦内层闸门打开,我们就得加倍小心。"罗伊德平静地对她说,"虽然大部分耐用设备是固定住的,或焊接或铆接,但你带上船的东西没有。我母亲会拿它们当武器。还有,警惕各种门、减压舱、任何跟飞船电脑连接的仪器。需要我提醒你别脱宇航服吗?"

"不必。"她回答。

罗伊德稍微降下飞橇,飞橇的触手和减压舱地板摩擦,发出尖厉的声音。

内层闸门吱吱地打开,罗伊德紧紧抓住飞橇控制杆。

门的另一侧,丹尼尔和琳德兰在一片血雾中游动,等待着他们。丹尼尔从胯部到喉咙全被划开,内脏在缓缓蠕动,犹如一团苍白而愤怒的蛇。琳德兰手里仍然握着刀。他们以生前不曾有的优雅,缓缓地游过来。

罗伊德升起飞橇的前部触手,将他们甩开。男的像个台球一样撞在防水层上,留下一大块湿乎乎的印记,更多内脏滑落出来。刀子从女人手里脱落。罗伊德加速越过他们,迎着血雾,沿走廊径直向上驶去。

"我监视后面。"梅兰莎说着转身与罗伊德背靠背。两具尸体已经顺利地被他们抛到后面。那把刀子则无奈地在空中飘浮。就在梅兰莎想告诉罗伊德一切正常之时,刀锋似乎被一股看不见的力量控制住,突然转向,朝他们直追过来。

"掉转方向!"她大喊。

飞橇猛地转向一边,刀子从旁边划过,偏出一米,"当啷"一声撞在防水层上。

但它并没往下掉,而是跟着扭头。

休息室就在前方,漆黑一片。

"门太窄了,"罗伊德说,"我们只能丢下——"话音未落,他们便撞了上去;飞橇结结实实地撞进门框,两人都跌落下来。

梅兰莎在走廊上笨拙地飘浮了好一会儿,头晕目眩,竭力保持平衡。刀子趁机刺来,划破了宇航服,刺入肩膀,直至骨头。她感到一阵剧痛,温暖的鲜血喷涌而出。"该死。"她尖声骂道。沾满鲜血的刀子再次飞来。她猛一伸手,抓住了它。接着,她用力哼了一声,把刀子从那股无形力量之中夺下。

罗伊德已重新将飞橇控制住,好像在做什么准备。远处,昏暗的休息室里,一个似人非人的阴影飘入视线。

"罗伊德!"她大声警告。但那个东西已经打开切割器。铅笔粗细的激光束直指罗伊德的胸口。罗伊德予以还击。飞橇发出的高能量激光束光彩夺目,瞬间便将克里斯托夫的武器化为灰烬,连同他的右臂和半边胸腔一起烧掉了。激光脉冲悬在空中,灼烧着远处的防水层,浓烟滚滚。罗伊德做了些许调整,他在切洞。"五分钟之内就能进去。"他话语简短,头也不抬。

"你还好吧?"梅兰莎问。

"没事,"他答道,"我这件宇航服的防护性比你们的强很多,而他的激光器只是个低能量的小玩具。"

梅兰莎将注意力转回到走廊上。

两个语言学家正朝她移动过来,从走廊两侧同时袭击。她绷紧全身肌肉,受伤的肩膀顿时阵阵刺痛,令她尖叫出声,但与此同时,肾上腺素的刺激也让她精神抖擞。"那两具尸体又跟过来了,"她告诉罗伊德,"我去干掉他们。"

"这明智吗?"他问,"他们可是两个。"

"我是改良版,"梅兰莎道,"他们不过是两具尸体。"她猛蹬飞橇,划出一道优雅的弧线,高速向丹尼尔飞去。他伸出双手阻挡。她将他们挥开,并顺手抓住一只胳膊反折过来,"咔嚓"一声,骨头断了,接着她将刀子深深插进他的咽喉,但她突然意识到割喉对死人来说根本没用。只见血液从脖子里缓缓涌出,化成一团血雾,但他仍在不停击打她,牙齿"啪哒啪哒"地咬合,模样极其丑陋。

梅兰莎收起刀子,一把抓住尸体,用尽全身力气将他扔过走廊。尸体跌跌撞撞,疯狂旋转,消失在他自己撒出的血雾中。

梅兰莎又向反方向飞去,边飞边慢慢转身。

琳德兰的双手突然从背后伸出。

指甲在她的面罩上胡乱抓挠,直到十指流血,留下道道血痕。

梅兰莎转身面对攻击者,抓住一只不断挥动的胳膊,将女尸扔向走廊,摔到她挣扎着的同伴身上。反作用力令梅兰莎像陀螺一样转个不停。她伸开双臂,好容易才停住,深呼吸后,只觉天旋地转。

"我打通了。"罗伊德叫道。

她转身望去,休息室的一面墙壁已被切出个一平方米左右的开口,还在冒烟。罗伊德关掉激光,抓住两边门框,将自己推向洞口。

一阵剧烈的爆炸声钻入她脑海,她痛苦得直不起身,马上用舌头关掉嘴边的通讯器。世界安静了。

休息室里飞物如雨。餐具、玻璃杯、盘子、碎尸,都在疯狂乱舞,砸向罗伊德的宇航服。好在那身宇航服厚如盔甲,他并没有受伤。梅兰莎急着想跟上,却无望地退回来。这阵死亡之雨能轻易把梅兰莎的身体连同她单薄的宇航服撕成碎片。罗伊德到达了远处的墙壁,飞进飞船的秘密控制室,留下梅兰莎孤身在外。

梦歌

夜行者号倾斜着,突然加速,惯性把她甩到一边,受伤的肩膀撞在飞橇上,疼得厉害。

走廊上上下下所有的门都打开了。

丹尼尔和琳德兰又一次向她移来。

❋

夜行者号发动核能引擎,成了远处闪烁的恒星。无边的黑暗与寒冷笼罩着他们,下面是空旷无垠的腾普特星尘。但卡罗里·德布莱因并不害怕,他感到一种奇异的变化。

死寂的空间灵动起来。

"他们来了,"他低声说,"连我这种没有意念感应力的人都知道。克雷超感人的传说是真的,几光年外都能感觉到他们。太神奇了!"

阿格莎·马里基-布莱克看起来弱不禁风。"沃尔克尼人,"她喃喃道,"他们能带给我们什么好处?我难受。飞船开走了。德布莱因,我头疼得厉害。"她用细小恐惧的声音说:"特尔也说过同样的话,就在我给他注射之后,就在……在……他也头疼。啊,简直痛得难以忍受。"

"安静点,阿格莎。别害怕。我在这里呢。等着。想想我们将看到什么,只想那些就行了!"

"我能感觉到他们。"超感心理学家说。

德布莱因急切地追问:"那快告诉我。我们有飞橇。告诉我方向。去找他们。"

"好,"她赞同,"好,哦,好的。"

❋

重力恢复了。眨眼间,一切回复正常。

梅兰莎轻松着陆,打了个滚,马上又站起来,灵巧得像只猫。

之前在走廊上胡乱飘飞的物品"哗啦啦"全掉了下来。

飘浮的血雾洒在走廊地板上,湿漉漉一大片。

两具尸体从空中重重跌落,躺在地上一动不动。

罗伊德说:"我成功了。"他的声音并没通过宇航服的通讯器,而是从墙壁的对讲机中传出。

"我知道。"她回答。

"我已到达中央控制室,"他继续道,"手动恢复了重力,并且关闭了尽可能多的电脑程序。但我们并不安全,我母亲会想尽办法绕开我的干扰。我现在全凭一己之力跟她对抗,但无法留意每个细节。万一有所闪失,哪怕精力分散片刻……梅兰莎,你的衣服破了吗?"

"是的,肩膀被划破了。"

"去另找一套换上。赶快!我觉得我的防御程序已经关闭了所有舱室,但我们不能有丝毫马虎。"

梅兰莎已经奔进走廊,朝储存服装和设备的货舱跑去。

"换好之后,"罗伊德继续叮嘱,"把尸体抛进废物转换舱,它的开口在动力舱附近,就是中央大厅的左边。把其他我们用不上的没有固定的物品也丢进去:科学仪器、书本、录音带、桌凳——"

"刀子。"梅兰莎提出。

"那当然。"

"意念遥控仍能威胁到我们吗,船长?"

"在重力环境中,我母亲的能力会大打折扣,"罗伊德说,"她必须克服重力的阻碍。即使依靠飞船的能量,她每次也只能移动一件物品,而且物品的重量大不如前。但记住,她的力量仍然存在。并且她很可能趁我不备,设法关掉重力系统。坐在这里,我虽然瞬间就能恢复重力,但即便是一瞬间,我也不希望有任何武器摆在你周围。"

梅兰莎来到货舱,迅速撕下宇航服,换上另一套。肩膀的伤口在大量出血,非常疼痛,此刻她只能置之不顾。她捡起脱下的衣服,又抱起一大堆东西扔进转换舱,然后集中精力处理那几具尸体。丹尼尔没什么麻烦,可将他拖走时,琳德兰一直跟在她身后爬到大厅。等她回来,女尸还在无力地拍打。这是一个可怕的提示,意味着夜行者号的力量还没有完全消失。梅兰莎轻易制伏了挣扎的女尸,并将她拖走。

抓住克里斯托夫时,烧焦的尸身扭个不休,牙齿猛地咬向她,但梅兰莎处理他也没费什么劲。清理休息室期间,一把厨刀对准她的头扎过来,不过速度很慢。梅兰莎轻易将它挡开,再捡起来扔进转换舱。

等她收拾到第二个房间,正把阿格莎·马里基-布莱克留下的药品和注射器收起来夹在胳膊下面时,听到了罗伊德的叫喊。

紧接着,一只无形的大手捏住了她的胸膛,越攥越紧,拽着她向地板倒去。

※

有个物体正在群星间移动。

虽然相距遥远,光线昏暗,德布莱因还是能看到它,只是难以辨清细节。它肯定在那儿,毫无疑问,这个巨大的物体遮住了太空一角,径直地、僵硬地朝他们而来。

此刻,他多么希望他的团队能在身边,啊,他的电脑、他的心灵感应师、他的专家们、他的仪器。

他用力按下控制钮,直冲过去,与他的沃尔克尼人相见。

梅兰莎像被钉在了地板上,全身剧痛。她冒险打开宇航服的通讯器,她必须联系上罗伊德。"你还在吗?发……发生了什么?"压力太大,还在逐步增加,她几乎无法动弹。

罗伊德的声音迟缓,充满痛苦:"……算计……我,"回答断断续续,"……难受……不能……说话……"

"罗伊德——"

"她……遥控……打开……两倍……三倍……重……就……在

这……在……船上……我……必须……去……关掉……它……让我……"

一片寂静。最后,当梅兰莎几近绝望之时,罗伊德的声音再次响起。只有一个字:"……不……"

梅兰莎的胸口像压着千斤巨石。她能想象出罗伊德现在有多痛苦——他在正常重力环境中都难受不已。开关只有一臂之遥,但罗伊德无力的肌肉永远也触不到它。"为什么,"她说话没罗伊德那么费力,"为什么……她要增加……重力……那……不会减弱……她的力量吗?"

"……对……但……再……过……一段……时间……小时……一分……分钟……等我……我的……心脏……之……之后……剩你……关掉……杀你……"

梅兰莎忍着剧痛,伸出胳膊,沿走廊拼命向罗伊德的方向爬去。"罗伊德……挺住……我来……"

她艰难地爬了一半距离。阿格莎的药箱还夹在胳膊下面,异常沉重。她解开药箱,将它拨到一边。

她想了一下,打开药箱盖。

里边的药品摆放整齐。她迅速扫视一遍,寻找激素或催化酶,任何能给她力量的药品。她必须尽快赶到罗伊德那里。于是她选用了最强劲的药品,吃力地将它吸进注射枪。

就在这时,她发现了药箱里的埃斯帕隆。梅兰莎不知道自己为什么犹豫。埃斯帕隆不过是药箱里若干精神药品中的一种而已,再说,她也不是心灵感应师。但某种记忆在滋扰她,提醒她,迫使她不敢放开手指。

正在此时,她听到一阵怪响。

"罗伊德,"她问,"你母亲……她能不能……移动物体……遥控它们……这么强的重力下……能不能?"

"也许,"他答道,"……如……集中……全部……力量……很难……但……可能……怎么?"

"因为,"梅兰莎·基尔严峻地说,"因为有东西……有人……在穿过……减压舱。"

"那不是一艘真正的飞船,不是我之前想象的那样。"卡罗里·德布莱因说。他的宇航服经过学院专门设计,拥有内置编码装置。他正为后人留下评论,丝毫不在意即将来临的死亡,"它的规模难以想象,难以估测。庞大,太庞大了。我只有手腕型电脑,没有别的仪器,不能做精确测算。但我想说,哦,它有一百公里,也许三百公里,这是指它的直径。但它并不是固体的庞然大物,根本不是。它很精巧,呈气态,不同于我们的飞船,也不同于我们的城市。它——哦,它太美了——透明轻薄,闪着微光,仿佛具有生命,就像精致的大蛛网。它让我想起发明跃迁之前,人类使用的古老的星际帆船。但它没有固体构造,不可能进入跃迁。它不是飞船,真的,完全开放,没有封闭的船舱,没有生命供给系统,至少我没发现,或许是它以某种方式伪装了起来。噢,我,我简直不敢相信它是如此开放,如此脆弱。它移动得相当快,我多么希望手上有个测速仪啊。但能站在这里,我已经满足了。我正将飞橇开到合适的位置,希望不挡它的道,可能来不及了,它移动得比我快太多。它不是以光速前进的,不,比光速慢。不过我猜它还是比夜行者号,比夜行者号的核能引擎要快一些。当然……只是猜测而已。

"我看不出沃尔克尼飞船具有跃迁能力。事实上,我在想它怎么会——或许千年之前,它曾是一艘靠跃迁驱动的星际帆船,经过难以想象的灾难,变得支离破碎——不,它太对称了,太美妙了,蛛网似的外形,靠近节点处闪闪发光的星尘。真的太美了。

"我必须描述它,必须更精确,我知道这很困难,因为我很兴奋。它很大,像我刚才所说的,直径上百公里。大致——让我算一下——是的,大致是八角形。节点,它的核心,是一个闪亮的区域,中间有一小块黑暗,被大片光亮包围着,但只有黑色的部分看起来像是固体——而发光部分是半透明的,透过它,我仍能看到远处的星星,只是光泽变得黯淡了些,颜色泛紫。星尘,我就叫它们星尘。从节点和星尘延伸出八个长的——哦,非常长的——刺,它们之间的空间并不均匀,所以它不是标准的几何八角形——啊,现在我能看得更清楚了,其中一根长刺正在移动,哦,缓缓地,星尘起了涟漪——那些刺,它们是活动的,中间的网状体从一根长刺浮动向另一根,一圈一圈,它们有形状——奇怪的形状,并非普通的蛛网结构。在网状体的纹路里,我还看不出规律,但我肯定规律是存在的,有待发掘。

"还有光,我刚才说过光吗?中心节点附近的光芒最为明亮,其他位置只有紫色的微光。有一些辐射,但不强烈。我很想测一下这艘飞船发出的紫外线,苦于手边没有仪器。光在移动,星尘再起涟漪。长刺上的光亮上上下下,速率不同,有时光会通过纹路,穿过网状体。我不知道这些光是什么。也许是某种交流方式。我没法分辨光线是从飞船内部发出的还是反射的外部光线。我——噢!刚刚闪过另一种光。在长刺之间,短暂地闪烁,犹如超新星爆炸。此刻已经消失。它比其他的光更为强烈,呈靛蓝色。我感觉非常无助,非常无知。但它们真的很美,我的沃尔克尼……

"沃尔克尼神话——的确不像其他传说,不像。我回忆起诺特勒什人的报告,他们说沃尔克尼飞船巨大到难以想象,我当时还认为太夸张。还有光,沃尔克尼飞船与光联系在一起,但描述总是含糊不清,我当时还以为他们指的是激光制动系统,或者外部光能跃迁装置之类的东西。没想到他们想描述的是这个。啊,太神秘了!可惜飞船距我还是太远,我不能更仔细地观察。它是如此庞大,我觉得我们不可能彻底将它弄清楚。看起来它是朝我们过来了,这或许是我的错觉,只是我的主观印象而已。我的设备,要是我的设备在该有多好啊。我想它中间的黑色部分是个飞行体,一个装载生命的船舱,沃尔克尼人就在里边。我多么希望我的团队能在我身边,特尔,可怜的特尔。他可是一级感应师,我们或许能联系上沃尔克尼飞船上的人,跟他们交流。交流我们的知识!交流他们的所见!想想看,这艘船该有多么古老,这个种族有多么久远,他们已经航行了多久……这些都让我无比敬畏!跟他们交流将是一笔财富,现在看来却可望而不可即,对我们来说,他们是如此陌生。"

"德布莱因,"超感心理学家低沉而急促地说,"你没感觉到吗?"

卡罗里·德布莱因看着他的同事,好像才认识她一样:"你能感觉到他们吗?你只是三级……你真能感觉到他们吗?强烈吗?"

"很久了,"超感心理学家说,"很久了。"

"你能发出感应吗?跟他们交谈,阿格莎。他们在哪儿?在中心区域?在黑暗的地方?"

"是的。"她边说边神经质地笑起来,笑声尖锐又刺耳。德布莱因这才想起对方病得很严重,"是的,就在中心,德布莱因,感应就是从那里发出来的。但你完全弄错了。没有'他们',你的传说全都是谎言,谎言!我们偶然来到这里,成为最先目睹沃尔克尼飞船的人,我对此一点也不惊奇。其他人,包括你说的那些外星种族,他们仅仅只是凭感觉,在遥远深沉的梦境和幻觉中才能隐约察觉到沃尔克尼飞船的一点痕迹,然后再添油加醋地记载下来。飞船,战争,一个永远都在旅行的种族,那都是——都是——"

"你什么意思,阿格莎,我的朋友?"卡罗里·德布莱因疑惑不解,"你在说什么?我根本不明白。"

"不明白,"马里基-布莱克的声音突然温和下来,"你不明白,是吗?你感觉不到它,而我能,它是如此清晰。这是一级感应者才能拥有的感觉,一个被注射了埃斯帕隆的一级感应者。"

"你感觉到什么了?是什么?"

"没有'他们',卡罗里,"超感心理学家说,"是'它'。我可以断定,那是一个没有意识的庞然大物。"

"没有意识?"德布莱因说,"不,你肯定弄错了,你的感觉不对。你说那是一只生物,我能接受,一个伟大神奇的星际旅行者,但他怎可能没有意识呢?瞧,你感觉到了他,他的意识,这是他发出的心灵感应。你,所有克雷超感人,以及其他种族,你们都感觉到了。或许他的思想真的太陌生,你读不懂。"

"也许吧。但我读到的东西并非什么异形,它只是个动物而已,思维缓慢混浊而且怪异,几乎不能称之为思想,非常模糊,冰冷又遥远。它的脑子肯定很大,这我能确定,但它产生不了意识。"

"你是什么意思?"

"动力系统,德布莱因,你感觉不到吗?那种感应脉冲?我的头盖骨都快被它们迸开了。你猜不到是什么驱动着你那该死的沃尔克尼飞船在星系中穿行的,对吧?为什么它们要避开重力区?你真的猜不到它们是怎么移动的?"

"猜不到。"虽然德布莱因这么说,但他脸上很明显地闪过一丝领悟的表情。他将视线从同事身上移回沃尔克尼飞船那起伏荡漾的庞大躯体。光点在移动,星尘微微起伏。就这样,它穿越了若干光年,若干世纪,穿越永世的岁月,向他们靠过来。

他回头看着她,嘴里轻轻说道:"意念遥控。"

她点点头。

梅兰莎·基尔吃力地举起注射器,将它插入动脉。伴随着一下响亮的嘶声,药物流进她体内。她仰面躺下,积聚力量,尝试思考。埃斯帕隆,埃斯帕隆,为什么那么重要?它害死了特尔·拉萨莫,它增强了他的能量,同时也让他变得更加脆弱。感应力,这一切都归咎于感应力。

减压舱的内层闸门打开了,无头尸体钻进来。

它扭动着,不自然地拖着步子,双脚离不开地面。由于重力的影响,它边挪边往下沉,每一步都显得笨拙又唐突。是一股可怕的力量将它的一条腿猛扯向前,接着是另一条。它移动得十分缓慢,两只胳膊僵硬地垂在两侧。

但它正移动过来。

梅兰莎聚集起剩下的力气,由药品带来的力气,艰难地爬动着躲开它,她的眼睛片刻不离那具尸体。而她大脑飞速转动,想找出对策应对危险。

毫无头绪。

尸体的动作比她快。很明显,很清楚,它就要来了。

梅兰莎想站起来,她闷哼一声,双掌撑地,心跳得厉害。接着她支起一只膝盖,竭力竖起身子,想克服压在双肩上那难以形容的重量。我很强壮,她鼓励自己,我是改良版。

但当她把全身重量集中到一条腿上时,她再也支持不住,笨拙地摔倒在地,这仿佛是从高楼上跌落。她听到尖锐的"咔"的一声,一阵剧痛传遍整条胳膊。断了,那只她想用来支撑身体的胳膊折断了。肩膀处火辣辣地疼。她憋住眼泪,忍下尖叫与哽咽。尸体已经来到走廊中间。她意识到它的腿肯定早断了,但对尸体来说,无所谓。一股比它的肌肉、比它的神经、比它的骨骼更强大的力量正支撑着它。

"梅兰……听见……是……你吗……梅兰莎?"

"安静!"她冲罗伊德喊道。她已经没力气交谈了。

仅有一只胳膊能动,她想起了以前经历的刻苦训练,通过意志祛除痛苦。她无力地蹬踢,靴子摩擦着地板,她用未受伤的胳膊拖动身体,尽力不去理会肩膀的痛楚。

尸体越来越近。

她爬过休息室的门槛,钻过撞在门框上的飞橇,同时希望这些东西能拖延尸体的行动。那个曾经叫作特尔·拉萨莫的东西离她只有一米远。

在黑暗中,在休息室里,在所有噩梦开始的地方,梅兰莎·基尔筋疲力尽。

她浑身打战,瘫倒在潮湿的地毯上,再也爬不动。

在远处的门口,那尸体僵硬地站住了。飞橇开始摇晃起来。突然,伴着金属的摩擦声,它突然加速,向后滑去,撞向门的一侧,给尸体让道。

感应力。梅兰莎此刻只想咒骂几句然后大哭一场。她徒劳地希望自己也能拥有超感应能力,好把那个受意念遥控追着她的尸体炸成碎片。我是改良版,但改得不够好,她气恼地想,我父母把负担得起的全部遗传基因都给了我,但超感应能力基因实在太昂贵。它极端罕见,属于隐性遗传,而且——突然间她想到办法。

"罗伊德!"她大喊,用尽全身力气,"开关……遥控它……罗伊德……遥控调整!"她哭出声来,脸上满是泪水。

他的声音虚弱而又犹疑:"……不……不行……母亲……只有……她……我不……不……母亲……"

"她不是你母亲,"她绝望地说,"你总是……说……你母亲。我忘了……忘了。她不是你母亲……听着……你是她的克隆体……同样的基因……你也有……那种力量。"

"不,"他说,"不可能……这一定是……伴性……遗传。"

"不,不。我是……普罗米修斯人,罗伊德……别跟普罗米修斯人谈……基因……快试试!"

飞橇又弹出一尺远,道路彻底畅通了。

尸体朝她移动过来。

"……试,"罗伊德说,"不行……不能!"

"她抑制过你,"梅兰莎痛苦地说,"比她……接受过……更强的……抑制……在孕育你时……但那只能……你能做到!"

"我……不……知道……么做。"

尸体走到她面前,停住,它惨白的双手痉挛地颤抖,盲目地抬起来。十只长长的染过的指甲,好似动物的爪子,朝她伸出。

梅兰莎狂喊道:"罗伊德!"

"……抱歉……"

她哭了,全身颤抖,徒劳地捏紧拳头。

瞬间,重力消失。从很遥远、很遥远的地方传来罗伊德的喊叫,之后一切又恢复平静。

"闪烁愈加频繁,"卡罗里记录着,"可能只是因为我靠得更近,看得更清楚。靛蓝色和深紫色光团的爆发越来越强烈,它们快速地闪动,又很快消失。我想是在网状体中间的某个区域,闪光物质类似星球间薄薄氢气层中的氢粒子。它们碰到那块区域,网状体或长刺中间的区域,便瞬间发出人眼可见的光亮。可能跟能量有关,对,这就是我的猜测。我的沃尔克尼飞船所依靠的能量。

"它占据了我面前的半个宇宙,不断靠近。我们不会逃避,哦,多悲哀啊。阿格莎已经去了,走得无声无息,面罩内沾满了血。我几乎可以看见那块黑色部分,几乎,几乎。奇怪的景象,中心部分好似有张脸,很小很小,如同老鼠,但没有五官。确实是一张脸,而且现在正盯着我。星尘立即发生了运动,网状体朝我们覆盖而来。

"啊,光,那光!"

尸体拙劣地浮向空中,双手无力地伸出。梅兰莎也在失重中飘浮,感到一阵剧烈的恶心。她摘下头盔,扔掉它,远离那堆呕吐物,准备迎接夜行者更激烈的攻击。

但特尔·拉萨莫的尸体没有再动,它只是飘浮在空中,黑暗的休息室内一片死寂。最终,梅兰莎恢复过来,她虚弱地移动到它旁边,试探着轻推了它一下。尸体朝房间另一侧飘去。

"罗伊德?"她疑惑地喊道。

没有回答。

她钻过洞口,进入控制室。

罗伊德·阿瑞斯,夜行者号的主人,穿着盔甲般的宇航服,仰面躺着。她摇晃他,但他毫无反应。梅兰莎浑身颤抖,赶紧手忙脚乱地把他的宇航服卸下。她终于触摸到了他的身体。"罗伊德,"她说,"这儿。感觉到了吗?罗伊德,这儿,我在这儿。感觉到了吗?"他的宇航服乱成一团,她将"盔甲"的碎块丢开,"罗伊德,罗伊德。"

死了,他死了。心脏停止跳动。她打它,推它,猛敲它,想给他注入新的生命。但它没有跳动。他死了,死了。

梅兰莎慢慢退后,泪眼蒙眬,她踱到控制台旁,向下看去。

他死了,死了。

而重力系统的表盘指针指到了零。

"梅兰莎。"那个熟悉的声音从墙那边传来。

※

我双手捧着那如同夜行者号灵魂一般的晶体。

它是个深红的多面体,跟我的头一般大小,凉如冰霜。在它深处的一片血色之中,两点小小的火星在炽热地燃烧,发出朦胧的光线,似乎还不时旋转。

我爬进控制台,钻过防护系统和电子网路,生怕碰坏什么东西。当我粗糙的双手触摸到这神奇的晶体,我知道,她就在里面。

梦歌

而我不能抹去它。

因为罗伊德。

昨晚在休息室边喝白兰地边下棋时,我们又一次谈到它——当然,罗伊德不能喝酒,但他现出自己的投影朝我微笑,告诉我他想走哪一步。

他第一千次提到,如果我能到飞船外边,将我们弃置多年的破损机壳修好,夜行者号就能安全地进入星际跃迁。他可以送我回阿瓦隆,或者任何我想去的地方。

我第一千次回绝了他。

毫无疑问,他现在的能力强大多了,毕竟他跟他母亲的基因是一样的。他们拥有同样的能量,因此在死亡之后,他发现自己同样能将感受刻进那颗神奇的晶体。现在飞船由他们两人共同操纵,而他们经常会发生争执。有时候她靠阴谋诡计占据片刻上风,夜行者号会随之做出怪异的举动。重力时大时小,乃至完全关闭。等我睡着,毛毯会自己卷起来缠住我的脖子。有时从黑暗的角落会突然飞出各种物品。

最近这种情况不如以前频繁了。每当出现这种情况,罗伊德或我便会阻止她。夜行者号是属于我们共有的。

罗伊德常说他能单独待在飞船上,并不真正需要我,他自己能对付得了她。对此,我很怀疑。毕竟下棋的时候,我十次仍能赢他九次。

除此之外,我还有其他考虑。工作。为了一个人。卡罗里会为我们骄傲的。

沃尔克尼飞船不久将会进入腾普特星尘,我们紧跟其后,研究它,记录它,做完了一切老德布莱因会要求我们做的工作。研究报告都存在电脑里。如果电脑损坏,还有录音带和备份纸张。观察沃尔克尼飞船会给腾普特星尘带来什么影响将是件十分有趣的事。跟长久以来给沃尔克尼飞船提供能量的薄薄星际氢气层相比,腾普特的物质要稠密得多。

我们设法跟它沟通，但没有成功。我觉得它根本不是高级生物。

最近罗伊德在努力模仿它，他聚集起自己所有的力量，想用意念驱动夜行者号。有时候，很奇特地，他母亲也会来跟他一起努力。到目前为止他们还没有成功，不过仍在尝试。

研究工作也有条不紊地继续进行，我们知道，这些成果迟早会落到人类手中。我跟罗伊德讨论过这个问题，并且制定了计划。当我垂垂老矣，临死之前，我会毁掉主控晶体，清除电脑系统，然后手动设定飞船的航向，航往最近的有居民的星球。到时候，夜行者号将成为真正的无人驾驶的幽灵船。我知道我能做到，毕竟我还有时间，我是改良版。

我不会考虑罗伊德一次次建议的其他选择，虽然那对我意味着更多。毫无疑问，我能修好飞船，或许罗伊德自己就能控制飞船，继续这项工作。但这些都不重要了。

我犯过太多错误。埃斯帕隆、监视设备以及对他人的关照；这些都是我的失误，是我傲慢的代价。想到这些让我心痛。因为当我终于触摸到他的时候，他的身体依然温热，而那是我第一次也是最后一次爱抚他。可他已经不在了，永远不可能感觉到我的抚摸。我没能兑现自己的诺言。

但我能履行其他誓言。

我不会留他独自待在她身边。

永不。

秦洪丽　赵文　译

梦歌

猴子疗法

肯尼·道奇森是个大胖子。

当然,他不是生来就那么胖。婴儿时代的他体重完全正常,可惜这种正常情况在肯尼的人生中转瞬即逝,在他蹒跚学步时小脸已经鼓了起来,结结实实包上一层婴儿肥。从此更是一发不可收拾,愈演愈烈,等到引起肯尼的重视,情况已经无可挽回。他从一个胖孩子,变成一个胖少年,再变成胖大学生,如此恶性循环,成年后,他突飞猛进,彻头彻尾地成了大胖子。

人发胖的原因多种多样,有心理上的,也有生理上的。肯尼的原因相当简单——吃。肯尼·道奇森喜欢吃东西。他经常引述威尔·罗杰斯的名言,再得意地眨眨眼睛,告诉朋友们,他也"从来没有碰到过自己不喜欢吃的东西"。其实这并不准确,因为肯尼不喜欢肝脏和李子汁,如果他母亲在他小时候多给他准备这些东西,现今他也不至于会为了腰围和体重那么头痛。不幸的是,吉娜·道奇森也讨厌这类食物,她爱做烤宽面条、塞满填料的火鸡、甜土豆泥、巧克力布丁,在小牛肉外加一圈蓝奶酪条作为装饰,还有黄油玉米,以及大块大块的蓝莓煎饼(尽管不是一顿饭全吃光)。而且,当肯尼的盘子里再次出现肝脏时,他当场作呕以示厌恶,从此她就也非常贴心地不再考虑肝脏和李子汁。这样一来,她懵懵懂懂地就让自己的孩子走上了一条油油腻腻、寻求猴子疗法的不归路。不过,这些都是很久以前的事了,我们也别把这可怜的女人责备太深,再怎么说,这条路是肯尼自己吃出来的。

肯尼喜欢意式辣肠比萨、平原比萨以及什锦比萨——就是什么配料都往上面放,甚至还有沙丁鱼的那种。不管是牛排还是猪排,肯尼都

Dreamsongs

可以一口气吃下一整块,而且越辣越合胃口。他喜欢五分熟的特级烧牛肉、烤鸡以及肚子里填着大米的饭香迷你童子鸡,也从不拒绝西冷牛排、炸虾或者波兰熏肠。他爱在自己的汉堡里夹上千奇百怪的东西,再配上一些洋葱圈。土豆?拜托,土豆是他的好朋友,他根本没办法拒绝朋友,不过他同样偏爱意大利面食以及大米、甜山芋和甘蓝糊糊。"甜品是我的软肋。"他有时候会这么说,因为他喜欢所有带甜味的食品,尤其是魔鬼糕点以及奶油甜馅煎饼卷,还有浇满滚烫奶油的苹果派。"面包是我的软肋。"另一些时候,比如没有甜品摆在他面前的时候,他会这么说,还边说边撕下一大块面包,或给牛角包涂上黄油,或是准备消灭掉一片大蒜面包——毕竟,这是他的又一个小软肋嘛。肯尼有很多这样的软肋。不管高级饭馆还是快餐小店,他都一网打尽。无论你跟他谈哪种档次的用餐地点,他都可以滔滔不绝地发表高见。他喜欢希腊菜、中国菜、日本菜、韩国菜、德国菜、意大利菜、法国菜还有印度菜,此外,还经常搜索新的民族料理以"开阔文化视野"。西贡政府垮台时,肯尼盘算的是会有多少越南难民来这里开饭馆。对肯尼来说,旅游就等于走出家门,找个好地方,用当地特产把自己塞得饱饱的。他可以为你推荐美国二十四座大城市里最好的餐厅,并边叙述边回忆他美好的用餐经历。他最喜欢的作者是詹姆斯·比尔德和卡文·特瑞林。

"这是我的美味人生!"肯尼·道奇森得意扬扬。这当然没错,但肯尼还有一个秘密。尽管他想忘记这个秘密,也从没跟别人提过,可它总会不时地跳出来。在他内心深处,那些美味的肉卷带不走它,各色酱料盖不住它,他忠诚的餐叉也无法把它挪开。

肯尼·道奇森不想这么胖。

肯尼犹如一个在两位情人之间周旋的男人,有时候他一心一意地爱着食物,但偶尔也难免心猿意马,比如渴望女人。他深知二者不可得兼,这个秘密也就偷偷酿成了他的痛,让他左右为难。肯尼有时觉得苗条一些,找个女朋友,会比一直这么胖、只跟番龙虾汤为伴好;但后者又

梦歌

实在难以割舍。两者都是幸福的来源,最最不幸的是放弃了其中一样却得不到另一样。对肯尼来说,世上最可悲的事情莫过于一个大胖子只能与味同嚼蜡的茅屋芝士为伍。他发现,那些可怜的胖子并没有因此瘦下去一丁点儿,而女人以及鲜怀浓汤却都被剥夺出了他们的生活,想想都让人害怕。

尽管有这样那样的担忧,但一年当中总有些时候,肯尼内心这若有似无的伤痛会突然熊熊燃烧,让他充满决心,相信一切皆有可能。一个非常美丽的女人,或者新出的、所谓高效无痛减肥法那些极具煽动性的宣传文字都会让他不能自已,行为反常。每当这种情绪出现时,肯尼便开始节食。

这些年来他偷偷摸摸尝试了不少节食办法,却都坚持不了多久。他试过安提克医生的减肥套餐,史迪曼医生的减肥套餐,葡萄柚减肥套餐,甚至试过流质蛋白质减肥套餐——它太恶心了,有那么一周时间,他什么都不吃,只喝减肥咖啡和"瘦够"茶,直到嘴里实在没有滋味、厌倦了为止。他参加过一个瘦身俱乐部,出席过几次会议,最终发现和他一起减肥的同伴鼓励不了他什么,他们张口闭口全是吃。他还绝食,直到肚子饿了为止。他试过果汁减肥法、酗酒减肥法(尽管他不大喝酒)还有马提尼加生奶油减肥法(他当时忘了加马提尼)。催眠师对他催眠,告诉他他喜欢的食物全是垃圾,而他根本不饿——这简直是一派胡言。他改变过饮食习惯,把食物切小,又改用小盘子装。这样即使很小一份食物看起来都很丰盛。他还计划用本子记录下每次吃的东西。这么做的结果,是留下一大叠记满食物的本子以及大堆大堆待洗的小盘子,他用叉子的速度也因此飞速提升。他最喜欢"单一食物节食法",该疗法鼓励你随便吃你喜欢的东西,但只准吃这一样。这很棒,但唯一的问题是肯尼很难确定他最喜欢的食物是什么,因此他用一周时间吃排骨,另一周吃比萨,再来一周吃北京烤鸭(这一周可让他花费不菲),结果一点儿也没瘦下来,好在那是一段愉快的日子。

一般说来,肯尼·道奇森的反常只会持续一两周,然后,他会像走出迷雾的人一样看待自己的所作所为,发现自己是多么不幸,为减掉一点点体重,竟差点变成他同情的那些嚼茅屋芝士的胖子。想到这里,他便会推开减肥餐,出门去犒劳自己,以恢复本性。而后不出半年,他的隐痛又会发作。

某个星期五的晚上,他在"丝朗芭"遇到了亨利·莫洛尼。

"丝朗芭"是肯尼最喜欢的烧烤连锁店,主营烧烤排骨。这里的排骨烤得焦脆可口,肉汁丰富,上桌时还会淋上肯尼极欣赏的酱汁。每逢周五,丝朗芭只花15美元就可以随便吃,对大部分人来说这要价过高,但对肯尼这样吃排骨不手软的人而言却是天大的便宜。在那个星期五,肯尼吃完第一根排骨,呷了口啤酒,又嚼了几块面包,等着第二份排骨端上桌来,这时他不经意间抬头一看,惊得跳了起来。原来在他旁边包厢里那个身材瘦削、面容憔悴的家伙,竟然是亨利·莫洛尼。

肯尼·道奇森满腹疑问。跟亨利·莫洛尼相识时,他们都是瘦身俱乐部里闷闷不乐的成员,而全俱乐部只有莫洛尼比肯尼重。就是这么一个死胖子,却惭愧地告诉大家说,他有个残酷的外号——"排骨精"。现在这个外号才真正适合他,不只因为莫洛尼现在瘦得可以看见肋骨,还因为他面前乱七八糟堆了一大堆排骨。这个情况引起了肯尼·道奇森的注意。那些排骨堆在一个刮得只剩一撮干辣椒酱的空盘子上,他数了半天都没数清到底有多少,保守估计莫洛尼至少吃了四五根。

肯尼心想亨利·排骨精·莫洛尼肯定知道减肥的诀窍。如果有办法可以让人减下一百多磅,还可以一顿吃下五根大排骨,那肯尼简直愿意用生命来换取这个秘密。于是,他连忙站起来走到莫洛尼的包厢里,挤进对面的椅子。"是你。"他说。

莫洛尼抬起头,似乎现在才看见肯尼。"噢,"他用微弱疲惫的声音回答,"是你呀。"他看起来非常疲倦,肯尼心想,一个人减了这么多体重,虚弱一些也很正常。莫洛尼的眼睛深陷,仿佛两个空洞,面颊的肉一层接一层无力地垂下,他的手软绵绵地放在桌子上,仿佛累得都没法坐直了。他的状态很糟糕,但他真的瘦了很多……

"你看起来棒极了!"肯尼说,"你是怎么做到的?怎么做到的?你一定得告诉我,亨利,好哥们儿,一定得告诉我!"

"不,"莫洛尼低声回答,"不,肯尼,走开。"

肯尼吃了一惊。"我是认真的,"他坚持,"这样也太没礼貌了吧。你不把这个秘密告诉我我是不会离开的,亨利。这是你欠我的。想想每次我们偷吃面包的时候。"

"噢,肯尼,"莫洛尼用他虚弱得可怕的声音咕哝着,"走开,求你了,走开!你不会想知道的,那太……太……"他刚说了一半,脸上突然抽搐起来,他大喊大叫,头激动地扭到一边,好像挨了一拳,双手则不停地拍打桌子,"噢噢噢噢噢!"

"亨利,你怎么了?"肯尼觉得不对劲儿,他确定排骨精·莫洛尼一定是节食过了头。

"噢噢噢噢,"莫洛尼突然长舒一口气,"没什么,没什么。我很好,"他的声音听上去一点都不好,"我好极了,事实上,好得不得了,肯尼。我从未这么瘦过,从……从……是的,从未有过。这是个奇迹。"他无力地笑笑,"我很快就能达到目标了,到时候一切就会结束,是的。我能达到目标,虽然我不知道自己现在到底多重,"他把一只手放在额头上,"我变瘦了,我真的瘦了不少。你不觉得我看上去挺棒的吗?"

"是的,是的。"肯尼不耐烦地附和,"但你是怎么做到的?你一定得告诉我,绝不可能是瘦身俱乐部那些骗人的把戏……"

"当然不是,"莫洛尼虚弱地回答,"不,这是猴子疗法。来,我写给你。"他拿出一支铅笔,在餐巾纸上潦草地写下一个地址。

肯尼把纸巾塞进口袋。"猴子疗法?我没听过,那是什么?"

亨利·莫洛尼舔了舔嘴唇,"它是……"他刚开口,头仿佛被什

Dreamsongs

么东西打中，奇怪地抽搐着，"走，"他对肯尼说，"快走。它很有效，是的，哎哟。噢，猴子疗法，是的。我只能跟你说那么多。地址给你了。不好意思，抱歉。"他用手撑着桌子，努力把重心移到脚上，然后走向收银台，行动就像年纪是他两倍的老人那么迟缓。肯尼·道奇森目送他离开，心想不管猴子疗法是怎么回事，他一定是使用过度了。以前他从没抽过筋，更别说脸部抽搐，现在却搞成了这个样子。

"做事的关键是把握好'度'。"肯尼提醒自己。他轻轻拍了拍口袋，确定那张纸巾还在里面，心想自己可不会像排骨精·莫洛尼那么笨，然后走回包厢，吃起第二块排骨。当晚他一共吃了四块——考虑到明天有可能要开始节食，他决定今天多吃点好东西。

第二天正好是星期六，肯尼有空去购买猴子疗法。这天，他满脑子都是一个苗条、全新的自己，于是早早便起了床，迅速冲进洗手间，站到电子秤上。这个秤他非常喜欢，因为你不必埋头数下面的指针，只需站在上面，它便会自动闪出准确的红字。今天早上，它显示的数字是367。又重了一点，但他不在乎。因为猴子疗法马上会把他身上的脂肪甩个干净。

肯尼本想事先打电话看看他们周六是否营业，结果发现这是个不可能完成的任务。莫洛尼只留下一个地址，在黄页上查询，那里既没有节食中心，也没有健身俱乐部，更非哪个医生的诊室。肯尼又找白页，在"猴子"的目录下什么都没有。看来除了亲自跑一趟别无他法。

亲自跑一趟也是麻烦重重。地址指向一片臭名远扬的街区，肯尼花了半天工夫才找到愿意去那里的车——这还是威胁出租车司机，要到管理委员会告他拒载的结果。肯尼·道奇森很懂得维护自己的权利。

但没过多久，他自己心里也敲起了小鼓。车朝一条狭窄肮脏的小巷开去，街上的恶臭令人反胃。肯尼琢磨着，经营这里的节食中心的搞不好是什么江湖术士，信不得。这条诡秘的街道曾是繁华的商业区，现在彻底凋敝了，萧条的景象让人毛骨悚然：那些被遗弃的店面要么用木板钉死，要么被锁在生锈的铁门背后，盖着厚厚的灰尘。出租车停在一块满是碎石的空地上，那里可怜兮兮地堆着不少破砖烂瓦，正对面的房子有几扇呆板的玻璃窗，一面褪色的可口可乐旗帜被风吹得东倒西歪，在门上呻吟。门牌号却千真万确是排骨精·莫洛尼写的那个。

"就是这儿。"司机不耐烦地说。肯尼往外一看，倒抽一口凉气。

"不可能是这里。"肯尼说，"我得去问问。麻烦你等我去问了再走吧。"

出租车司机点点头。肯尼挪到门边，挤出车门，刚走两步，就听见出租车司机换挡启动，轮胎和地面擦出刺耳的声音。他气急败坏地回头，"喂，你不能……"可惜车子已然扬长而去，追之莫及。非去管理会告那家伙不可，他暗暗赌咒。

现在的处境可谓进退两难。都到这里了，不进去吧，似乎有些傻。不管他接不接受猴子疗法，主人总可以借电话让他招出租车吧。于是，肯尼给自己打了打气，走进这个没有任何招牌、脏兮兮的店面。推门的时候，门上的小铃铛响了一声。

屋里很黑，窗户上的灰尘和泥土隔绝了阳光，肯尼的眼睛适应了一会儿才看见东西。他惊恐地发现自己走进了别人的客厅里，似乎吉卜赛人把家搬进了这个废弃的店铺。他踩在一张老旧的地毯上，周围孤零零地摆放了几件家具，其中最豪华的是一台古董黑白电视，肯定是救世军捐赠的，它蹲伏在角落，无神地看着他。房间里有股恣意挥发的尿臭味。"对不起，"肯尼舌头打结，生怕从黑暗里冲出来一个吉卜赛年轻人给他一刀，"打扰了。"他边说边往后退，在黑暗中摸索门把手。

"啊哈！"一个男人从里屋冒出来，用闪闪发光的小眼睛上下打量他，"啊哈，猴子疗法！"他摩擦着双手，一脸恶心的笑。肯尼被吓坏了。这个男人是他见过的最胖最粗野的人类。他侧着身子才能从门里挤出来。他比肯尼胖，比排骨精·莫洛尼胖。胖得流油，是真的在流油，叫人越看越恶心。此人活像一个蘑菇，眼睛陷在惨白的肉里，不仔细瞧还发现不了。他的肥油似乎溢出头顶，淹没了为数不多的几根头发。他光着上身，坦荡地展示出层层叠叠的猥琐肥肉。他三步并作两步走，巨大的乳房在胸前拍来拍去，他一把抓住肯尼的胳膊。"猴子疗法！"他兴奋地重复，拉着肯尼就往前走。肯尼惊恐地看着他，被这张笑脸吓得说不出话来。这男人一笑，嘴便咧出一个歪歪扭扭的半圆，占据了脸部的半壁江山，满口细小雪白的牙齿闪闪发亮。

"不，"肯尼终于找回了声音，"不，我改变主意了。"管他排骨精·莫洛尼成不成功，看到这位医师的嘴脸，他对猴子疗法已经兴趣全无。首先，这玩意儿可能不太有效，否则此人也不会胖成这个样子；其次，它很可能非常危险，搞不好是一些含猴子荷尔蒙的"三无药品"。"不！"肯尼更坚决地说，试图把胳膊从这个怪物的手里挣脱出来。

没用，对方的个头比他大多了，也比他壮多了。他轻而易举地拉着肯尼穿过房间，根本无视反抗。这期间，他一直发出令人恶心的笑声。

"胖子，"他边笑边抓住肯尼的一块肥肉用力地扭，仿佛为了证明自己的观点，"肥肉，肥肉，肥肉，不好，猴子疗法让你瘦。"

"是的，但是……"

"猴子疗法。"那男人不停念叨，不知什么时候跑到了肯尼背后。他用身体抵住肯尼，将其推过门帘，推进伸手不见五指的后房。这里的尿臭味比外面更浓，肯尼直作呕，周围只听见一些窸窸窣窣的声音，有东西在这片黑暗中跑来跑去。老鼠，这个念头在他脑海里乱窜。肯尼怕老鼠怕得要死。他摸索着向进来的门帘处那块微弱的光亮走去。

突然，一阵枪响般尖厉的叫声在他身后响起，让人耳膜发酥，接着一声未平，一声又起，三声之后，黑暗仿佛被唤醒，各种细小刺耳的噪音都活跃起来。肯尼用手捂住耳朵，向门帘蹒跚走去，刚走出来，不知什么暖暖的毛茸茸的东西跳到他背上。"哎哟！"这回换他尖叫了，他一步蹿到前屋，那个光膀子的大胖子正在那儿耐心地等他。肯尼双脚轮

梦歌

换着颠动,尖叫道:"哎呀,有老鼠,有老鼠爬到我背上了,快拿开,快把它拿开!"他伸出双手乱摸,想要抓住它,但那东西动作极快,敏捷地在他背后转来转去,叫他始终抓不住。但他能感觉到它的存在,活生生地蹿上蹿下,"帮帮我,快帮帮我!"他大叫,"有老鼠!"

店主咧嘴笑笑,摇了摇头,层层叠叠的下巴愉快地跳动着。"不,不。"他说,"不是老鼠,大胖子。是猴子,给你猴子疗法。"说完,他向前一步抓住肯尼的肘部,把肯尼拉到一块嵌在墙上的穿衣镜前。房间很暗,肯尼看不清镜子里的东西,当然,那块镜子也不够宽,他的双臂都在镜子外面。那男人退后一步,猛地拉动一根悬在空中的挂绳,绳子另一端一只光秃秃的灯泡亮了。这灯泡摇来摇去,摇去摇来,灯光也跟着发疯似的闪动。肯尼·道奇森全身颤抖,望进镜子。

"噢!"他不禁叫出声来。

他背上有——猴子。

确切地说是他肩上有一只猴子。它的腿盘住了他的粗脖子和三重下巴。他感觉得到猴子的线毛在他后颈摩擦,温温热热的小爪子抓住了他的耳朵。那是只小猴子。当肯尼看镜子的时候,它也探出头来,在他背后露出一个宽阔的笑脸。它有一对细小的眼睛,粗糙的棕色绒毛,牙齿则过于细密,且白得发寒光,令肯尼很不舒服。它那根灵活有力的尾巴不停地摇摆,犹如一条带毛的蛇,盘踞在肯尼的后脑勺。

肯尼的心跳得飞快,仿佛胸腔里放了把锤子在不停敲打。这里的一切都让他觉得难受:男人,猴子。尽管如此,他还是竭力保持理智,强迫自己冷静下来。至少,这不是老鼠。小猴子也伤害不了他。它一定是只被严格训练过的猴子,看它坐在他肩膀上的样子就知道。它主人教它这么骑在自己身上,可能刚刚当肯尼跑过门帘时,它把肯尼错认作主人了,黑灯瞎火的,所有的胖子看上去都一样。肯尼往背后抓了抓,想把它扯开,但怎么也抓不住,镜子反映着他的一举一动,让事情更为糟糕。他笨重地跳了几下,整间房子都在抖,家具也跟着跳了几下。猴子紧紧抓住他的耳朵,没被抖下来。

最终,肯尼竭力耐住性子,转身请求这里的主人,"您的猴子,先生,麻烦您帮我拿走它?"

"不,不,"那男人回答,"让你瘦。猴子疗法。你不想瘦?"

"我当然想,"肯尼不高兴地说,"但这也太可笑了。"他有些搞不清楚状况。背上的猴子是猴子疗法的一部分?这实在是说不通。

"走。"那男人道。他伸手关掉了灯,灯泡又开始疯狂地摇摆,他朝肯尼走来,肯尼吓得直往后退,"去,"那男人又说了一遍,接着顺手把肯尼抓住,"出去,出去。你得到了猴子疗法,你现在走。"

"这是什么意思!"肯尼愤怒地说,"把我放开!把这只猴子给我拿走,听到没有?我不要你的臭猴子!听见了没!不要推,先生!我警告你,我有朋友在警察局,你脱不了干系!现在……"

他的抗议毫无用处。那男人一身又腻又臭的肥肉,臭味如波涛般汹涌地扑来,他用身体抵住肯尼,毫不留情地把肯尼推出门外。当肯尼被推进刺眼的阳光中时,门上的小铃铛又响了一声。

"我不会付钱的!"肯尼踉跄着站定,坚决地说,"一分钱都不给,你听见没有!"

"猴子疗法不要钱。"那男人只顾咧嘴笑。

"至少让我叫辆出租车。"迟了,那人已经关上了门。肯尼上前一步愤怒地想把门拉开,门却锁得紧紧的,纹丝不动,"开门!"肯尼的肺都要气炸了。没人理他。他又喊了几嗓子,忽然尴尬地发现有人在看他。肯尼转过身。对街三个老醉鬼坐在一个破商店门前的石阶上,边传着一个包在棕色袋子里的瓶子,边用紧张的眼神打量他。

肯尼·道奇森这才意识到光天化日之下,他站在大街上,背上还坐了一只猴子。

一阵潮红涌上他的脖子,直冲到耳根,他觉得自己蠢透了。"是宠物!"他挤出微笑朝那群酒鬼喊,"这是我养的小宠物。"他们继续对他

梦歌

行注目礼。肯尼最后瞪了一眼锁上的门,拖着疲惫的双腿灰溜溜地走了,想找个没人的地方躲起来。

就在转角处的两栋破楼房后面,他发现了一条黑暗的小巷。他挤进去,喘着粗气,重重地坐在一个垃圾桶上,取出手帕来擦了擦额头。猴子动了动,肯尼感觉得到。"滚开!"他大叫着,伸手又想把它从脖子上扯下来,还是不行。这让他倍感沮丧。于是他扔开手帕,双手一齐伸到后背,可还是抓不住它。最终,他筋疲力尽,只好停下来思考。

腿!他想到了。它的腿盘在他下巴上,就从这里开始!他尽可能冷静谨慎地探出手,摸到了猴子的腿,然后用肥胖的手掌抓牢它们,接着深吸一口气,想用蛮力把它们往两边扯开,就像扯许愿骨那样。

猴子揍了他。

它用一只手狠命揪他的右耳,差点没把耳朵给扯下来,另一只手猛捶他的太阳穴,捶出了无数"包包"。肯尼·道奇森痛苦地大声尖叫起来,松开了猴子的腿——他没法挪动它们。见他松手,猴子也停了手,松开他的耳朵。肯尼哽咽起来,一半是因为舒心,一半是因为泄气。他浑身冰凉。

他在那条肮脏的小巷里坐了很久很久,既不敢动那只猴子,又不敢回街上去——害怕路人指着他笑,或者说些侮辱的话。对一个胖子来说,生活够艰难的了,肯尼心想,还让他背着一只猴子去面对这个残酷的世界,实在太过分了!肯尼想想都害怕。他决定就坐在这个垃圾桶上,在这条昏暗的小巷里,直到死亡降临到他或者猴子身上。这总比回街上面对侮辱和嘲笑好得多。

坚持了一个小时后,肯尼·道奇森饿了。也许人们会嘲笑他,那又如何?反正人们一直在嘲笑他。肯尼站起来,拍拍屁股,猴子也在他脖子上换了一个让自己更舒服的姿势。他刻意不去想它,决定去找些意大利辣香肠比萨吃。

一路颇费周折。这真是全天下最倒霉的街区,他碰到了几个恶劣的醉鬼,遭遇了几个不良少年,经过了几所破败不堪的房子,但既没发现像样的比萨店,也没看见出租车。肯尼带着不容侵犯的表情走在大街上,两眼直视前方,只顾摆动着滚圆的腿以最快的速度朝熟悉的街区走去。路上有两个公用电话亭,他急切地掏出硬币想叫出租车,却发现电话全是坏的。野蛮人,肯尼·道奇森心想,跟老鼠一样坏。

终于,在走了大约几小时之后,他来到一家低档咖啡店的门口。橱窗上标明"约翰烧烤店",门上的霓虹灯则简洁地写着"吃饭"——肯尼对这两个可爱的字再熟悉不过,两条街外就认出来了,犹如灯塔在召唤他归航。尽管进去之前,他知道这地方不大可能会有意大利辣香肠,但这时候肯尼已经不在乎这些了。

肯尼推开门,心里有些担心,一半是觉得这家咖啡店实在不怎么样,店里的客人都一副土匪相;一半是害怕他们把他撵出去,因为他背上有只猴子。他非常别扭地穿过走道,飞快地坐到一张不起眼的小桌子旁,希望可以躲开好奇的目光。一个瘦削的灰发女服务生,穿一身褪色的粉红制服,朝他走来。肯尼死死盯着地上,紧张地玩弄调料瓶、觉得对方随时可能会叫道:"嗨,你不能把那玩意儿带进来!"

但那服务生走到他桌旁,只是从围裙里掏出记事本,把笔握好,摆出询问的姿势。"嗯,"她问,"要吃什么?"

肯尼震惊地抬起头,露出了笑容,差点说不出话。他迅速恢复常态,点了一块芝士煎饼,两面都加熏肉,咖啡,一大杯牛奶以及肉桂吐司。"配没配洋芋块?"他满怀希望地问,可惜服务生摇摇头走了。

多体贴的女人啊,肯尼等待着食物,一边撕纸巾一边想。多好的地方啊!为什么,为什么他们能对他的猴子视而不见!多有教养的一群人呀。

食物很快被送了上来。"啊哈!"当服务生把它们放到他面前的橡胶桌子上时,他长长地叹息一声。他饿坏了,随手抓起一片肉桂吐司就往嘴里塞。

梦歌

猴子从他脑后飞快地伸出小爪子，把它抢走了。

肯尼·道奇森愣住了，空空的手还悬在空中，停在嘴巴前面。他听见猴子大口嚼吐司的声音。没等肯尼回过神来，那条长长的猴子尾巴偷偷地从他腋窝下伸过来，卷起他的牛奶杯，眨眼工夫杯子就不见了。"嘿！"肯尼说，可惜他太慢。这回从他背后传来粗鲁的喝水声，然后，空杯子从他左肩落下，还好他及时接住，算杯子命大，没被摔碎。猴子的尾巴又悄悄伸向他的熏肉。肯尼拿起叉子朝它叉去，可还是慢了一步，叉子只碰到坚硬的橡胶桌子，肉却没了踪影。肯尼终于意识到自己在跟猴子比赛。他把叉子一丢，用最快的速度，拿起勺子切下一块煎饼，举到面前，芝士的丝还没断，他的嘴便往勺子上凑，不料猴子的速度还是比他快，小爪子不知从哪里伸出来的，等肯尼心急火燎地把勺子放进嘴巴，里面只剩点半融的芝士。他扑向盘子，发起新一轮进攻，但不管他动作多快，都赢不了猴子，对方可是有两只爪子加上一条尾巴，必要时脚也可以派上用场。转眼之间，肯尼·道奇森的大餐没了。他坐在那里，望着油腻腻的空盘子，泪水在眼眶里打转。

服务生不知从哪里冒出来。"天啊，你一定是饿坏了，"她边说边把账单从本子上撕下，放到他面前，"没见过像你吃得这么快的。"

肯尼抬头看着她。"不是我吃的，"他抗议，"是猴子！"

服务生奇怪地看着他。"是猴子？"她不确定地重复道。

"猴子。"肯尼肯定。瞧她的眼神，好像以为他疯了。

"猴子？"她问，"你把动物私藏进来了？卫生局明文规定禁止带动物进入用餐场所，先生。"

"什么意思？私藏进来？"肯尼有些恼怒，"这只猴子就坐在我的……"还没等他说完，猴子就动手一拳一拳死命地打他左脸。他的头被打得扭到一边，肯尼又惊又痛，大叫起来。

服务生露出关切的神色。"你还好吧，先生？"她问，"你像是挨了一拳，怎么回事，头抽搐得很厉害。"

Dreamsongs

"我没抽搐!"肯尼嚷道,"那该死的猴子打了我,难道你看不见?"

"哦,"服务生不禁后退一步,"噢,当然,当然,你的猴子打了你,它太调皮了,不是吗?"

肯尼的手在桌子上握成拳头。"算了,"他说,"算了。"他拿起账单——猴子并没跟他抢这个——站起来,"给,"他掏出钱包,"这里有电话吧?帮我叫辆出租车,好吗?能麻烦你一下吗?"

"当然,"服务生边说,边退回收银台打印收银条。他发现咖啡馆里的每个人都在看他,"好的,先生。"她喃喃地说,"出租车,我们马上就给你叫辆出租车。"

肯尼压抑着内心的怒火等了又等。出租车司机同样对他的猴子只字不提。他没急着回家,反而让车停在离他家三条街远的他最爱的比萨店门口。他冲进店内,急不可待地点了大份意式辣肠比萨,结果全进了猴子的肚子。肯尼为了战胜它,把两片比萨同时往嘴里送,很不幸,猴子也有两只手,而且每只都比肯尼动作快。比萨被消灭完后,肯尼静下来思考了一番,叫来服务生,又点了一盘大份的鯷鱼比萨。他自以为这招很聪明:除了肯尼·道奇森本人,他还没遇见其他喜欢鯷鱼比萨的人。那些盐津津的小鱼将是他的救星,他心想。为了让味道更怪,待比萨上来,肯尼拿起辣椒瓶将辣椒撒遍了整个比萨,分量足够引起一场火灾。然后,他满心得意地打算吃上一片。

猴子也喜欢撒满辣椒的鯷鱼比萨,肯尼·道奇森快哭出来了。

他出了比萨店,进了丝朗芭,出了丝朗芭又到了一家希腊餐厅,再从希腊餐厅去了附近的麦当劳,从附近的麦当劳又到了一家巧克力小饼烤得天下无双的面包店。肯尼想,这只猴子迟早会吃饱的,再怎么说也不过是只小猴子,吃得了多少东西?他认为,只消不停点菜,撑也撑死这死猴子。

那天肯尼花了两百多块钱。

他自己一口也没吃上。

猴子像个无底洞。如果它的肚子有容量的话,那这容量一定超过肯尼钱包的容量。最终,他不得不认输。想塞满这个无底洞是行不通的。

肯尼想到了另外一招。毕竟猴子都是蠢货,就算肉眼看不见的大胃猴子也不例外。肯尼偷笑着跑到附近的超市,买来一盒香蕉布丁粉(看起来应该很可口)和一瓶老鼠药。他哼着愉快的旋律回到家中,把一大勺老鼠药混在布丁粉里,做起布丁来。这些毒药无色无味,而布丁香气诱人。完工后,肯尼把它倒在甜品杯里冷却,看了一个多小时的电视后,他摆出一副漠不关心的表情,走进厨房,拿出布丁,舀了满满一勺。他回到电视机前坐下,把勺子送到嘴边,然后暂停,继续暂停,持续暂停。

猴子一动不动。

肯尼一阵狂喜,它终于吃饱了。他扔下勺子,冲回厨房,翻出柜子里藏着的一盒香草华夫饼,还有几块费格纽顿的咸饼干。

猴子把它们全吃了。

一行热泪从肯尼脸上无声地滑下。看来,猴子除了没如他所愿吃下有毒的布丁外,其余统统不放过。他无精打采地坐回位子上,又想把猴子扯下来,心想吃了这么多东西它的动作应该变慢了,可惜希望再度落空。猴子用力甩开他的手,肯尼坚持不放,于是被它咬了几口。肯尼缩回手,痛苦地大叫,赶快吮了吮流血的手指。这举动,猴子至少是允许的。

肯尼把手指洗干净,缠上邦迪,回到客厅重重地坐在电视机前,精疲力尽,斗志全无。电视正重播一集《美食速递》。他赶快换台,不知所云地看了几个钟头,沉浸在绝望之中,在贝蒂妙厨的广告前哭泣。到了午夜场,一个公共服务热线的广告激发了他新的灵感。我受够了,他心想,我得找个人帮帮忙,我需要有人帮助。

他拿起电话,拨通了热线。

一个女人接的电话,她的声音非常温柔、非常优美、非常富有同情心,肯尼打算把一腔心事向她和盘托出,关于那只猴子是怎么不让他吃东西,关于其他人是怎么看不见这只猴子,关于……但他的电话诉衷肠被无情地打断,猴子不停敲他的脑袋,肯尼忍不住叫出声来。"出什么事了?"女人问。猴子猛拉他的耳朵。肯尼忍痛继续说话,猴子则继续打他,打得他发抖,最终只能哽咽着挂上电话。

这是一场噩梦,肯尼想,一场糟糕的噩梦。他边想边把全身力气移到腿上,蹒跚着爬上床,希望一觉醒来一切都恢复正常,猴子只是噩梦里最可怕的部分,毫无疑问是由于消化不良引起的。

肯尼很快发现,那只毫无慈悲心的猴子连睡觉都不让他省心。他习惯面朝上平躺,双手规规矩矩地叠在肚子上,但当他脱完衣服、正要睡下去时,猴子的拳头像毛茸茸的冰雹一样砸到他头上。看来,猴子并不打算在他的脑袋和枕头之间被压扁。肯尼痛得乱叫,转身趴下。这姿势让他觉得很不舒服,半天睡不着,但只有这样猴子才给他片刻安宁。

第二天早上,肯尼·道奇森迷迷糊糊地醒来,头埋在枕头里,右手毫无知觉。他不敢动。一切不过是一场梦,他告诉自己,没有猴子,连那个念头都不该有,所谓猴子,不过是因为听排骨精说了"猴子疗法",他心里惦念着,日有所思夜有所梦,才做了这么一个噩梦。他背上没有东西,什么都没有,这是一个平常的早晨,和其他日子并无不同。他眯起一只眼睛朝外看,卧室一切正常。尽管如此,他还是不敢动。就这么躺着是件多么幸福的事,天下无猴,他想好好品味这样的生活。于是,肯尼生平第一次静静地躺了很久,看着电子钟上的数字慢慢变换。

直到他的胃咕咕地抗议。"没有猴子!"他坐起来,大声宣布。

这时猴子动了。

肯尼浑身颤抖,泪水几乎夺眶而出,但他努力忍住。肯尼·道奇森

梦歌

不能被猴子打败,他告诉自己。于是,肯尼做了个鬼脸,穿上拖鞋,迈着沉重的步伐走进洗手间。

刮脸的时候,猴子从他脑后小心翼翼地探出头,看着他。他透过镜子恶狠狠地回瞪它。它似乎长大了一些,这不奇怪,想想它昨天吃了多少东西。肯尼开始思忖怎么一刀把这只猴子的喉咙划破,最终不得不承认自己的 Norelco 电动剃须刀还没有那么大的杀伤力。而且就算他用的是匕首,对着镜子刺自己的背显然危险系数太高。

肯尼离开洗手间之前,一时兴起,站在了电子秤上。

数字马上亮起来,367,跟昨天一模一样。他疑惑了,难道这只猴子一点重量都没有吗?他皱起眉头。不对,那不可能,再怎么说这只猴子总有一两磅吧。想必它的体重正好等于肯尼减下来的重量——他认定自己轻了一些,毕竟这么长时间什么东西都没吃。他从秤上走下来,又飞快地站上去,想再确认一下。还是367。肯尼肯定自己瘦了一些。经过痛苦的疗程,总算有所收获。这样的想法让肯尼心里闪过一丝奇异的快慰。

接下来的早餐意义非凡——因为这是自猴子与他为伴后,他第一次吃到东西。

他走进厨房,先是在法式吐司和熏肉加鸡蛋之间犹豫了片刻,不过他马上认定一样都吃不着。抱着怨天尤人以及破罐子破摔的态度,他拿出一只大碗,倒了些玉米片在里面,加上牛奶。他想,反正猴子都会把东西抢走,没必要搞复杂了。

说时迟,那时快,他用毕生最快的速度把勺子送到嘴边,却仍被猴子一把抓走。肯尼不是没有心理准备,也并未觉得意外,可当猴子抢走勺子的时候,无边的伤感仍然占据了他的心房。"不,"毫无意义的一句话,"不,不,不。"他听见玉米片在肮脏的猴嘴里咔嚓作响,感觉到牛奶从他后颈流下。他的眼睛噙满了泪水,低头看着那碗玉米片,它近在眼前,却又远在天边。

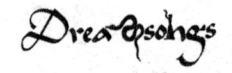

这时他有了主意。

肯尼·道奇森低头,猛然把自己的脸完完全全地埋进碗里。

猴子厉声尖叫,拧他耳朵,打他的太阳穴。肯尼不管这些,拼命吸着牛奶,张大嘴巴尽一切可能容纳玉米片。等猴子的尾巴把碗绕上一圈、气急败坏地摔出去时,肯尼已经满口香甜酥软,牛奶顺着鼓鼓的脸颊流到下巴,连鼻孔里都塞了几片玉米片,但对肯尼而言,天堂也不过如此了。他飞快地咀嚼几下,然后咽下去,差点没被呛住。

等嘴里的玉米片吃光,他添舔嘴唇,带着胜利者的微笑站起身。"哈,哈,"他唱道,"哈,哈,哈。"他带着无比的荣光回卧室换衣服,对着落地镜微笑。他打败了它。

接下来的日子里,肯尼·道奇森开始了一种全新的生活方式,与猴子艰难地磨合。其实这比他想象中简单,除了在吃饭的时候。只要他不吃饭,猴子就不会打扰他。他工作时,它就那么安静地坐在他脖子上,任他打电话或看文件。他的同事要么是真的没看见他背上有只猴子,要么就是碍于礼貌不敢当面提问。唯一困窘的是某天与同事喝下午茶时,肯尼自以为是地想在咖啡之外来一块丹麦芝士。最终在肯尼吃到之前猴子一共吃掉了九个,而对面的人坚持认为是肯尼在他转身时干的。

绝不照镜子,肯尼·道奇森像吸血鬼那样勤勉地督促自己养成这个新习惯,如此一来,他甚至可以忘记猴子的存在。他只有一个麻烦,这个麻烦一天出现三次:早餐、午餐和晚餐。每到吃饭时,他的猴子就有力地证明自身的存在,肯尼也得被迫跟它一斗。几周过去,他渐渐适应下来,每餐必点碗装食物,这样他就可以操练他的"肯尼进食法",有了这个必胜法宝,肯尼终于可以保证三餐都能吃上几口食物了。

确切地说,还是有不少问题存在。当他在公共场合使用他的肯尼进食法,总会引来人们异样的眼光,时不时还会听到粗鲁的评论。在一家肯尼常去的干货店,店主以为他心脏病突发,所以才猛扎进他的干辣

梦歌

椒粉里,事后对他表示了强烈抗议。另外一次,他把脸埋进汤里被烫伤了,面孔终日通红,仿佛羞怯不已。最后一击来自这个星球上他最爱的一家海鲜馆,他被轰了出去,仅仅因为他把头埋在鲜虾浓汤里,发出巨大的声音。肯尼站在街上,有力有理地申辩,提醒他们这些年来他带来的收入。

不过从那以后,他只在家里吃饭。

尽管肯尼进食法取得了局部胜利,但肯尼·道奇森的每餐饭还是会流失掉十分之九,而这十分之九都被他背上那只贪婪的猴子给吃了。起初,他老是觉得饿,情绪持续低落,想了无数的办法对付身上这只可恶的猴子——这些办法唯一的缺点是都不管用。某个周六,肯尼去了动物园里的猴子馆,希望这只猴子会跑下来跟它的同类们玩耍,或者去追求美丽的异性。事情并不如他所愿。他一走进猴子馆,那些关着的猴子全跳到笼子边的栏杆上,浑身发抖,朝他大吼大叫,疯狂地翻筋斗;他的猴子也同样激烈地回应它们。当那些猴子开始朝他扔花生壳和其他垃圾时,他不得不捂着耳朵逃跑。另外一次,他到一家低级酒馆去,点了一大堆"锅炉工"——一种据他所知相当烈性的酒。他计划让猴子瞎喝一气,然后轻松地弄走它。同样没有好下场。猴子喝锅炉工的速度显然比肯尼点锅炉工的速度快,而且从第三杯起,它开始跟着点唱机里迪斯科音乐的节奏敲打肯尼的脑袋,第二天早上,头痛的是肯尼,猴子一点事儿都没有。

这样过了一段时间,肯尼终于把那些计谋晾在一边。屡战屡败让他失去了斗志,而问题似乎也不像刚开始那么要命了。实际上,头一星期之后,他就不太容易饿了,取而代之的是持续的虚弱感,伴随经常性的头晕。再过后,一种狂喜充溢了他的心田,他感觉很好,比很好更好,因为他瘦了。

别误会,这并非他的秤告诉他的。他每天都会称体重,然而每天都会得到 367 这个数字,但这是因为同时称了他自己和猴子。肯尼知道自己瘦了不少,他几乎可以感觉到体重一点一点地消失,同事们也这么说。这是肯尼应得的补偿,他觉得很得意。当他们问他是怎么做到的时候,他会眨眨眼睛,回答道:"猴子疗法!神秘的猴子疗法!"点到为止。有一次,他试图解释清楚,但猴子猛地给了他一拳,差点把他的头给打掉,他的同事则在背后议论他奇怪的抽搐。

终于有一天,肯尼把他所有的裤子拿到干洗店去改小几寸。这是一生中最愉快的一天,他心想。但所有的愉快却在他兴冲冲走出商店,从橱窗里瞥见自己倒影的时候蒸发了。肯尼早把家里的镜子都藏了起来,因此当看到猴子的模样时,他吓坏了。它长得很大,已然不是什么小猴子了;现在贴在他背上的它像一只肢体不全、邪恶的黑猩猩,咧嘴嬉笑的脸庞高过了肯尼的头,而非刚开始探出的一小角。全身稀稀拉拉的几根黄毛下都是脂肪,腰围跟身高几乎相等,长长的大尾巴则一直拖到地上。肯尼惊恐地看着它,它则咧嘴朝他笑。他顿时明白自己这段时间为什么老是背痛。

他慢慢走回家,满心的得意被一步一步踏碎。他想静下来思考,然而邻居的狗追着他跑,朝他的猴子狂吠。肯尼早知道狗是可以看见他的猴子的,就跟动物园里那些猴子一样。他怀疑喝醉酒的人也可以看见。上次在酒吧,一个男人一直盯着他看。当然,也可能是盯着他面前那一大堆空的锅炉工酒瓶看。

肯尼·道奇森回家后,打开电视,背朝天跃在沙发上,往下巴下塞上一个枕头。屏幕上跳动的东西他一点儿都不感兴趣,他只想把事情弄个明白。

即便必胜客的广告也没能转移他的注意力,尽管肯尼下意识地发出了"啊,啊,啊"的咕哝声,就像拿起盘里第一片牵着长长的芝士丝的比萨那样。

节目结束,肯尼站起身,关掉电视,坐到餐厅的桌旁。他找来一张纸和一小截铅笔,小心翼翼地写下一个公式,然后瞪着它:

我+猴子=367磅。

这个公式里显然有某种让人不安的因素,肯尼心想。他越是看着它,就越讨厌它。他一定瘦了不少,绝对如此,但他不能因此而庆幸——相反,这个残酷的恒等公式里隐藏着某个疑团:那些体重到底流向何处了呢?疑团的答案绝不会让他开心。不管他甩掉多少脂肪,他还是367磅,还是那么步履蹒跚。尽管他的身材变得苗条、时髦、充满男性魅力,但背着这只猴子又怎么跟女人相处呢?肯尼一想到自己约某人共进晚餐时会发生些什么,就浑身发抖。"什么时候才是个头儿?"他大声嚷道。

猴子动了动,发出卑鄙下流的窃笑声。

肯尼抿紧嘴唇。不能再这样下去了,他下定决心,明天就去那个地址查个明白。打定主意后,他爬上床睡了。

第二天下班,肯尼·道奇森坐出租车来到他接受猴子疗法的那个肮脏街区。

那家店不见了。

肯尼坐在汽车后座(这次他很聪明地没下车,事先还付给司机一笔不菲的小费)疑惑地眨巴着眼睛,一个小气泡从他嘴里冒出来。地址绝对没错,他一直保留着最开始把他带来这里的那张纸巾。但上次来时,这里有面褪色的可口可乐旗帜,旁边是不少破砖烂瓦,可现在在他面前只有一大片杂草丛生的空地,堆满了垃圾和碎砖。"噢,不,"肯尼说,"噢,不。"

"你还好吧?"开车的女司机问。

"还好,"肯尼咕哝着,"麻烦你,等一下,就一下。我得想想。"他双手抱头,似乎害怕它会突然裂开。他觉得虚弱不堪,天旋地转,而且饿得慌。计价器嘀嗒作响,司机吹着口哨。肯尼心想,除了那个店面不见了,这条街和他记忆中一模一样,跟上次一样脏,阶梯上也跟上次一样坐了些流浪汉……

肯尼摇下车窗。"你,那位先生!"他朝其中一个流浪汉大喊。那男人转过来看他,"到这边来,先生!"他嚷道。

那个男人小心地穿过街道。

肯尼从钱包里拿出一美元塞到对方手里。"给你,朋友,"他说,"不嫌弃的话拿去给自己买点雷鸟喝。"

"为什么要给我这个?"流浪汉满腹狐疑地问。

"我想问你一个问题。前面那栋楼,"——肯尼指指——"现在到哪儿去了?"

流浪汉迅速地把钱塞进口袋。"那栋楼几年前就没了。"他回答。

"恐怕不是吧,"肯尼说,"你确定吗?我前不久才来过,我清清楚楚地记得……"

"早就没了。"流浪汉坚定地回答,说完转身就走。刚走了几步,他突然停下来,回头看着他,"你也是那些大胖子之一?"他的语气里带着责难的意味。

"你知道关于那些……嗯……那些胖子的事?"

"在这里经常可以看见他们,随时都能见到,净是些疯子,对着空气大喊大叫,还装作跟某种动物玩耍。呀,我记得你,你就是其中一个大胖子。"他瞅着肯尼,有些不敢相信自己的眼睛,"看来你最近掉了不少肉。不错,很不错,谢谢你的钱。"

肯尼·道奇森目送他回到阶梯上,看他向同伴们得意扬扬地炫耀,然后肯尼带着几分战栗长叹一声,摇上车窗,最后看了一眼那片空地,让司机载他回家。不,应该是载他和他的猴子回家。

接下来的几周像流水一样逝去,肯尼·道奇森过得恍恍惚惚。每天上班,他翻翻报纸,咕哝着跟同事寒暄,为几口可怜的食物挣扎,回避所有的镜子。他的脂肪飞速消失,秤上的示数却仍是367磅。他的脸开始松弛,下巴开始下垂,事实上,全身的皮肤都在不可挽回地往下坠,

梦歌

凄凉得像用过的安全套。他经常会因饥饿而晕倒,走路也举步维艰,因为瘦弱的双腿已经承受不了疯长的猴子。他的视力开始衰减,他甚至发现自己开始掉头发了,谢天谢地,后来确定是那猴子在掉毛。这些毛掉得到处都是,把屋里搞得一团乱,即使天天打扫也弄不干净。很快肯尼便停止了清扫——他没那个精力。事实上,他做什么都没精力。从椅子上费力地站起来成了他一天中最主要的任务,烹调晚餐则是空前绝后的折磨——但他非做不可,因为猴子没吃饱的话铁定拿他出气。对肯尼·道奇森而言,别的都不再重要,除了每天早上他秤上的数字,除了他贴在浴室里的那个公式。

我 + 猴子 = 367 磅。

他不知道"猴子"占了多少,"我"还剩下多少,但他却并不想查个明白。某天,他听任脑袋里冒出的怪念头,一把抓向下巴下面猴子的腿,抱着它变粗了、不再那么敏捷、说不定可以扯下来的一线希望。结果他的手什么都没抓住,只摸到自己惨白的肉。猴子的腿似乎已经不在那里了,尽管肯尼仍然感觉到它重重地压在他身上。他困惑地摸摸脖子又摸摸胸部,再朝身下看了看,除了自己的腿什么都没发现——啊,那是一双多么完美的腿呀,肯尼·道奇森心想,尽管它们所支撑的身体憔悴得让人害怕。

慢慢地,他的思绪又回到自己所担心的事上——猴子的腿上哪儿去了呢?肯尼眉头紧锁,努力思考,但就是想不通。最终,他把变得陌生的脚塞进拖鞋里,跑到藏镜子的柜子旁,闭上眼睛,胡乱摸索,摸到了曾挂在卧室里的那面又宽又大的全身镜,他战战兢兢地把它拿出来,靠墙立好。然后,肯尼屏住呼吸,睁开眼睛。

镜中的男人形容枯槁,面色灰暗,瘦骨嶙峋,佝偻着身体,看上去病得不轻。在他背上,一个东西正朝他笑,它足有一只黑猩猩那么大,而且是一只巨型黑猩猩。它有一条长长的、苍白的、像蛇一样的尾巴,双臂又粗又长。它白得像蛆虫,全身几乎没有毛发。而且它没有腿,它的腿已经……贴在了他身上,从他的后背长出来。可怖的笑容占据了它脸部的半壁江山,事实上,这个笑容属于当初给他做猴子疗法的肥胖店主。为什么他以前没注意到呢?再明显不过,再明显不过了。

肯尼·道奇森背过身去,临睡前没忘给猴子做一顿丰盛的晚餐。

当晚,他梦到了一切的开端,他回到丝朗芭,遇见了排骨精。在梦里,他清楚地看见一只邪恶的白色大怪物骑在莫洛尼肩上,一根接一根地吃着排骨,而肯尼非常有礼貌地装作没看见,反而跟排骨精聊得很愉快。那怪物吃完排骨后,抓住排骨精的手就啃起来,骨头被咬得咔嚓作响,莫洛尼却自顾自地说着。那个东西一直吃到手肘……肯尼尖叫着醒来,浑身冷汗。床单都被打湿了。

他惊魂未定地起床,蹒跚着走进洗手间,站了十分钟,让汗水风干。猴子无端被弄醒,十分恼怒,时不时地给他几个睡意未消的巴掌。

突然,一道微弱的光芒在肯尼·道奇森脑海中闪烁。"排骨精。"他低声说出这个名字,然后手忙脚乱地奔回卧室,套上衣服。现在是凌晨三点,但肯尼知道一分钟都不能再耽误了。他在电话簿里找到地址,叫了辆出租车。

排骨精·莫洛尼住在河边一栋现代感十足的高楼里,月光洒在楼台的一侧,给它镀上一层银色的光辉。肯尼小心翼翼地走过去,发现看门人正呼呼大睡,这样最好。肯尼踮起脚尖偷偷摸摸地从他身边走过,进了电梯,直上八楼。他背上的猴子不安分起来,情绪暴躁。

莫洛尼的门铃是个小小的黑色圆按钮,就在猫眼的正下方。肯尼伸出颤抖的手指按下去,里面响起悦耳的铃声,那响亮的声音在寂静的夜里显得格外恐怖。肯尼把手一直按在按钮上,音乐不停地响,终于,他听到了沉重而又充满压迫感的脚步声。猫眼亮了一下,又变暗。门轻轻地打开了。

公寓内很黑,月光透过玻璃墙洒进来,轻柔地照亮了黑暗。他看见了远处的繁星,也看见了面前给他开门的人。他很壮,很胖,皮肤面饼似的苍白,一双小小的深色眼睛深陷进那张皱巴巴、肥得流油的脸庞里。他只穿了一条宽大的条纹短裤。当他移动时,乳房在胸前拍打;他咧嘴而笑,嘴里是两轮新月般的牙齿,占据了脸的一半。他看见肯尼和肯尼的猴子,笑个不停,叫肯尼直犯恶心。门内的这个东西比他背上那个起码大了两倍,肯尼禁不住发抖。"他呢?"他低声问,"排骨精到哪里去了?你们到底对他做了什么?"

面前的怪物忽然大笑起来,下垂的乳房飞快地抖动着。肯尼背上的猴子也跟着大笑,那笑声锋利如刀,让人耳膜发麻。它伸出手来粗暴地拉扯肯尼的耳朵,突然,前所未有的恐惧和愤怒填满了肯尼·道奇森的心房,他用虚弱的身躯残存的所有力气,狠狠地往前推了一把,居然,居然把挡在面前这个肥胖的巨人给推开了,他硬是踉跄地挤进里屋。"排骨精,"他呼唤道,"你在哪里,排骨精?是我,我是肯尼。"

没人回答。肯尼找遍了所有房间,公寓里乱七八糟,肮脏至极,全无排骨精·莫洛尼的踪影。肯尼回到客厅时,猴子猛地一动,他一时没站稳,重重地摔在地上。疼痛从膝盖往上蔓延,变成彻骨的悲凉,他一只手搭在花哨的咖啡桌上,开始哭泣。

他听见关门的声音,住在这里的东西缓缓地向他走来。肯尼拼命眨眼,忍住泪水,看着眼前这双粗壮的腿,在月光的映照下,层层叠叠的惨白脂肪清晰可见。他抬起头,仿佛仰望一座高山,在那遥远的上方,两排恐怖的牙齿嘲笑着他。"他在哪儿?"肯尼·道奇森低声说,"你对可怜的排骨精做了些什么?"

那副笑容一直没变。那东西伸出肉乎乎的手——每根手指都有波兰熏肠的两倍粗——松开宽松的条纹短裤的腰带,粗鲁地脱下来,短裤像降落伞一样围着脚垂在地上。

"噢,不,不。"肯尼·道奇森不禁喊道。这个庞然大物没有生殖器。脱下短裤之后,从它胯部伸出来一副皱巴巴、又瘦又长的皮囊,几乎垂到地毯上。肯尼面带恐惧地看着它,它无力地晃了几下,伸展开,萎缩的皮肤简单地分成手臂和腿。

突然,它睁开眼睛。

肯尼·道奇森开始尖叫,猛地站起身,跟跟跄跄地从这个坏笑的怪物面前跑开。在它双腿之间,曾是排骨精·莫洛尼的人伸出火柴棍般瘦弱的手在向他求救。"噢,不⋯⋯"肯尼一声长啸,痛苦地呻吟,疯狂地乱跳,背上的猴子重重地压着他。他在一片黑暗中跳来跳去,在月光里企求解脱。

那片玻璃墙之后,城市的灯光在召唤他。

肯尼停下来,气喘吁吁地看着远处的灯光。猴子似乎明白了什么,发疯似的打起他来,拼命拧他的耳朵,无情的拳头如雨点般落下。但肯尼·道奇森不为所动,他带着满足的笑容,用尽剩下的所有力气,拼命朝月光奔去。

亿万片玻璃散落人间,肯尼微笑着,一路向下。

消毒水的味道及身下的硬床告诉他,他没死。是医院,他痛苦地意识到,我躺在医院里。肯尼只想哭。我为什么没死,噢,为什么,为什么,为什么?!他睁开双眼想说话。

一个护士跑到他身边,把手放在他额头上,关切地看着他。肯尼想恳求她结束自己的生命,但他什么都说不出,只得眼睁睁看着她出了病房,又带了另外一个人进来。

那是个矮小的青年男子,"你很快就会好的,道奇森先生,但还需要多观察一段时间。这是医院,你很幸运,从八楼摔下来,按理说生还的机会很小。"

我想死,肯尼心想。他非常认真地用嘴唇做出这几个字的口型,但没人理解。可能猴子已经接管了我的身体,他认为,也许从此之后我连说话也没法控制了。

梦歌

"他想说点什么。"护士道。

"我明白,"年轻的医生说,"道奇森先生,请不要勉强自己,真的。如果你是想知道你朋友的情况,我必须遗憾地通知你,他没你那么幸运,因为摔伤不治身亡。本来你也很可能会死,幸运的是你刚好压在他身上。"

肯尼的恐惧和疑惑一定表现得非常明显,于是护士温柔地拍了拍他的手。"是那个男人,"她耐心地解释,"那个胖子。你应该感谢老天把他生得那么胖,你摔在他身上就像摔在一只软枕头上。"

肯尼·道奇森终于明白他们说的是什么,不禁哭了出来,但现在他是因为开心而哭泣,因为开心而全身颤抖。

三天过后,他终于说出了第一句话——"比萨。"这个词虚弱、嘶哑地从他嘴里挤出来,但他不停地按护士铃,不停地重复"比萨,比萨,比萨",像是在唱圣歌。直到他们给他点了一份比萨,他才安静下来。

世上没有比这更美味的东西了。

沈茜 译

梨形男

梨形男住在楼梯下面。他的肩膀窄小扭曲,臀部却异常肥大。他穿得太多,因此没有人见过他的裸体——当然也没人愿意见。他通常穿着双层编织的棕色聚酯裤子,裤腿十分宽大,臀部油亮亮的,总是那么松松垮垮地垂着;大而深的口袋里塞满了碎屑和一些没用的小物品,使整个下体看上去更为膨胀;另一方面,他又把裤子穿得特别高,高到胃部以上,在胸口附近用一根细细的棕色皮带束起来。这样一来,不仅松垮垮的袜子显露无遗,通常还露出一两寸苍白的皮肤。

他只穿短袖衬衫,白色或是暗蓝色,胸袋里装满比克钢笔,就是蓝色墨水、一次性的那种,而钢笔的笔帽不知是弄丢了还是不翼而飞,总之衬衫上沾满墨迹。他的头放在身体上,好比一个小梨压住大梨,头顶几乎成为尖角。他宽而扁的鼻子上全是油腻的毛孔,暗淡无光的小眼睛几乎凑在一堆。他的头发是深黑色的,微微鬈曲,但很薄,贴在布满头屑的脑袋瓜上,似乎从没有洗过,有人甚至说他用钝刀和破碗碎片给自己理发。梨形男身上散发出某种浓烈的味道,闻起来很甜,又带着点酸,活像垃圾箱里的过期黄油、腐肉和烂菜混合在一起的味道。当他说话时,声音又小又尖,那么小的声音从又大又丑的人嘴里发出,实在是件很可笑的事。还有一幅不同寻常,甚至让人不寒而栗的景象,那就是他紧绷的微笑。他笑的时候,嘴角绷得很开,双唇湿漉漉的,一颗牙齿也不露出来。

你当然认识他,每个人都认识梨形男。

梦歌

杰西到这里的第一天就遇上了梨形男,当时她正和安吉拉忙着搬进一楼那套空置的公寓房里。安吉拉和她的男朋友唐纳德——一个研究精神病学的学生——抬床进去时,不小心踢开了抵门的砖头。于是当杰西费尽力气把躺椅从"U—Haul"的卡车上搬下来,轰隆隆地拖上楼梯时,却发现门被关上了。天气那么热,还抬着沉重的躺椅,手上火辣辣的,她差一点就发飙。

这时,梨形男钻出楼梯下的地下室,爬上一楼,用那双小小的、灰白的、潮湿的眼睛打量她。他没有上来搭手,也没有向她问好,更没有帮她打开门的意思,只是眨眨眼,露出"紧绷的、湿漉漉"的微笑,不露出一颗牙齿,接着,他用一种类似指甲在黑板上来回划过的尖厉的声音说:"啊啊啊——就是她了。"然后转身离开。他走路的时候摇摇摆摆,屁股从一边晃到另一边。杰西不禁松开躺椅,躺椅摔下楼梯两步,翻了过去,而她只觉得一阵寒意陡然袭来,尽管这还是炎炎六月天。

她目送梨形男离开,这是他们第一次碰面。

进屋后,杰西把刚才发生的事告诉唐纳德和安吉拉,他们俩都不在意。"哪个女孩一生中不遇到这么个梨形男呢?"安吉拉用城市女孩特有的世故口吻说道,"我敢打赌,说不定哪次约会我见过他。"

唐纳德虽不跟她们一起住,但时常跑来与安吉拉同床过夜,所以看起来比她们更关心这里的环境。"你打算把躺椅放在哪里?"他想知道。

稍后他们喝了点啤酒。瑞克、莫莉,还有希瑟里森一家都跑来串门,庆祝乔迁之喜。每当莫莉走神时,莫克便会唤起她的注意(眨眨眼睛,用肘轻撞)。唐纳德喝多了,躺在沙发上沉沉睡去,希瑟里森一家则争吵起来,最后以乔夫摔门而出和露西的哭泣画下句号。这是一个再平常不过的夜晚,令杰西忘记了梨形男。

但是遗忘的时间并没有持续太长。

第二天早上,安吉拉叫醒唐纳德,他俩一起离开。安吉拉要进城,她在一家大公司担任法律顾问,唐则要去上精神病学的课。杰西是个自由插画家,她在家里工作——在她妈妈、安吉拉、唐纳德及其他所有城里的正派人眼中,这样就是没有工作。"你可以去买点东西吗?"安吉拉临走时问道。两周前她们就把冰箱里的东西吃了个精光,以免搬家时还得拖着大堆食品穿城劳碌,"反正你要在家待一整天嘛!我的意思是,我们真的需要些食物。"

因此,杰西去了桑蒂诺超市。当她推着一大堆杂货穿过货架,拐到转角时,再度遇上梨形男。他正在收银台,数出钱来放在桑蒂诺手里。杰西的第一反应是退回去再四处看看,直到梨形男走了为止,但那样做很愚蠢——她已经买到了所有东西,况且她是个成年女性了,不该神经兮兮的;再怎么说,那是桑蒂诺的店里唯一可用的收银台。下定决心后,她排到他后面。只见桑蒂诺把梨形男的零钱扔进钱罐里,装好他购买的东西:大号塑料瓶装可乐、一袋一磅重的芝士卷。梨形男提起袋子,朝杰西露出那"紧绷而湿漉漉"的微笑。"芝士卷是最好的东西,"他说,"你想来点儿吗?"

"不,谢谢。"杰西礼貌地回应。梨形男拿出一个没有形状的皮包裹,把桑蒂诺的牛皮纸袋装进去,蹒跚地走出商店。

桑蒂诺生得高大,头发灰白稀疏,他一边替杰西算账,一边念念有词:"他这人有点儿怪,不是吗?"他问她。

"他究竟是谁呢?"她问。

桑蒂诺耸肩。"事实上,我不知道,每个人都叫他梨形男。他老在附近出没,每天早上都来店里,买一瓶可乐和一大袋芝士卷。有一回,我们这里没有芝士卷了,就向他推荐芝士片和土豆片,你想,换换口味不成吗?但这些他全不要。"

杰西觉得不可理喻:"除了芝士卷和可乐,他总得买点别的什

梦歌

么吧?"

"要打赌吗,女士?"

"他一定会去其他地方买。"

"附近除了我这里,最近的超市隔了九个街区。糖果店的查理说,梨形男每天下午四点半准时到那边买一杯巧克力冰激凌苏打。据我所知,可乐、芝士和苏打,就是他的全部食物。"他结算完毕,"一共七十九块八毛二,小姐。你才搬来住的?"

"我就住在梨形男楼上。"

"欢迎你。"桑蒂诺说。

那天上午晚些时候,杰西把所有架子摆放整齐,放好杂货,把一间空卧室改装成工作室,再给普瑞提出版社的封面画上随意抹了几笔,然后吃过午饭,洗好碗碟,打开音响,来了点卡利西蒙的音乐,又重新摆放房间里的家具。终于,她承认自己有些坐立不安了。现在正是到周围见见新邻居、介绍自己的好机会。大多数城里人都不做这样的麻烦事了,但在内心里,杰西还是那个小乡村来的孩子,认识周围住的人会让她有安全感。她决定从地下室的梨形男开始。她来到他的地下室门前。却闻到空气里有股奇怪的味道。门铃边上没有写名字。突然间,她开始后悔自己的冲动,于是退回楼上,去拜访楼里其他邻居。

住户们都知道梨形男,其中大多数人出于礼貌,还跟他讲过一两句话。住在一楼走廊另一端的老西迪·温布瑞特待在这里有二十年了,他形容梨形男非常安静;比利·皮波第和他身体残疾的老母亲同住在宽敞的二楼,他们则认为此人很恶心,尤其讨厌他紧绷的微笑;皮特·普密提上晚班,他告诉杰西地下室的灯常开着,无论皮特多晚回家,那里都是亮堂堂的,而且他搞不懂为什么梨形男非得用木板把窗子封上;杰丝和盖米·哈瑞斯不让他们的双胞胎去楼梯上玩耍,以免误入地下室,他们甚至不准孩子们和梨形男说话;杰瑞夫——他在桑蒂诺的店铺旁开着一间只有两个座位的理发店——也和梨形男说过话,而且并不

Dreamsongs

希望他光顾。所有人——每个人——都叫他"梨形男"。他就是那样的人。"可是,他究竟是谁呢?"杰西问。谁也不知道。"他如何谋生呢?"她又问。

"领取福利津贴吧。"老西迪·温布瑞特说,"可怜人儿,他一定是个先天弱智。"

"管他的,"皮特·普密提回答,"肯定没有工作。我敢打赌,他是个同性恋。"

"依我看,他是嗑药的。"理发匠杰瑞夫如是说。

"我敢打赌,他靠写色情小说赚钱。"比利·皮波第猜测。

"他无所事事。"盖米·哈瑞斯道,"杰丝和我讨论过。大概他买了许多东西存放在家里,没错儿。"

当天晚上,晚餐过后,杰西把梨形男的事和住户们的评价原原本本地告诉了安吉拉。"他可能有代理人。"安吉拉道,"你关心这些干什么?"杰西没法回答。"我不知道。他让我起鸡皮疙瘩。我不喜欢楼下住这个怪人。"

安吉拉耸耸肩。"大城市里就是这样。电话公司的人来过没有?"

"可能下周来吧,"杰西说,"大城市里就是这样。"

杰西很快发现自己没法避开梨形男。当她去街道的干洗店时,他就在那里,交一大袋拳击短裤和沾满墨水的短袖衬衫,一边吃喝着从自动贩卖机中买来的可乐和芝士卷。她试图忽视他,但每次转身,他都露出"湿漉漉的"微笑,眼睛死死地盯着她——或是她扔进烘干机的内衣。

当她去街角的糖果店买报纸时,他就坐在那里,吸着一杯冰激凌苏打,板凳包不住他的肥屁股。"这是我自己做的!"他尖声对她说。她皱皱眉头,付了钱赶快离开。

某天晚上,安吉拉去跟唐纳德约会,杰西随便拣了一本旧书,出门坐在楼梯边读了起来。或许是适应了这里的环境,还享受着街上拥来的阵阵凉风,她沉浸在了故事里,直到一阵令人不愉快的气味传来。她抬起头,他就在那里,不足三步远处,盯着她看。"你想干什么?"杰西猛地质问,扣上了书。

"你要到下面去看看我的房间么?"梨形男用那尖厉的声音问道。

"不。"她边说边退回到自己的房间。半小时后,她偷偷往外看,他竟然还站在刚才那个地方!抓着那些没有形状的棕色包裹,盯着她的窗子,无视周围夜幕的降临。他让她很不安。她希望安吉拉赶快回来,然而在这几小时内都不可能。事实上,安吉拉很可能在唐那里过夜。

尽管非常炎热,杰西还是关上窗子,检查好门锁,然后回到工作室里开始工作。绘画能使她忘记梨形男。毕竟,这个周末得完成普瑞提出版社的封面画。

当晚,她完成了背景,并给女主人公的长袍上加上不少精致的细节。完成的时候,她发现男主人公看起来跟女主人公并不配,所以又改了改。他是那种很常见的男子形象。深色头发,活力四射,还有宽阔的下巴。但这回杰西打算做点小小的改动,让他看起来与众不同。某种力量驱使她愉快忘我地工作着,直到听见安吉拉的钥匙插进锁孔的声音。

于是她把画收好,清洗工具,并决定在临睡前喝杯茶。安吉拉站在起居室里,双手藏在背后,眼里带着一丝醉意,咯咯地笑。"什么事那么好笑?"杰西问。

安吉拉继续咯咯地笑。"你一直瞒着我,"她说,"有人追你居然都不告诉我。"

"你在说什么?"

"我回来的时候他就站在楼梯上。"安吉拉咧嘴笑道,一边穿过房间,"他叫我给你这些。"她的手从背后伸出来。肥胖的橘黄色的"虫子",手掌上满是粉末,"给你的,"安吉拉大笑着反复说道,"给你的。"

Dreamsongs

那天夜里,杰西做了一个漫长而恐怖的梦。但当白昼来临时,她只能记起零星的片段:自己站在梨形男的门前,在无边的黑暗中,等待,等待某件事情的发生——某件很糟糕的事,她能想象到的最糟糕的事。缓缓地,噢,缓缓地,门开了,灯光流泻在她脸上。她醒过来,战栗不止。

他可能是个危险人物,第二天早上,杰西一边用米通[①]和早茶,一边如此认定。可能他有犯罪前科,也可能是某种精神病患者。她应该去调查一下。但首先,她必须知道他的名字。总不能打给警察局:"您知道有关梨形男的事吗?"

安吉拉出门上班之后,杰西把一张椅子拖到窗前,坐下来往外看。信件一般在十一点左右送来。邮差会登上楼梯,把信件放进走廊里的公用邮箱,然而梨形男的信件并不在其中。梨形男有另外的邮箱,就在门铃下边,如果她没有记错的话,那是不带锁的。

当邮差离开时,她飞快地跑下楼。没有梨形男的踪迹。他的门就在楼梯下面,她可以看见不远处就要溢出的垃圾箱,闻到那股浓烈、潮湿、香甜的气味。门的上半部原本是窗子,现在却被木板封住。这里如此黑暗,杰西只好盲目地摸索,指关节在砖上敲出轻响。终于,她摸到松垮的金属盖子,打开来,拿出两个薄信封,对着光线分辨上面的名字。两封都写着"给居住者"。

她想把它们塞回去,门突然开了,公寓里的灯光给梨形男镀上了一层白边。他朝她微笑。如此近的距离,她甚至可以看见他鼻子上的毛孔,以及下嘴唇上口水的光泽。他什么都没说。

[①] 一种美国食品,类似中国的米花糖。

"我,"她边说边发抖,"我,我……收了几封你的信。邮差一定是个新手,我、我只是来把它们还给你。"

梨形男伸手探进邮箱。在那一秒钟,他的手轻轻擦过杰西的手。皮肤柔软、潮湿,不同寻常的阴冷,触碰让她整只手臂都起了鸡皮疙瘩。他把两封信从她手里拿走,简单地扫了一眼,便塞进裤兜。"垃圾,"他尖声说,"没人允许他们寄垃圾。他们应该停止。你想看我的东西吗?进来,我有东西给你看。"

"不,"杰西说,"噢,不,不,我不看,对不起。"她飞快地转身,跑上楼梯,回到阳光下,又匆匆地钻进房间。一路上,她都感觉到他眼睛死死地跟着她。

那天余下的时间她都在工作,第二天也一样,没敢朝外看一眼,害怕他还在那里等候。到了周三,画终于完工了。她打算把它带到普瑞提出版社,然后在市区吃个快餐,再买点东西什么的。暂时远离这个公寓,远离梨形男对她会有好处,能让她放松神经。她觉得自己想象力太丰富了。毕竟,他并没有做过什么,只不过是个该死的怪人而已。

安德鲁——普瑞提出版社的艺术总监——见到他像往常一样高兴。"我的杰西,"他拥抱了她,"真希望我所有的画家都跟你一样,从不拖延交稿,从不马虎了事,真正的杰作!快来我的办公室,我们看看它,接着讨论新的委托,再随便聊聊。"他安排秘书代接电话,然后领她穿过编辑们如迷宫般的小隔间。在拐角处,安德鲁有个宽敞的办公室,带着两扇巨大的落地窗,在普瑞提出版社,这是地位的象征。他示意杰西坐下,给她倒了一杯草药茶,然后接过画夹,举到一臂远处,审视。

长时间的沉默。安德鲁拖来一把椅子,把画放在上面,退后了几步从远距离欣赏,一边不停地摸胡子,头转来转去。看见他这样,杰西感到不太对劲。通常情况下,安德鲁都是赞不绝口的。她不喜欢这样的沉默。"怎么了?"她放下茶杯问,"你不喜欢吗?"

"噢。"安德鲁说。他摊开一只手,掌心向下,在空中来回摆动,"画得很不错,这毫无疑问。在技术上,你是专家,细节把握得很好。"

"我研究过所有服饰,统统与时代相符,你是知道的。"

"是的,没错。女主人公十分迷人,跟以前一样,我不会介意亲手撕开她的胸衣。你画的胸部是那么美妙,杰西。"

她站起来。"那,究竟哪里不对劲呢?我为你制作封面已经三年了,安德鲁,从来没出过差错。"

"不错,"他边说边摇头,并朝她笑着,"没有做错什么。然而你将某种元素添加得太多。我知道你的感觉。这些封面都是千篇一律,让人厌烦,一个接一个地画这类热辣的拥吻,你会烦的,你渴望去做实验,尝试些不同的东西。"他伸出手指在她面前晃晃,"但那行不通。我们的读者就是喜欢旧封面、旧垃圾。我理解你的想法,但是并不认同。"

"这幅画没有做实验的意思,"杰西回答,开始变得有些恼怒,"就跟我以前作的几百幅一模一样,究竟什么行不通?"

安德鲁看起来委实有些吃惊。"什么?当然是因为这个男人,"他说,"我认为你是故意的。"他指着画,"我的意思是,看看他吧,他怎能吸引人?"

"什么?"杰西走到画前,"他就是那种我画了一次又一次的精力旺盛的家伙。"

安德鲁皱皱眉。"是吗?"他说,"看,"他一一指出,"这里,领子这一圈,再看看那下嘴唇!画得不错,但仔细看看,怎么说呢,太朦胧,好像是湿的一样。普瑞提的男主人公会强奸,会抢劫,会勾引人,会恐吓人,但不会流口水,亲爱的。可能这只是观察角度不同,但我敢发誓——"他暂停了一下,歪歪脖子,摇着头,"——不,这不是角度的问题,他的头顶明显比下面窄很多。梨头!我们不能让梨头出现在普瑞提的封面上,杰西。脸颊上太多肉了,看起来像藏了些坚果准备过冬。"

安德鲁不住地摇头,"行不通的,亲爱的。看,不是太大的问题,画的其他地方都很不错。带回去修改一下,如何?"

杰西从未这般恐惧地注视着自己的画。安德鲁说的每一句话,指出的每一个地方都千真万确。对,也许不怎么明显,但都是真的。粗看这个男人,跟所有的普瑞提男主人公没什么区别,但有些细微的特征使他与众不同。当你凑近去仔细观察,情况是那么的明显,不可反驳。某种程度上,梨形男潜进了她的画里。"我,"她说,"我,是的,你说得对,我会重新来过……我不知道发生了什么,都是那个跟我同楼的男人害的,一个看起来很恶心的人,大家管他叫梨形男。他让我紧张,我发誓,这画不是故意的,大概我想得太多,不自觉把他带进了作品里。"

"我能理解。"安德鲁说,"好的,没问题,改好了就是了。当然,我们也有期限问题。"

"我周末就会改好,周一交给你。"杰西承诺。

"太好了,"安德鲁说,"到时候我们再谈谈其他工作。"他给她又倒了些花茶,然后随便聊了聊。杰西离开时,感觉好多了。

之后她到自己最喜欢的酒吧里喝了点东西,见了几个朋友,在一家新的日本料理店享用了一顿丰盛的晚餐。等回家时,已经很晚了。没有梨形男的踪迹。她把画夹夹在腋下,找出钥匙,打开大楼的门。

进门时,杰西听见微弱的声响,感觉有些东西被压碎了。一窝橘黄的"虫子"簇拥在褪色的蓝地毯上,被她的脚碾得粉碎。

她又梦到了他。是同样的轮廓、诡异可怕的梦。她淹没在楼梯那片漆黑里,在溢出的垃圾箱旁,在他的门前,等待。她很害怕,不敢敲门,不敢推门,却也无法离开。终于,门自己开了,他站在那里,微笑着。"你想进来么?"他问,最后几个字眼在黑暗里回响——进来吗,进来吗,进来吗,进来吗——然后他伸手抓住她。他的手指爬上她的脸庞,柔软,湿润,好像地上的软虫。

第二天早上,城市房地产公司一开门,就迎来了杰西。接待员告诉她爱德华·西尔伯带客人去看房了,不知什么时候来。"没关系,"她说,"我等。"她坐下来看杂志打发时间,细数自己买不起的房子。

快到十一点的时候,希尔伯回来了,看见她稍感意外,随即换上职业微笑。"杰西,"他说,"见到你真好,有什么能为你效劳的吗?"

"我们谈谈。"她扔下杂志。

他们来到希尔伯的办公桌前。他在这个公司还只是个助理,和另外一个经理人共用办公室,但她刚好出去了,因此房间里只有他们俩。希尔伯舒舒服服地仰头坐到位子上。他长得不错,棕色的鬈发,洁白的牙齿,目光小心翼翼地藏在银色的飞行眼镜后面。"什么问题?"

杰西微微前倾。"梨形男。"她说。

希尔伯扬起一边眉毛。"我知道,那个无害的怪人。"

"你知道多少?比如,最起码,他叫什么名字?"

"问得好,"希尔伯微笑道,"在城市房地产,我们都叫他梨形男。我想我并不知道他的名字。"

"见鬼,你这是什么意思?"杰西问,"你难道要告诉我他的支票上也印着'梨形男'吗?"

希尔伯清清嗓子。"嗯,不。事实上他不用支票。我每个月一号去收房租,敲开他的门,他就会把钱一张一张地数到我手上。那只是笔小账单。我必须承认,杰西,我从来没有进去过,当然也不想进去。那里有股很奇怪的味道,你是知道的吧?但他是个不错的住户,据我们所知,他从不拖欠租金,也从不抱怨房租的增减,当然,也不会给我们跳了票的支票。"他露出一大排牙齿,夸张的笑容让她知道他在开玩笑。

杰西并没被逗乐。"他第一次租房时总会留个名字吧?"

"这我就不清楚了,"希尔伯说,"我接手那幢楼不过六年时间。他在地下室住的时间可比这长多了。"

梦歌

"何不查查他的租约呢?"

希尔伯皱皱眉。"好吧,我想我可以把它们翻出来。但是,说真的,他的名字跟你有什么关系?到底出了什么事?梨形男做了什么?"

杰西站直身子,双手交叉。"他看我。"

"噢,"希尔伯小心翼翼地说,"我,噢,当然,你很漂亮,杰西,也许连我都想约你出来,以私人的名义。"

"那不一样,"她说,"你这样很正常,问题在于他看我的方式。"

"用眼睛剥你的衣服?"希尔伯提示。

杰西不知该如何表达。"不,"她说,"不是那样,不是色眯眯的那种。不是通常的那种。总而言之,我也不知该怎么解释……他老是在周围晃来晃去,问我要不要进他的公寓去。"

"噢,那是他住的地方。"

"他在骚扰我!他潜进了我的画里面。"

这回希尔伯两边眉毛都抬了起来。"潜进了你的画里面?"他的声音里有玩笑的意味。

杰西的心绪越来越乱,所有的一切都不对劲。"好吧,这听起来有点不切实际,但他实在是恶心透顶。嘴唇湿湿的……笑起来的样子,他的眼睛,还有那尖声尖气的声音,那股味道。噢,上帝,你收他的房租,你应该知道的。"

经理人无力地摊开手。"一个人有体味又不犯法,再说,这也没违背租约。"

"昨天夜里,他摸进我们楼里放了一堆芝士卷,刚好被我踩到。"

"芝士卷?"希尔伯的声音里透着讽刺,"天呀,芝士卷!太令人发指了!你通知警察了没有?"

"这一点也不好笑。问题是他在走廊里做什么?"

"他住在地下室,与我们的进出是分开的,他不需要到我们的走廊里来。除了我们六个长住户,其他人不该有钥匙。"

"据我所知的确如此。"希尔伯拿出一个记事本,"好的,无论如何,这毕竟算点事儿。我答应你,换掉大门的锁,不给梨形男钥匙。这样你满意了吗?"

"一点点。"杰西稍微平息了一点。

"但我不能保证他进不去。"希尔伯警告,"你知道的,如果把五分钱硬币插进锁里,或者某位住户拿东西抵住门,方便通风什么的,那么……"

"不用担心,我不会让那样的事情发生。他的名字怎么办?能让我看下租约吗?"

希尔伯叹了口气。"这是在窥视隐私。好吧,我以个人的名义帮个忙,你欠我人情。"他站起身来,穿过房间来到一个黑色的金属文件柜前,打开抽屉,东翻西找,然后取一个装满法律文件的夹子,扔到桌上。

"如何?"杰西耐心地问。

"嗯嗯嗯嗯嗯,"希尔伯说,"这些就是你要的租约。"他打开文件夹,一个一个地查找,"温布瑞特、皮波第、普密提、哈瑞斯、杰瑞夫。"他合上文件夹,看着她,耸耸肩,"没有租约。那只是个很小的公寓,他似乎在那里住了很久了。或许我们没有录入这份租约……又或者他根本就没有……搞不清楚,反正他每个月准时交租。"

"哦,很好,"杰西说,"不打算做些什么吗?"

"我会换锁。"希尔伯说,"除此之外,我不清楚你还要我做什么?我总不能因为他给你芝士卷就把他赶出去吧?"

杰西回家时,梨形男就站在楼梯上,扁扁的包裹揉在胳膊下。看她靠近,他朝她微笑。来啊,她心想,只消动我一根指头,我就告他骚扰,让这颗尖尖的梨形脑袋永远消失。然而梨形男没有伸手抓她。"在楼下,我有东西要给你。"他边说杰西边快步上楼。他保持离她一尺之远。今天他的味道浓烈了不少,那股臭味像腐烂发酵的蔬菜味道,"你想看我的东西吗?"杰西打开门,把他和他的话语重重地甩在身后。

梦歌

别想他,一杯茶过后,她告诉自己,还有工作要做。毕竟,她答应安德鲁周一交稿。她走进工作室,拉上窗帘,准备作画。首先是把与梨形男相关的特征通通删除。她清除了难看的双下巴,让下巴更结实,修改了那双潮湿的嘴唇,加深头发的颜色,让它看上去更加浓密,还在头顶加了不少卷发,让头部看起来不再尖削。她给了他硬朗、高耸的颊骨,甚至让他显得有点憔悴。她更换了眼睛的颜色。为什么要赋予他这双苍白、软弱的眼睛?她把眼睛画成翠绿色——纯净、高高在上的绿,充满了活力。

完成的时候,已是午夜时分。杰西筋疲力尽,但当她退后欣赏自己的作品时,却感到由衷的欣慰。这个男人是真正的普瑞提男人,没有一点梨形男的痕迹。安德鲁这次肯定会满意的。甜蜜的疲倦感席卷了她,杰西带着满意的心情上床睡觉。可能希尔伯是对的,她太敏感,太富于幻想了,居然为梨形男这个怪人而烦恼。工作,辛苦且刻板的工作是消除所有莫名恐惧的完美解药。她肯定今天晚上会睡得很沉,一点梦都不会做。

她错了,睡觉不再安全。她再一次站在他的门前,战栗不止。如此黑暗,如此肮脏。发酵的垃圾箱散发出浓烈的恶臭,阴影里有东西在移动。门开了,梨形男微笑着,抓住她,手指柔软,阴冷,像一窝初生的软虫。她抓紧她的手臂,把她拉进去,拉进去。

第二天早上十点,安吉拉来敲门。"周日早午餐——"她嚷嚷道,"——唐在做华夫饼,还有巧克力曲奇和新鲜草莓,外加熏肉和咖啡。来点儿吗?"

杰西坐起来。"唐?他在哪里?"

"他在这里过的夜。"安吉拉回答。

杰西赶紧从床上爬起来,笼上一条溅满颜料的牛仔裤。"你知道我没法抗拒唐的早午餐。我都不清楚你们回来了。"

"我来工作室看过你,你画得太认真,根本没注意。你常常会有那种认真的表情,知道吗,舌尖伸出嘴角,我想还是别打扰咱们工作中的艺术家了。"她咯咯笑道,"但你怎么没听见床上的动静,我就不清楚了。"

早餐非常美味。有时候杰西不明白安吉拉怎么会看上学精神病学的唐纳德,但吃饭的时候她又觉得能够理解。唐纳德是个极好的厨师,饭后,安吉拉和唐纳德想用咖啡,杰西则要了杯茶。到了十一点,他们听见走廊里传来阵阵噪音。安吉拉跑去察看。"有人在换锁,"她回来后说,"这是为什么呢?"

"是我弄的。"杰西道,"该死,今天是周末,得付加班费。没想到希尔伯的动作这么快。"

安吉拉疑惑地看着她。"你干吗这么做?"

于是杰西把她和房地产经纪人的会面,以及与梨形男的种种遭遇和盘托出。期间,安吉拉禁不住数次笑出声来,而唐纳德则摆出一副渊博的精神病学专家的表情。"说真的,杰,"她说完后,他立刻问道,"你不觉得自己的反应有点过激了吗?"

"不觉得。"杰西粗鲁地回答。

"你太敏感了,"唐纳德道,"现在,请尝试客观地审视自己的行为。那个男人究竟对你做了些什么?"

"没做什么,但我就是要这么想。"杰西猛地打断,"此外,我没征求你的意见。"

"话不能这样说,"唐纳德道,"我们是朋友,不是吗?我不想看见你为了根本不存在的事情而惶惶不安。听起来你似乎因一个无害的邻居患上了恐惧症。"

梦歌

安吉拉笑道:"他只是被迷住了而已,你这偷心的家伙。"

杰西有点生气了。"如果他给你留些芝士卷,你就不会觉得那么好笑了。"她粗暴地说,"有些事情……有些事情不对劲,我感觉得到。"

唐纳德摊开双手。"有些事情不对劲?很明显他很多地方都不对劲。那个男人显然与周围环境格格不入:长得丑,身材又臃肿,极不注意个人穿着与卫生;他有奇怪的饮食习惯,并且不懂得如何跟人打交道;他可能非常寂寞,毫无疑问还很神经质。但这一切不代表他就是杀人犯或强奸犯,不是吗?为什么你会那么在乎他呢?"

"我没有。"

"很明显你在乎。"唐纳德回答。

"她恋爱了。"安吉拉打趣道。

杰西站起来。"我并不在乎他!"她叫喊道,"讨论到此结束!"

※

那天夜里,在梦中,她第一次走了进去。他拉着她,她无法抗拒。里面的灯光太过刺眼,既温暖、噢,又潮湿。空气移动、飘浮,仿佛落入了巨兽的口中。墙壁泛着昏暗的黄,斑驳易碎,奇异的甜味得意地弥漫着整个房间。满地都是散落的空塑料瓶,还有几碗吃剩的芝士卷。梨形男开口道:"你可以看看我的东西,你可以拥有我的东西。"然后宽衣解带。他把短袖衬衫解开,露出死气沉沉的苍白躯体,不带一丝毛发,右乳上洒满蓝色的墨点,那是渗漏的钢笔的杰作。他微笑着,微笑着,解开那根细皮带,褪下棕色的裤子。杰西开始尖叫。

※

周一早上,杰西包装好她的画,然后打电话给快递公司,把画快递给普瑞提出版社。她不打算进城,因为届时安德鲁可能会跟她讨论,而她实在没有谈话的心情。安吉拉一直在刺探梨形男的事,这让她变得暴躁。没有人理解。梨形男身上有些事情让她不安，有些非常严重、非常恐怖的事情。这不是玩笑，他确实是个威胁。无论如何，她必须证实这一点，她必须知道他的名字，找出他隐藏的秘密。

也许可以雇佣侦探，然而那费用太高。一定有什么工作她自己能做。她可以试着再去看他的邮箱——最好等煤气和电费的账单来的那天。他的公寓里有灯，所以电力公司一定知道他的名字。唯一麻烦的是电费账单还得等好几周。

思前想后，杰西忽然发现起居室的窗户大大开着，连窗帘都被拉到一边。一定是安吉拉上班前干的，杰西犹豫片刻，然后向窗户走去，关好，上锁；走到另一扇前，关好，上锁。这让她觉得安全。此外，她告诉自己别往外看，别往外看会好受些。

她怎么可能不往外看？她朝外看去。他就在那里，在她下面的人行道上，抬头仰望。"你可以看看我的东西，"他用那尖厉的声音说，"当我看见你，我就知道你想要我的东西。你会喜欢它们的，我们一起吃点东西。"他伸进鼓鼓的口袋，拿出一条芝士卷，举向她，举向她，嘴角无声无息地上扬。

"滚开，否则我叫警察了！"杰西咆哮道。

"我有东西要给你，到我的房间来，你便可以拥有它们。它们在我的口袋里，我把它们给你。"

"不！我不要！滚开，我警告你，离我远远的！"她朝后退去，拉好所有的窗帘。之后，房间显得更为阴郁，但总比梨形男的监视好得多。杰西打开一盏灯，拿出一本旧书阅读。她不停地翻页，意识到自己没法看进去，于是狠狠地合上书本，走进厨房，用一整块全麦土司做了一个金枪鱼沙拉三明治。她想再加点什么，但不确定加什么好，所以切了四分之一的腌荠萝，整齐地码在盘子上，再从橱柜里找来一点土豆片，倒了杯鲜牛奶，坐下享用。

杰西咬了口三明治，扮个鬼脸，推开盘子。味道好奇怪。好像蛋黄酱坏了还是怎的。腌汁发酸,土豆片好似泡过水,软绵绵的,而且太咸。总之,她不想要土豆片。她想要另外的东西……小小的、橘黄色的芝士卷——她脑海里浮现出它们的样子,仿佛尝到了它们的味道,嘴里一片潮湿。当她发现自己在想什么,几乎当即作呕。她慌忙站起来,把午餐统统倒进了垃圾箱。她必须离开这里。她的思绪一片混乱,她应该去看部电影,忘记梨形男,几个小时都好;或者去找个单身酒吧,随便找个人过夜,在他那里过夜。离这里远远的。离梨形男远远的。这一定会奏效,离开公寓一个晚上,一个晚上就好。她来到窗台前,拉开窗帘,向外探视。

梨形男微笑着,走来走去,把没有形状的包裹夹在腋下。他的口袋鼓鼓的。杰西感觉浑身上下都有小虫在爬。他真恶心,她想,但我不会成为他的俘虏。

她收拾好东西,在手袋里放了一把牛排刀,昂首走出楼房。"你想看看我的包裹里有什么吗?"她一出现,梨形男就问。杰西决定忽视他。如果根本不予理会,假装没这个人,也许他会觉得无聊,然后不再打扰。所以她快步走下楼梯,穿过街道,梨形男一路紧紧跟随。"他们把我们包围了。"他低语。她闻到他的味道,他就在身后几英尺处匆忙追赶,脚板发出"噗噗"的声响:"他们把我们包围了。他们嘲笑我,他们不明白,但他们都想要我的东西。我可以证明给你看。我把它放在我的房间里,我知道你想看看。"

杰西继续忽视他。他一路跟她来到巴士站。

❁

电影无聊透顶,把本来就没吃午饭的杰西饿坏了。她在糖果柜台要了杯可乐和一桶爆米花。可乐里四分之三都是碎冰,但口味还不错,只是爆米花全然不能下咽。那劣质黄油淡淡的腐臭味让她不由得想起了梨形男,吃了两颗就觉得恶心至极。

之后,她的运气还不错,他名叫杰克,自称是当地电视新闻频道的主持新秀。他有张可爱的脸:随和的微笑,克拉克·盖博的耳朵,漂亮的灰眼睛里闪烁着友善的光芒。他请她喝了杯酒,趁机摸了摸她的手,但手法有点笨拙,似乎对这样的场面还带着点害羞。杰西喜欢这样。一起喝了点东西之后,他建议到他那里吃晚饭。他承认自己家里有点简陋,冰箱上还有刮痕,但他会做巨无霸三明治,还有一套原创的超级立体声。这些都很对她胃口。

他的公寓位于市中心一幢摩天楼的二十三层,从窗户可以看见帆船在地平线上逆风航行。杰克一边做三明治,一边放了一张琳达·罗丝坦迪的唱片。杰西观赏着帆船,终于开始放松。"我有啤酒和冰茶,"杰克在厨房里问,"你要什么?"

"可乐。"她心不在焉地回答。

"没有可乐。"他重复,"啤酒或者冰茶。"

"哦,"她莫名地感到不悦,"那就冰茶吧。"

"好的。黑麦还是小麦呢?"

"我无所谓。"她说。那些船真的很美。哪天她可以把它们画下来。还可以画画杰克。他的身体一定非常健美。

"完工。"他端着碟子从厨房里出来,"你饿了吧?"

"饿坏了。"杰西边说边离开窗户,来到忙着摆桌子的杰克身旁。

她愣住了。

"怎么了?"杰克问。他正举着一个白瓷盘,盘底是新鲜的熟黑麦面包,上面摆着一个巨大的瑞士干酪火腿三明治,厚厚地涂了一层芥末,一堆鼓鼓的橘黄芝士卷紧挨在旁边,填满了空余。它们似乎穿过三明治,慢慢地向她袭来,袭来。"杰西?"杰克说。

她哽咽了,含糊不清地哭喊起来,发疯似的掀翻盘子。杰克没有抓稳,火腿、瑞士干酪、面包和芝士卷四散溅开。一个芝士卷黏在杰西的裤腿上。她转身逃出公寓。

梦歌

那天夜里,杰西独自在旅馆不得安眠。即使在这里,远离公寓几英尺的这里,她仍旧无法逃脱梦魇。梦一如从前,只是每一夜都变得更长,每一夜都走得更远。她就站在楼梯上,等待,恐惧。门开了,在他的引领下,她走了进去。橘黄色的蠕虫,呼吸中肆意泛滥的恶臭,梨形男潮湿的微笑,"你可以看看我的东西,"他说,"你可以拥有我的东西。"然后他宽衣解带,首先是衬衫,皮肤如此苍白,躯体毫无生气,累赘的胸部洒有蓝色的墨点。他的皮带,他的裤子,一一坠下,裤袋里所有的垃圾四处洒落。他的身体的确是梨形。并非因为穿着的原因。当他褪去了唯一的拳击短裤,她不能自制地向那儿看去。没有毛发,小小的,像软虫一样,像黄色的芝士卷,微微晃动。梨形男低语道:"现在我想要你的东西,把它们给我,让我看看你的东西。"为什么她无法逃走?脚完全不能移动,但手可以,她的手,慢慢探向自己的衣裳……

她被沉重的敲门声吵醒,旅馆服务员听到了尖叫。

她算准时间回家,这时候梨形男应该还在桑蒂诺超市。房子里没人,安吉拉上班去了,却又把起居室的窗子大开着。杰西关上它们,锁好,再拉起窗帘。运气够好的话,梨形男绝不知道她已经回来了。

外面颇为闷热。一天中最热的时段就要来临。杰西感觉身上又黏又脏,于是脱去衣服,扔到卧室的柳条筐里,好好享受了一个冷水澡。冰冷的水淋在身上,略微有些刺痛,但这种刺激也很清爽,让她感到干净而振奋。她擦干头发,用一根长长的毛绒浴巾把自己包裹起来,回到卧室,在光滑的木地板上留下湿漉漉的脚印。

天这么热,穿件三角背心和短裤就够了。她已经想好要干些什么。首先穿起衣服,在工作室里完成一些工作,之后读点书,或者看点肥皂剧,再或者做点别的什么。反正不出门,甚至不会看外面一眼。如果梨形男还在守候,那他一定会度过一个漫长、炎热而且无聊的下午。

杰西摆好短裤和白背心,把湿浴巾搭在床柱上,然后去梳妆台找干净内裤。应该尽快处理掉堆起来的脏衣服,她一边心不在焉地拿出粉红色的比基尼内裤,一边想。

一块芝士卷掉下来。

杰西不由得向后退,全身发抖,所有思绪都狂野地冲上脑海……它在她的贴身衣服里,粉末在布料上留下清晰的黄色污点。芝士卷在装内衣的抽屉里。她感到一阵无可名状的恐怖,于是把比基尼内裤狠狠地捏成一团,尽全力扔出去,然后抓起另外一条。另外一块芝士卷掉出来。再试一条,又掉一块。又一块。又一块。她发出歇斯底里的尖叫,但手还在继续翻找。五条,六条,九条,内裤只有这么多……很明显,有人打开她的抽屉,拿出了每条裤子,包好芝士卷小心地放回去。

这是个可怕的玩笑,她心想。安吉拉,一定是安吉拉干的,她和唐纳德一起干的。他们觉得梨形男这件事太过滑稽,于是想看她的笑话。

不,她心里一清二楚,不会是安吉拉。

杰西无法抑制地哭泣。她把所有内裤卷起,扔到地上,然后逃离房间。芝士卷被她的脚踩碎后陷入地毯。她冲回起居室,却不知还能躲到哪里。她不能回卧室,不可以,至少不是现在,至少得等安吉拉回来;她也不能去窗边,尽管窗帘是拉上的,但他就在外面,杰西可以感觉到他的目光。她突然意识到自己光着身子,便连忙用手遮住,绕过窗户,跌跌撞撞地摸进工作室。

一个方形包裹靠在门边,上面有安吉拉的纸条。"杰西,昨天晚上给你的包裹。"下面是安吉拉签的一个大大的 A。杰西盯着包裹,疑惑不解。是从普瑞提出版社寄来的。是她的画,她卖力重做的封面。安德鲁为什么送还回来呢?

她不想知道,但不得不知道。

杰西把棕色的包装撕成长条,画面露了出来。安德鲁在画垫上留了言,她认识他的笔迹。"这一点都不好玩,孩子。"他潦草地写着,"算了吧。"

"不。"杰西呜咽着后退。

这是她的画面,她熟悉的背景,一如既往的拥吻,反复重演的画面,但不……这不是她画的,有人换了她的画,这不是她的作品。画中的女人正是她,她,她,苗条而又健康,金黄色的头发,绿眼睛里闪烁着喜欢,而他把她拥入怀中,拥抱她。潮湿的嘴唇和苍白的皮肤,蓝色墨点洒在带褶皱花边的衬衫胸前,头皮屑沾满天鹅绒外套。他的头很尖,头发油腻,指尖都是黄色的污点,微笑紧绷绷的,把她搂在怀里。她嘴唇轻启,双眼微闭。这幅画千真万确是他和她,在一角,还有她的签名。

"不!"她再次尖叫,不由得后退,被画架绊倒在地。她蜷缩成一团,就那么躺在地上啜泣不止,直到几小时后被安吉拉发现。

安吉拉把她放到躺椅上,为她的太阳穴做了冷敷。唐纳德则站在起居室和工作室之间,皱眉打量着杰西,再看看那幅画,然后又看杰西。安吉拉捏着杰西的手,说了些抚慰的话,再递上暖茶,令她的歇斯底里一点点地平息,等杰西终于停止了哭泣,他严肃地说:"你太过火了。"

"别这样,"安吉拉道,"她被吓坏了。"

"我知道,"唐纳德回答,"所以我们才该做点什么。她自己对自己做了这些事情,亲爱的。"

杰西的热茶还没端到嘴边,听见这话,顿时停住。"我自己对自己做的?"她难以置信地重复。

"是的。"唐纳德承认。

他语气中的肯定使杰西突然暴跳如雷。"你这狗娘养的家伙,愚蠢无知!没有情义!"她怒吼,"我自己对自己做了这些事情!我自己做的,我做的?你怎么敢说是我做的?"她对准他的胖脸,把茶杯从房间里扔出去。唐纳德俯下身子,杯子摔了个粉碎,略微泛黄的墙上立刻划出三道长长的棕色伤口。"继续呀,发泄出所有的愤怒,"他鼓励,"我知道你很生气,等你冷静下来,我们再来理性地分析这件事情,找到问题的根源。"

安吉拉过来拉她的手,但杰西挣脱开,站起来,捏紧拳头。"去看,你这混蛋,自己到我的卧室去看,告诉我你看见了什么!"

"好吧。"唐纳德道。他穿过卧室的门,消失了一会儿,然后又重新出现。"我看到了。"他耐心地说。

"如何?"杰西问。

唐纳德耸耸肩。"乱七八糟,"他道,"地板上扔满内裤,还有许多压碎的芝士卷。你认为这意味着什么?"

"意味着他闯进来过!"杰西说。

"梨形男?"唐纳德打趣反问。

"当然是梨形男!"杰西叫喊,"他趁我们不在时潜进这里,潜进我的卧室,搜出我所有的东西,并把芝士卷放到我的内衣里!他进来过!他动过我的东西!"

唐纳德脸上挂着一副既耐心又带着同情的学究面孔。"杰西,亲爱的,我希望你重新考虑下刚才说的话。"

"没有什么好考虑的!"

"当然有,"他说,"我们把所有的一切串联在一起考虑。你认为梨形男来过这里,对不对?"

"对。"

"为什么?"

"为了……为了做他想做的事情。太恶心了,他太恶心了!"

"嗯嗯嗯,"唐说,"但是,他该怎么做呢?锁已经换过。你记得吧?他甚至没办法进到走廊。此外,他从来没有这个房间的钥匙,这里也无任何暴力入侵的痕迹。他怎么带着他的芝士卷进来呢?"

杰西不为所动。"安吉拉把起居室的窗户都打开了。"她说。

梦歌

安吉拉像被击中一样。"我打开了,"她承认,"噢,杰西,亲爱的,对不起。太热了。我只想透透气,不是故意的……"

"人行道那边根本碰不到这么高的窗户,"唐纳德指出,"需要梯子或者其他东西来垫脚,而他无法在光天化日之下那么做,别忘了,街上可是车水马龙,人来人往。此外,他又是怎么离开的呢?瞧,玻璃没有弄坏的痕迹,而他看起来可不太灵活健壮。"

"他做的,"杰西坚持,"他进来过,难道不是吗?"

"我知道你那么认为,我没有否认你的感觉,而是在帮你探究。梨形男被请进来过吗?"

"当然没有!"杰西回答,"你到底想说什么?"

"没什么,简①。好好考虑一下吧,他从窗子爬进来,还带着那些用来藏在你抽屉里的芝士卷。好的,他怎么知道哪间房间是你的呢?"

杰西皱皱眉头。"他……我不知道……我猜他搜了个遍。"

"然后找到了线索?瞧,你们这里有三间卧室,一间工作室,其中两个房间装满了女人的衣服。他是如何找到正确房间的呢?"

"可能他都放了。"

"安吉拉,请你检查一下自己的房间好吗?"唐纳德请求。

安吉拉迟疑地站起来。"好吧,"她说,"好。"杰西和唐纳德四目对视,直到安吉拉一分多钟后回来。"没有任何问题。"她说。

"我不知道他怎么晓得那间该死的房间就是我的房间。"杰西说,"反正他就是知道。一定是那样。否则你怎么解释发生的这一切,啊?你真认为是我做的?"

唐纳德耸耸肩。"我不知道。"他冷静地说,扭头瞄向工作室,"有趣的是,那幅画里,有你也有他。他一定在某个时间修改你的画,在你完成之后、寄给普瑞提出版社之前。我得说,他画得很不错,几乎和你

---

① 杰西的昵称。

一个水准。"

杰西已经尽量不去想那幅画。她张嘴想回敬几句,却什么也说不出来,只好闭上嘴巴,让泪水在眼眶里打转。疲惫、困惑和孤独突然间纷纷涌上心头。安吉拉走到唐纳德身边,两人并肩看着她。

杰西绝望地望着自己的手:"我该怎么办?上帝呀,我该怎么办?"

上帝没有回答她,回答她的是唐纳德。"只需要做一件事,"他轻快地说,"直面自己的恐惧,并予以驱除。下去跟他聊聊,了解他,等回来的时候,你会可怜他、歧视他,或者讨厌他,但绝不会再害怕他。他只是个普通人,而且属于特别可怜的类型。"

"你确定吗,唐?"安吉拉问他。

"完全确定。直面自己的困惑吧,杰西,那将是获得解脱的唯一方法。到地下室去拜访那位梨形男。"

"没什么可怕的。"安吉拉向他保证。

"你们说得倒容易。"

"瞧,简,从你进去的那一刻开始,唐和我就在楼梯等待。我们会注意所有动静,你只要发出一点点微弱的叫喊,我们就会立即冲进来。你不是一个人,绝不是。你包里不是还有把刀吗,对不对?"

杰西点点头。

"来吧,还记得上次那个想抢你肩包的家伙吗?你好好教训了他。如果梨形男对你有任何不利,你来得及反应。刺他一刀,赶快逃跑,并叫我们帮忙。他完全伤害不了你。"

"希望你是对的,"杰西轻叹一口气。他们是对的,她心里明白,那些恐惧都没有意义,他不过是个肮脏、污秽、丑陋的男人而已,很可能还智力低下,没有什么是她不能控制的,没有什么是值得她害怕的。她不能为这事发疯,不能被那些可笑的怀疑活生生地占据,必须停止这一切。唐纳德说得完全正确,她一定是自己对自己做了这些事情,现在需要重新掌握自己,并且终止这一切!这样才够理智,没什么好担心的,

梦歌

没什么好害怕的,梨形男能对她做什么?有什么好怕的?没有!没有!

安吉拉轻轻拍了拍她的背部,杰西深吸了一口气,坚定地打开房门,走出去,投入黑夜那湿热的怀抱。每件事情都在掌控之中。

既然如此,为何她还如此恐惧?

夜幕即将降临,但楼梯下,已是彻底的黑夜。楼梯下一直是夜晚。楼梯隔绝了清晨的阳光,房间本身又阻挡了下午的光线。一切是那么黑暗,那么黑暗。她被地板缝隙绊倒,再踢倒了一个金属垃圾箱。杰西战抖着,想象苍蝇和蛆虫在这没有阳光的地方孳生繁衍,移动游离。不,不能想这些,不过是垃圾而已,在温暖、潮湿的黑暗中腐败化脓的垃圾。不要想那些!她来到门前。

她想敲门,但恐惧使她收回了手。她无法动弹。没什么可怕的,她对自己说,根本没什么可怕的。他能对她做什么?但她还是无法敲门。她就那么站在他的门前,手伸在空中,气息在喉咙里打转。太热了,令人窒息的热,她不能呼吸,必须要离开这里,必须要呼吸空气。一丝黄色光线裂开沉闷中的黑暗。不,杰西想,噢,千万不要!

门开了。

为什么它开得如此缓慢?缓慢地,缓慢地,一如她的梦境。为什么它一定会打开?里面的灯光太过刺眼。当门完全打开时,杰西眯着眼看见梨形男微笑着,站在对面。

"我,"杰西开口,"我,嗯,我……"

"她来了。"梨形男用那尖厉的声音说。

"你想从我这里得到什么?"杰西冲口而出。

"我知道她会来,"他说话的口气好像当她并不存在,"我知道她会来要我的东西。"

"不。"杰西说。她想逃避,腿却不能移动。

"你可以进来。"他说,一边伸手探向她的脸庞。他抚摸她,五根肥胖的软虫爬过她的脸颊,滑入她的头发,小手指带着芝士卷的味道,停在她的耳洞里,轻轻地探进去。她没看见另外一只手的动作,直到上臂被牢牢抓住,拉进去,拉进去。他的皮肉潮湿而又阴冷。她呜咽起来。

"进来看看我的东西,"他说,"你知道自己无法抗拒。"不知何故,她来到了里面,门在身后关上。她在这里,和梨形男独处一室。

杰西试图给自己打气。没什么可怕的,她不停对自己说,唱歌也好,祈祷也好,诅咒也好,没什么可怕的,他能对你做什么?他能做什么?

房间呈"L"形,肮脏的天花板低矮而压抑。令人窒息的甜味得意地弥漫。四盏裸露的灯泡在顶上点亮,一面墙上还有一盏粗制滥造、早已没了形状的灯座。另一端墙角有一张只剩三条腿的茶几,破旧的电视机是它的第四只腿。透过那粉碎的显示屏,可以看见里面弯弯曲曲的线路。茶几上摆着一大碗芝士卷,杰西尽量不去看这个,心里泛起阵阵恶心。恐惧中,她不由得后退一步,撞翻了一个空可乐瓶,几乎跌倒。梨形男拉住她,用那柔软、潮湿的手把她扶起来。

她猛地挣脱,退到一边,把手伸进包里,抓住那把刀,这让她感觉安全了不少,有力了不少。她往封闭的窗户边移去,听见唐纳德和安吉拉在外面聊天。他们的声音听起来如此之近——足以令她宽心。她用尽全力振作起来。"你怎能住在这里呢?"她问他,"需要清理一下吗?你病了吗?"逼出这些词句实在太困难。

"病了,"梨形男重复,"他们说我病了?他们在编造谣言,他们一直都在编造关于我的谣言,必须有人去制止他们。"真希望他能停止微笑,那双嘴唇太潮湿⋯⋯他从不曾停止他的微笑,"我知道你会来的。来吧,这给你。"他从口袋里拖出什么东西,举在面前。

"不,"杰西说,"我不饿,真的。"但事实上她饿了,非常饥饿。她发现自己无法控制地看着在他手指上那片蜿蜒的厚厚的黄,突然间想要得到它们。"不。"她再次说,但声音是那么微弱,几乎成了呓语。他把芝士卷送到她唇边。

她的嘴唇微微张开,舌头感觉到粉末状芝士卷粗糙的质感,感觉到那甜蜜的味道,感觉到它轻轻地在嘴里融化,于齿间化为渣。她整个儿吞了下去,舔净下唇上的最后一片橘黄。她还想要。

"我知道就是你,"梨形男说,"现在你的东西是我的了。"杰西盯着他,一切和梦中毫无二致。梨形男伸向他的衬衫,白色塑料纽扣一颗一颗解开,而她一句话都说不出口。他抖落衣服,内衣是黄色的。他剥去内衣,扔到地上,向她走来。小小的深色的舌头从他嘴里窜出来,肥大的手指在皮带上舞蹈。"这些给你。"他说。

杰西握紧刀柄。"快停下。"她压低声音说。

他的裤子落在地上。

她不能再忍受了,够了,够了!她把刀从包里掏出来,举在头顶,"停!"

"啊啊,"梨形男说,"给你。"

她刺中了他。

刀锋深深地插入那柔软、苍白的皮肤,直没到柄,然后她猛地拔出来。皮肤上立即出现一道长而深的伤口。梨形男微笑,是他特有的那种紧绷的微笑。没有流一滴血,一滴都没有。他的肉又厚又白,好像僵尸。

他继续靠近,杰西又给了他一刀。但这次,他抓住了她,挡开她的武器。刀尖插入了他的脖子,随着他的移动额头来回摇晃。煞白的手臂伸了过来,她想推开,却被他一把揽在怀里,好似跌入一块潮湿、腐烂的面包里。"噢,"他呻吟着,"噢,噢,噢。"杰西张嘴尖叫,然而梨形男那沉重、潮湿的嘴唇压在她唇上,吞掉了所有的声音。他暗淡的眼睛吸收了她的目光,舌头飞快地在她嘴里探索,像蛇一样缠住她,触摸、品尝、感觉她的所有。她淹没在那片潮湿的躯体里,淹没在那片柔软的海

Dreamsongs

洋中。

轻轻地一声"咔嗒",门插销滑出锁孔——这声响让她苏醒过来。她睁开眼,费力地坐起来,移动是那么困难,而现在的她是如此沉重,如此疲倦。他们在外面笑着,他们在嘲笑她,虽然这笑声模糊又遥远,但她知道是给她的。

她把手放在大腿上,凝视着它们,眨眨眼睛。五根胖虫子,她动了动指头,一些柔软的黄色东西在指甲下面,污点沾满指尖。

她闭上眼睛,双手在周身游走,感受那笨拙柔软的曲线,和那些陌生的山岭和丘壑。她往下压,肌肉凹陷下去。她虚弱地站起来,衣服散落在地上,她一件一件地披好后走出房间。她的包裹放在门边,她拿起来,夹在腋下,她需要装些东西,是的,这包裹可以装东西。然后她推门冲入温暖的黑暗里,听见上面的声音。"……一直是对的,"一个年轻女人说,"我不敢相信,自己竟然如此愚蠢。他没什么恶意,真的,他只是很可怜而已,唐纳德,我真的不知该怎么感谢你。"

她从楼梯下面钻出来,站在原地。她的脚很痛,支撑不住体重,只好不停地变换重心。安吉拉、唐纳德和一个苗条、美丽、穿着蓝色牛仔裤和工装服的女人,他们停止了交谈,看着他。"回来,"她用又薄又尖的声音说,"把它们还回来,你拿走了它们,你拿走了我的东西。你把它们拿回来。"

女人的笑声像可乐里叮当作响的冰块一般冰冷。

"我认为你已经给杰西带来太多麻烦了。"唐纳德说。

"她拿走了我的东西,"她说,"求求你。"

"我看着她走出来,她没有拿走你任何东西。"唐纳德回答。

"她拿走了我所有的东西。"她说。

唐纳德皱皱眉。那位金发碧眼的女人又笑起来,并挽住他的手臂。

梦歌

"别那么认真,唐,他只是个可怜虫而已。"

他们都在整她,看看他们的表情,她知道了。于是她把她的包裹抓到他的胸前。他们拿走了她的东西,记不清楚具体是些什么,但没有拿她的包裹,里面有他们没带走的东西。她转过身,他觉得很饿。她想吃东西,他还有半袋芝士。她走下去,走下楼梯。

她下楼的时候,梨形男听见他们在议论她。他打开门,进了房间。这里有家的味道。他坐下来,把包裹放在膝上,满满地抓了一把芝士,塞进嘴里,再拿来玻璃杯,用一瓶早上开的,或是昨天开的温暖可乐冲走残渣。这种感觉太美妙,没人知道有多美妙。他们都嘲笑他,但他们不知道,他们不知道他拥有多么令人兴奋的东西。没人知道,一个也没有。直到某天,他遇见某个非同一般的人,某个可以和他分享所有的人,某个可以向他奉上所有的人。是的,他喜欢这样。当他遇见她,他会认出她。

他知道该怎么说。

沈茜 译

一点图夫的滋味

我的职业生涯到处挖坑。

我的星环系列以《第二种孤独》和《星环的多彩火焰》开始,随后我便失去了兴趣,再没写出第三个故事。

《边境事务》本是马介尔飞船和好船棒棒糖冒险的开始,但那些冒险都没有发生,原因很简单——我没写。

我的"尸体操控者"系列倒是扩展到三篇:最初是《没人离开新匹兹堡》,然后是《凌控》和《肉院情人》……呃,再然后就没有了。第四个故事只有约四页的草稿,我的本子里还有该系列其他十多篇小说的点子。我想过继续写下去,把它们一一发表在杂志上,最后结集为《死者唱的歌》。但我连第四个故事都没完成,其他故事根本头都没开。我仍旧出版了小说集《死者唱的歌》(黑色收割出版社,1983年),但里面只有《肉院情人》一个尸体操控者故事。

我在"风港"上坚持得更久,也许是因为跟丽莎·图托合作,这样当我的创造力枯竭时,会有人来踢我一脚(丽莎总有无尽的创造力)。我们起初合写的是短篇,在《类比》主编本·波瓦的鼓励下,才变成中长篇《风港的暴风雨》(进入了雨果奖和星云奖决选,但都失败了……),接着又写了两个中长篇《单翼》和《陨落》。最终,丽莎和我把三篇小说合起来,加上序章和终曲——《风港》由此诞生。它是一部典型的"拼接"型小说,即由以前出版的一系列短篇或中篇小说连接而成的长篇小说。

但《风港》本非"风港"系列的终结,丽莎和我原计划再写两部长篇,再讲述整整两代人的故事,让读者看到马里斯在《风港的暴风雨》中带来的转变如何影响了她的世界。第二本小说叫《彩翼》,它的主人公是《陨落》中出现的小女孩,那时已长大了。

可惜我们从未动笔。多少年来,我们一直在谈论如何写它,但时间总对不上号。我有空时,丽莎忙于自己的小说;她有空时,我却在好莱坞,要不就是编辑百变王牌或写自己的书。我们之间至少隔了1000英里,我向西去(圣塔菲和洛杉矶),她往东走(英格兰和苏格兰),见面机会越来越少。随着我们一天天老去,我们的语言、写作风格和世界观也越来越不同,这使得合作成了难题。我想,合著是年轻人的游戏吧……或者属于真正的老人,那些只想打着自己的招牌捞点钱的人。至于我们的《彩翼》,它就这样被束之高阁了。

我的其他系列也都短命,正如我在自传其他部分提到的。这包括"钢铁天使"系列(一个故事)、"莎拉"系列(一个故事)、"格雷·艾莉丝"系列(一个故事)、"沃和希德"系列(一个故事)和"狼皮交易"系列(一个故事)。以上种种足以让人怀疑我就是要恶意挖坑。

噢,直到图夫出现。

哈维兰·图夫,生态工程师,方舟号的主人,《图夫航行记》的主人公——这本书既可以视为小说集,也可视为拼接型小说。图夫打破了我以前挖坑难填的窘境,让我有信心去做"百变王牌"和"冰与火之歌"。

作为读者,我有自己喜欢的系列主角。在奇幻里,我喜欢摩考克的艾里克、霍华德的所罗门·凯恩和弗里茨·莱伯的法夫纳与灰鼠;在科幻里,我喜欢瑞夫提、多米尼克·法蓝多、里杰·巴里和R.丹尼尔·奥利瓦。但我最最喜欢的还是杰克·万斯笔下的宇宙冒险家和侦探马格努斯·拉多非,以及波尔·安德森创造的足智多谋的肥胖星际巨商尼

Dreamsongs

古拉斯·范·拉金。

作为作者,我一直梦想能拥有属于自己的、长盛不衰的系列。就此,我很早以前就有了一个点子。那还是 1975 年,"生态学"还是个顶顶前卫的词儿。我心想,如果我能写出关于某位生态工程师的系列故事,讲述他如何从一个世界到另一个世界,解决(或在某些时候,制造出)各种生态问题,那将带来无限可能。我可以借这个人去探讨各种有趣的话题……更妙的是,就我所知,还没有人这么干过。

但这家伙到底该是什么样呢?我有了一个超前的概念,还得有一个与之相配的主人公才行,一个读者会喜欢和追随的主人公。怀着这个念头,我开始梳理自己喜欢过的那些主人公:尼古拉斯·范·拉金、柯南、夏洛克·福尔摩斯、莫格利、特拉维斯·麦吉、霍雷肖·霍恩布洛尔、美尼博的艾里克、蝙蝠侠、诺斯维斯·史密斯、弗拉西曼、法夫纳与灰鼠、瑞提夫、苏珊·卡尔文、马格努斯·拉多非。不用说,他们千差万别,我想知道他们有没有什么共同点。

有的。

我有两大发现。第一,他们都有伟大的名字,并且名字和身份完全匹配。这些都是能被记住的名字,有特点的名字。你不会遇见两位霍雷肖·霍恩布洛尔,美尼博的电话簿也装不下四个艾里克,而诺斯维斯·史密斯无须使用中间名来区别于其他的诺斯维斯·史密斯。

第二,他们的性格都很夸张,没有一个是日常生活中所见的平凡人物,决不会默默无闻地融于背景。在自己的领域,他们是顶呱呱的,无论是海战(霍恩布洛尔)、推理(福尔摩斯)、格斗(柯南),乃至懦弱与好色(弗拉西曼),许多人就是那个领域的代表。由此可见,渺小、平凡、真实的角色固然可以存在于小说里……却不能成为系列作品的核心人物。

好吧,我对自己说,我明白了。

哈维兰·图夫由是诞生,他是商人、爱猫人士和素食主义者;他个

梦歌

大、秃头,喝着蘑菇酒扮演上帝;他既挑剔又常故作严肃,待人接物充满怪癖;他有福尔摩斯和拉多非的头脑,有一点尼古拉斯·范·拉金的胆识,有一些赫丘里·波洛和阿尔弗雷德·希区柯克的机智……但没有"我"的成分。在我创作的所有主人公中,图夫是最不像我自己的(除开我也养过一只叫戴克斯的猫,但它可不会心灵感应)。

至于名字?呵呵,"哈维兰"是我指导象棋比赛时在墙上的参赛名单中扫到的。我不太清楚"图夫"打哪儿来的,反正当我把这两个名字拼到一起时,哇噢,就是他了,毫无疑问。

70年代那会儿,我还在忙于把作品在尽可能多的媒体上发表,以求拓宽读者群。我想证明自己的故事能卖给任何人,而不只是几位相熟的编辑。我觉得,在新媒体上卖出一篇故事就能赢得一批新读者,而这批新读者很可能会倒回来寻找我其他的故事,形成良性循环。

基于这种理论,我把哈维兰·图夫的第一个故事卖给一部英国精装小说选集《仙女座》,它由皮特·韦斯顿编辑。也许《诺恩的野兽》的确为我赢得了大批英国读者,我说不清,但不幸的是,我的美国老读者基本上直等到三年后圣马丁出版社在美国出版《仙女座》才读到我的故事。而那时,我已发表了第二个图夫故事《叫他摩西》——这回,我把小说卖给本·波瓦,从此图夫成了《类比》上的明星。本和他的继承人斯坦利·施密特每次只扫一眼新收到的图夫故事,就二话不说地买下来。

当然,我写的图夫故事也不是很多。图夫很有趣,但他并非我的煎锅里唯一一条鱼。70年代末我还在克拉克大学任教,写作时间非常有限,况且我还有其他许多想讲述的故事。当我终于在1979年底搬到圣塔菲,立志要当全职作家时,心思已转移到长篇小说了。《热夜之梦》占据了我1981年的大部分写作时间,《末日狂歌》排满了1982年,《一片黑白红》夺去了1984年(1983年是我的不幸岁月,还是不谈为妙)。若非贝琪·米切尔,图夫系列完全有可能在第三或第四个故事时戛然而止。

贝琪·米切尔原本在斯坦·施密特麾下担任《类比》的助理编辑，1984年她跳槽到巴恩书社当编辑。不久后，她打电话给我，问我有没有兴趣出一本哈维兰·图夫冒险故事的合集。这对我来说是一个走回正轨的好机会。我可以多写几个图夫故事，把连载权卖给斯坦·施密特的《类比》，然后结集卖给贝琪，赚到的钱用来支撑房贷。

于是我写了《灾星》，讲述图夫如何成为方舟号主人，这之后又连写了三篇，终于具备了成书规模。1986年2月，巴恩书社以长篇小说形式出版了《图夫航行记》，很多人以此为我的第五部长篇……我自己却把它当成小说集（在我心目中，《一片黑白红》永远是我的第五部长篇小说，虽然它残缺不全）。

要完整了解我的职业生涯，你不能不尝一点图夫的滋味，所以我在这里收录了两篇图夫故事。想看更多的话，你可以去买我的《图夫航行记》。

《诺恩的野兽》是最早的图夫故事，写于1975年，发表于1976年。当我在1985年为贝琪整理《图夫航行记》时，哈维兰·图夫在这十年中已有了变化，性格特征更为突出，而《诺恩的野兽》里的图夫和其他故事里的图夫不再合拍了。因此我改写和扩展了这个故事，使那个原版的图夫和他进化后的样子相吻合。《图夫航行记》里收录的乃是修改过的《诺恩的野兽》，而我觉得在这本回顾集里，应该收录原版的《诺恩的野兽》——这个版本就是1976年《仙女座》上的版本。

《守护者》呈现的是更成熟的图夫，首次发表在1981年10月《类比》上。它是最受读者欢迎的图夫故事，获得了《轨迹》杂志当年的最佳中篇小说奖及雨果奖提名，却在最后的投票中名列第二，输给罗杰·泽拉兹尼那篇伟大的《独角兽的棋路》（罗杰是我的好伙伴，某日，我们开车前往阿尔伯克基参加作者聚餐时，我开玩笑地把《独角兽的棋路》的点子说给他听。罗杰为表敬意，把小说主人公命名为马丁……却二

梦歌

话不说地夺走了我的雨果奖!)。

当时本计划要写第二本图夫,《图夫航行记》卖得不错,贝琪·米切尔催我写续集,不管小说集还是真正的长篇都行。我动心了。我的本子里至今还有十多个图夫故事的点子。我们郑重地签下合同,新书甚至在《轨迹》上做了正式预告,名曰《图夫乘以二》——不过如果它演变成长篇的话,我打算更名为《图夫降落记》。

"如果"……因为我从未动笔。我响应好莱坞的召唤去了洛杉矶,《图夫乘以二》需要我辛苦一年才能获得的收入,只相当于我在那边两星期赚的钱。经历了《末日狂歌》的商业惨败和《一片黑白红》的拒稿,我太需要钱了。

于是当出版时限来临,我交出一份白卷。我对贝琪提议找一位合作者,让其根据我的提纲写作。我非常看重合同,愿尽一切可能补偿巴恩书社……可惜,找枪手代笔不是个好主意。贝琪·米切尔是这么认为的,她也说服了我,为此我感激不尽。她是对的,别人写的图夫就不成其为图夫了,我如果这样做,就是在欺骗巴恩书社、欺骗读者,也是欺骗我自己。协商结果是取消了《图夫乘以二》的合同,同时巴恩书社得以再版我的一些旧作,皆大欢喜——除了图夫的粉丝。

没错,图夫的粉丝还真不少。之后十几年,我每年都会收到一些信件,敦促我抛下"百变王牌",抛下某个电视剧,甚至抛下那部厚重的史诗奇幻,去写一些哈维兰·图夫的故事。

对于他们,我只能说:"也许某天,在你意想不到的时候……"

注:《诺恩的野兽》《守护者》均收录于重庆出版社即将出版的《图夫航行记》中。

屈畅 赵琳 译

好莱坞的塞壬歌声

我读七年级时,最爱的电视剧是《阴阳魔界》,我做梦都想不到将来能成为它的编剧。

但首先,我必须说清楚两个《阴阳魔界》的区别,我必须大声说清楚,因为每每我提及自己参与过《阴阳魔界》,很多人就会问:"噢,我爱死那部电视剧了,跟罗德·斯特林合作是什么感觉呢?"(这帮人总是下意识地多加一个"T",把"赛林"读成"斯特林")

我喜欢原版《阴阳魔界》,但很遗憾,我没机会跟罗德·斯特林合作,别提罗德·赛林了。不过,我确实与菲尔·德古雷、吉姆·克洛克、阿兰·本内特、罗克尼·S.班农、迈克尔·卡苏特及其他很多顶级演员和导演合作过1985年—1987年间那部短暂而值得惋惜的《阴阳魔界》——姑且称之为"阴阳二代"(后来《阴阳魔界》又有两次复兴,阴阳三代和阴阳四代,礼貌起见,在此我不多提)。

是《末日狂歌》把我送去了《阴阳魔界》,它于1983年由波塞冬出版社出版,本该是我作家生涯的里程碑,是我成为畅销作家的开始。我为它自豪,我的经纪人和编辑也极其看好它,波塞冬出版社为买下它支付了超高额的预付金,而我立刻用那笔钱买了一栋大房子。

《末日狂歌》收获了无数好评,它进入了世界奇幻奖决选,只输给约翰·M.福特那本超棒的《巨龙等待》。但它就是不受大众待见。它

梦歌

拥有超级畅销书的一切素质,除了一点——没人买它。它不但没在《热夜之梦》的成功上更上一层楼,反而大大退步,精装书的销售已经够惨淡了,平装本则基本卖不出。到1985年,这场灾难的后遗症彻底显现出来,当科比试图卖出我未完工的第五部长篇小说《一片黑白红》时,无论波塞冬出版社还是其他出版社都拒绝考虑。

《末日狂歌》关上了我的作家之门,却为我打开了另一扇窗。它虽销量不佳,却培养出一批热心粉丝,其中包括菲尔·德古雷,当时的热门电视剧《西蒙与西蒙》的创造者与制片人。德古雷是摇滚乐的发烧友,尤其热衷于"感恩而死"[①]乐队。我们共同的经纪人马文·莫斯把我的书拿给他看过后,他便有意将其拍成电影,还买下改编权。菲尔打算自编自导这部片子,并在影片中呈现感恩而死乐队盛大的音乐会。

我之前也卖过其他作品的电影改编权,但一般而言只是草草签下合同,拿钱走人。菲尔·德古雷跟别人不同,合同墨迹未干,便请我飞赴洛杉矶,包下旅馆房间多日,跟我整天讨论书和书的改编。他写了许多稿剧本,但最终未能说服任何电影工作室参与投资,因此电影也没拍成。但在这过程中,我和他熟络了起来……于是1985年菲尔要在CBS电视台上复兴《阴阳魔界》时,他打电话给我,问我有没有兴趣写剧本。

你们也许想不到,我一开始并未接受。怎么说呢,我当然喜欢看电视,但我从未写过也从未想过要写与之相关的东西,我对写剧本可谓一窍不通,甚至连一份电影或电视剧本也没看过。再说就我所知,作家为好莱坞写作颇为恐怖,我读过哈兰·艾里森的《玻璃乳头》,我甚至读过其续作《另一个玻璃乳头》,我知道那边有多疯狂。

但另一方面,我喜欢并尊敬菲尔·德古雷,他的剧组吸纳了阿兰·本内特——另一位我尊敬的作家——连哈兰·艾里森本人也被拉上船担任编剧和顾问。因此,我有理由相信阴阳二代会与众不同。而且说

[①] 于1964年组建的美国乐队,是"迷幻摇滚"开创者之一。

实话,我需要钱。我正在疯狂地写作哈维兰·图夫的故事,以完成《图夫航行记》来偿还房贷,同时《一片黑白红》始终没卖出去,我的作家生涯似乎走到了尽头……我还在犹豫时,菲尔打电话给我的帕里斯,承诺让我们进入每一场感恩而死乐队表演的后台,这成了压弯骆驼脊梁的最后一根稻草。

紧接着,他把剧本大纲和一大堆剧本草稿寄给我,我则回复他一大堆撕下或复印的书页,那是我认为可以成为优秀《阴阳魔界》剧本的故事。由于我从未写过剧本,我认为保险的做法是从改编别人的故事开始,而非直接踏入原创领域,这样可以把注意力集中在把控结构上,无须操心情节、角色和对话。改编固然没有原创赚钱多,但贪多嚼不烂,先站稳脚跟再说。

德古雷相当欣赏我传回去的故事,其中六七篇最终上了阴阳二代,有的由我改编,有的由其他人。我的处女作是一个叫《纳基勒斯》的圣诞恐怖故事,原作者库尔特·克拉克,我在特里·卡尔编辑的一本不为人知的小说集里发现的。

《纳基勒斯》是那种令你想敲破脑袋,叫嚷着追问"为什么我就想不到这个点子?"的故事。

正如每位神灵都有对手与劲敌,纳基勒斯是圣诞老人的反面。在圣诞夜,圣诞老人坐着雪橇环游世界,滑进烟囱把礼物留给好孩子;纳基勒斯则在伸手不见五指的地道里奔驰,坐在由一群盲眼白山羊牵引的有轨电车上,他会钻出壁炉,用大大的黑口袋装走坏孩子。

菲尔看中了它,这让我很高兴。在我看来,如果忠实地把它搬上银屏,将是一集完美的《阴阳魔界》。我更饶有兴味地想,那个被遗忘的小作家库尔特·克拉克收到这笔版权金该有多惊喜,我设想他在北达科他或鸟不生蛋的乔治亚某个社区大学里教英文写作。

可我错了。"库尔特·克拉克"乃是畅销作家唐纳德·E. 韦斯特莱克的笔名,此公不但创造过精彩的多特蒙德尔系列,还写了其他上百

梦歌

本推理和犯罪小说，其中大概有一半有过影视改编。另有一桩我也错了，等版权协议和我的编剧合同都签署后，《阴阳魔界》的头脑们却声明不愿照搬韦斯特莱克的故事。他们喜欢这个"圣诞老人的反面"的点子，但也仅此而已，他们告诉我原作中滥用家暴的前足球明星邀请纳基勒斯来恐吓自己的妻儿与其他孩子们、讲述故事的妹夫等等这些元素都得推翻重来。在我创作剧本之前，我得先想一个全新的纳基勒斯故事，并写下来通过审查。

（所谓改编比较容易到头来是这么回事。）

我用了六七种套路来完成这个故事，头一两回我落笔写了出来，后来是在电话里跟哈兰·艾里森打报告。他统统不喜欢。一个月后，我遇到瓶颈，再也想不出新点子，最终顽固地认定最好的办法就是保持韦斯特莱克写作的原样。哈兰跟我一样倍感挫折，而我觉得菲尔·德古雷就要失去耐心了。

哈兰有个提议。当时另一集剧本也出了问题，一个叫《永恒之王》的原创故事，讲述猫王的扮演者时空穿越遇见了猫王本人。一位叫布莱斯·马里塔诺的自由作家为此写了很多稿剧本，但德古雷和他的团队始终觉得缺少力度，哈兰认为，《末日狂歌》证明我在摇滚方面是个熟手，何不做个交换？《纳基勒斯》由哈兰亲自操刀，我来加工马里塔诺的稿子。菲尔认为值得一试，我们就交换了……结果是，我跟哈兰从此踏上了不同的命途。

《纳基勒斯》的结局跟纳基勒斯本人一样恐怖。哈兰·艾里森的故事得到了更多认同，他的剧本极为工整，顺利地被开了绿灯。《纳基勒斯》这一集邀请到艾德·阿斯纳领衔主演，哈兰自任导演。他在韦斯特莱克的故事里加入了一个新转折，没想到却招来有线网检查员的注意。这集电视剧在前期制作进行中被有线网的道德法律部门紧急叫停（那些可怕的细节都记在哈兰的选集《滑移》里，米夫林出版公司1998年出版，里面收录了韦斯特莱克的原作和哈兰的电视剧本，好奇的朋友可以参考)。菲尔和哈兰联合提出抗议,但CBS的检查员寸步不让,于是《纳基勒斯》被取消,哈兰离开了剧组。

与此同时,我却待在圣塔菲家中研究剧本,远离这场风暴一千英里。猫王彻底取代了纳基勒斯。我写下自己的《永恒之王》,获得通过后,据此改编出剧本。这是我有生以来完成的第一个剧本,所以花了超长的时间。我战战兢兢地把它交给《阴阳魔界》剧组,并对自己说:如果菲尔不满意,我就不干了。

他相当满意,尽管不是直接采用(我很快明白,在好莱坞没人会采用你的第一稿剧本……),但足以让我加入剧组——在《纳基勒斯》被取消、哈兰离开后,剧组有些人手不够。于是乎突然间,我在光与影之地降落,来到了思想和潮流的前沿,这是一个最让人畏惧又最令人兴奋的地方:加利福尼亚的电影城。

我加入剧组时第一季已快结束,我的头衔是"写手"(头衔里有个"写"字,你就知道职位有多低)。我的第一份合同只有六星期,而连这六星期能不能待满都还是个问题。阴阳二代高开低走,在赢得开门红之后一路下滑,没人知道CBS电视台会不会续约第二季。我的写手生涯从反复改写《永恒之王》开始,接着开始撰写新剧本,改编了罗杰·泽拉兹尼的《卡美洛的最后一个卫士》和菲利斯·爱森斯坦的《失物招领》。在这短短六周里,我和德古雷、克洛克、本内特、班农一起讨论故事、读剧本、提建议、做笔记、参与高峰会议,并观察剧本如何被拍摄出来……我学到的比我在圣塔菲宅六年能学的还多。直到这一季的最后,我才有一个剧本投入制作,那就是《卡美洛的最后一个卫士》。

选角、规划预算、筹备会、与导演沟通,所有这一切对当时的我来说都是新鲜事。我的剧本太长也太贵——这被证明是我的电影和电视剧本的最大特征,我所有的剧本都被证明是太长也太贵了——改编罗杰·泽拉兹尼的故事时,我一直跟他保持联系,说明我做了哪些改动,以免他在电视上看到自己的故事时太过惊讶。拍到中间,执行制片人哈维·弗兰德一脸疲惫地找到我。"你可以留下马,"他告诉我,"也可以留下巨石阵。但你不能同时留下马和巨石阵。"这可为难,我把问题丢给罗杰决定。"巨石阵。"他立刻回答。就这样吧。

巨石阵建在我的办公室后的摄影棚里,材料是木头跟塑料,蒙上彩绘帆布。如果真的有马上场,巨石阵一定会像风中树叶一样瑟瑟发抖,好在没有马,我们的石阵圆满过关。可是替身演员又出了状况。导演想在高潮部分比剑时露出兰斯洛特爵士的脸,也就是要移掉理查·凯利头盔的面甲——以及他的替身的面甲。一切看似天衣无缝,直到某人在比剑时慌张失手,削掉了替身演员的鼻子。"不是整个鼻子啦,"哈维·弗兰德跟我解释,"只是鼻子尖。"

《卡美洛的最后一个卫士》于 1986 年 4 月 11 日上映,是阴阳二代第一季的收官作之一。播出后,我们收拾行李,我回了圣塔菲,完全不知道电视剧的前途命运。我相信我短暂的编剧生涯到此为止了。

但有线电视网在五月公布秋季节目单时,CBS 电视台并未抛弃《阴阳魔界》。我的职位从写手上升到剧本编审,我飞回了电影城。为了这个预算缩减的第二季,许多新作家和制片人加入了剧组,其中特别值得一提的是迈克尔·卡苏特——他在食物链中取代我做了最底层的写手。卡苏特的办公室与我的相邻,他矮小、机智,风趣、辛辣而又智慧,简直就是好莱坞百科全书。他教我如何霸占好办公室(早点来上班,直接占领),还和我一起教菲尔·德古雷的鹦鹉念"蠢点子",我们心想这准能逗得高峰会议哄堂大笑。

阴阳二代第二季对我来说是个伟大的开始。我为第一季写了而没被采用的两份剧本《失物招领》和《永恒之王》被直接投入制作——后者还成了开季之作。作为剧本编审,我的责任更重,我要改写更多剧本,在高峰会议的发言权也随之增强。我写了两个新剧本,《卡利班的玩具》还是改编,改编自特里·马特兹的小说,而这部《梦歌》里收录的《未曾涉足的路》,是我为《阴阳魔界》写的第一份(也是唯一一份)原创剧本，其灵感来源于几年前我看的一部越战小说集，但一直没能把它写出来。

对于《阴阳魔界》这样由单独故事组成的电视剧来说，故事是最大的明星。我们无须操心每周的巨额工资，无须伺候常规演员，也没有连续的故事线。而且这样一来，我们有机会吸引到通常不参加电视连续剧的电影导演和电影明星。我的《未曾涉足的路》非常幸运，这个剧本被发给韦斯·克雷文，他非常喜欢，答应执导此片。

在美国，我们一般把电视节目分为一小时（多为剧情片）和半小时（多为情景喜剧）两种。当然，无论一小时还是半小时都是虚数，因为商业广告会吃掉大量时间。80年代中期，所谓"一小时"剧情片的实际长度是46分钟左右，"半小时"情景喜剧则是23分钟。

你可以想见，按剧本拍出来的毛片几乎不可能那么精确，基本上都会比这个时间长，从几秒钟到几分钟不等。但这不成问题，片子一出来，剪辑师会和导演及制片人一起在剪辑室里开动剪刀，直到它们成为46分钟或23分钟的片子。

罗德·赛林的原版《阴阳魔界》基本上是半小时节目，这也是该剧粉丝习惯的时长。原版只有一季扩展到"一小时"，但观众对此并不感冒，因为这和该剧习惯的时间不一致。但无论一小时还是半小时，赛林的《阴阳魔界》一集只讲一个故事。

阴阳二代是一小时节目，却借用了赛林的另一部剧集《夜间画廊》而非原版《阴阳魔界》的结构，即每小时节目由长度不等、互不连接的二三个故事组成。要想精确地将46分钟切割为两个23分钟几乎是不可能的，于是某星期，可能是30分钟的故事搭配16分钟的故事；下一星期，可能成为21分钟的故事搭配25分钟的故事；再下一星期，或许是18分钟、15分钟和13分钟的三个故事组合。每个故事时间长短并不要紧，只要它们剪辑组合起来是46分钟就行。

《未曾涉足的路》太长（也太贵），但大家公认它有一个很强的剧本,还有韦斯·克雷文这样一位专攻恐怖片的名导。韦斯交出毛片时,它是整个阴阳二代最长的片子之一,实际上是一部强悍的小电影。大家讨论决定,只在导演剪辑的基础上做少许调整,依靠削减与之搭配的故事的时间来满足 46 分钟的要求。

最终,《未曾涉足的路》被定格在 36 分钟,它和一个 10 分钟的……好吧,说实话,我记不得当时搭配的是什么了。《未曾涉足的路》被剪辑好、调好色、配乐、加特效,再灌好开场白和结束语。迈克尔·卡苏特和我的其他朋友纷纷来办公室祝贺我,人们认为韦斯·克雷文和克利夫·德杨都有机会获得艾美奖。片子被送到有线网,准备播出。

CBS 电视台突然叫停了《阴阳魔界》。

这并不让人惊讶。我们在第一季末的收视率已然较低,第二季继续下滑。电视台没有直接枪毙我们的节目已经算走运了。是的,他们没有直接枪毙,而是把节目撤下来,要求"整改"。

剧组里阴霾笼罩,大家坐在办公室,等待老板的另一只靴子踩下来。结果很快出来了,我们可以继续上路,但……节目被改为了半小时。CBS 电视台认为,原版《阴阳魔界》的伟大成功要归功于它是半小时节目,我们没道理违背这个习惯。还有,从现在起,一集里不准再出现两三个故事,一集必须是一个故事,一个故事必须是 23 分钟。至于那些已经准备播出的节目,统统打回去重编成半小时节目。

《未曾涉足的路》于 1986 年 12 月 18 日播出,但它已不再是我为之深感自豪的剧集,只是一个被截肢、被阉割过的东西,整整 13 分钟剧情被挖去,这超过了原作三分之一的时长,导致片子节奏如同过山车,而大量的角色感情戏被抛弃掉了。

如果你在电视上看过《未曾涉足的路》,那一定是阉割版。13 分钟的原版从未公映,而今据我所知也只留下两份拷贝,一份应该在韦斯·克雷文那里,一份在我这里。如果可以,我真想放给你们瞧瞧,可惜我不能,所以我只能让你们读一读我的剧本。

但公平地说，有线网的决定也无可厚非。《阴阳魔界》正走向死亡，CBS电视台必须做点什么，半小时节目毕竟值得一试。事后看来，如果阴阳二代从一开始就定位为半小时节目，也许命运会更好。我不能否认别人的努力，我遗憾的只是他们没再多等一个星期，好歹让《未曾涉足的路》得以公映。

遗憾的是，即便改成半小时节目，收视率也没有明显回升，CBS终于在第二季播出到一半时干掉了我们。不久后，阴阳三代自我们的灰烬中诞生，他们制作了三十集廉价的半小时节目，加上我们剩下的一些剧集，凑起来播出。这套新班子继承了我们没有拍摄的剧本，并拍摄了其中一些（其中值得注意的譬如阿兰·本内特完美的改编《冰冷的等式》），但除此以外阴阳三代与我们剧组、与我本人，都没有关系。

尽管收视率没能达到预期，《阴阳魔界》仍是一部独特的剧集，它在我和很多人的心目中是完美的。当它被取消后，我的第一个念头又是要告别好莱坞，但好莱坞不肯放手。阴阳二代尸骨未寒，《超级麦克斯》剧组就招揽了我。几个月后，我的某个阴阳二代剧本流入罗恩·科斯洛之手，他是一部被称为《侠胆雄狮》的全新都市奇幻剧的创造者和执行制片人，该剧即将于1987年秋放映。我不确定自己还想参加另一部电视剧，然而我的经纪人寄给我科斯洛《侠胆雄狮》的先行集，它写作质量之高、演员表演之精湛和拍摄之成功，都让我震撼不已。

1987年6月，我加入《侠胆雄狮》剧组，一干就是三年，从执行剧情顾问一路上升到主管制片人。这是一部风格和《阴阳魔界》迥异的剧集，但与我合作的是同样优秀的演员、编剧和导演。这部剧最终两次入围艾美奖最佳剧情片。在这部剧里，我一共亲自操刀编剧并监制了15集（编者按：总计56集），还未署名地改写了大约20集，从挑选演员到预算规划再到后期制作，我样样参与，并从中学到了无数窍门。当《侠胆雄狮》早夭时，我已然羽翼丰满，展望起创造自己的电视剧，在好莱坞有所作为。

梦歌

让我们把时间拨快到 1991 年夏天,我回到圣塔菲家中(我虽然在好莱坞工作了十年,但从未搬家去洛杉矶,每次手头项目一完工,就会马上溜回新墨西哥和帕里斯身边)。《侠胆雄狮》结束后,我为一部医疗电视剧写了先行集,又为一部低成本科幻电影写了剧本(当然,按我写的剧本拍摄就不能算是低成本了)。这两个项目最终都无疾而终,同时我又没有得到其他机会,所以有时间坐下来写写新小说。这本《阿瓦隆》是科幻小说,是我对旧有的科幻未来史设定的回归。我起初写得很顺手,直到某天一个场景突然窜入我脑海:一个男孩去看一个男人被斩首。我知道它不属于《阿瓦隆》,但我也知道我必须把它写出来。所以我抛下《阿瓦隆》,写了这个最终将成为《权力的游戏》的故事。

这个奇幻故事写到一百页左右时,我那位可爱的、精力充沛的好莱坞经纪人约迪·莱文替我打开了 NBC 电视台、ABC 电视台和福克斯电视台的大门,三方都愿意听取我的计划(有线电视网中只有上映过《阴阳魔界》和《侠胆雄狮》两部剧的 CBS 电视台对我不感兴趣,原因你们可以自己猜)。先前我嘱咐约迪,我的狼人中长篇小说《狼皮交易》完全可以扩展为系列剧,我要她向有线电视网推销的也是这个。现在她有了突破,我便把《权力的游戏》和《阿瓦隆》扔进同一个抽屉,匆忙飞回洛杉矶,准备向各电视台兜售一位热辣的年轻女侦探和一位患气管炎的忧郁狼人的对手戏。

和有线电视网打交道,你决不能吊死在一棵树上,所以我在飞机上想了几个备用点子。飞过凤凰城时,《赖伦铎尔哀歌》的开头闪现在我脑海:曾有一位女郎,她行遍许多世界……

等我下飞机,这句话已演变成一个平行世界电视剧的概念,我叫它《大门》(后来改名《门》,以防与吉姆·莫里森的乐队和奥利佛·斯通的电影撞车)。最终打动 ABC 电视台、NBC 电视台和福克斯电视台的也都是《门》,并非《狼皮交易》。我飞回家时觉得福克斯电视台最有诚意,但最先提出合作方案的却是 ABC 电视台。我几天后就写出了先行集大纲。

《门》占据了我此后两年的人生。我把整个项目搬到哥伦比亚电影电视去制作，并邀请《阴阳魔界》时的同事吉姆·克洛克一起担任执行制作人。1991年剩下的时间我都在反复写作和改写先行集，最终剧本诞生前，我写了很多故事点子和纲要。最让人头痛的是要决定汤姆和凯特在先行集中遭遇的平行世界。经过与吉姆·克洛克及哥伦比亚电影公司和ABC电视台的执行官的反复讨论，我选择了"冰雪世界"，一个核战后被冰封在永冬之中的严酷地球。我的剧本初稿和以前一样，太长也太贵，但克洛克觉得还不错，哥伦比亚方面也表示认同。

ABC电视台也认可我的剧本……但只有前半部分。很不幸，有线电视台的人对于汤姆与凯特穿过"门"遭遇的第一个世界改变了想法。他们现在认为，一个严冬的世界过于暗淡严酷，作为系列剧中的一集是可以的，但先行集还是明亮一些为好。

这意味着我必须撕去剧本的后半部分、重新开始。我咬咬牙接受了挑战，那段时间，我时常工作到半夜，周末也不休息，终于交出了新剧本。我没让汤姆和凯特去冰雪世界，我送他们去了另一条时间线，在那条时间线上地球的石油多年前被一种发明来清除石油泄漏的生物病毒给吞噬殆尽。不用说，这会带来一场非常巨大的……哦，噢……但人类文明最终恢复到了相当的程度，而那个地球也比冰雪世界明亮得多。

1992年1月，ABC电视台开了绿灯，允许我们拍摄90分钟的先行集。为抵销过于昂贵的预算（我的剧本总是太长也太贵），哥伦比亚电影决定为欧洲电视台推出两小时的先行集版本。我邀请奥斯卡金奖导演彼得·韦纳执导先行集，前期制作顺利开张。选角之路十分艰辛，事实上耽误了拍摄（这件事引发的严重后果最终将显现出来），但我们找到了合适的演员。乔治·纽伯恩是完美的汤姆，罗伯特·克耐普是出彩的撒恩，而柯特伍德·史密斯扮演的不同时间线的崔格是如此出色，我们肯定会在系列剧里反复使用他。至于凯特的人选，我们飞越大西

梦歌

洋,来到巴黎,最后相中一位年轻漂亮的布列塔尼舞台演员安娜·李葛奈,她真是太出色了。我至今仍然认为,如果《门》能成为系列剧,安娜一定能成长为巨星,因为无论当时还是现在,美国的电视节目中都没有她那样气质的人才。在主演之外,我们还邀请到大批好手客串,例如霍伊特·阿克斯顿扮演贾克,提莎·帕特曼扮演塞茜。我们终于开机拍摄。

那年夏天,我们把毛片交给 ABC 电视台时,反响热烈,电视台立刻订购了其他六集剧本,我们的电视剧预定在 1993 年季中替换播出。新的六集中我亲自写了一集,再雇来一批优秀作家完成其余的写作。1992 年剩余的时间和 1993 年最初的几个月,我们反复改写,审查预算,为电视剧闪亮登场做好了准备。

一切就到此为止。

ABC 电视台取消了这部电视剧,原因到现在我也不明白,以下是我的猜想:很可能是时间不合适。等我最终找到我们的汤姆与凯特,已然错过 1992 年秋的拍摄期,我们被预定在 1993 年秋播出,但 ABC 电视台做出最终决定前经历了人事动荡,两位监督《门》先行集的执行官先后离开了电视网。此外,在冰雪世界上妥协也许是个错误,冰雪世界放在先行集后半部分的视觉冲击力和感情冲击力,是无油世界不能比的。如果我们呈现在试映观众和审议组面前的是更严酷的世界,他们也许更能理解这个系列蕴藏的潜力。

再或是我完全料想不到的原因,现在没人说得清了。ABC 电视台取消这部电视剧后,哥伦比亚电影把先行集播给 NBC 电视台、CBS 电视台和福克斯电视台看,但要一家电视台接收另一家电视台的项目,这太罕见了。海因莱因说得好:只有他们撒过尿的汤,他们才会喜欢。

《门》就此死亡,我伤心了一阵,最终决定继续上路。

但我没有忘记它。十年过去了,每想到它可能的前途,我心里就隐隐作痛。能把这份剧本放在回顾集里出版,我非常高兴。没有哪位作

Dreamsongs

家愿意看到自己的孩子被埋葬在无墓碑的墓坑里。

至于收录哪个版本的剧本，我挣扎了很长时间。后期版本更精致，但我最终决定采用初稿，那个有冰雪世界的版本。为欧洲电视台剪辑的两小时版本的《门》在美国以外以录像带的形式广泛流传，而美国观众在1992年于佛罗里达的奥兰多举行的世界幻想大会MagiCon上欣赏过粗糙剪辑的90分钟试映片。但直到现在，还没有人造访过冰雪世界。对一个平行世界剧集而言，呈现一个平行剧本不是最合适的纪念方式吗？

《门》将永远成为我职业生涯中最大的可能性。我写过其他先行集——《黑丛》《生存者》和《星港》——但《门》是唯一一部脱离了剧本阶段，唯一一部实际拍摄过，唯一一部差点挤入有线网黄金时段的剧，只差那么说不清道不明的一点点距离。如果它能按时上映，谁知道结果如何？也许才两集就匆匆叫停，也许十年之内长盛不衰。也许我两个月之后就被踢出局，也许直到今天仍在好莱坞拍戏。我唯一能确定的，是我将远比现在有钱。

但那样一来，我将永不可能完成《权力的游戏》或写作"冰与火之歌"的其他部分。

也许最终是皆大欢喜。

屈畅　赵琳　译

梦歌

阴阳魔界——未曾涉足的路

淡入

内景——客厅——夜晚

杰夫·麦克道尔和他的妻子丹妮丝是一对年近四十的迷人夫妇，他们正一起蜷缩在沙发上，看电视。她昏昏欲睡，但心满意足，而他全神贯注看着屏幕。电视机的亮光在他们的脸庞上跳动。周围家具很普通，不算昂贵也不特别时髦，但相当舒适。房间里有个壁炉，壁炉两侧的书架上放满了杂志和许多折过角、读过多次的平装书。

画外音：我们能听到原版《怪形》中的对白："如果它能读心该怎么办？""那它读我心的时候，肯定会很生气。"杰夫笑了。在他们身后，我们看到他们五岁大的女儿梅格安走进了房间。

梅格安：
爸爸，我害怕。

Dreamsongs

梅格安走到沙发前,丹妮丝坐起身来。女孩爬到了杰夫的膝盖上。

杰夫:
只是个太空胡萝卜而已。
蔬菜没什么可怕的。
(停顿,笑。)
不过你来这儿做什么?
现在你不是应该睡了吗?

梅格安:
我房间里有个人。

丹妮丝和杰夫交换了一个眼神。杰夫按下暂停键。

丹妮丝:
宝贝,你只是做了个噩梦。

梅格安:
(固执地)
不是噩梦!我看到他了,妈咪。

杰夫:
(对丹妮丝)
我猜,这回轮到我了。

杰夫抱起女儿,走向楼梯。

杰夫：

（愉快地安抚）

噢，我们得去看看是谁吓到了我女儿,对不对？

（对旁边的丹妮丝说）

如果他能读心,那他读我的心的时候,肯定会很生气。

剪接至

内景——梅格安的卧室

杰夫推开门。这是个典型的五岁孩子的凌乱房间。洋娃娃、玩具、一张小床。一只大大的毛绒玩具侧身倒下,占据了房间一角。唯一的光源是一盏卡通人物造型的小夜灯。

梅格安指了指。

梅格安：

他就在那儿。他在看我,爸爸。

杰夫的视角

他顺着梅格安手指的方向看过去。窗下的影子看上去确实像个坐在椅子中望着他们的男人。

转回到场景

杰夫打开吊灯开关,椅子里那个男人突然只剩下一堆衣服。

杰夫：

Dreamsongs

瞧。什么也没有,梅格安。

梅格安:
那儿真的有人,爸爸。他吓坏我了。

杰夫揉了揉女儿的头发。

杰夫:
只是个噩梦而已,梅格安。你是大女孩了,不会害怕小小的噩梦,对吗?

他抱起她走向床边,把她放到床上。梅格安看起来很不安——她很肯定自己不想独自留在房间里。

杰夫:
你能保守秘密吗?

梅格安郑重地点点头。

杰夫:
(神秘地)
我小时候做过很多噩梦,还见过不少怪物。

梅格安:
(睁大了眼睛)
怪物?

梦歌

杰夫：
壁橱里、床底下，无处不在。后来我爸爸告诉我一个秘密，从那以后我就什么也不怕了。
（贴近她的耳边低语）
如果你藏到毯子下，怪物就没法抓到你了！

梅格安：
真的吗？

杰夫：
（严肃肯定地）
这是规矩。就连怪物也必须遵守规矩。

梅格安拉起毯子钻了进去，咯咯笑着。

杰夫：
这才是我的好女儿。
（掀起毯子搔了搔她）
但藏到毯子下，爸爸也能找到你。

他们嬉闹了一会儿。然后杰夫亲吻了她，为她盖好毯子。

杰夫：
现在，可以睡了吧？

梅格安点点头，用毯子盖住自己。杰夫笑着朝门口走去，在门前，他停下脚步，在关灯以前回望了一眼。

Dreamsongs

杰夫的视角

房间、床、毯子下梅格安的小小身形、散落一地的玩具。他关上了吊灯开关。

跳跃剪接至
内景——越南的一间小屋——夜晚

一切都似曾相识，一切又都如此怪诞。茅草墙壁和屋顶，泥巴地面，物件的布置以怪异的方式呼应着梅格安的房间。窗外不远处有火堆（而不是街灯）照亮了场景。梅格安房间的一个角落放着毛绒玩具，而这间小屋对应的角落瘫倒着一具躯体。梅格安房间里的每一件玩具、每一块积木以及其他陈设，在这里都有对应的物件：坛子和罐子、一个布娃娃、一把枪等等。床是稻草铺的，毯子破破烂烂，但下面仍有个孩子的躯体。只是毛毯上的深色污渍正在缓缓洇染开来。我们听到杰夫震惊的喘息声。越南小屋的镜头应当非常短暂，不给观众仔细体会的时间。随后杰夫再次打开了灯。

跳跃剪接至
梅格安的房间

一如既往。一切都很正常。

杰夫特写

他茫然、困惑地瞪大眼睛看了片刻，随后摇了摇头。

梦歌

转回场景

杰夫再次关掉灯。这一次什么也没发生。他轻轻关上门,我们跟着他下了楼。

客厅

丹妮丝埋头看着诉讼案情摘要,鼻子上架着大号眼镜。她抬头望着杰夫,从他的表情里看出了什么,于是放下手中文件。

丹妮丝:
发生了什么事?你脸色不太好。

杰夫:
(仍颤抖不已)
没什么……我还以为……噢,太荒谬了。真是有其父必有其女,我猜……
(勉强笑出声来)
那个"人"只是放在椅子上的一堆衣服。

丹妮丝:
她继承了你的想象力。

杰夫:
真不知是怎么做到的。

丹妮丝：
不管怎样,她还好吧?

杰夫坐下来,拿起电视遥控器,继续播放电影,接下来正好是"不断仰望天空"的对白。

杰夫：
当然。

剪接至
梅格安的房间

在夜灯的柔和光芒中,女孩蜷缩在毯子里。我们听到她轻柔平稳的呼吸声。镜头缓慢转动,轮椅碾过硬木地板的微弱声音响起。

梅格安特写

一道阴影笼罩在她身上。她并未醒来,乃至一只男人的手从镜头外伸来,抓住毛毯一角,缓慢而不祥地将它拖走,她也没有醒来。

淡出

淡入
内景——教室——第二天

大学阶梯教室。二十几个学生看着前方,做着笔记,而杰夫在教室前踱着步子,一边讲课,一边随意地抛接一截粉笔。黑板上写着"创作

《纽约日报》——赫斯特①"以及"《纽约世界报》——普利策"。

杰夫：
——当雷明顿抱怨自己无法找到战争的时候，据说赫斯特回电报给他："你来提供照片，我来'布置'战争。"如今看来，这则逸事恐怕是伪造的，但八卦报刊在煽动战争狂热方面确实起到了不容置疑的作用。

一名深色头发、看起来像是运动员的学生愠怒地打断了杰夫的讲课。

运动员：
至少他们站在我们这边。

杰夫沉默，坐在讲桌边缘看着他。

杰夫：
你要发表看法吗，穆勒？

运动员：
（指黑板）
那些人，至少他们支持我们的小伙子。真正的八卦报刊记者只会指责我们在越南所做的一切。

杰夫：
（讽刺地）

---

① 19世纪的报业巨头，是《纽约日报》的创办人，煽动了1898年的美西战争。

我猜,并非每场战争都像赫斯特的枪战片那样有票房。

运动员:
没错,至少我们打赢了那场战争。我们原本也能赢得越南那一场。

杰夫:
我可不会这么肯定,穆勒。你应该多花点时间在课本上,少看点兰博电影。

班里爆发出一阵大笑,那个运动员却一脸愤怒。没等杰夫继续说下去,下课铃声响了起来。学生们纷纷站起,收拾书本和文具。

杰夫:
记住,下周要教的是《美国新闻史》第十二章。

他放下粉笔,开始将讲稿整理到公文包里,学生们陆续走出教室。运动员逗留了一会儿,直到教室里只剩下他和杰夫两个人。他走到讲桌前。他的体格比杰夫高大,杰夫合上公文包,抬头看着他。

运动员:
越战时你在哪儿,麦克道尔先生?

两人对视良久,视线交锋。是杰夫先转开视线,他答话时避开了对方的眼睛。

杰夫:
(生硬地)

我在学校。但这与你无关。

他从对方身边挤过,脚步比平常稍快了些,而那运动员目送他离开。

剪接至
外景——日托中心停车场——白天

丹妮丝与梅格安从日托中心走出来,穿过停车场走向她的沃尔沃。下班回家的丹妮丝穿着时髦合体的套装,提着公文包。她打开车锁,我们能听到轮椅的声音传来。

镜头越过退伍军人的肩膀,对准丹妮丝

在前景中,我们看到一个男人的肩膀和后脑。丹妮丝将车倒了出来,直冲镜头。

镜头对准车子

车子开过时,我们短暂地瞥见有个坐在轮椅里的无腿男人(退伍军人)目送车子离去。他长发,大胡子,裤子卷到大腿中部,穿一件走形的草绿色夹克,没有佩戴徽章。我们没法看清他的脸。

梅格安特写

她朝车窗外看去,看到了那名退伍军人,她一直望着他,直到车子转弯。

Dreamsongs

时间剪接至
外景——麦克道尔家——傍晚

丹妮丝将沃尔沃停在车道边，停在杰夫那辆外形朴素的达特桑后面。这栋房子是两层式的郊区带院子的住宅；屋子宽敞又体面，邻居也很和善，但算不上太大或太豪华。只是那种中产阶级的舒适住宅。

剪接至
内景——厨房

丹妮丝和梅格安走进门，看到杰夫正在拌色拉。角落里摆着一台小电视机，杰夫正用眼角余光看着新闻节目。新闻播报员正在朗读关于萨尔瓦多共和国的新闻。他手边放着一瓶开启的酒和一个半满的玻璃杯。杰夫在她们进门时转过身来。

杰夫：
烤牛肉、烤马铃薯、凉拌色拉和酒，
（亲吻梅格安）
为你准备的是牛奶，
（对丹妮丝说）
听起来如何？

丹妮丝：
宛如天堂，
（对梅格安说）
去洗手洗脸，宝贝。

梅格安跑上楼去。

丹妮丝：
发生什么事了？

杰夫：
什么事？你为什么会觉得发生了什么事？

丹妮丝同情地朝他笑一笑，拿起酒瓶，若有所思地摇晃着。

丹妮丝：
线索，福尔摩斯。你上一次喝酒是你的车子在学校停车场被人撞坏的那天。这一次是因为什么？

杰夫一副不打算承认的表情，但他随即耸耸肩。她太了解他了。

杰夫：
今天上午的课上，有个学生问我，越战期间我在哪里，
（停顿，苦笑）
我告诉他，我当时在学校。

丹妮丝：
你确实在学校。我记得很清楚。当时我也在，记得吗？

杰夫：
我没有提起那是加拿大的学校。

Dreamsongs

丹妮丝：
反正这跟他没关系。

杰夫：
我也这么说。我只觉得……
（停顿，犹豫）
我说不清。大概是内疚，就好像我做错了什么。很蠢，是吧？

他打开烤箱，用一把长长的叉子戳了戳烤肉。

杰夫：
好吧，没什么大不了。已经是过去的事了。

剪接至
内景——饭厅

丹妮丝正在盛色拉，杰夫把烤肉装在大浅盘里端了出来。梅格安还没有露面。丹妮丝上楼去催她。

丹妮丝：
梅格安！下楼来，宝贝，晚饭准备好了。

停顿片刻，随后楼上响起关门声，梅格安走了下来。丹妮丝拉起她的手，皱起了眉。

丹妮丝：

梅格安,你没洗手。

梅格安:
那人在楼上,妈咪。他跟我说话了。

丹妮丝:
(安抚地)
亲爱的。来吧,我们去洗手吃晚饭。

镜头随着她们上楼,再进入盥洗室。丹妮丝跪下来,用面巾擦着梅格安小脸上的污迹。

丹妮丝:
宝贝,扮家家没什么不好的,但你不该将忘记事情的原因推给别人。

梅格安:
我没在扮家家,妈咪。

丹妮丝:
瞧,这样好多了。

她放下面巾,望着梅格安在镜中的面孔,笑了。镜头紧跟丹妮丝的目光,目光在镜子上往上抬。在她们身后,浴室的玻璃门映出走廊上有个坐着轮椅的退伍军人。丹妮丝立刻旋身,在她震惊的反应中,我们——

Dreamsongs

剪接至
饭厅

杰夫拿起一只烤马铃薯,烫得连忙丢进盘子里,这时他听到了画外音里丹妮丝的尖叫。他如同离弦之箭般跑向楼梯。

镜头对准杰夫

在楼梯上,他几乎和冲下楼的丹妮丝撞了个满怀。

杰夫:
怎么了?

丹妮丝:
(惊魂未定)
他在哪儿?他是不是从你身边过去了?

杰夫:
(困惑不解)
什么?从我身边过去?谁?

丹妮丝:
坐轮椅的那个男人。
(看到杰夫困惑不解,不耐烦地)
他就在那儿,就在镜子里……我是说,他刚才还在走廊里,我在镜子里看到了他,但接着……他肯定是从你身边跑过去了!

杰夫：
(迷惑)
坐轮椅的男人？

他将手放在丹妮丝肩上，试着让她冷静下来。

杰夫：
(继续说道)
亲爱的，如果真有坐着轮椅的男人，我应该能看到。可是见鬼，谁又能坐着轮椅下楼梯呢？

丹妮丝张大嘴巴瞪着狭窄的台阶，她知道杰夫是对的，可她同时也确定自己看到了那个退伍军人。她不知所措。

丹妮丝：
我说过了，他刚才就在那儿。如果他没有下楼——(转过身，担心他还在楼上)

梅格安出现在楼梯顶端，面色平静，毫不畏惧。

梅格安：
他走了，妈咪。

丹妮丝上前紧紧抱住了她。

梅格安：
别害怕，妈咪。他是个好人。

镜头对准杰夫

他紧盯着拥抱在一起的妻子和女儿。

杰夫：
不可能有人离开这栋房子。
见鬼,这究竟是怎么一回事？
(抬头望着楼上)
无论如何,我都会弄个清楚。

杰夫的视角

他走上楼梯,穿过铺着地毯的走廊,逐一打开每扇门,朝每个房间里窥视,但一无所获。盥洗室、衣橱、梅格安的房间、主卧室和主卧浴室,全都空无一人。

镜头转向杰夫

他站在卧室里,表情愤怒而厌恶。他转身返回走廊,才走出几步……就僵在了盥洗室外。他单膝跪下,伸出手。

地毯特写

在厚厚的粗毛地毯上,杰夫的手描绘出一行清晰的轮椅痕迹。

杰夫：

梦歌

这究竟……

跳跃剪接至
泥泞的地面特写

杰夫的手指动作与上个镜头相接,但此时地毯换成了泥土,轮椅痕迹换成了脚印,杰夫的袖子则是军队制服的样式。

外景——丛林小径——白天——杰夫的视角

杰夫抬起头。这儿是越南的一条丛林小径,狭窄,野草丛生,到处都是浓密的植物。一名黑人下级士兵站在不远处:他还是个孩子,不超过十九岁,他的制服脏兮兮的,头上伤口处裹着的粗糙绷带浸透了鲜血。他握着一把M-16步枪。

下级士兵:
嘿伙计,出什么岔子了?

杰夫

他摇摇晃晃地站起来。这里是越南,他穿着迷彩服,肩挎一把M-16步枪。他完全无法相信。他目瞪口呆——对自己、对这些树、对那把枪,还有所有的一切。

下级士兵:
(厌恶而惊恐地)
别吓唬我,太空人。我还指望你帮忙呢,伙计。

Dreamsongs

杰夫连连后退,摇着头。

杰夫:
不。不可能。这绝对——

他的背脊重重地撞在一棵树上,跌跌撞撞。他不知所措。下级士兵走近时,杰夫连忙退开。

杰夫:
离我远点儿!

下级士兵:
(困惑地)
见鬼,究竟怎么了?是我啊,伙计!

他抓住杰夫的肩头,摇晃着他,而杰夫不断挣扎。

下级士兵:
别这样,伙计。是我啊!嘿,太空人,是我。

杰夫特写

下级士兵摇晃着他。

下级士兵
(画外音):

是我啊,伙计。是我,是我,是我,是我……

随着杰夫的尖叫,我们——

跳跃剪接至
内景——走廊

丹妮丝抓住歇斯底里的杰夫的双肩,摇晃着他、大声呼喊着。

丹妮丝:
……是我,杰夫。是我!是我啊!

杰夫突然意识到自己回来了,他挣脱她的手,摇摇晃晃地后退几步,喘息不已。

杰夫:
我……我……我在哪里……上帝啊,我这是怎么了?

丹妮丝:
我听到你在大叫。我赶来时,你正躺在地上。你好像非常害怕我。

杰夫:
那不是你!
(停顿,困惑地)
我是说……我没有……丹妮丝,我刚才……还在这里,突然就……到了越南!

Dreamsongs

(停顿,切换到丹妮丝忧虑的神情)
我知道。这说不通。这一切都说不通。

丹妮丝:
(胆怯地)
或许……我不清楚……或许你出现了某种……记忆闪回?

杰夫:
我怎么可能回想起自己从未去过的地方?

丹妮丝:
杰夫,我好怕。

杰夫将她拥进怀里。

杰夫:
不只是你一个人怕。

叠化至
内景——卧室——当天晚上

他们吃掉了重新热过的晚饭,梅格安已经上床睡去,杰夫仍旧颤抖不止。丹妮丝穿着睡衣坐在床上,枕头靠在床头书架上。杰夫仍穿着开始那一身,倚窗而立,背对着她望向窗外。

杰夫:
(语气沉闷)

我必须离开。

丹妮丝：
离开？说什么疯话，杰夫。

杰夫：
（转身看着她）
疯话？告诉我什么是疯话！有个坐轮椅的男人在我的地毯上留下了痕迹，然后凭空消失，这才是疯话。我前一秒还在梅格安的房间里，下一秒就到了越南的小屋中，这也是疯话。但这些是真的，全都是真的。
（停顿，随后认真地）
丹妮丝，你难道不明白吗？这一切都是因为我。我不知道这是怎么回事，但我是这些事的起因。

丹妮丝：
可你什么也没做——

杰夫：
（突然打断）
什么也没做？我可是记得自己做过一些事。我收到了征兵令，丹妮丝，可我选择逃去加拿大。而现在……
（停顿，困惑地）
……现在我尝到恶果了。或许越南是我的宿命，或许我本该在那里死去。或许那个无腿的幽灵就是代替我去的人，又或许是某个因为我没上战场而死去的人。

Dreamsongs

他再次转身,望着窗外。

丹妮丝:
你说这些只是出于内疚。而且你干吗要内疚呢?你对一场没有正式宣战的肮脏战争说了"不"。你为阻止战争做了努力,见鬼。你很清楚。

杰夫:
我只知道我必须离开。如果我离开,或许你和梅格安都会平安无事。

丹妮丝爬下床,走到窗边,双手环住杰夫,给了他一个拥抱。他没有转身。

丹妮丝:
杰夫,求你了。不管发生什么,我们都可以一起面对。

杰夫特写

神情忧虑,但和缓了不少。他并不是真的想离开。

杰夫:
或许你说得对。

他转身想要亲吻她。

跳跃剪接至

内景——妓院——夜晚

杰夫转过身,却发现自己出现在西贡一间妓院的卧室,一名年轻的越南妓女正双臂环抱着他,等待他的亲吻。涌入玻璃窗的光线鲜红而耀目。杰夫大叫一声,粗鲁地推开了那个妓女。她蹒跚着倒下了。

杰夫:
不、不!别再来了。

他连连后退,当那女人起身时,他疯狂地夺门而出。

剪接至
外景——麦克道尔家——夜晚

杰夫的达特桑轿车发动起来,沿着车道倒出院子,呼啸着沿街驶去。丹妮丝跑出屋子,睡衣拍打着腿,大喊着要他停下。

丹妮丝:
杰夫!杰夫!等等!

轿车在尖利的轮胎摩擦声中绕过转角,丹妮丝呆立原地,颤抖不止,在绝望中颓然坐倒。

时间剪接至
内景——丹妮丝的办公室——第二天

忙碌的法律援助办公室。丹妮丝是一名主要律师,有自己独立的

Dreamsongs

玻璃墙围绕的办公隔间。她正在阅读案情摘要,尽管从她的表情可以看出,她沮丧、不快而又担忧。这时她的通讯线路响了起来,她拿起话筒。

　　丹妮丝:
　　说吧,苏珊。

　　苏珊:
　　(画外音)
　　5号线路,您丈夫来电。

　　丹妮丝:
　　谢谢。
　　(按下电话上的一个按钮,动作急切)
　　杰夫?你去了哪儿?我好担心。

我们听到杰夫的声音从听筒中传出。他的嗓音嘶哑刺耳,听起来紧张而迟疑。

　　杰夫
　　(画外音):
　　丹妮丝?是你吗?

　　丹妮丝:
　　当然是我。你在哪儿?你还好吧?你的声音听起来很奇怪。

　　杰夫

（画外音）：
奇怪？
（停顿）
我……我很好，丹妮。你还好吗？

丹妮丝：
丹妮？高中以后你就没再叫过我"丹妮"。杰夫，出什么事了？

杰夫：
我只是……必须和你见一面，丹妮。就一会儿。我在家里，丹妮。我必须见你。

丹妮丝：
我这就回去。

她听到电话挂断的声音。她站起身，匆匆把东西塞进公文包，径直跑向外部办公室的门，在前台那儿停下脚步。

丹妮丝：
苏珊，我今天下午要回家一趟。让弗雷德帮我代个班。

苏珊：
没问题。希望一切都没事。

丹妮丝严肃地点点头，走出门去。

Dreamsongs

剪接至

内景——丹妮丝的车中

她开车回家时一副忧心忡忡的神情。

剪接至

法律援助办公室

外部办公室。苏珊刚放下电话,便看到杰夫从大门外走进来,面容憔悴,胡子拉碴,穿着前一晚的那身衣服。苏珊看到他,明显吃了一惊。

杰夫:
(疲累而尴尬地)
嗨,苏珊,丹妮丝在吗?

苏珊:
她五分钟前刚回家去。就在接到你的电话之后。

杰夫:
接到我的……电话之后?我没打过电话啊。

苏珊:
你当然打过,不到十分钟前我帮你转接的。我听得出你的声音。

杰夫:
(瞪大眼睛,渐渐明白过来,表情越来越惊恐)
天哪!

他转身跑出办公室。

剪接至
外景——麦克道尔家——白天

丹妮丝将车停好,走向厨房的门。

内景——厨房

丹妮丝走进厨房。

丹妮丝:
(大喊道)
杰夫?我回来了。

无人应声。丹妮丝蹙起眉头。我们的镜头随着她穿过厨房,走进客厅。

丹妮丝:
杰夫?你在吗?

长时间沉默后,楼上传来杰夫的声音……只不过不完全是他的声音,不知为何有些刺耳,有些尖锐,而且无力又微弱,仿佛说话让他非常费力。

退伍军人:

Dreamsongs

丹妮？我……我在这儿，丹妮。

丹妮丝走上楼梯，穿过走廊。

丹妮丝：
杰夫？

退伍军人：
这儿。来这儿。

声音从卧室传来。丹妮丝走了进去。窗帘被拉得严严实实，房间里非常阴暗。

丹妮丝：
亲爱的？

寂静。她穿过房间，拉开窗帘，当阳光照进卧室时，门"砰"的一声关了起来，丹妮丝迅速转身。

丹妮丝的视角——她看到的

没有双腿、身穿军装的退伍军人坐在轮椅中，挡住了房间的唯一出口。我们给他一个长镜头，观众这才发现他正是杰夫·麦克道尔。憔悴、脸颊瘦削的杰夫·麦克道尔，凌乱的胡须根本遮盖不住他明显的病容。他说话的方式粗鲁而生硬；这个杰夫是在越南和弗吉尼亚州立医院受的教育，并非学院或大学里。他的眼窝深陷，他看她的目光如同饥肠辘辘的人盯着一桌筵席。

回到场景

丹妮丝恐惧了片刻,随后认出了他。

丹妮丝:
(惊恐而轻声地)
杰夫?

退伍军人局促不安地笑了笑。他看起来几乎和她同样惊恐。

退伍军人:
他们叫我太空人。我在越南的时候得到了这个绰号,因为我喜欢的那些电影。

(停顿)
你的气色很不错,丹妮。甚至比过去……比我们在一起的时候好多了。

她后退几步,连连摇头。

丹妮丝:
这不可能……杰夫……我是说,你不是杰夫,你不可能是杰夫。

退伍军人摇动轮椅,朝她靠近。

剪接至
外景——高速公路——白天

Dreamsongs

杰夫的车在高速公路上飞驰,不时超车,匆忙赶往家中。他从出口匝道驶离高速公路,沿住宅区的街道飞快前进。

内景——杰夫的车里

方向盘后的他面色严峻而急切,还有些惊恐。

剪接至
卧室

见丹妮丝后退,退伍军人却摇动轮椅,靠得更近。

退伍军人:
你想看看我的军牌吗?我就是杰夫·麦克道尔,和他完全一样。想考考我吗?来吧,我能回答你的任何问题。我们在高中相遇,都是校报社成员。你的父亲名叫皮特,母亲叫芭芭拉。我们的第一次发生在你家沙发上,那天晚上,他们出去庆祝结婚纪念日,我来你家看彩色电视机播放的《世界大战》。你的大腿内侧有块胎记,差不多一英寸——

丹妮丝:
(打断他的话)
天哪……你真的是杰夫。可是……可是……

退伍军人:
(低头望着自己缺失的腿)
发生了什么?你想问我这个?越战爆发了,丹妮,越战的抽签征兵选中了我。

丹妮丝：
你没去越南。你去了加拿大。我们一起去了加拿大,并在那里结了婚。你在那里教书,一直待到特赦令到来。

退伍军人：
（苦涩地笑）
我仍在等待自己的特赦令。

丹妮丝：
你……你是怎么到这儿来的？你是从哪来的？为什么？你想对我们做什么？

退伍军人：
我只想……

没等他说完,他们就听到屋外传来刺耳的刹车声。

剪接至
外景——麦克道尔家——白天

杰夫的达特桑轿车在车道上猛然刹住,停在了丹妮丝的沃尔沃后面,他推开房门,冲了进去。

内景——客厅

Dreamsongs

杰夫冲进厨房门。

杰夫：
（疯狂地叫喊）
丹妮丝！你在哪儿！丹妮丝！

他环顾四周，拿起一根拨火棍。

剪接至
卧室

丹妮丝听到了他的喊声。

丹妮丝：
（大喊）
杰夫！这儿，我在楼上。

退伍军人：
丹妮，拜托。我没有——

丹妮丝：
（提高嗓音）
杰夫！

我们听到杰夫的脚步声由楼下传到楼上，片刻后他撞开了门，挥动着手里的拨火棍。退伍军人转动轮椅，连连后退。

梦歌

杰夫：
离她远点儿！别靠近她——

杰夫的动作僵住了，他完全明白了一切，不由得瞪大眼睛。

杰夫：
（轻声道）
你是……我。

退伍军人：
（疲乏而轻柔地）
没错。

杰夫：
这不可能，这一定是个——

退伍军人：
（打断他的话）
梦？是啊。但是是我梦见了你，还是你梦见了我呢？
（停顿）
我他妈才不在乎。我想我们都是真实的。或许在 1971 年的时候，我们来到了分岔路前，从此便分道扬镳，于是我们到了……不同的地方。

杰夫慢慢放下拨火棍。他的面色苍白而恐惧。

杰夫：

Dreamsongs

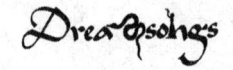

这么说……我的那些闪回记忆……那些是……

退伍军人：
（冷笑）
那是我的记忆，兄弟。我的一部分。我猜它们就这么跟着我来了。你和我，我们是同一个人，不是吗？我能感觉到……我能感觉到记忆被泄漏出去，但我无法阻止。我们靠得太近了。

丹妮丝：
杰夫——

两人同时望向她。

丹妮丝：
（艰难地续道）
我是指……太空人……在你的那条……路上……我们……

退伍军人：
你是问我们怎么样了，丹妮？你和我？

丹妮丝点点头。

退伍军人：
我在越南时，你死于一场交通事故。载你骑摩托车的那个人不相信安全头盔。

丹妮丝面露厌恶之色，别过脸去。退伍军人凝视着空气，回忆着什么,当他再次开口时,声音冷漠、空洞,充满痛苦。

我在那边的时候,一直相信自己总有一天会回来,重新找到你,跟你在一起……直到你妈妈给我写了那封信。

(停顿,非常艰难地)
我太粗心了,伙计,我真是太粗心了。我本该更小心一点,但我当时脑子太乱,不够专心。不专心可不行。我踩上去时就感觉到了。它会发出那种微弱的"咔嗒"声。

(望着他们)
那种地雷……你知道,踩上去并不会引爆,抬脚的时候才会。其他人就这么看着我。我告诉他们统统滚开,他们就一个接一个地向后退开。但他们一直看着我,看着那个一只脚踏进鬼门关的人朝他们大喊大叫。就算他们都离得很远了,我也没动。他们还在看着我,全都在看着我,最后我实在无法忍受,跳了起来。

(苦涩地大笑)
我们从来都跳得不远,对吗,杰夫?

杰夫特写

停顿,良久沉默。

杰夫:
你救了他们。你救了他们的命。

回到场景

退伍军人:
是啊,他们给我颁发了一枚奖章。

杰夫:
你救了他们,
(转过身去)
但我没有。就是这么回事,对吗?我根本不在场。

他用力将拨火棍丢到一旁,它重重地撞到墙壁又弹开。杰夫转回身,脸色愠怒。

杰夫:
好吧。罪人,我是个罪人。我选择了……另一条路。但无论……有什么报应,都是我应得的。丹妮丝和梅格安是无辜的。无论你要做什么,别伤害她们。

镜头转向丹妮丝

她惊恐地听着杰夫说话。

丹妮丝:
不!
(望向退伍军人)
我跟他一起去了加拿大。我们决定在一起。我是他的另一半,他经历的一切都跟我有关系。

梦歌

镜头转向退伍军人

良久,他温和地笑了。

退伍军人:
我知道。这就是我爱你的原因,丹妮。
(对杰夫)
你还不明白,兄弟。你觉得我会伤害她们?
(大笑)
人们总说,我们这些退伍老兵都是疯子。

转回场景

杰夫:
那么……为什么?为什么你会出现在这儿?

退伍军人:
问得好,
(冷冷地笑道)
我就要死了,兄弟。

丹妮丝:
天哪……

退伍军人:
医生从不会坦白,但我能感觉到死神的脚步。这没关系……我在

Dreamsongs

很久以前就失去了所有重要的东西……我的腿、我的女友、我的未来。甚至是杰夫。而那个太空人,除了许多不堪的回忆,他早已一无所有。

(停顿)
我在弗吉尼亚……等待着一切的结束……可你知道吗?我仍然牵挂着丹妮。我一直在想,如果我做了别的选择,结果会是怎样。我猜我是……把自己"想"到这儿来的。

(大笑)
我一直很喜欢幽灵,但我从没想过自己会变成幽灵。

退伍军人转动轮椅,面对杰夫。

退伍军人:
(继续说道)
我只是想……见见她们。

(停顿,微笑道)
你做得不错,麦克道尔。

杰夫摇摇头,内疚显然占据了他的心。他肢体完整,但他同时也是坐在轮椅中的那个人,他脸上写满了自责。

杰夫:
你做得不错。我当时不在——

杰夫无法正视残疾的自己,他转过身去。

退伍军人:
(轻声地)
我也不在。不在丹妮丝身边,不在梅格安身边。

退伍军人转动轮椅朝梳妆台靠近,随后拿起镶着梅格安照片的相框,久久地凝视。

退伍军人:
(继续)
如果你抱着你的小女儿,还会哪怕一秒钟觉得自己做错了什么,那你就是全世界最大的傻瓜。相信我,杰夫,你没有错过什么。

镜头对准杰夫

听到退伍军人的话,他转回身,面对显而易见的事实。他哽咽了。丹妮丝一言不发地走到他身旁。他们拥抱在一起。

退伍军人:
我想……或许我该离开了。

丹妮丝转身看着他。

丹妮丝:
你不必离开的。我是说,你可以留下来。

退伍军人:

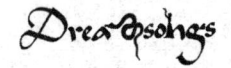

（悲伤地）
不，我不能留下。至少现在我有了几件值得回忆的事，不是吗？

杰夫突然开口，他似乎想到了什么。

杰夫：
那些记忆闪回——
（停顿）
你和我，是同一个人。所以从你到我或从我到你，应该都行得通。
（停顿）
我也有好些记忆。如果我们相互接触，或者是——

他向前走去，但退伍军人却转动轮椅连连后退。

退伍军人：
不！你根本不知道自己在说什么。

杰夫：
（温柔地、充满同情地）
我说的是我和丹妮丝的婚礼，我们的蜜月，还有梅格安的诞生。

退伍军人：
（苦涩地）
这不会是单方面的，杰夫。想想你会得到怎样的回忆吧。你会想起战友们在身边死去的情景。你会想起医院，想起在轮椅上度过的那些年。
（停顿）

梦歌

你会记得当你踩在那里,他们退向远处,一直注视着你,所有人都注视着你。你将再也无法安睡,甚至有时还会尖叫着从梦中惊醒。

杰夫犹豫了,他看着丹妮丝。她点点头。他吻了她,朝退伍军人走去。

杰夫：
我不怕什么噩梦,
（苦笑）
我可以一直藏在毯子下,对吧?

他伸出手。退伍军人望着他,随后,也缓慢地伸出双手,与杰夫的那只手紧握。杰夫的脸剧烈地抽搐,仿佛感到了痛苦。退伍军人闭上双眼,眼泪从他的脸颊上缓缓流过。

丹妮丝特写

她也看了过去。

镜头越过丹妮丝转向场景

两个杰夫·麦克道尔的身上闪耀着奇异的蓝绿光芒,虚无的残影在两人身周闪动。她的杰夫——站着的那个杰夫——仿佛在一瞬间穿上了军装,随后又长出长长的浓密纷乱的胡须。退伍军人则穿上了60年代的无尾礼服,下一刻又换成了便服;他的裤管中出现了两条似有若无、微微发光的腿,那的确是腿。他睁开双眼,惊讶地瞪大了眼睛,随即从轮椅中站起。

退伍军人：
我想，或许我们都是英雄，对吧？

站起身的退伍军人拥抱了杰夫，奇异的光芒在他们周围萦绕。

随后两人的身躯似乎融在一起，合二为一。光芒骤然变强，丹妮丝不禁转过头去，遮住双眼。

光芒退去后，轮椅和退伍军人都不见了，只留下原本的那个杰夫·麦克道尔。丹妮丝向他跑去，他们拥抱在一起，用尽全力抱紧彼此。我们将镜头定格，旁白的声音响起。

旁白：
我们会做出选择，然后又会好奇另一条路是什么样子。杰夫·麦克道尔知道了真相，也付出了代价。这就是阴阳魔界的地图绘制者给予我们的，关于勇气和制图学的一课。

完

夜潮音　译

梦歌门

序幕

淡入,夜晚——机场高速公路——远景

车水马龙。接着,我们听到一声巨响,声如雷霆,尖锐犹如音爆。

镜头跟紧凯特

一个女孩毫无征兆地出现在高速公路中央,汽车飞快地从她周围驶过。她叫凯特,大约二十岁,瘦小,结实,有些像男孩子。一头短发,且许久未曾修剪。她的神态里有一种狂野,仿佛野性难驯。她穿了条老旧的皮革短裤,多处已开裂磨损;宽松的黑色制服衬衫比她本人宽大好多,衬衫没扣扣子,里面是一件紧身的银灰色汗衫。她没穿鞋,显得茫然、困惑……

镜头切换——凯特的视角

四周都是飞速移动的车灯。若干辆车从她身边擦过,仅几寸之遥。

镜头回到观察凯特

她试图跳向路边,却对车辆的速度估计不足。一辆车差点撞到她。车主破口大骂,凯特赶紧跳回原地。

另一辆车不得不突然转向以躲开她。急刹车。更多的喇叭声。凯特转身察看，寻找脱身之路。她朝另一方向迈了一步，又急忙跳回来。两辆车为避开她而撞在一起，车壳粉碎。更多的喇叭声。我们听到警笛声远远传来。

镜头拉近凯特

她捂住耳朵，不想听警笛的声音。她的神态充满警惕，打量着周围的混乱。

突然，她整个人被夺目的光芒所笼罩，我们听到大货车低沉深邃的喇叭声。她的眼睛突然睁开。

镜头倒转

一辆巨大的拖车碾压过来。

镜头回到观察凯特

她僵立不动，像一头被困住的麋鹿。接着，恐惧被决心所取代。她从衬衫下拿出一件武器：那武器很细，样式怪异，和所有我们见过的枪都不同。凯特迅速双手举起它，瞄准，然后开火。高压空气发出"砰"的一声。那武器中射出一根针。

镜头转到大型拖车

前一刻它还在以每小时六十英里的速度隆隆前进，喇叭继续鸣响，车灯通明；下一刻它就爆炸了。被针命中的驾驶室四分五裂，玻璃和金属碎片飞散开来。拖车完全失去了控制,倒向一边,撞上其他车辆。接着是第二场爆炸,拖车的油气罐被引爆,升起冲天火焰。

镜头转回凯特

她趁机向路边跑去。一块碎片旋转袭来,她企图躲避,但动作不够快,碎片擦到了她的额头,她摔倒在地。

镜头拉近

凯特倒在地上失去了意识,眼睛上方有个流血的伤口。她那怪异的武器从手中松脱。她衬衫的袖子被割开,露出右前臂上装饰华丽的手镯。那手镯呈复杂的海星形状,三根平行的黑色塑料管套着银色金属。手镯缠在她手上,犹如一窝蛇。

淡出
序幕结束

第一幕

淡入
夜晚——医院——远景

救护车一路飞驰,警笛声刺破夜空,两辆警车紧跟其后。

切换到
夜晚——急诊室

Dreamsongs

一个八岁大的男孩坐在诊断台上,旁边是他的母亲、一位年轻的医生(汤姆)和一位体格魁伟的女护士(马吉)。

汤姆:不,不对,瞧你,这可不行喔。你必须保持动作平稳、精细。一点点失误就会导致全盘失利!来,看我示范。

镜头倒转

汤姆伸出手,手心向下。他二十七岁,黑头发,衣服皱皱巴巴,但神情自信。他衣服上的名牌写着"勒克"。他的两根手指之间,夹了一枚二十五美分的硬币。他让硬币从手掌中"爬过",然后扔到空中,再伸手抓住,接着亮出空空如也的手掌。这时,硬币已经变到男孩的耳朵后面。

汤姆:我不是说了吗?魔术很简单,看病才难呢!

他对小病人会心一笑,男孩被逗乐了,也开心地朝他笑。护士与母亲也跟着笑起来。我们听到背景传来警笛声,汤姆也听见了。

汤姆(对男孩说):我的下一个魔术,会让你凭空消失。

汤姆(对母亲说):不会有问题的。

夜晚——医院——入口处

两名护理人员推着一辆轮床穿过走廊,冲向急诊室。两名警察(钱伯斯与桑切兹)紧跟其后。

镜头跟随轮床

汤姆趴到轮床边。

汤姆:怎么回事?

护理人员:头部受伤,面部皮肤破裂,也许还有脑震荡。她晕过去了,但生命体征明显。

一条纱布绷带裹住了凯特的伤口,因为流血,绷带已被染成了红色。

桑切兹:她在高速公路上玩触杀出局的游戏,还用怪武器打爆一辆大拖车。

镜头继续跟随——进入急诊室

大家推开一道双扇门,进入急诊室。

汤姆:好了,现在由我们接管。马吉,通知 X 光部门,我要带人上去,我需要完整的头骨照片。

护士草草地在护理人员带来的单子上签了字。护理人员离开。汤姆开始检查凯特,他轻柔地抚摸她的脖子,检查脊椎是否有断裂;他又解开纱布,察看凯特的头伤。当他掀开她的袖子检查脉搏时,发现了那个奇怪的手镯,碰了碰它。

镜头突然拉近凯特

她的眼睛突然睁开,动了起来。她抓向汤姆的裤裆,用力一捏。汤姆惊讶地发出了几声痛苦的喘息。

镜头恢复到急诊室全景

Dreamsongs

汤姆倒下,凯特翻身跃起,以猫①的速度行动起来。钱伯斯跳起来抓她,凯特出拳揍他,对方却毫不费力地抓住她的一只手,接着是另一只。她拼命挣扎,警察紧紧捏住她的手腕。

钱伯斯:你被捕了,小姑娘。你有权保持沉默,但你——

凯特用尽全力撞向警察,脸对着脸,接着咬住了对方的鼻子。钱伯斯厉声惨叫,用手捂住了脸,鲜血从他指间流出来。凯特趁机脱身。

桑切兹挡住了急诊室的出口。汤姆跪在地上,天旋地转,不停地喘息。

凯特推开桑切兹,吐出一小块鼻子。鼻子落在地板上。她的嘴边全是血。

她抓住一根金属支架,像手杖一样挡在身前,随时准备挥舞。

桑切兹拿出手枪。

汤姆:不!

(喘息片刻)

把……把那东西放下。这……这里是医院。

桑切兹:她疯了。

汤姆摇摇晃晃地站起来。

汤姆:她很害怕。瞧。

钱伯斯:我的鼻子……

汤姆:就在地上,找找看,我们可以把它修补好。马吉,帮警官找鼻子!

(对凯特说)别怕。没人会伤害你。我保证。

她充满警惕地盯着他,什么也没说。汤姆靠拢过去。凯特急促地、

---

① "凯特"在英文中的意思就是"猫"。

带着威胁意味地挥了一下手中的架子。

桑切兹:如果我是你,我不会靠近这个疯子,医生。

马吉:小心啊,汤姆。我觉得她不懂英语。

汤姆把注意力都放在了凯特身上。

汤姆:你脸伤得不轻。

凯特下意识地摸了摸自己的脸,手指上黏黏的全是血。

汤姆:我能帮你看看吗?把那玩意儿放下,好不好?我不会伤害你的。

镜头拉近汤姆与凯特

瞬间的紧张。接着,汤姆来到了她身边。他伸手摸她的脸。她没有反抗,但神情紧张,仿佛随时可能发作。汤姆将她的头转向一侧,检查了伤口。

汤姆:没有看上去那么糟糕。不过,我们还是需要照 X 光。跟我来,好吗?

汤姆伸出手。凯特犹豫了很长时间,终于扔下支架。支架撞到地板上,发出哗啦啦的声响。

桑切兹:干得漂亮。现在由我们接管了,医生。

汤姆瞪着警察。在背景里,女护士马吉趴在地上,寻找被咬掉的鼻子。

汤姆:该病人必须做通宵观察。

桑切兹:她被逮捕了。到拘留所里去观察吧。

汤姆:你要违背医嘱移动病人,你愿意为此负全责吗?

(对方犹豫了)我想你不敢。

马吉以胜利者的姿势拾起一块我们看不见的东西。

马吉:我找到了!

Dreamsongs

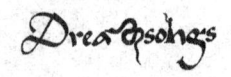

淡出

深夜——一间半封闭的只有两张床的病房——进入

镜头逐渐拉近凯特

她站在窗前,穿着医院里的病号服,看着城市的灯火出了神。她眼睛上方的伤口已被缝合,绑了绷带。

凯特挽起袖子,露出扣在前臂的手镯。接着她举起手,手心向下,指向窗口和城市的方向。

随着凯特的手紧握成拳,镜头拉近凯特的手

纠缠的金属显现出三条错综复杂的线,大致保持平行,似乎暗示着什么。

那三条线开始逐渐变亮:起初非常微弱,只是淡淡的蓝。凯特小心翼翼地把手从右边移到左边,左边移到右边……当她的手指向东方时,蓝光增强了,向西移动则慢慢减弱。

镜头拉回凯特

她面容严肃,注意力高度集中。她迅速地在空中挥舞了一下手,只见那蓝光迅速增强又迅速减弱。

镜头跟紧凯特的手

一幅全息影像出现在她掌心:那是颗小小的三维地球,缓慢地旋转着。像是一个微缩世界。许多陌生的符号旋转着呈现在地球表面,好似电子股票行情表上变换的数字。

开门的声音传来。

镜头回到凯特

她立即转身。全息地球也瞬间消失。

镜头拉过去——拍到汤姆

一名穿着制服的警察为他打开门。汤姆抱着凯特的衣服,衣服叠得很整齐。他发现了凯特神经质的反应。

汤姆:我吓到你了吗?对不起。我是来看你的。

他关上身后的门。凯特放松了一些。

汤姆:我把你的衣服带回来了。已经洗过了。

他边说边把衣服放到床上。

汤姆:这里还有条新的牛仔裤。你的短裤已经,呃,完全坏掉了。

镜头转向凯特

凯特穿过房间,一把抓起衣服,紧紧地贴在胸口。

镜头从凯特转向汤姆

他为她的激烈反应感到惊讶。

汤姆:听着,我明白你的感受。我女朋友也总爱扔掉我最喜欢的衬衫。

凯特脱掉病号服,衣服落在地板上,她里面什么也没穿。她穿衣服时,我们看到她裸露的背。

凯特在汤姆面前换衣服,没有一丝羞愧或腼腆。汤姆不由自主地转过身,显得比女方更尴尬。

她套上那件银色汗衫,嗅了嗅牛仔裤,然后才穿上。汤姆在旁边滔滔不绝。

汤姆:我还不知道你叫什么。我是勒克医生。托马斯·勒克。

(见对方不回答)我们在记录簿上把你登记为"无名氏"。负责人想知道你究竟有没有医疗保险。

镜头转回凯特

她穿好衣服,穿过房间去开门,发现门已经被锁上。
汤姆:锁住的。我想警察现在不会让你离开的。
凯特拿拳头砸门。
汤姆:嘿。我知道医院的东西不好吃,可这里过夜的条件绝对比外面很多地方要好。
凯特走到窗边向下看去。她想打开玻璃窗,正焦急地寻找开窗户的办法。
汤姆:别打歪主意。这里是四楼。再说了,我们医院很规范,窗户是不可能打开的。
凯特终于放弃,恼怒地转过身。

镜头拉近汤姆

他眼里弥漫着疑惑。

梦歌

镜头转回凯特

凯特退到墙角,蜷缩在地。她看起来既郁闷又生气。汤姆若有所思地望着她。

汤姆:你听懂了我刚才的话,关于窗户的。

凯特抬头望着他,毫无表情。汤姆走上前去,不由自主地露出微笑。

汤姆:你这小坏蛋。你明明听得懂我说什么。

凯特转开头。

汤姆:有什么就跟我说吧。

凯特不理他。

汤姆:说吧。说点什么,什么都可以。名字,职位,电话号码,都行。你有什么爱好?你最喜欢的颜色?你喜欢在比萨饼里加秘鲁鳗鱼吗?

(见对方不答)好啦。我不想浪费时间。

汤姆眉头紧锁,敲了敲门。

镜头对准门

警察从外面打开了门。

警察:可以了吗,勒克医生?

汤姆:嗯,大概就这样了。

他正准备离开……

凯特(轻声地):凯特。

汤姆:她说话了……

(对警察说)请你再给我几分钟。

警察依言关上门,留两人在屋内。

汤姆:你说什么?

Dreamsongs

凯特(短促地):凯特。

汤姆:你叫凯特,原名凯特琳?

凯特:凯特。名字。

(羞怯地笑)托伊-牧斯。

凯特的话里带着一丝口音,但我们分辨不出那属于哪个国家或地区。她那仿佛唱歌一般的发音方式表明她不是属于这里的人。

汤姆:宾果。我是托伊-牧斯。托伊-牧斯-勒克。

(顿了一顿)你住哪儿?家人呢?有男朋友吗?我们该怎么和他们取得联系?

(见对方不答)你到底从哪儿来的啊?

凯特站起身。

凯特:地球。

汤姆:答得好。地球的哪一部分?

凯特:天使。

汤姆:天使……你的意思是洛杉矶[①]? L. A? 你是本地居民?

凯特:不是这里。是那里。天使。

汤姆:好吧。你是如何从哪里到这里的呢?

凯特:门。

汤姆茫然。

汤姆:通过高速公路?汽车门?

凯特:之间的门。

(不耐烦起来)赶快离开,托伊-牧斯。现在就走。必须出去。

[①] 洛杉矶在英语中是"天使之城"的意思。

她几个大步走到门前,用力推拉。门上了锁。她望向汤姆,寻求帮助。

汤姆:不好意思。这门现在只放我一个人出去。

他轻柔但坚定地把凯特从门边拉开,接着敲了敲门。走廊里的警察为他开了门。

汤姆(回头):嘿,我女朋友是个律师。我会跟她谈谈。现在我只能为你做这么多了。

凯特:不懂。律师。

汤姆:你肯定是从外国偷渡来的。

他走出病房,门关上了。凯特沮丧地倒在床上,满心挫折。

画面切换到

将近黎明时分——海滨公寓——近景

汤姆的车,一辆小型马自达,停在海边一座样式十分古老的木屋前。

黎明时分——汤姆的卧室

一个女人睡在一张大铜床上,身旁是皱巴巴的毯子。在背景中,有一大堆塞满医疗文献、法律书籍和小说的书架。在床头,非常显眼的地方张贴着一张古旧的海报,海报上是魔术大师哈里·胡迪尼的表演。

床上的女人二十七八岁,很漂亮,长长的红头发。她叫劳拉。

汤姆坐在她床边,轻轻地碰了碰女人的肩膀。劳拉翻了个身,呢喃出一声抗议。汤姆更用力地摇了摇她。女人睁开眼睛。

劳拉(睡意蒙眬地):汤姆,是你吗?什么时候了?你现在才回来?(看钟)哦,上帝啊,还这么早。走开,让我多睡会儿。

劳拉翻过身,扯过毯子盖住头。汤姆轻轻地把毯子扯了下来。

汤姆:醒醒。我煮好了咖啡。你去洗个澡,穿好你的律师行头。我需要帮助。

汤姆说罢走开。劳拉叹了口气,从床上坐起来,嘴里念念有词。

黎明——汤姆的厨房

劳拉坐在厨房桌子边,身着一件浴袍,披头散发。她端着一杯热气腾腾的咖啡听汤姆说话。汤姆在厨房里心神不宁地走来走去。

汤姆:我告诉你,这女孩身上有什么地方很奇怪。

劳拉:看来她给你留下的印象相当不错嘛,顶了你的蛋蛋你还这么关心她?

汤姆:不是顶的……算了,你能帮帮她吗?

劳拉:试试看。她真咬掉了警官的鼻子?

汤姆(闷闷不乐地):只是鼻子尖而已。

劳拉不由得哈哈大笑。

劳拉:那还有救,要是把整个鼻子都咬掉,瞧他们还饶不饶人!

她喝完咖啡,站起身来。汤姆抓住她的手,凑过来亲吻。

汤姆:算我欠你个情。

当汤姆抱住劳拉时,镜头拉近汤姆与劳拉

劳拉(玩笑地):嗯,她漂亮吗?我会嫉妒吗?

汤姆:这是什么意思?开始做交互询问啦?

劳拉:哦,证人必须诚实地回答问题。

汤姆:我无罪。

两人的嘴唇贴近。

劳拉:好吧,那么……

劳拉突然别过头,轻轻地咬住了情人的鼻子。汤姆慌忙挣脱开。两人笑成一团,又接着亲吻。

黎明——高速公路——近景

拖车冒烟的残骸阻断了半条车道和大半个人行道。一辆吊车和一辆拖车正在拖动残骸。黎明时分交通并不拥挤。

工人:去年还只是开枪,今年他们都用上导弹了。

工头:从今往后,我只在城里开车。

突然,我们听到"噼啪"一声响,声若雷霆,尖锐犹如音爆。

工头:怎么回事……

吊车突然间停止运行,电力消失,引擎熄火。那辆大拖车也陡然停下。背景中所有的灯光都熄灭了:房屋、车辆、街灯等等。

平视高速路——工头的视角

视野里只有两三辆车,统统熄了火。它们的前灯熄灭,排气管中冒出几缕青烟,车子缓缓地停下来。司机们茫然地走出来。

镜头恢复到全景

工人用力地拿手掌去拍一个大型应急灯的开关,可无论怎样拍,灯都不亮。

工人:搞不懂,我才换了新电池啊!

工头没有理会他。在背景里,我们听到一阵缓慢的、压抑的脚步声。

工头的视角

六个人从高速路上走来,而那里前一刻还什么都没有。他们由三男三女组成。那些女人又瘦又强壮,几乎跟男人一个样。他们都穿着黑色高筒靴,黑色的制服镶着银色金属边。他们头发都很短。

在这六个人身后,有一辆奇怪的车,就像一顶轿子,主体是一个宽大的黑色金属座椅,有凯迪拉克车那么大,两侧装有长长的挂斗,前面伸出一个支架,支架顶端有一根横向的金属。这辆车最奇怪之处是它离地三尺飞行,并且纹丝不动。它的线条是我们所陌生的,让人联想起生物体。车里只坐了一名乘客,那乘客被一团翻滚的灰色球体包围——那叫作黑暗力场,它可以吸收光线,让所有事物模糊不清,犹如雾中视物一样。所以,我们只能看见那乘客体形魁伟,驼着背,似乎比普通人类高大很多。

镜头倒转

工头和工人目瞪口呆地看着眼前的奇景,几乎忘了恐惧。

镜头倒转——近景撒恩

六个步行的人中,带头者名叫撒恩。他领口的银色扣子被做成了猎狗形状,显示出他的地位。他三十多岁,身材极为健壮,眼神冷若寒冰。那是猎人的眼神,战士的眼神。

他盯着工头看了一秒钟。

接着,猎人们一个接一个登上了那辆奇怪的车,坐进挂斗里,就像普通人上马车一样。

撒恩最后上车。然后,那辆奇怪的车消失在黑暗中。

镜头回到工人

工人傻站了一会儿。
工人:见鬼,到底发生了什么?
工头:反正我不想知道。
突然间,所有的电力都恢复了:车灯、街灯、应急灯……

淡出
第一幕结束

第二幕

淡入
下午——医院走廊

汤姆吹着口哨,大步走过走廊,接着他发觉出了事:凯特的病房外没了警卫把守。他停止吹口哨,走到门边,打开了门。

汤姆的视角——观察病房

空的,很整洁,床单刚换过。这间病房已好几个钟头没人用过了。

镜头回到走廊

人来人往——护士、医生、一个端着食物盘子的营养师,还有一名勤杂工。

汤姆:皮特,这屋子里的女孩儿呢?他们把她带到哪儿去了?
勤杂工:我接班时这间屋子已经空了,先生。
营养师:病人昨晚就出院了,医生。
汤姆:谁领走她的?我没有授权任何人这么做!有谁看见门口的警察了吗?

大家耸耸肩。没人知道,也没人关心。只有一个老妇人拄着拐杖从大厅走过来。

老妇人:他们带走了她。穿制服的,一共三个人,早上来的。她一路哭叫踢打,吵醒了我。
汤姆:天杀的!

他愤怒地大步离开。

镜头切换到
片刻之后——急诊护士台——拉近汤姆

他正在打电话,仍然很生气。镜头短时间切换到劳拉,她坐在律师办公室里接男朋友的电话。

汤姆:她没有被捕?你什么意思?

劳拉:我没查到逮捕通知。完全没有相关资料。你的小猫咪没在警方掌控中,根本没有她的记录。此外,无法和桑切兹警官和钱伯斯警官取得联系。

汤姆:他们休想假装这一切从未发生!至少有上百人目睹了。

劳拉:可你举不出任何证人的名字,不是吗?

镜头里出现了一只手

在汤姆回话之前,一只手进入镜头中,按下了电话的挂机键。

镜头转向汤姆

他仍然抓着话筒,回身面对突如其来的男子。这男子名叫崔格,一袭黑灰色制服,约五十岁,他的着装一丝不苟,头发梳理整齐。崔格给人的感觉既像冰雪又像钢铁。

崔格:是托马斯·约翰·勒克医生吗?

汤姆瞪着对方。崔格取出一枚徽章给汤姆看。

崔格:我是特别探员崔格,隶属于联邦情报部门。你能跟我走一趟吗?谢谢。

汤姆明白了。他的神情怀疑而又恼火。

汤姆:为什么?

(顿了一顿)你们昨晚从医院里拐走了我的病人。这是非法的。见鬼,你以为你是谁?你想把凯特怎么样?

崔格:她叫凯特?放心吧医生,她被照顾得很好。她想见你。

汤姆:在我和律师通话以前,我哪儿也不去。

崔格受够了,他的耐心耗尽。

崔格:行啊。你继续打你的电话,告诉她,你被捕了。

汤姆:你无权这么做!

崔格:医生,你可想象不到我都有权做什么。

(顿了顿)不过你肯配合的话……

汤姆(考虑了一下):我去找人代班。

镜头切换到

夜晚——医院——远景

崔格领着汤姆出了医院。路边停着一辆装有反光玻璃的黑色豪华长轿车。他们上了车。

镜头跟随——豪华轿车内部

崔格在汤姆后面上了车,关上门。车子在沉默中开动。他们对面还坐了一名男子,三十多岁,沙色头发,肌肉发达。

崔格:这位是探员卡梅隆。

卡梅隆身穿蓝色制服,一条很宽的白绷带缠在脸上,包住了鼻子。他看起来很不高兴。

汤姆:看来你已经见过凯特了。

卡梅隆恶狠狠地瞪着医生。汤姆转开头,假装咳嗽,以掩饰抑制不住的笑意。

画面切换到

夜晚——沙漠基地——近景

这里是加利福尼亚的大荒漠。高高的铁丝网围着基地,一位身穿制服的警卫挥手示意轿车通过大门。大门一侧的标示牌写着:如无授权,请勿入内。另一边的标示牌写着:危险！高压电流！铁丝网后有一些活动房屋和一些四四方方的难看建筑,这里似乎有很多被遗弃的军方设施。

镜头跟随
夜晚——沙漠基地——逐渐拉近

崔格与卡梅隆护送汤姆穿过一条长长的无窗走廊。中间有一段墙壁被炸了个洞,透过那残破的焦黑洞口望进去,可以看到有个长条形房间似乎发生过火灾,连天花板都塌了。

汤姆:失火了?
崔格:还不是那枪惹的祸。有个毛头小子试了试你女朋友的武器。
汤姆:她不是我女朋友。
崔格:随便吧。这边走。有些东西我想请你看看。

他打开门。汤姆走了进去。

夜晚——崔格的办公室——镜头拉近墙上的电子保险库

这是一个高科技装置,有一道卡插槽和一个数字键盘。崔格将一张塑料卡片插进插槽中,键盘开始发光,崔格按下一串数字。保险库随之打开。崔格将里面的东西取出来。

镜头压低;摄向桌子

崔格把凯特的武器、手镯和三根黑色圆管放到桌上,还有一百多根

Dreamsongs

黑色细针。

镜头向上

一位政府部门的科学家走过来,他叫松本,亚裔,四十岁,穿着实验室的白大褂。

汤姆:她用这玩意儿干翻了一辆大拖车?

崔格:没错。来,你拿起来看看。

汤姆把武器举起来,眼睛凑近枪管。

汤姆:很像我当年玩的水枪嘛。

崔格:差不多。它有些类似BB弹枪。

松本:准确地说,这是一种复杂的气枪,我觉得我们可造不出来。它利用高压空气来高速发射……

松本用镊子夹起一根小黑针。

松本:……这个。

汤姆:针?

松本:这根针的威力足以媲美巴祖卡火箭筒。

汤姆:好一把气枪!

松本拿起一根黑色圆管,圆管有手指长短。

松本:警察在她口袋里发现了三个这样的弹匣,每个里面都有一百四十四根针,而且……

他将圆管尾部的盖子扭开。里面电池的红光不断脉动。

松本(继续讲解):……它有内置电池,可以重新填装弹药。说真的,如果我们有这么棒的技术,早就发明电子车了。

汤姆仍然握着武器。

汤姆:这把手可真粗糙,我都够不到扳机。

崔格:那女孩儿得用两只手才能用它。

汤姆:白烂设计……

松本:或者说,它是为手比较奇特的人设计的。

汤姆:章鱼手?

汤姆放下武器,拿起手镯。

汤姆:他们把她送到医院时,她就戴着这个。

崔格:看来这是对她非常重要的东西。

汤姆:它到底是什么?

松本:材料是高强度合金,我从来没见过类似物质,里面有微电路,很奇怪的电路,似乎部分是有机的。

汤姆:它是干吗用的?

松本:根据推测……它可以捕捉特定的亚原子颗粒。

汤姆茫然地看着崔格,不晓得松本的话是什么意思。

汤姆:我不懂。

崔格:我们其实也不懂,所以才请你过来。我们需要答案,医生,而那女孩儿除了你之外谁都撬不开口。

随着汤姆沉默、勉强地点头同意,画面切换到

夜晚——走廊

一名穿制服的女监护坐在一扇上锁的门前,旁边有一面单向灰玻璃,透过玻璃能看见凯特。她蜷缩在床上,穿着灰色的囚服,情绪低落。那名女监护手拿一把小折扇为自己扇风,扇子是黑红相间的。

崔格:她怎么样?

监护:她很安静,只是躺在那里发呆。天这么热,难怪她什么也不想做。

崔格:让他进去。

他把手镯递给汤姆。

崔格:记住,你们的会面将被监视,对话也会被记录下来。

女监护打开门,汤姆走进去。

镜头跟随——凯特的牢房

凯特缓缓抬起头。

凯特:托伊—牧斯。

凯特从床上下来。她看到手镯,瞪大了眼睛,接着,穿过房间来要手镯。

凯特:我的!给我,托伊—牧斯。

汤姆:我们先谈谈。

凯特没有听出汤姆的拒绝之意。她伸手来抓,汤姆把手镯举到她够不到的地方。

凯特:马上给我。现在需要。很快就来。紧跟着我。

汤姆:谁紧跟你?

凯特:黑暗霸主!人形猎狗!给我!!!

汤姆:告诉我这是什么,我就还你。

凯特(愤怒地叫道):GEON!快给我!

汤姆扔还给她,凯特接住,戴回手上。她似乎平静了许多。

汤姆:这是做什么用的,凯特?你戴着它能做什么?

凯特:找门。之间的门。出去的门。

凯特退开汤姆身边,伸出手握成拳。接着她缓慢地转圈,扫过整个房间。

汤姆:什么样的门呢?凯特,你究竟在搞什么?

她毫不理会他。全神贯注于自己的动作。可惜手镯在封闭的房间里没有任何反应,它一直保持原状。

凯特:不好,不好,不好!!

汤姆:凯特,你从哪儿搞到这玩意儿的?还有那把枪,那把气枪……

(发现对方莫名其妙的眼神)就是你的武器,那个……

解释不清楚的汤姆干脆做了一个双手使用武器的动作,还配了音。

汤姆:就这个……噗……砰!!

他用双手比画爆炸的场景。凯特咯咯笑了起来。

凯特:噗砰?

汤姆:没错。噗砰。你从哪儿拿到这把"噗砰"的?

她看他的眼神就像他是白痴。

凯特:手提炮。托伊—牧斯。偷的。不给人用。手提炮。

(片刻停顿)需要。拿走。

汤姆:你拿这"手提炮"来干吗?

凯特:射击。杀。

(看见汤姆的反应)赶紧离开,托伊—牧斯!

凯特越来越激动。她绝望地扫视着房间,想找条出路。

凯特:光明熄灭!黑暗霸主!

汤姆:这个……黑暗霸主,是指一伙黑帮吗?

凯特:黑暗主人。黑暗主宰。

汤姆:那,那个……人形猎狗呢?

凯特(轻声地):撒恩。

汤姆现在清楚地在她脸上看到恐惧。她愈发不安,跑过去试图打开房门,但门锁住了,凯特发了疯似的走来走去。

汤姆:嘿。你放宽心。我不知道你说的那伙人是谁,但他们找不到这里的。你很安全。

这话没能让她放宽心,反而让她更暴躁。她抓起一把椅子,用尽全力砸向玻璃窗,椅子弹开了,玻璃毫发无损。凯特坚持不懈地砸了又砸,玻璃上终于出现了蛛网一样的裂纹。

凯特(尖叫):不安全!不安全!不安全!

玻璃终于破碎,透过空洞看得到外面的大厅。凯特不顾碎玻璃,马上就要从窗口跳出去,汤姆忙赶过来抓住她。

汤姆:凯特。这不行,不能……

他紧紧抓住她,还试图安慰她。这时,门开了。卡梅隆和女监护冲了进来。

画面切换到

夜晚——峡谷中——远景

这里是洛杉矶郊外一个树木茂密的峡谷。撒恩站在悬崖上,遥望下方城市的灯火。他的表情难以捉摸。一个女人走到他身边:这是戴亚娜。他察觉到了她的到来。

撒恩:好多人啊,戴亚娜,他们的灯火如此辉煌。

戴亚娜:主人说,这里不过是真实世界的影子。

撒恩:也许这个世界的主人也那么看我们的世界呢。

撒恩将头慢慢转向西方,似乎听到了别人都没听到的声音。

戴亚娜:怎么?你读到了?她在使用合成地球仪?

撒恩的回话不是对戴亚娜说的。

撒恩:我读到你了,凯特。就算在这里,你仍然在呼唤我。

他突然转向戴亚娜,恢复了刚才的姿势。

撒恩:东偏北,三百格的距离。

梦歌

画面切换到

夜晚——崔格的办公室

崔格坐在办公桌后面。汤姆在前方踱来踱去。卡梅隆坐在旁边的一把椅子上,绞着一根橡皮筋。

卡梅隆:用药。

汤姆:不行,她是我的病人,我不允许你这么做。

崔格:我们已经给了你机会,让你用自己的方式去处理。

汤姆在崔格的桌子上方倾身向前。

汤姆:再给我一次机会。让我催眠她。

崔格把手指交叠在一起,顶住下巴,想了想,接着,点头同意。

画面切换到

晚些时候——崔格的办公室

灯光调得很暗。凯特坐在椅子里,汤姆在她身边。崔格仍旧在办公桌后观察,卡梅隆站着。

汤姆:……更深更深更深。现在你什么都听不到,除了我的声音。没有别的,没有人说话。只有我。你很放松,全身放松。好像在飘浮。所有恐惧都消失了。

凯特完全出了神。

汤姆:告诉我你叫什么。说你的全名。

凯特:凯特。

汤姆皱了皱眉。崔格与卡梅隆交换眼神。

汤姆:那好吧,凯特,告诉我们,你从哪里来?

凯特:全然黑暗。没有光明。

汤姆:那里有名字吗?

凯特:天使。

汤姆:它在哪里?

凯特:在后面。另一边。

汤姆:门的……后面?

凯特点头同意。汤姆继续追问,他的声音愈加轻柔。

汤姆:我想问问你其他问题。你千万别害怕。所有的恐惧都已消失了。

(顿了顿)凯特,黑暗霸主是什么?

凯特:主人,主宰。

汤姆:他们主宰了什么?

凯特:地球。

在他们身后,卡梅隆翻起了白眼。崔格则无动于衷,表情冷漠。只有汤姆注意到对方说地球时用了复数。

汤姆:你用的是复数……也就是说,他们占领的地球不止一个?

凯特:没有全部。许多。很多。

汤姆:包括你的地球,这……

凯特:黑暗霸主来临。很久以前。光明熄灭。妈妈说,没有车,没有枪,没有飞机。灰烬。灰烬。漫天尘埃。

汤姆:漫天尘埃……

凯特:城市。士兵。统统消灭。光明熄灭。很久以前。

汤姆:很久是多久?具体多少年?

凯特:凯特出生以前。

汤姆:凯特,请仔细想一想,那些黑暗霸主到底从哪里来的?

(对方不答)另一个国家?

(对方不答)另一个星球?他们坐飞船过来?怎么来的?

凯特:门。

崔格无言地倾身向前。

崔格:问她武器的事。

汤姆:凯特,那手提炮……它是从你的主人那里拿来的吗?

凯特(激烈地):他的主人,占有撒恩。

汤姆:撒恩。这个撒恩……就是人形猎狗?

凯特(有节律地念道):说,让她活下去。说,把她给我。说,好好服侍你。说,我的小宠物,想要她。

汤姆:你被给予了撒恩……

凯特(激烈否认):不是他的。从来不是。假装。观察。倾听。知晓。

汤姆:学习……

凯特:等待。漫长等待。拿走。逃跑。杀。

汤姆:你杀了谁?

凯特:黑暗霸主。主人。

汤姆:也就是说,你学到了他们的秘密,偷走了他们的武器,然后通过一道门逃跑,是这样吗?

凯特缓慢地点头。卡梅隆望向崔格。

卡梅隆:这该死的到底在胡诌些什么?

崔格没有作答。他仍集中精神倾听。

汤姆:最后一个问题,凯特。

(片刻停顿)黑暗霸主有几根手指?

凯特没有回答。汤姆在她面前伸出手掌,手指大大地张开。

汤姆:假设这是黑暗霸主的手,你数一数有几根手指呢?

镜头拉近凯特——穿过汤姆的指缝拍过去

漫长的等待。最终凯特抬起自己的手,慢慢地,边数边在汤姆的每根手指头上碰一下。

凯特:一,二,三,四。

(顿了顿)五。

说到五时,她的手停在汤姆的拇指上。接着又是漫长的停顿。凯特目不转睛地盯着汤姆的手,似乎看到了异样的东西,想起什么。正当我们以为她已经数完时,只见她的手指移过汤姆的拇指,在空中点了一点。

凯特:六。

现在她数完了。汤姆握手成拳。在压抑的沉默中——

画面淡出
第二幕结束

第三幕

淡入
接近黎明——崔格的办公室

崔格:格雷格,召集监护人员,告诉松本准备好药物。

(对汤姆说)结束催眠。

崔格朝门口走去。汤姆迅速跟上。

汤姆:你不能这么做。

崔格径直离开。汤姆继续跟进。卡梅隆和凯特待在房间里。

切换到
走廊——镜头持续跟进

汤姆抓住崔格的肩膀,将对方转过来。

汤姆:你想对她做什么?

崔格:至少让她讲出个可信的故事来吧。

松本走过来,手提医药箱。汤姆抓着崔格不放。

汤姆:你这是在否认事实。瞧,这里有几根手指,崔格?

汤姆伸出双手,五指分开。

崔格:你什么意思?

汤姆:我是从数指头开始学会计数。你大概也是。人类几乎都是如此。我们有十根指头,所以采用十进制。一百就是十个十。一千就是十个百。

崔格:那又怎样?

汤姆:想想凯特那把枪。松本说它的弹匣里有一百四十四枚弹药。你不觉得这是个很特别的数字吗?

背景中,女监护摇着扇子走过来。

崔格:也许。

汤姆:十二的十二正是一百四十四!

松本领悟了崔格没能领会的汤姆的言外之意。

松本:十二进制。

汤姆:一个有十二根指头的种族当然会采用十二进制,崔格,你还要什么证据?面对现实吧。那女孩儿不是二十世纪的美国人。

崔格:你说什么?你说她是外星人?

松本:不对。我们做了DNA检测。她的基因完完全全属于人类。

汤姆:她说了自己来自哪里。地球,但不是我们的地球。

松本:平行世界?

汤姆:没错。

女监护走到三人旁边,大力地摇着扇子。

崔格：什么？

松本：平行世界是指相邻的宇宙。有些数学家提出相关理论，指出存在……呃，按通常的话说，存在另一些位面。他们认为有无穷多条时间线与我们经历的这条平行。

崔格：见鬼，什么叫时间线？

汤姆：你看过"最后的世界"系列棒球赛吧？

崔格：没错，今年勇士队输了，卡梅隆也赌输了一星期的工资。

汤姆：借用一下。

（拿过女监护的扇子）假设在另一个世界里勇士队赢了呢？瞧，我们认为历史是一条直线，过去导致了现在。

他折起扇子，扇子呈一条直线。

汤姆：但历史也许产生了许多种结果……也许输赢两种情况都发生了。新的世界在每一个节点被创建出来。

汤姆打开一节扇子，现在能看见从轴心中分离出一条红线和一条黑线。

汤姆：所以在一个世界里勇士队获胜，另一个世界里双子队获胜。

（把扇子打得更开）也许第三个世界里是海盗队和蓝鸟队进入了决赛。

（继续打开扇子）第四个世界中道奇队赢得了冠军。第五个世界里道奇队还在布鲁克林。第六个世界里棒球根本没有发明，人们在十月只能去斗鸡。

（将扇子彻底打开）无穷多的世界，无穷多的可能性，无穷多的变化。这并非单一的宇宙，而是多元宇宙。

崔格看看扇子，又看看松本。

崔格：这些世界真的存在？

松本：某些学者支持这种见解。但不管怎么说，在平行宇宙之间穿越，那是绝对不可能的。

(耸肩)而且所有的一切,都只是理论而已。

崔格皱起眉头,从汤姆手中拿过扇子,合拢在一起。

崔格:只是理论。

(停顿了一下)我说的则是事实,勒克医生。我很抱歉将你牵扯进这件事。现在你该打道回府了。我安排好了车。

(对监护)把她带回牢房。

汤姆:崔格,等等……

汤姆伸手抓住崔格,强行留住对方。

汤姆:让我最后跟她谈一次。至少我得说声再见。

特写——汤姆的手

一只手仍抓着崔格的胳膊,另一只手摸到崔格的口袋里,取出皮夹。

崔格似乎没有发现,点头同意了对方的请求。

崔格:五分钟,不能再多了。

崔格转身与松本一起离开。汤姆很有技巧地藏起偷来的皮夹,没有引起注意。

切换到

崔格的办公室——持续跟随

汤姆重新进入办公室。凯特仍在出神。卡梅隆还在把玩橡皮筋。

汤姆(对卡梅隆):崔格叫你。

卡梅隆(犹豫):谁来守着她?

汤姆:守着她干吗?看她睡觉?

卡梅隆耸耸肩,走出房间。汤姆赶紧锁上房门,坐到凯特身边。

汤姆:我数五下。数到五的时候,你就会醒来。到时候你会精神抖擞,全身放松,一点儿也不害怕。但你一定要非常、非常安静。一,二,三,四,五。

汤姆打了个响指。凯特应声睁开眼睛。汤姆连忙把指头按在她嘴唇上。

汤姆:别说话。点头就行。

(见对方点头)还有另一扇门,对不对?出去的门。你想去找那扇门。

凯特(轻轻地):必须离开,托伊—牧斯。马上就走。

长久的停顿。汤姆犹豫了很久。他的目光在她脸上游移,最后,他非常不情愿地下定决心。

汤姆:我多半会后悔今天的决定。可……好吧,看好门,凯特。如果有谁进来,记得咬他。

凯特用力点头,一下子站起来。汤姆走向墙上的电子保险库。他取出崔格皮夹中的卡片,插进插槽里,再按下一些数字。

切换到
片刻之后——走廊里

女监护等在门口,卡梅隆和崔格大步走来。卡梅隆想开门,却发现门被锁住了。

卡梅隆:开门。见鬼,你想干什么?

崔格示意同伴让开。

崔格:医生,你这样做太蠢了。

他拿出钥匙,打开门冲了进去,卡梅隆紧随其后。

崔格发现自己正对着汤姆——还有手提炮。凯特已经重新戴上了手镯。崔格保持镇定。

崔格:你犯了个大错,勒克医生。如果你开火,我们全都得死。包括你的女朋友。

汤姆:她不是我女朋友。我们要辆车。

崔格:需要我告诉你,你这样做触犯了多少条联邦法律吗?

汤姆:谢谢,我自个儿有律师。我要一辆我来时坐的那种车。

崔格:卡梅隆,把车子开到门口。

切换到

黎明——门口

崔格与汤姆、凯特一起站在门口,其他所有守卫都趴在地上。卡梅隆为他们打开车门。

汤姆:走开。对。慢慢地走出来,慢慢地退开。很好。再过去一点儿。凯特,去看看后座有没有人。

凯特爬进轿车,仔细检查。

凯特:没有躲藏。托伊—牧斯。

汤姆:这不是我本意,崔格。这只是突发状况,不涉及私人恩怨。

崔格只盯着他。汤姆迅速上车。

镜头跟进

轿车——内部

汤姆跳上车关了门。凯特紧张地坐在副驾驶座上。汤姆将手提炮扔到她膝盖上,然后发动引擎,踩住离合器,开车。

轿车在荒漠中扬长而去。汤姆一边用左手开车,一边用右手从口袋里掏出三根黑色圆管,扔还给凯特。

汤姆:给。瞧你能不能给"噗砰"装上子弹。

Dreamsongs

凯特咧嘴一笑,伸手将一根黑色圆管装进武器,发出清脆的"喀拉"一声。

凯特:手提炮。托伊—牧斯。手提炮。

眼前出现了警卫和高高的铁丝网。汤姆直接冲过去。

汤姆:坐好了。我一直想瞧瞧这些大姑娘能跑多快呢。

镜头连接——沙漠基地——远景

大轿车以飞一般的速度撞破了铁丝网,擦出若干火花,守卫们慌忙跳开。接着他们掏出枪,朝远去的轿车连连开火,但没有命中……

镜头连接——轿车内部

汤姆疯狂地转着方向盘。大轿车转了一个大弯,呼啸着沿大路飞驰而去。随后,汤姆才找到空隙瞥了凯特一眼。

汤姆:知道吗,如果最后证明你不过是来自博伊西的小淘气,我可就太傻了。

(朝凯特微笑)我们必须赶紧扔掉轿车。现在,密西西比河以西的所有警察肯定都在找它。我们该去哪儿呢?

凯特抬起手镯作答。她握手成拳,手镯上的银色金属再度发出蓝光。当她指向正东方的时候,那光芒最为强烈。

凯特:那边。托伊—牧斯。

汤姆被震撼了。

汤姆:看来你确实不是来自博伊西啊!

画面切换到

早上晚些时候——高架桥下

梦歌

汤姆与凯特协力把车子推进高架桥下的芦苇丛生的灌木丛里。看起来隐藏得很好。

汤姆：干得漂亮。虽然他们最终还是会找到，但那时候我们已经远走高飞了。

凯特（重复）：远走高飞。

她伸出手，张开五指。全息地图再度出现，她手中就是一个微缩世界。汤姆又吃了一惊，但没上回那么震撼。

汤姆：你会耍的把戏比胡迪尼还多呢。

拉近全息地球——汤姆的视角

全息地球缓缓地旋转着，犹如一个透明的幽灵，闪烁出棕色、绿色和蓝色的光芒。我们逐渐分辨出了在新墨西哥州南部，有一道白色闪电在闪动。

凯特：那里，托伊—牧斯。那里。

随着汤姆审视全息地球——镜头回到了近景

汤姆：那儿是新墨西哥州，离此地至少八百英里远，但我们一天之内应该能赶到。

陌生的符号在地球上移动。凯特明白那是什么，当然，汤姆不懂。

凯特：不好。太慢。门打开，门关闭。快。快。快点去。

（扫视太阳）在新一轮光明前。在⋯⋯

（寻找词语）在黎明前。

汤姆：你是说明天黎明前？如果晚些到达会发生什么呢？

凯特：关门。

Dreamsongs

切换到

白昼——高速公路

汤姆企图拦下汽车,但对方直接驶过,没有理会他。

画面切换到

白天更晚些时候——高速公路

一辆汽车停下来载凯特。当凯特坐进副驾驶座中时,司机笑了……直到汤姆不知从什么地方冒出来,钻进后座中。

画面切换到

日落时分——某辆卡车

在多次搭便车、经历若干小时行程之后,凯特和汤姆现在在一辆旧货车的车厢里,坐在一堆干草上。货车在粗糙的土路上来回颠簸,夕阳西下,凯特用手镯扫描,发现蓝光增强了许多。

汤姆:瞧,更亮了。

凯特:近了。

汤姆若有所思地看着凯特做扫描。

汤姆:凯特……你知道门会把你带去哪里吗?

凯特:某个地方。

她坐回汤姆身边。手镯黯淡下去。

汤姆:也许你去的地方比这里更糟糕……到时候你能回来吗?

凯特:回不来。

汤姆:门是单向的,对吗?

(见她点头)你穿过去的时候,实际上不知道对面有什么,对吗?

梦歌

凯特:穿过去。

汤姆:嘿,也许你不喜欢对面的东西,凯特。

凯特:永远有下一道门。

汤姆:可你不能永远逃跑吧?终点在哪里呢?

凯特皱紧眉头,显得十分不解。对现在的她而言,终点是很清楚的——日落处一大团红橙相间的云彩。她朝那里指了指。

凯特:那里。

汤姆顺着她的手指望过去,似乎明白了什么。

画面切换到
夜晚——路边餐馆

一辆大型货车隆隆地驶过黑暗的山路,吐出一连串废气。汤姆与凯特从路边餐馆前的一辆出租车里出来。货车继续向前开。

镜头跟随——进入餐馆

汤姆给凯特找了张椅子,自己坐在对面。时间很晚了,餐馆几乎没有人。桌上的菜单上全是墨西哥食物。

侍者:你们要点儿什么?

汤姆:两张干酪肉饼。

凯特:两张干酪肉饼。

侍者:四张干酪肉饼?

背景里,一个穿牛仔裤和斜纹棉衬衫的牛仔进了餐馆,找了个窗边座位。

汤姆(清楚地):两张就够了。外加两杯咖啡。

凯特:不懂。咖啡。

汤姆:算了,一杯咖啡,一杯牛奶。这里有付费电话吗?

侍者:电话在男洗手间外面。

侍者去准备食物。汤姆站起身。

汤姆:我马上就回来。除了吃的,你可别咬其他什么哦。

凯特点点头。她的注意力完全被桌上的番茄酱瓶吸引。她拿起瓶子嗅了嗅,又挤了一点在手上,尝了尝味道,之后用询问的目光望着汤姆。

凯特:不懂……

汤姆:这是番茄酱。共和党推崇的营养品。你想吃多少就吃多少。

他离开凯特,去找电话。

镜头拉近电话

电话铃响过后,我们听到劳拉的声音。

劳拉:你好。

汤姆:是劳拉吗?我是汤姆。你不会相信——

劳拉:别说了。这里有警察。他们正向我询问关于你的事。

汤姆:妈的。来的人叫崔格?

劳拉:不。但这些人对你非常不满。汤姆,究竟发生了什么?

汤姆:劳拉,告诉他们,就说我准备自首,就在……

(看了一眼手表)……四个小时以后。等我把凯特送进门以后,他们想怎么样都没关系。

劳拉:好吧。

汤姆:振作点儿,别担心,我可是有一位好律师保护我。

(片刻之后)我得挂电话了,免得被发现。我只想听听你的声音,你都好吗?

劳拉:你回来我就好了。

汤姆:我很快就回来。我爱你。

汤姆挂上电话。在这一刹那,他显得很伤心,疲倦地走回座位。

切换到
深夜——餐馆——镜头锁定收银台

侍者正给汤姆找钱。

汤姆:谢了。顺便问一下,这里是哪儿?这个镇子叫什么?

侍者:T‑or‑C。

(见对方不解)意思是"真相与结局"。这里是新墨西哥。

汤姆收好零钱,咧嘴笑笑。

汤姆:好吧,知道了。

他领着凯特离开。

镜头转向牛仔

牛仔握着一杯咖啡,通过窗户监视着汤姆与凯特,接着按下手中的通话器。他轻声报告。

牛仔:目标刚离开餐馆。沿大路步行向南。

透过他警惕的眼神,画面切换到
夜晚——双车道上

夜晚温暖而宁静。现在已是午夜,大约三点钟。凯特与汤姆慢走在人行道上,走在"T‑or‑C"镇的边缘。路上没有车。凯特抬起手做扫描。蓝光非常耀眼。

汤姆:看来很接近了。

Dreamsongs

凯特抬起手缓缓转圈……突然手镯开始发出脉冲信号,三根管子不停地闪烁,一、二、三,一、二、三,一、二、三——越来越快。

凯特:那边。

汤姆:那边?

镜头转到汤姆的视角

凯特的手指向一座废弃的加油站,加油站原本是双油泵供油的,可看上去已经荒废了二十年。窗户都被木板封上,油泵设备也都被拆除。

凯特迈开脚步,跑过空旷的高速路。汤姆谨慎地跟上。她又抬手扫描,那无声的脉冲指向了某扇门。汤姆被打动了。

凯特:门。

汤姆:当然了。还能是什么?

镜头锁定门

这是男厕所的门,已被木板钉死。

汤姆:干这活儿,无须胡迪尼。

汤姆一把扯下木板,扔到后面。他小心翼翼地打开门,向内窥探。

汤姆:很抱歉让你失望了,可这就是个男厕所而已。

凯特:太快。

汤姆:那好,我们等等。

凯特(重复):我们等等。

(羞怯地)托伊—牧斯……走吗?一起?

汤姆:对不起,凯特,我只能陪你到这儿了。无论门后面有什么,我都不想经历。这里有我全部的生活,我的事业,我的朋友,我的家庭。

(温柔地)还有我爱的女人。

(顿了顿)你明白吗?
凯特抬起头,猛地点点头。
凯特:明白。

她坐到地上,盘起双腿,面无表情。过了一会儿,汤姆坐到她身边。凯特抬头望着他。汤姆觉得很尴尬,什么都没说。过了一会儿,她靠过来,靠在他身上,闭上了眼睛。最后,汤姆伸出一只手环住她。凯特微微动了动身子,靠得更近了。

画面切换
将近黎明——加油站

汤姆和凯特都睡着了。
突然,一道炫目的强光朝他们迎面打来。凯特立刻醒来,汤姆还有些睡眼惺忪,他抬起一只手挡在眼前。

镜头转到——汤姆的视角

他看到两组巨大的前车灯,接着几个阴影移到灯前,被强光勾勒出轮廓。他们手上有枪。汤姆听到了熟悉的声音。
崔格:你们被捕了。
凯特不愿束手就擒。她伸手去抓武器,但汤姆在她举起武器之前就按住了她的手。
汤姆:凯特,不行。
凯特不想跟汤姆起争执,听任汤姆拿走了武器。
汤姆:给。我们不使用武器。别开枪。
卡梅隆:你很聪明,医生。

Dreamsongs

卡梅隆从汤姆手中拿走武器,插到自己的皮带上。在他身后是崔格和另两名探员——格雷格与蒙卓根。

汤姆:你们怎么找到我们的?

崔格:动动脑子,医生,我们从未跟丢你们。我们故意放她走,看看她想干什么。

格雷格与蒙卓根把凯特的手别到后面,不顾她的挣扎,铐住了她。卡梅隆则铐住了毫无反抗的汤姆。

汤姆:崔格,求你,别这样。

凯特和汤姆被推向一旁等待的车。

汤姆:我只需要几分钟。门就要开了。多等几分钟你有什么损失呢?看在上帝的分儿上——

探员们正要强行把汤姆塞进车里,两辆车的前灯突然一起熄灭了。

镜头特写凯特

她是第一个意识到出了什么事的人。她疯狂地踢打挣扎,用尽一切力气企图挣脱。

镜头恢复全景

崔格终于有所怀疑。

崔格:该死的,把她按住。

汤姆望过崔格的肩膀,头一个发现了敌人。

汤姆:崔格,我们有麻烦了。

梦歌

镜头倒转

三个黑衣的人形猎狗犹如沉默的幽灵，走出黎明前的黑暗。他们是撒恩、戴亚娜和寒冰。

那辆奇怪的轿子稍后浮现，它遮挡住了月亮。其他三个人形猎狗还在车上，保护着他们的主人。轿子庞大的阴影笼罩住抬头观望的探员们。黑暗霸主发话了，他发出扭曲、怪异的声音。

黑暗霸主：把雌性交出来。

蒙卓根：不行。

崔格：凯特，这些人到底是谁？

汤姆：看看他们吧，崔格，难道你还不明白吗？

崔格当然明白，可他不愿相信。

崔格：这名女子目前被联邦政府拘押中。你到底跟她有什么纠葛？

戴亚娜和寒冰径直朝探员们走过来。

卡梅隆：站住！

人形猎狗不予理会，他们甚至没带武器。格雷格双手举枪瞄准。

崔格：格雷格，鸣枪警告。

格雷格朝天上放了一枪，但枪没有响。说时迟那时快，戴亚娜已经闪到他面前，用双手抓住他的头，用力一拧。我们听到格雷格脖子折断的声音，一切就发生在一瞬间。

蒙卓根

开枪，但枪仍然没响。寒冰单手握拳，六寸长的钢爪从指节间弹出。他将这钢爪拳头戳进了蒙卓根的肚子里。

一道能量光束

从轿子上射出来,依次扫过两辆车。车子纷纷爆炸、燃烧。

(撒恩)大步踏过燃烧的车子,径直走向凯特。凯特向后跑去,不时回头看。我们看到她惊恐的表情。

卡梅隆

试图徒手与戴亚娜格斗。她挡住他的空手道攻击,让他失去了平衡,再用膝盖将他击倒,膝盖顶在他的脊椎上,犹如折断枯枝一般压断了他的脊椎。

崔格

打开汤姆的手铐,并把钥匙扔给对方。
崔格:快带她离开!
汤姆朝凯特奔去。崔格转身……

轿子发射的能量光束扫来

扫过了他站立的地方。

镜头特写男厕所

男厕所门下的缝隙里,看得到淡蓝色的光。凯特用尽全力朝门冲去,但由于手被铐住,她打不开门。汤姆拿着钥匙冲到她身边。

汤姆:转过身来。别乱动。

(打开手铐)我们有大麻烦了……

汤姆刚说出口,撒恩已到了眼前。他轻蔑地提起汤姆,像扔孩子一样把他扔开。凯特朝撒恩的眼睛抓去,撒恩用另一只手抓住她的手,牢牢捏住她的手腕。她怒视着他,不肯屈服。

撒恩:看哪。看看那个可怜你的人,最后落得个什么下场。

汤姆徒劳无功地痛击着撒恩的背。

汤姆:放开她,你这婊子养——

撒恩猛然转身,凶狠地重拳出击。接连几拳,打得汤姆晕头转向地向后退开。

镜头特写[特技效果]

凯特打开男厕所。门后是一片悸动的光芒。那光是华丽的蓝白色,刺痛了人们的眼睛。

在那片光芒里,无数场景浮现又消失,快得令人眼无法捕捉,几乎稍纵即逝。片刻之后,那道传送门稳定下来。凯特已经可以离开,但她犹豫了……

镜头回到汤姆

撒恩把汤姆揍得很惨。汤姆倒在卡梅隆尸体旁。撒恩抓住他的头发,捏紧拳头,打算给他最后一击……不料凯特从天而降,狠命地跳到他背上,一通厮打。

快速切换到——门

传送门的光褪成了午夜天空的深蓝色。我们意识到它就要关闭了。

镜头回到打斗场景

撒恩把凯特从背上抓了下来,反手一记重重的耳光打在她脸上,她倒下了。

特写汤姆

他仍瘫倒在地,处于眩晕状态。他擦了擦嘴边的血,看到面前卡梅隆的尸体。他爬过去,在死去的探员夹克上摩挲,取出手提炮。

特写手提炮的视角

汤姆瞄准撒恩,但撒恩离凯特太近。汤姆猛地抬起武器,朝那怪异的轿子开了火。

轿子

发生了剧烈的爆炸。黑暗力场保护了里面的黑暗霸主,但我们看到一个人形猎狗应声坠落下来,尖叫着,全身着火。片刻之后,那台巨大的轿子整个坠到地上。

梦歌

快速切换

几个人形猎狗惊惧地看着轿子。

寒冰和戴亚娜就位于轿子正下方。他们抬起头。戴亚娜立刻就地翻滚,寒冰还处在惊讶状态,当轿子把他压扁时,他发出凄厉的惨叫。

汤姆

他单脚跳着来到凯特身边,腋窝下夹着手提炮。凯特躺在地上,失去了知觉;在她身后,那扇门变成深紫色。它就要关闭了。于是,汤姆抱起凯特,用尽最后的力气奔跑起来。

撒恩

正在愣神,发现他们逃跑之后,急忙追赶。太迟了。汤姆抱起凯特朝男厕所跳去。撒恩也跳到空中……结果摔在男厕所的地板上。门已经关了。

画面切换到
白昼——暴风雪——远景

汤姆抱着凯特冲进了及膝深的雪地里,四周风雪呼啸。

淡出
第三幕结束

第四幕

Dreamsongs

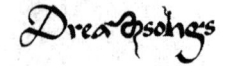

白昼——暴风雪——远景

汤姆抱着凯特行走在呼啸的暴风雪中。时值白昼,但天空一片乌黑,太阳不见踪影。风裹挟着雪花抽打着汤姆青肿的脸颊。我们能看到远处的山峦。汤姆打了个冷战,他的衣服不够抵御这种天气。

镜头切换到汤姆的视角

随着他缓缓转身,视野内展现出一个荒芜的白色世界,到处是冰天雪地和光秃秃的岩石,视线所及范围内没有任何遮身之所。

镜头切回到原来的视角

汤姆的眼皮结了一层霜。他随便选了个方向,抱着凯特,继续向前走。

淡出
一串短镜头——紧跟汤姆的双腿

汤姆跋涉过及膝的雪堆,登上冰封的斜坡,翻过岩石,走得十分艰难,不时被肆虐的暴风雪吹得直打晃。

淡出
近景——洞穴——白昼

这地方并不太像个洞穴:小小的洞口被一块突出的岩石挡住一半,

旁边还有棵枯死的树。但这儿至少能遮风挡雪。汤姆抱着凯特,疲惫地走了进去,把凯特放在风吹不到的冻硬的地面上。

汤姆身上覆满厚厚的雪,他不停颤抖着。他到洞口拾了些枯树枝,打算生一堆火。

淡出
近景——洞穴——几小时后

靠近洞口的地方,烧得很旺的篝火噼啪作响。外面,大雪终于停了,汤姆用一块浸了融雪的手帕擦掉凯特脸上的血迹。

镜头转为汤姆视角,俯视着凯特

凯特突然睁开眼,紧盯着汤姆。
汤姆:早啊。头感觉怎么样?
凯特:痛。
汤姆:肯定的。我感觉脸都快烂了。你那朋友撒恩下手可够重的。
凯特:不是我朋友。
她挣扎着起身。

镜头恢复

汤姆帮凯特站起来。她走向洞口,向外张望。外面是一片冰雪荒原。凯特打了个寒战,抱住双肩。

汤姆:冷死了,对吗?你那门真的不能双向开吗?
凯特:不能。

汤姆:好吧……

(备受打击,疲惫不堪)

恐怕我辛苦半天只是选了个晚点儿死的地方。

凯特:晚死更好。活得久。

汤姆:哪怕只是多活几天?几小时?

凯特:哪怕。

凯特歪着头,好奇地看着汤姆。

凯特:为什么?

汤姆:当时门要关了。

凯特:可是。为什么?

汤姆:有些事不得不做。

凯特思考了一会儿,然后走近汤姆,用尽力气紧紧抱住他。
我们可以看到她脸上的泪珠。但汤姆看不到。

特写凯特

她的双臂环住汤姆,越抱越紧。

镜头恢复

凯特终于松开手,向后退了几步。汤姆则显得十分尴尬。他可能不太明白这个拥抱的含义,或是他想起了劳拉。

凯特:有些事不得不做。

汤姆听到会心一笑。

梦歌

汤姆:现在我们要做的是想好接下来的打算。篝火撑不了多久,我们穿的也不是滑雪服。

凯特:不懂,滑雪。

汤姆:就是你花大价钱在脚上绑两块板子,然后滑下山。

他走到洞口,打量外面的世界。晦暗压抑的天空,咆哮的风,深深的积雪以及岩壁上高悬的冰锥。

汤姆:这天看上去真难受。才——

(看了眼表)十点二十七分就黑成了这样。九月就刮暴风雪。

镜头对准汤姆

汤姆离开寒风呼啸的洞口,捡起一根木棍,捅了捅篝火。

汤姆:说不定我们地理位置也改变了。说不定我们在格陵兰……南极洲……

小队长画外音:
怀俄明州。

反转视角

汤姆转向声音的来源处。洞穴入口站着五个拿武器的士兵,他们十分憔悴,穿着褴褛的制服,胡子里都是冰碴,眼里则充满恐惧与饥饿。他们的靴子上结满冰霜,正举起步枪对着汤姆和凯特。

小队长是个很高的女黑人,声音刺耳,说话粗俗。她在火边烤了烤手。

小队长:真好。真暖和。而且呢,几里地外就能看见。

镜头对准凯特

一边向后退,一边看向附近地上的手提炮,打算扑过去。

镜头恢复

小队长完全了解凯特的想法。
小队长:小姑娘,你要是敢举起那边的枪,你会立刻死翘翘。

凯特僵住了。

士兵:怎么处理他们,头儿?

小队长:带他们回营地,给队长看看。
(对汤姆)带着你们的食物,开上你们的雪地车跟我们走。

汤姆:我们什么都没有。

小队长(怀疑地):这样的话,恐怕你们要走一段又冷又长的路了。

(沮丧的汤姆)

梦歌

镜头切换到远景
当天午后——大本营——正在建造中

一座小小的军营依山而建。里面有一些帐篷和粗糙的小屋,营地中间有一个火盆。营地周围摆了一辆老旧的黄色校车、一辆吉普车和一辆装甲运兵车用来防风。几辆车都破破烂烂。不过有两辆车十分显眼,修缮得也要好一些,造型充满未来感:一辆是巨大的飞天坦克(靠压缩空气前行,没有履带),还有一辆更大的运输飞艇,有十八个舱室,没有轮子。

镜头对准汤姆和凯特

俘虏被押送来时,士兵们好奇地打量着。算上抓捕凯特和汤姆的小队,兵营里共有二十名士兵。我们看见男人大概是女人的三倍。

他们的"制服"十分破旧,缝缝补补,而且也不是很统一,看起来像来自两三支不同的军队。有些人穿的是厚厚的连帽夹克;有个人穿着虫蚀的毛皮大衣;其他人则裹了好多层衣服。

镜头对准吉普车

汤姆和凯特走过镜头。吉普车上安装了一挺机关枪。机关枪坏掉了。一个蓄着厚厚黑胡子的二等兵在清洁并修理它。这名二等兵叫沃尔什,穿一件镶毛边的皮夹克。他看到凯特后,停下手里的活计,跳下吉普车打量她。

沃尔什:嘿,看看这妞儿。看来雪地巡逻也不是完全没用嘛。

Dreamsongs

他挡住凯特的去路,钩住凯特的下巴,抬起她的脸。凯特面无表情地瞪着他。

沃尔什:叫什么名字啊,小妞儿?
小队长:让开,沃尔什。回去干你的活儿去。你一小时前就该把那杆枪弄好。
沃尔什:我更想弄弄她。
汤姆:我要是你可不会碰她。她咬人。
小队长:听见没。赶紧去把枪给我修好。

沃尔什挑衅地转向小队长。

沃尔什:修什么?你觉得它有用吗?我们能他妈用它来射什么?雪人吗?
小队长:我命令你。

其他士兵围过来看热闹。围观者中有一名怀孕数月的女子,名叫惠特摩尔。小部分人明显向着沃尔什。

沃尔什:去你的命令。
沃尔什的同党:继续说,沃尔什。
沃尔什:我们现在干的,什么巡逻、训练、清理枪支,能证明什么?
队长
(话外音):
证明我们能活下去,沃尔什。

梦歌

镜头反转,对准小屋

一名高大、冷峻、威武的男人从指挥官小屋中走出。他是队长,穿一件厚重的连帽大衣,帽子遮住了他的脸。

队长:积雪是敌人。寒冷是敌人。绝望则是最大的敌人。你活够了吗,沃尔什?

镜头推近汤姆

汤姆死死盯着队长,脸上的表情十分奇怪,好像似曾相识一样。

镜头恢复原位

沃尔什被威慑住了,对队长表现出一丝畏惧。
沃尔什:没有,长官。
队长:死很容易。躺在雪地里,一切就结束了。活着才艰难。那需要勇气、工作和训练。你想活着吗?
沃尔什:是的,长官。
队长:那就回去工作。

沃尔什敬了个礼,回到吉普车上。队长转向小队长。

队长:小队长,这两人是谁?
小队长:队长,我们在南部山脊的洞穴中发现了他们。
队长:带他们进来。

Dreamsongs

镜头切换

近景——长镜头——队长的小屋

屋内家具粗糙破旧。炉子里烧着木头,房间温度适宜。

小队长和一个手下押着汤姆和凯特进来。队长拉下帽子。我们第一次看到他的脸。他头发及肩,乱糟糟的,全是铁灰色。一团灰色里,他的黑胡子十分显眼,但那胡子下面的脸……汤姆认得这张脸,凯特也认得。

汤姆(震惊):崔格!

镜头推近队长

他皱了皱眉,疑惑了一下。

队长:你们从哪儿听说这名字的?

汤姆:我……认识你。

队长:战争以前?

(若有所思)不对,你太年轻了。

(一挥手)名字只属于和平年代。我现在叫队长。

(对小队长)他们带了武器吗?

小队长:我们从洞穴里找到了这个。

她将凯特的武器和两个弹夹呈在队长面前,后者仔细检查这些东西。

凯特:我的!给我!

她刚向前冲,士兵们便抓紧了她。

队长:奇怪。现在敌人都佩带这些武器了吗?

汤姆:我们不是敌人。

队长:那可不好说。

汤姆:你的小队长说这里是怀俄明州。

队长好奇地看了汤姆许久。

队长:这里是山区自由州。或者说,山区自由州的遗址。

汤姆:山区……队长,发生了什么?

凯特表现出恍然大悟的神情。

凯特:开战。

队长:已经打了二十九年。

汤姆(震惊):二十九年……

队长:我说了。

(不耐烦地挥挥手)该我了。我要问,你们来这儿目的为何?你们从哪儿来?

汤姆:洛杉矶。

队长:我看起来很好骗吗?哪儿来的洛杉矶?

(对小队长)他们的补给带来了吗?

小队长:他们的衣服就只有身上穿的,食物压根儿没有。

队长:交通工具?

凯特:走的。

队长看向汤姆,后者耸耸肩。

汤姆:啊……我真不想提,但我们确实用走的。

队长(起身):你们不是疯子就是骗子。我们不会浪费食物在这两种人身上。小队长,带这男人和——

(队长的话被打断了,一名女战士突然冲进小屋,气喘吁吁,一脸恐慌)

女战士:队长,芭芭拉出事了。她本来要生了,但是不顺利。

汤姆:带我去。

(没人动)

我是医生,我能帮她……

队长狐疑地打量了汤姆一会儿。我们听到尖叫声。这让队长下定决心。他点点头。汤姆跟着女战士冲出小屋。

镜头切换
片刻后——近景——女人的小屋

小屋里只有几支蜡烛和一根冒烟的火把提供照明。五名女战士都住在这个小屋。在床上,惠特摩尔浑身颤抖,用尽全力生产。

小队长和其他女人都跑过来帮忙,汤姆是屋里唯一的男人。他跪在惠特摩尔的双腿间。凯特在门口张望着,像猫一样充满好奇。

惠特摩尔:痛……哦,不要……痛……
汤姆:用力,干得好。继续用力。想叫就叫出来。

她叫起来。汤姆不为所动,专心致志。

汤姆:芭芭拉,听我说,胎儿现在是腿朝下,我要把手伸进去,摆正胎儿的位置。会很疼。你准备好了吗?

惠特摩尔咬着嘴唇,满脸汗水。她点点头。

汤姆:那我开始了。

镜头推近凯特

她双眼圆睁,看着屋内。惠特摩尔又叫起来,这次简直让人心碎。

凯特脸色煞白,旋身逃离了小屋。

远景
女人的小屋——连续镜头

凯特埋头快跑,正好撞到和其他人一起等在屋外的队长。队长抓住她胳膊,让她顿了一会儿。

队长:怎样了?

凯特使劲儿摇头,她不是个合适的提问对象。她挣脱队长,跑远了。

淡出
片刻后——外景——女人的小屋

队长和其他男人还等在外面。小屋里渐渐安静了。最后,小队长走了出来。

小队长:是个女孩儿。

队长点点头,看起来毫无感情。

队长:惠特摩尔呢?
小队长:医生说她会好的。她想见你,队长。

队长走进小屋。

Dreamsongs

近景
女人的小屋——连续镜头

惠特摩尔将新生儿抱在胸前。她精疲力尽,身体虚弱,但洋溢着幸福的光辉。汤姆正在擦手。

惠特摩尔:看看她,约翰。很漂亮吧?你想抱抱吗?

队长看起来很尴尬,不知该说什么。惠特摩尔抱紧孩子。

惠特摩尔:她会平安长大的,对吧?
队长:当然会。等天气一好,我们就向南方进军。墨西哥以南还是很温暖的。海里有很多鱼,还有青葱的山谷,里面食物充足。

镜头切换汤姆倾听的脸部特写

队长温柔地摸了摸正吃奶的婴孩。

队长:我保证,惠特摩尔。她会在蓝天下长大。她会品尝蜂蜜,驾驭骏马,在阳光下玩耍。我保证。

镜头推近惠特摩尔

她眼中盈满泪水。因喜悦还是悲伤?也许两者皆有。她咬着嘴唇,点点头。

惠特摩尔:我想叫她夏娃。我们将迎来新世界,对吧?而她将是第一个……

队长:是个好名字。

惠特摩尔笑了。

镜头回到原位

队长站起身,看向汤姆。

队长:医生,我能跟你借一步说话吗?

汤姆跟着队长出门。

外景——女人的小屋——连续镜头

小屋外,队长转身面对汤姆。小队长站在旁边,听着他们交谈。

队长:看来你真是个医生。

汤姆:不是骗子和疯子?

凯特躲在小屋拐角处,听见汤姆的声音后才挪到视线内。她也在一旁听着。

队长:或许你三者皆是,无所谓。

(看到躲躲闪闪的凯特)出来吧,到这儿来。

凯特羞涩地走出来。

汤姆:凯特,你还好吧?你怎么跑了?

凯特:太疼。要死。

汤姆:生孩子死不了人的,凯特。

凯特:不死?

汤姆:不死。

队长:看来你经常做这些。我们需要医生,也需要女人。你俩都可以留下。小队长,给我们的新兵讲讲入伍规矩。

队长走开。小队长走过来。

小队长:规矩有三:一,遵守命令。二,不得擅自离队。三……逃兵杀无赦。

镜头对准汤姆的脸
淡出。
第四幕结束

第五幕

淡入
外景——运输艇——白天

运输艇里是一箱箱罐头食物,堆积的木头,还有褪色的黄报纸,好多捆旧衣服。军需官的双下巴胡子拉碴,他从闸门上扔下一捆衣服。

军需官:这些给你们。穿上六七件衬衫,就无须外套了,对吧?

凯特用手指拨开一个破洞,嗅着破洞旁的污渍。
军需官:那是好运的象征。我是说,子弹打中同一个弹孔的概率非常小,对吧?
凯特开始套衬衫,一层又一层。一点点血迹她完全不放在心上。

汤姆:我们要暖和的袜子。

梦歌

军需官:去便利店看看。

军需官放下两把步枪。

军需官:这是你们的枪。可别让它离手。敌人一露面,就用它揍他。

凯特急切地抓住枪,检查扳机。

汤姆:你的意思是没有弹药?

军需官大笑,好像听到最好笑的笑话。

汤姆:没弹药的枪有什么用?

小队长冲汤姆揶揄地笑笑。

小队长:最起码能用来抓你了。

(镜头离开汤姆的脸,淡出)

近景——晚上——食堂帐篷

汤姆和凯特穿着新"制服",看起来和军队里其他人一样破破烂烂。他们接过锡盘装的罐装豆子,还有厨子做的不知道什么肉。两人带着食物在长椅的空位上坐下。

凯特用手抓起肉,用牙齿撕扯。她饿了。

凯特(嘴里塞满食物):好吃。热。吃,托伊—牧斯。

她隔着咬了一半的肉朝汤姆咧嘴笑着,嘴唇沾满油脂。她用袖背抹掉油脂。汤姆拿起叉子。

汤姆:看来我要教你怎么用叉子。

他又拿起刀,想要切开肉。肉很硬。凯特大笑起来。

凯特:用牙。比叉子好。

军需官坐到凯特旁边,凯特的笑容褪去。她尽力不去理他。

军需官:你的女朋友饿了。

Dreamsongs

汤姆:她不是我女朋友。

军需官:那你亏了。这么漂亮的女孩儿,晚上却要独守空房。

(转向凯特)你今晚可以出来找我,我会让你舒舒服服暖暖和和。说不定还能给你找双袜子。

他靠向凯特。

镜头对准凯特的腿

长椅下,军需官把手放在凯特的膝盖上,缓缓滑向她的大腿,手指不安分地动着。

镜头对准凯特

她的眼睛瞟向一边。军需官以为她有意思。他一只手放在桌子上,另一只放在下面。

军需官:这世上还有玫瑰的时候,我常送玫瑰给女孩儿。还有玫瑰的时候。哈,玫瑰,袜子,有什么区别呢?反正都有味道。

他被自己的笑话逗笑了。凯特拿起叉子,狠狠插进军需官的手里。突然的痛苦让军需官发出一声惨叫,跳了起来,握住流血的手。

军需官:我的手……

凯特大笑着看向汤姆,眼神带着狡黠。

凯特:知道用叉子。看。

军需官:你这肮脏的小……

汤姆(起身):别碰她。

小队长一只手搭在汤姆肩上,示意他冷静。

小队长:冷静点,勒克。提姆斯,回你的飞艇上去。

军需官:我只是想帮帮她。

其他士兵并没表现出同情。

女兵:说不定下次她扎的就是你两腿中间了。

军需官瞪向所有人,最后怒冲冲地走出食堂帐篷。汤姆坐了回去。

小队长:他原来人不错。

(耸耸肩)等我们拔营会好的。继续向南行军。

在她身后,沃尔什嘲讽地一笑。

沃尔什:是啊。那要等到什么时候呢,长官?你觉得后天行么?

(拍桌子)现实点吧。我们永远去不了南方。我们在这儿待了十八个月了。我们会死在这儿。

女兵:队长说等天气变暖我们就……

沃尔什:等天气变暖,我们就只剩尸体了。我们没有弹药,没有燃料,迟早也会没有食物。我们不过是苟延残喘。

他也走出食堂帐篷,两个伙伴跟着走了出去。帐篷内一阵阴郁的沉默。

汤姆:你们的交通工具……那辆坦克,那艘飞艇……

小队长(疲惫地):那艘大飞艇十八个月前就罢工了。它是最后一艘,而我们还有几千公里的路要走。

凯特:走。

小队长:就算我们能活着徒步穿越暴风雪,也没法背走所有食物。

谁都没有心情再说话。食堂帐篷中的面孔都变得绝望颓废。小队长站起来。

小队长:勒克,你今晚负责站岗。

汤姆:你不怕我跑了?

小队长(苦笑):你觉得你能跑哪儿去呢?

Dreamsongs

淡出
远景——大本营——晚上

汤姆裹紧破破烂烂的衣服,步枪挎在肩上,绕着营地巡逻。汤姆的呼吸在寒夜中化成白气。他看起来很冷、很惨、很孤独。

寒夜寂静无声。冷风吹过帐篷。汤姆没戴手套,双手放在腋窝里取暖,但没什么效果。他伸手进口袋,哆嗦着取出钱夹。

镜头特写汤姆的手

汤姆打开钱夹,露出劳拉的照片。

镜头恢复

汤姆久久凝视着照片。他走得太远,而且很可能回不去了。汤姆第一次意识到这点。我们在他脸上看到了痛苦。

这时我们听到声音。有人行动的声音。

汤姆:嘿,谁在那儿?
没人回答。汤姆匆匆收起照片,端起枪。

镜头跟随汤姆

他朝发出声音的方向走去。我们又听到声音——是从被雪困住的车辆方向传来的鬼鬼祟祟的脚步声。汤姆走过黄色的老校车,停住。我们听到一声模糊的撞击,一声呻吟。

梦歌

汤姆壮起胆子,跑向飞艇的驾驶室。他在驾驶室外看到躺在雪地上的军需官,已经失去知觉。他在军需官身边犹豫了一下。凯特从驾驶室里探出脑袋。

凯特:现在,安静。托伊—牧斯。声音大。太大。

汤姆(很惊讶):凯特,你在干——

她打开门,抓住他,拉他进来。

凯特:别说话。现在,进来。

近景——飞艇驾驶室——连续镜头

这里看起来就像卡车驾驶室。凯特在仪表盘下钻来钻去,点燃了一根火柴。她在检查什么。

汤姆(轻声):你在这儿干吗?

凯特:看。找。

她吹熄火柴,起身站到他身边。

凯特:现在,走。

凯特挽起一层层衬衫的袖子,打开握拳的手。

全息图闪现出来。整个世界在她指间缓缓旋转,奇怪的符号在地球上交错蔓延,一道光在蒙大拿州闪烁。

汤姆:另一扇门?到哪儿?

凯特:出去。

汤姆(沮丧):出去。去哪儿?你怎么知道它通向哪儿?

凯特:穿过,寻找。

汤姆:凯特,有没有门能回到我们之前那个世界?我还能回家吗?

凯特:不知道。或许。或许这扇门。

汤姆研究着光线的地址。

汤姆:看来是蒙大拿州某处。门什么时候开?

Dreamsongs

她放下手臂,光线消失了。

凯特:两天。现在,走。

汤姆(失望):太远了,凯特。至少有一百英里。这种地方,步行一天最多能走十英里。

凯特:不用,步行。用这个。

她将手放在飞艇控制板上。

汤姆:没有动力,你忘了?

凯特:修好。

汤姆:谁修?你?

凯特:懂方法。撒恩教导。电池。

汤姆想了一会儿才明白。他恍然大悟。

汤姆:电池——天啊,没错!

(大笑)凯特,我真该吻你。

凯腾:不懂,吻。现在,走。以后,吻。

汤姆(突然犹豫):等等。食物……

(沮丧)食物都在货仓里。如果我们带走了,这些人会死。

凯特:反正,要死。或迟,或早。没关系。

汤姆:你之前在洞穴里可不是这么说的。忘了吗?你觉得活着总是有价值的,哪怕只是多活几天,几小时……

凯特脸上露出倔强的神情。她不喜欢别人用她自己的话来反驳她。

凯特:那时不同。那时对我们。现在对他们。

汤姆震惊地看着她,仿佛第一次意识到她求生的意志有多么强烈。

汤姆:他们也是人,凯特,和我们一样。帐篷里还有个才出生不到六小时的婴孩。我亲手接生的婴孩。我不能让她去死。

凯特不理解。

凯特:现在,走!赶紧,走!

汤姆:那你走吧。

凯特:你,一起。

汤姆:我不走,凯特。

凯特生气了,嘴紧紧抿成一条线。

凯特:走!

汤姆(平静但坚决):不。

他们四目相对。最后,凯特垂下眼睛。

凯特(妥协):也不走。

镜头切换

外景——队长小屋——晚上

汤姆带着凯特走向队长的小屋。窗内一片漆黑,看起来队长睡着了。

近景——队长小屋——连续镜头

屋内伸手不见五指。汤姆和凯特经过窗户时,我们只能依稀看见两人的轮廓。凯特很紧张。

凯特:太黑。

汤姆:队长?你在……

在他身后,打火机突然亮起。队长没睡着,他坐在桌子后面。他单手持一把左轮枪,另一只手点燃蜡烛。小屋里亮起闪烁的光。

队长:别动。我保证,这枪可是上了子弹的。

汤姆:我们以为你睡着了。

队长:你们错了。

队长靠到椅子上,手里的枪仍指着汤姆和凯特。凯特的手提炮放在队长面前的桌子上。

队长:竟然是你们俩。奇怪,我宁愿是沃尔什和他的朋友们。

汤姆:宁愿沃尔什来……

队长:来设法杀我,当然了,如此他就成了队长。

汤姆:我们不是来杀你的。我们要找你谈谈。

队长:是啊,我也觉得你不擅长杀人,强项在说话。现在你女朋友……

凯特:不是我女朋友。

凯特的话让汤姆一笑。

汤姆:差不多这意思,凯特。不过我们还得学学代词,(转向队长)队长,关于南方温暖地域的说法,是真的吗?

队长:有人告诉我说他认识的某人亲眼见过。

(耸肩)活着总要有个盼头。

汤姆:我能给你看些东西吗?

队长点头。汤姆走向桌子,拿起一节备用电池,打开一端的盖子。

镜头对准汤姆的手

他把弹药夹递到队长面前。弹药夹里闪着红光,在能量的流动下缓缓闪烁。队长探身向前,好奇又迷惑。

队长:这是什么?

汤姆:希望……

队长迎向汤姆的脸。他放下枪。

队长:继续说。

切换

远景——山脉——夜晚

天色依旧漆黑,积雪静默无声。一切都静止,只有风在吹。突然,我们听到炸裂声,如雷鸣般响亮,音爆般刺耳。

黑暗霸主的轿子凭空出现,还有三名人形猎狗——撒恩、戴亚娜及另一位女性杰拉——她靠在破旧的轿子上。轿子有明显的损坏痕迹。撒恩跳到雪地上,动作像豹子一样轻。狩猎又要开始了。

淡出

第五幕结束

第六幕

淡入

远景——大本营——早晨

营地里一片忙碌。士兵们忙着挖出被雪掩埋的校车,往飞艇上装载货物,并将吉普车和装甲车上能回收的东西装到校车和飞艇上。队长这支无精打采的小军队仿佛被注入了一种全新的能量。

镜头跟随凯特

她躺在飞艇掀起的引擎盖下,脸和衣服上都是油污,双手握着电缆。她脸上带着手术中的医生般认真的表情,沉默地伸出一只手。她旁边一位当她助手的女战士,将一块电池放到她掌心。凯特将电池固定在合适的地方。

镜头恢复原位

军需官的头上和手上绑了绷带,他从驾驶室里探出头,非常兴奋。
军需官:她通上电了!我的天啊,看啊,表盘上的指针走了一半还多。

凯特爬出来,用破布擦擦手,点点头。

小队长:试试发动机。
(大喊)都让开!我们要试试起飞……

战士们争相跑开。军需官深吸一口气,气沉丹田,发动机器。飞艇的发动机转了起来,发出一阵刺耳的嘈杂声……然后,飞艇下的巨大风扇运转起来,发出咆哮。

远景——飞艇

飞艇来回晃了一阵。积雪被溅到四周,围观者纷纷跑开。然后,飞艇缓慢、郑重地飞离了地面。
战士们发出不整齐的欢呼声。

凯特

她突然被众人围住。他们拍着她的背,抓住她的手,高高举起来。她一开始有些迷惑。然后她明白了,并且笑起来。

小队长:搞定一台了。现在看看她能不能搞定那台挂掉的坦克。

镜头切换到
远景——校车——几小时后

士兵们挤进校车,带着武器和行李袋。有人正把校车拴在飞艇上。队长在和小队长说话,凯特和汤姆等在一旁。

队长:尽可能沿以前的洲际公路走,但离丹佛远一点。那儿还是太危险。

小队长:遵命,长官。

队长:我最晚周日追上你们。如果我一周内没能到达约定的集合地点,你们就不要等我了。懂吗?

小队长:队长,我们还是……

队长:懂吗?

(小队长点点头)你们要一直进军。无论发生什么。飞艇涡轮随时可能再坏掉。在此之前,你们尽量向南。

惠特摩尔正要登上校车。她怀抱着裹了好多层衣服的女儿。她停下脚步来告别。

惠特摩尔:医生……感谢你……所做的一切。

汤姆:好好照顾她,好吗?

她轻轻吻了他。凯特看着,皱起了眉。

Dreamsongs

惠特摩尔:还有你,凯特。感谢你。
(对队长)我……我希望你能跟我们一起走。
队长:我不会离开很久的。小队长会带领你们。

惠特摩尔点点头。她有些尴尬、有些害羞。她转身准备登上汽车……队长突然大声开口。

队长:芭芭拉……
(惠特摩尔停下脚步)我能……抱抱她吗?
惠特摩尔把婴孩递给他。队长温柔地接过婴孩,抱住。
惠特摩尔:她的眼睛像你。

队长把婴儿放回她手中,然后吻了她。这个吻温柔又深情,他们吻了很久。凯特好奇地睁大眼睛看着。

汤姆:那是接吻,凯特。他们在接吻。

惠特摩尔哭了。连队长的眼睛都有些湿润。他们分开,表情十分痛苦。

队长:吾爱,带着她,去温暖的地方。

芭芭拉泣不成声,点点头,登上校车。眼泪不断滚下她脸颊。

凯特:接吻,痛苦。
汤姆(微笑):哦,这我可不知道。

梦歌

镜头对准两条铁链

涡轮飞旋,发动机轰鸣。飞艇从雪地上起飞。铁链被抻起来,随着拉力哗啦作响。

转向飞艇

开始向前。靠压缩空气悬浮在离雪地一英尺高的空中。它开始了向南的漫长旅程。铁链越来越紧。一时间,汽车纹丝不动。

转向轮胎

汽车被冻在雪地里,满身冰霜。

转向飞艇

涡轮声越来越响,越来越急促,飞艇用力拖拽汽车。
但始终没有变化。

镜头转向轮胎上的冰层

碎裂开,巨大的轮胎开始转动。

镜头转向汤姆和凯特

他们注视着缓缓移动的校车。一扇车窗打开了。
沃尔什探出头。

沃尔什:嘿,凯特……

(她怒视他)你赢了,漂亮的小姐。我欠你的。

他把自己温暖厚重的毛领夹克从窗口扔给凯特。凯特惊讶地接住。

沃尔什:拿着吧。我要去的地方很温暖。

校车从他们身边经过。凯特目送校车远去。

汤姆:走吧。队长等着呢。

镜头翻转——越过汤姆的肩膀

一辆伤痕累累的巨大坦克停在那里,它的发动机开始缓缓启动。他们走向它,凯特边走边披上夹克。

淡出
淡入
外景——大本营——几小时后

空旷的小屋和被遗弃的帐篷孤独地立在雪地中。飞艇、校车和坦克都走了。戴亚娜爬到一处高地,黑暗霸主坐在轿子里,向下俯视营地。她低头报告,杰拉和神情阴郁的撒恩站在一旁听着。

戴亚娜:是一所军营,主人。刚被遗弃。我找到了这些。

镜头推向戴亚娜的手

她张开握成拳的手,手中有两个黑色弹夹。
撒恩:手提炮的弹夹。
戴亚娜:它们的电池已被拔掉。没用了。
撒恩:但能证明她到过这里。

镜头恢复原位

在黑暗力场中,黑暗霸主愤怒地挪动着。

黑暗霸主:又让她跑掉了!
戴亚娜:一群人向北,一群人向南。
撒恩:下一扇门在北方。凯特肯定去了那儿。
黑暗霸主:那么去南方的就无关紧要了。戴亚娜,我们向北走。

戴亚娜服从地一鞠躬。撒恩突然开口。
撒恩:主人,您的车已经坏了,我们行进会很慢。她会先找到门的。
黑暗霸主:你最好祈祷她不会,撒恩,接连失败,丢人现眼。我要她。抓不到,你来替她。
撒恩:请让我先行追踪,主人。她肯定绕开了山路。我可以走捷径,先到一步,堵住那扇门。
黑暗霸主:那就去吧。不许伤害她。我要拿她做宠物,而不是满足你那人类空洞的虚荣。
撒恩:遵命。

撒恩像骑摩托一样爬上轿子侧旁的挂斗。他按下出发命令,挂斗的前半部分滑了出来,离开了主飞行器。
黑暗霸主:警告你,猎狗,你没有第三次机会。我的仁慈是有限的。

撒恩低下头。飞行器启动,迅捷而安静地滑过雪地。

镜头切换到
远景——群山——白天

坦克浮在空中向北而行,穿过荒芜的冰原雪地,向群山不断靠近。

近景——坦克——白天

坦克内部狭窄寒冷。这辆车显然遭遇过极大损毁,后面是被烧焦的电路板,被扯下的面板,到处是临时修理的痕迹。风扇声音也非常大。

队长在驾驶。汤姆坐在炮手台,凯特挤在他脚下。

汤姆:我一直在想,你说打了二十九年仗,也就是说,你们的战争开始于——

队长:1962 年 10 月。但那不是我们的战争。

汤姆(刨根问底):古巴导弹危机……苏联没有解体,对吧?

队长疲惫地摇摇头。

汤姆:有多糟糕?

队长:我们失去了很多城市,波士顿、丹佛、华盛顿……但我们赢了,反正新总统——麦克纳马拉,似乎是叫这个吧——是这么说的。人们上街载歌载舞,到处插满旗帜,到处是胜利游行的人潮,还掀起了第二次婴儿潮……天,我们真蠢得可以。

汤姆:后来……辐射。

队长:毒雨,庄稼减产,饥饿的幸存者们逃出城市,可还是无处可去。美国的光芒熄灭了。

凯特:黑暗霸主……

汤姆:不在这里。这些是他们自己造成的。这里的男男女女……

队长:最可怕的是争夺食物,一发不可收拾。而且,冬天越来越长,越来越冷。

他摇摇头,似乎想甩掉那些回忆。

一声警报突然响起。坦克摇晃了几下。烟雾从操作板中涌出。凯特不禁用双手遮住耳朵。

队长抓起灭火器,扯掉面板,向里面喷起来。风扇发出一阵哀鸣,然后归于沉寂,坦克掉到地上,发出刺耳的声音,冒出浓烟。

队长:勒克,打开舱门。快开门!我们要呛死了……

远景——坦克——连续镜头

汤姆爬出舱门,烟雾也一道涌出。他拉出身后的凯特。队长最后出来,用一块布捂住脸,不住咳嗽。

汤姆:怎么了?

凯特:火,托伊—牧斯。

汤姆:我想也是。

队长:估计哪儿超载了。这玩意好多年前就该报废了。

汤姆:能修好吗?

队长看看周围。四周除了山还是山。到处冰天雪地。

队长:我们还有得选吗?

镜头切换

远景——山的另一边

撒恩骑着挂斗穿过山脚,脸色严峻而不安。他移动得非常快,迅速向山间靠近。群山在他面前越来越大。

淡出

镜头切换

远景——傍晚——坦克

队长修了好几个小时的坦克。凯特坐在炮塔顶端,为他们放哨。队长出来后,她跳下来,听他说话。

汤姆:怎样?

队长脸色不好。
队长:我能找东西替换烧掉的电路板。但真正出问题的是这个。

他把什么东西扔给汤姆,后者接住它。

镜头对准汤姆的手

他手里是块电池,已经黑掉,不能再用了。

镜头恢复

凯特走过来。汤姆愁眉苦脸地把废电池递给她。

队长:电路板错误导致超载短路。我们要换块新电池。
汤姆:我们没有新电池了。只有两个备用电池。

汤姆无助地望向荒芜的雪原。

汤姆:那些劲量兔宝宝都哪儿去了?需要时总不见踪影。
队长:你说什么?
汤姆:别在意。我们现在怎么办?

他们无助地面面相觑。

队长:等死。

队长的语气突然变得绝望,汤姆被吓到了。如果此人都放弃了,情况肯定是毫无希望了。队长的声音十分疲惫。

队长:不过,这死法真滑稽。我总以为会死在战场上。死得像个士兵……
(停顿)
我父亲是士兵,我祖父也是士兵。对他们而言,当兵是件英勇而高尚的事,保家卫国,抵御外敌。
后来,那场战争开始了,不再有国家,昔日我保护的人民转眼成为我要杀死的敌人。
(停顿)
那场战争从头到尾就是个错误。包括死亡在内。

汤姆不懂他说什么,但凯特懂。

凯特:现在,不到死。

她抽出手提炮,卸下弹夹。最后的弹夹。她把弹夹递给队长。队长明白其中含义,郑重地接过来。

队长:没有这个,你的武器就没用了。
汤姆:凯特,你确定?
凯特:确定。
队长:你这样就没武器了。如果你的敌人找到你……你说的那些黑暗霸主……你没法对抗他们。
凯特:有的是法。踢。咬。扔石头。

队长从枪套中抽出左轮枪,塞到凯特手中。

队长:给你,它只有四发子弹,但聊胜于无。拿着。

凯特接过枪,察看起来。

凯特:聊胜于无。比石头好。
(把枪收起)现在,修理。出发。

队长回到坦克里,继续修理。

淡出
远景——夜晚——悬崖——镜头俯视

刺骨的风呼啸着卷过石头和冰层组成的悬崖。这里很高,但离山顶还很远。一只手出现在镜头内,指间扣住岩缝,岌岌可危。然后,撒恩的身体也出现在视线内。他的十指让岩石磨得鲜血淋漓,脸上结了一层冰霜,但他还是不停地爬。

撒恩一直爬出视线。

淡出
外景——第二天——山路

坦克缓缓爬上一个陡峭的斜坡,停在一个狭窄的山口,山口两边都是冰雪覆盖的高大岩石。过了一会儿,舱门打开。凯特先爬出来,汤姆和队长跟在后面。

凯特站在坦克顶上,露出手镯,开始扫描。当她的拳头对着正前方的山口时,蓝光变得最为明亮。

凯特:那边。那条路。
队长:那条路太窄了。

他顺着小路向上看,看着隐现的山峰。

队长:那上面的雪看起来不怎么对劲。如果我强行把坦克开过去,恐怕要震下半座山来。
汤姆:凯特,门还有多远?
凯特:很近。两格,三格。
汤姆:我觉得剩下的路可以走着去。
队长:那就到这里吧。我得赶回去追我的人了。
汤姆:你可以跟我们一起走。

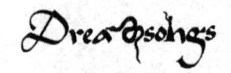

队长:这才是我的世界。而且……

(微笑)

我还是觉得你是个疯子。

汤姆笑了。他们紧紧握住手。汤姆和凯特跳到雪地中,在地上留下深深的脚印。汤姆滑了一跤,摔倒了。凯特拉起他。队长目送他们消失在山坡上,然后关上舱门。

淡出

淡入

一小时后——同一地点——镜头对准戴亚娜

她跪在凯特和汤姆在雪地里留下的脚印旁。

(轿子)

浮在她身后不远处。黑暗力场中的生物迫切地向前探身。

戴亚娜:他们在这儿下了车,步行向前。离开这里不会超过一小时。

黑暗霸主:那她跑不了了。

戴亚娜:您打算怎么处理她,主人?

黑暗霸主:对你而言,疼痛如尖叫般短暂而尖锐,你能感受到它的韵律。但我可以用痛苦的音符谱出乐章,人形猎狗。

戴亚娜不想再听。她跳上轿子。然后他们穿过山口,继续前行。

镜头切换

远景——白天——矿山入口

汤姆气喘吁吁。连凯特都因不停攀爬而面色通红。但当她看到前方高处漆黑的矿山入口时,她跑了起来。她挽起袖子,露出手镯,手握成拳。手镯狂闪。一二三,一二三。

汤姆(气喘吁吁):宾果。我们找到了。

撒恩从漆黑的矿井中走出。

撒恩:你们确实找到了。

凯特向后急退,她抽出队长送她的老左轮手枪,双手握住,毫不犹豫地开火。
子弹打中了撒恩的肩膀。他晃了一下,然后重新站直,笑了。

撒恩:孩子拿到新玩具了。

鲜血从他肩上的伤口中涌出,但撒恩似乎只感到一丁点疼痛。汤姆惊恐万分。

撒恩:不能杀死我的,都会使我更强壮。

凯特大叫一声,又开了一枪。第二枪完全打空。我们听见子弹打在石头上。

撒恩:怕了? 当然。她就要来了,小宠物。她很近了。你知道她要把你怎样吗?

凯特又开火了。子弹打中撒恩的肚子。他哼了一声,捂着伤口弯下腰——但只过了一会儿,他又缓缓直起身子,双手垂到两边。

Dreamsongs

撒恩:这一下差点伤到我。

只剩下一发子弹。凯特刚想扣动扳机,汤姆抓住她的手腕。

汤姆:凯特,够了。
撒恩:凯特。没错。我给她起的名字,跟班。她告诉你的吗?
(语气越来越愤怒)
我教会她说话。认字。使用武器。我给了她性命。食物。名分。我把她当作伴侣。
汤姆(恍然大悟):你爱她……
(停顿)让她走吧,撒恩。你算是什么样的人呢?
撒恩:我不是人。是人形猎狗。

在他身后,矿山入口突然闪起鲜明的蓝光,门开了。

凯特:门……
撒恩:是啊。你只要过我这关。

他身侧的双手握成拳头,六英寸长的钢针出现在指关节处,突然,我们——

镜头切换
远景——同时——山口

黑暗霸主控制轿子向上爬。

黑暗霸主:快点!快点!门要开了。不能让她跑了。快点!

在他们前方半英里处,飞天坦克缓缓升入视线中。

黑暗霸主:那是什么?是个武器系统。拦截它。

坦克的炮塔缓缓转过来。

近景——坦克

队长操纵控制台,脸上露出一丝残忍的笑容。

队长:欢迎来到我的世界,你这婊子养的。

他一推开火开关。

远景——坦克

炮塔开火。声音犹如锤击。

一颗炮弹在轿子正下方爆炸,轿子猛烈地晃了晃。两个人形猎狗被甩了出来。黑暗力场吸收了大部分伤害,但黑暗霸主愤怒地尖叫起来,发出一串无法听清的外星语言。
　轿子开始还击,一道光线射下山口,击中了坦克。然后又一条。又一条。光线撕裂了空气,山口回荡着巨大的声响。

近景——坦克内——镜头跟随队长

坦克遭遇攻击时,他被撞到了一边。灯熄灭了。失去动力的坦克撞在地上,他左右摇晃。

队长:打我。再打我啊。来啊,再打啊。
(又一下攻击)
好样的!

坦克隔板中涌出烟雾,但队长笑了。他听到了别的声音——深沉而不祥的隆隆声从上方传来。

镜头对准黑暗力场

轿子中的黑暗霸主也听到了。黑暗力场中那具扭曲伟岸的躯体因恐惧而更扭曲,黑暗霸主想用胳膊护体。

黑暗霸主:不——

这个字化成尖锐的异星人尖叫,然后雪崩隆隆滚下,埋住坦克、轿子,所有一切。

镜头切换
远景——矿山入口——对准撒恩

他的头猛地转向雪崩声音传来的方向。趁这一短暂失神,凯特推开汤姆,扣动扳机,射出最后一枪。
子弹打中撒恩的脑袋,擦得他太阳穴鲜血淋漓。他转了半圈,跌倒在地。凯特扔掉没子弹的枪,越过撒恩,冲向门。

门上的蓝光正在减弱,变得更深。撒恩还在动,在翻滚,一只手捂着流血的太阳穴。汤姆站住了。

凯特(对汤姆):走!

不需多言。汤姆跑起来,跳过撒恩。凯特拉住他的手。两人一起跳入门中。

镜头快速切换
远景——白天——绿色森林中

汤姆和凯特掉进一堆落叶当中。头上是深蓝色的天空。他们在秋日的森林中,遍布各种植物。远处,一条闪光的瀑布挂在高高的山间,旁边有座城堡。汤姆看着它。
一支箭插入汤姆脑袋旁几英寸处的树干上,他转身看向凯特。
汤姆:看来又要继续了。
凯特:宾果。
镜头离开咧嘴一笑的凯特。

淡出
结束

屈畅　赵琳　译

洗牌

那个男孩离开了贝约恩,贝约恩却绝不会从男孩的生命中消失。小人书亦是如此,割开我的手腕,流出的永远是四色墨水。

也许我不知道现任绿灯侠的名字,但我仍能背出哈尔·乔丹的誓言,而且能告诉你阿兰·斯科特给灯戒充能时诵读的版本和乔丹有什么不同。我可以叫出每一位未知挑战者的名字,可以给你复仇者、X战警和正义联盟最初的成员名单(真要我把斯纳普·卡也算进来吗)。我毫不怀疑在某个平行宇宙里的我1971年在漫威漫画求职时被录用了,这会儿正闷在家里咬牙切齿地发牢骚,看着由我创造的角色和故事被改编成大片搬上银幕大把捞钱,而我却一个子儿都拿不到。

幸好在这个世界我逃过了那种命运,在这个世界我写短篇、中篇和长篇小说,后来还写电影和电视剧剧本,不画漫画。但我从未失去对超级英雄的热爱,即便走上职业写作之路以后,我猜这是因为我心中还存下了一个上等的"漫画点子"——也许不止一个,但至少有一个——关于超级英雄如何在现实世界里生存的严肃的硬派故事。

这个故事很久很久以前就在我脑海里扎了根,但我只写过一些纲要。我的点子是,如果一个像我这样看漫画长大的孩子,突然某天被祝福(或诅咒)获得了超能力,他该怎么办呢?忽略它?运用它?立马穿上紧身衣、成为罪犯克星?他的生活将经历怎样的改变?相对的,现实世界又将如何对待一个拥有凡人无法企及的力量和能力的人?

(我当时拟定的标题就叫《凡人无法企及的力量和能力》。没错,这句话来自旧版《超人》电视剧,后来我知道DC漫画为这句话申请了商标——幸好我没用它。)

梦歌

准确地说，我当时并没想明白那些力量与能力是什么，大概正因如此，我才未动笔吧。我一直模糊地觉得那是个关于意念引火的故事，直到 1980 年看了斯蒂芬·金的《凶火》。金在那本小说中不仅塑造了一位可用意念制造火焰的女孩，还给了她父亲意念控制的超能力。虽然我处理故事的方式可能与金大异其趣，但我不能否认他卓越的想象力给了我极大震撼。

1980 年，我的生活经历了重大转变。1979 年底，我从克拉克大学辞职，自爱荷华州搬到新墨西哥州，一心要当全职作家。在此前后，我的婚姻也结束了，我又独身一人来到应许之地，从此圣塔菲成了我的家。后来我虽有几年在洛杉矶拍电视剧和电影，但从未搬去那边，我只在庞大的奥克伍德公寓区租一间带家具的房子或在别人家借宿，项目一完立马打道回府，奔回新墨西哥。圣塔菲是我成家立业的地方，我所有的文字书、小人书和十年前就穿不上的双排扣条纹夹克统统扔在那里。

圣塔菲还有帕里斯，她操持着我们的堡垒。我们是 1975 年在某次会议上认识的，在我短命的婚姻开始之前几月。当她告诉我她看《莱安娜之歌》看哭了的时候，我就喜欢上了她（好吧，她其实是个冰山美人，而我们见面时什么都没穿，不用问了，都不关你们的事）。会后，帕里斯和我一直保持联系、时而通信，其间我教那些天主教女生，她为玲玲马戏团卖雪糕和冰激凌。1981 年我们在另一次会议上重逢，她决定到圣塔菲来陪我一段时间，结果这一陪就是二十二年①。经常有读者问我，为何不再写那些无法挽回的爱情，那些我在 70 年代写得最趁手的主题，原因正是帕里斯。那些东西毕竟只有心碎时才写得出来。

但当我拿着一纸离婚协议初到圣塔菲，当地除了罗杰·泽拉兹尼，我一个人也不认识，而且连他也不过是萍水之交。罗杰十分照顾我，每

---

① 编者按：截至这部自传落笔时。两人后来从未分开，并于 2011 年正式结婚。

个月的头一个星期五,我们都会驱车前往阿尔伯克基,与托尼·希尔曼、诺曼·佐林格、弗雷德·萨博哈根及其他新墨西哥作家共进午餐。我还被引荐进入阿尔伯克基科幻俱乐部,与当地幻迷和更多的作家、新手作家见面。没多久,我就跟他们玩起游戏来。

我从七年级到大学都是国际象棋选手,还十分喜欢《大战役》《强权外交》和其他桌面游戏,但直至搬到新墨西哥,还没机会尝试"龙与地下城"等角色扮演游戏。帕里斯玩过,她鼓励我一试。我们加入的团队几乎都是些铁杆老玩家,其中有一半是作家。帕里斯和我加入时,他们在玩混沌元素公司的"克苏鲁的召唤",由于是根据 H. P. 洛夫克拉夫特的原著改编,我立刻进入了状态。团队其他成员都是些打算从克苏鲁教派手中拯救世界的无畏冒险家,我却扮演一名吊儿郎当的记者。每当我的朋友尖叫着死去或发疯时,我会逃离现场,把故事通过海底电缆传给《先驱报》。我们跑团就像一场疯狂的即兴表演,只是戏里有修格斯。

到年底,我发现自己如此钟爱这款游戏,乃至开了自己的"克苏鲁的召唤"团,我觉得当游戏主持比做玩家有趣多了。

1983 年 9 月,维克托·米兰送了我一款新游戏作生日礼物,这款"超人世界"角色扮演游戏唤醒了我内心深处的漫画梦,并很快取代"克苏鲁的召唤"成为团队最喜欢的游戏。我们如此迷恋它,以至于一直玩了有一年多,平均每周二三次,而所有人中又数我最着迷。身为游戏主持,我不仅可以重启以前创造的马塔·雷这样的角色,还创造出许多新人物,尤其是形形色色的坏蛋……以及一个乘坐飘浮铁壳的英雄,自称"无敌巨龟"。我的玩家里有一半是作家,他们也各自创造出许多令人难忘的角色:长弓客、活跳尸、游隼、象女、组装侠、迷幻药队长、好男人、黑影、高帽法师还有哈莱姆之锤,这些不过是在我们一局局"超人世界"游戏中崭露头角的稀奇古怪的迷人角色中的一小部分。

关于"超人世界"如何进化为"百变王牌",我介绍过很多回了,尤

梦歌

其在iBooks再版"百变王牌"早期作品时增加的后记中，在此我不再赘述。那些再版的书很容易买到，想了解那些吓人细节的读者可以去买来阅读。简言之，就是我们中许多人太喜欢自己创造的角色，不甘心让他们只存在于游戏里。

80年代早期，共用世界写作非常流行，这要归功于鲍勃·阿斯平和林恩·阿比的《盗贼世界》年选的大获成功。这种形式非常适合处理我们的"超人世界"角色，于是由我牵头，召集我的跑团众，还邀约了罗杰·泽拉兹尼、霍华德·沃尔德罗普、路易斯·夏纳、斯蒂芬·雷恩及其他六七名来自全国各地的作家，提出要出一套三卷本小说集，名为"百变王牌"。肖娜·麦卡锡买下了它，那是她在巴兰亭书社当编辑的第一天干的。

共用世界必然诞生合作作品。仔细研究《盗贼世界》及其模仿者，我意识到共用世界作品要想出彩，必须将各作家的创造紧密结合，故事线和角色互相穿插。于是打一开始，我们就确定"百变王牌"不是一连串共同背景、松散联系的故事，我们得把合作上升到一个全新境界。我们骄傲地将之称为"马赛克小说"——而非小说集。

我认为我们基本上达成了目标……当然，任何新事物的诞生都必然伴随着坎坷，必然要交学费。编辑这套书时，我时常觉得我是一个同时指挥九场马戏的师傅，手中鞭子却是意大利面条做的。这有时感觉很有趣，有时则倍感焦虑，好在从不枯燥乏味。每当大家合作愉快，就像是演奏一曲和谐的管弦乐，而我是乐队总指挥。

或者换句话，我就像是一群猫的头儿。大家都知道当猫的头儿是什么滋味，对吧？

下面罗列的是"百变王牌"团队的全体名单，这是一个编辑所能找到的最有才最古怪的一群猫：罗杰·泽拉兹尼、霍华德·沃尔德罗普、沃尔特·琼恩、威廉姆斯、斯蒂芬·雷恩、盖尔·格斯特纳-米勒、路易斯·夏纳、约翰·J.米勒、维克托·米兰、沃顿·巴德、西蒙斯、亚

Dreamsongs

瑟·布莱恩·科弗、威廉·F.吴、劳拉·J.米克森、迈克尔·卡苏特、赛琪·沃克、爱德华·布莱恩特、琳妮、C.哈珀、凯文·安德鲁·墨菲、史蒂夫·珀林、帕里斯·罗伊斯、怀德曼、帕特、卡蒂甘、克里斯·克莱蒙特、鲍勃·韦恩和丹尼尔·亚伯拉罕。当然，还有最不可缺的玛琳达·M.桑格拉斯，我不知疲倦的助理，没有她高明的外交手腕，我至少被上面这帮家伙谋杀四回了。

"百变王牌"打一开始就大获成功——而且不是以小说集的标准。第一卷的销量超过了我之前除《热夜之梦》外所有的长篇小说，后续作品也与之相近。评论界好评如潮，沃尔特·琼恩·威廉姆斯在第一卷里的故事甚至进入了星云奖决选，这对共用世界下写作的故事来说是稀罕的肯定。最后整个系列于1988年入围了雨果奖，只是在新奥尔良输给了阿兰·摩尔那本杰出的漫画小说《守望者》。

前三卷珠玉在前，巴兰亭书社迫不及待地提出了新的三卷合同。我们的版税水涨船高，我们的系列成了世界幻想大会各板块的热门话题，还有两个地方幻想大会直接以百变王牌为主题，把我们所有的作家都请去当嘉宾。漫威漫画在 epic 商标下为我们制作了"百变王牌"迷你漫画系列，斯蒂芬·杰克逊游戏公司为百变王牌出了一套角色扮演游戏——我们从角色扮演游戏出发，现在拥有了自己的角色扮演游戏！好莱坞也频传秋波，最终迪斯尼工作室买下电影改编权，为此，我和玛琳达·桑格拉斯在90年代早期写过若干稿"百变王牌"的剧本。

从我个人角度，我开始编辑"百变王牌"与加入《阴阳魔界》剧组几乎是同时，此后我又制作了三季《侠胆雄狮》及其他电影和电视先行集。"百变王牌"出得很频繁，每一卷封面都印着我的名字，无疑有助于保持我在科幻和奇幻读者中的知名度。正如我每每在好莱坞工作间隙返回圣塔菲，提醒自己自己是谁、自己属于哪里一样，我也必须不断出版书籍和短篇小说，否则……好吧，恐怕读者的记忆是不长久的，而且近年来他们的口味变化越来越频繁了。

梦歌

以好莱坞工作的强度和压力，一位制片人最不该干的就是同时打两份工。幸运的是我有"百变王牌"，我做到了。我不仅编辑了它，还写了很多它的故事，只要能抽出时间。

《障眼法》——我对"百变王牌"第一卷的主要贡献——使用了多年以前的素材。这个故事的主线在我听说"超人世界"之前就琢磨很久了，它就是《凡人无法企及的力量和能力》为契合新的共用宇宙而改写出的版本（我从不扔旧稿子）。我本来准备让我的英雄拥有意念引火的能力，直到《凶火》出版，不过念动力也没问题。无敌巨龟本是我们"超人世界"游戏里的一个小角色，但他却成为了"百变王牌"的主角之一。提醒你，游戏和小说的需要完全不同，把在前一个里面大放异彩的内容照搬进后一个里面是行不通的，因此巨龟被写进小说时有了很多改动。

不过《障眼法》不是关于他一个人的故事，同台出演的还有塔奇昂博士——玛琳达·桑格拉斯创造的角色。处理好别人的角色是共用世界作品创作中的难点之一，时常很有意思，时常也很令人头痛，而且往往兼而有之。玛琳达在她的故事《堕落》——顺序在我的故事之前——里讲述了塔奇昂博士为保护他的王牌病人们的身份不被国会非美活动委员会揭穿，无意间摧毁了一位他深爱的女子的心智。这段经历也毁掉了塔奇昂博士，在那之后他就垮掉了，在愧疚和自怨自艾里酗酒放纵了几十年。在《障眼法》里是我把他从沮丧里拽了出来，送他走上康复的正轨……同时引出我自己的角色。

如果你读完了我前面所有的自传，你马上会意识到托马斯·塔博瑞是迄今为止我笔下最像我的角色。不过我跟他还是有很多明显的不同。虽然我从自己的童年里照搬了很多元素给汤姆，但我改变了许多关键之处。在现实生活中我从来没交到垃圾场的乔伊·迪安吉列斯这样的朋友，虽然我常有这样的幻想（尤其在电影剧本里，玛琳达和我把乔伊改成了女孩）。我有两个超棒的姐姐，汤姆却是独子。还有，噢，现

Dreamsongs

实中的我从来没有牛逼的念动力,太可惜了。

并非所有的"百变王牌"角色都出自我们的"超人世界"游戏,许多角色都是全新创造的,这包括霍华德·沃尔德罗普的喷气小子、路易斯·夏纳的鸡头英雄福尔图纳托、斯蒂芬·雷恩的恶人傀儡师,还有罗杰·泽拉兹尼的睡神克洛伊·克伦森——这人某天在放学后回家路途中抽到了百变王牌,他从来没学过代数。杰·阿卡洛伊(又名瞬移哥)是系列中另一个属于我的主角,也是全新角色。杰最先在第二卷《至高王牌》里被提到,但直到第三卷《多变鬼牌》才出场。第三卷里他和希兰姆·伍切斯特的搭档是我的故事线的主要内容。再往后的几卷书里,阿卡洛伊出场越来越频繁,并且有了几个他自己的故事。到巴兰亭时期结束时,杰已经和大龟一样受欢迎了。

汤姆和杰不是我仅有的角色。我时不时会选择从我的无数次要角色的角度讲故事。《至高王牌》里我写的间奏故事的主角是肥海象朱伯,一个穿着夏威夷衬衫、戴着套叠式平顶帽的外星人;《多变鬼牌》里我的故事的主角是希兰姆·伍切斯特,一位温文尔雅的胖子,帝国大厦顶楼餐厅的所有人;《愿者选牌》里我选用了巴德·西蒙斯创造的一个角色"劫尸者塞尔达",好让读者对罗克斯的坏人在干些什么有个更清楚的印象。

《泽维尔·戴斯蒙日记》是另一个关于我的二线角色的故事。戴斯是一位鬼牌活动家,在《障眼法》初次登场时是欢乐屋的餐厅领班。那之后他在共用世界里的地位不断爬升,作为事实上的"鬼街市长",他是第四卷《王牌周游》故事主线中环球调查团鬼牌代表的当然选择。杰·阿卡洛伊不太可能被邀请。希兰姆·伍切斯特当然有可能,我可以选他做主角……但我在第三本书里写过他了,我想试一试鬼牌的视角。

间奏故事是每卷"百变王牌"里最难写的部分。作为马赛克小说,我们希望它不仅是个人作品的组合。如果说每个人的故事是砖块,间

梦歌

奏故事就是将它们砌成墙的水泥砂浆。写间奏的人必须等其他人全部写完,读过初稿,找出被所有人忽视的部分,并将之补全……同时还得把故事写好。如果间奏被写成了填充物,全书就会零散不堪。

在之后的各卷"百变王牌"中,其他作家接过了写间奏故事的任务。巴德·西蒙斯试过,斯蒂芬·雷恩写过不止一卷。不过最早几卷书的间奏往往是由作为编辑的我来完成。《泽维尔·戴斯蒙日记》是我最喜欢的间奏故事,也是我为"百变王牌"系列贡献过的最好的作品之一。这是它第一次在拿掉由它穿针引线的故事之后单独出版。

没有什么是长盛不衰的,"百变王牌"经历多年成功后,终于也走了下坡路。它变得越来越黑暗(虽然它一开始就挺黑暗的),销量也一卷不如一卷,下跌幅度不大,但一直在跌。我们团队中一些最好的作家因为其他事情离开了,我们小说里一些最受欢迎的角色死了或是退出了。"百变王牌"仍比市面上大多数平装本好卖得多,但颓势不容否认。于是到最近一次续约时,巴兰亭书社为我们接下来三卷书开出的条件与之前两卷书的条件相同[1]。

也许是因为愚蠢,我们拒绝了,为了版税而把系列搬去较小的出版社。这是个致命的错误。虽说当时拿到的钱更多,但我们的新出版商缺乏巴兰亭书社的编校资源和发行能力。雪上加霜的是,没了进一步合作,巴兰亭书社索性停止了前面12卷的再版,如此一来不仅我们的再版收入枯竭了,而且新读者很难寻觅到"百变王牌"的第一卷来进入这个世界。为解决这个问题,我们试图抹去原有的卷数编号,把第13卷称为"百变王牌新系列第一卷",但《吞牌巨鲨》这卷书对不了解前情的读者而言委实有些混乱,结果销量急剧下滑,到1995年出版了第15卷之后,我们失去了出版商。

"百变王牌"就此死亡——

---

[1] 译者按:此时"百变王牌"系列已出版了12卷。

Dreamsongs

是吗？H.P.洛夫克拉夫特说过：永世长眠者未必永恒死亡，奇迹降临时死亡亦将死亡。2001年，"百变王牌"终于找到了新出版商iBooks，等待七年之后，百变王牌崭新的第16卷《废牌脱手》得以出版。我们的第17卷小说正在制作中，而以前的小说也纷纷得到再版，让新一代读者能接触到它们。我们再次收到了游戏、漫画和电影改编的提议。

这些提议能结出果实吗？我们会有第18卷、第19卷和第20卷吗？见鬼，我真的不知道。

但我觉得我们大有希望，因为我那只巨龟的命比猫还多。

编者按：马丁此文写于2002年，如今十一年过去，"百变王牌"系列又有了很大发展，兹简略补记如下（补记情况截至2013年12月31日）：iBooks出版了"百变王牌"第16卷和第17卷，并再版了系列前六卷。2006年iBooks破产后，美国第一大幻想文学出版社tor书社接过了"百变王牌"，迄今不仅以精装书形式出版了"百变王牌"第18卷、第19卷、第20卷和第21卷（第22卷LOWBALL即将出版），还再版了第1卷和第2卷，新版在内容上做了大量补充与添加（第3卷新版即将推出，其后第4卷、第5卷、第6卷和第7卷的合同已签订），tor的网站上也开始发表"百变王牌"的原创小说。有的老作家在此期间退出了，马丁又邀请到克里斯托弗·罗、卡洛琳·斯佩克特、伊恩·崔格里斯、嘉里·沃恩等好手加入。随着马丁近年来的成功，"百变王牌"也顺利走出国门，在俄罗斯、巴西、法国等许多国家得到翻译出版。马丁还与绿浪人游戏公司合作，自2008年开始，推出"百变王牌"角色扮演游戏，这也是该系列历史上第二次被改编为角色扮演游戏。

"百变王牌"已胜过同时代所有的共用世界作品，成为那个领域延续最长久的系列。

屈畅　赵琳　译

梦歌

障眼法

托马斯·塔博瑞九月搬回宿舍后,做的第一件事就是把肯尼迪总统的签名照,还有破破烂烂的44年出版、以喷气小子作为年度人物的《时代》封面钉到墙上。

到了十一月,肯尼迪的照片上布满了罗德尼的飞镖扎出的洞。罗德尼在属于他的一半房间的墙上挂上了联盟的旗帜,外加一打《花花公子》折页。他痛恨犹太人、黑鬼、鬼牌,还有肯尼迪,而且也不怎么喜欢汤姆[①]。整个秋季学期里他都在拿汤姆取乐,比如往汤姆的床单上倒剃须膏,搞乱他的床单,藏起他的眼镜,把他的抽屉里塞满狗屎。

肯尼迪在达拉斯遇刺的那天,汤姆忍着眼泪回到房间。罗德给他准备了一个惊喜。他用一支红笔把肯尼迪的整个脑袋都涂成了红色,并在他眼睛上画了两个小红叉,还给他画了条伸在嘴边的舌头。

托马斯·塔博瑞久久注视着这幅场面。他没有哭,他不允许自己哭,他开始收拾行李。

大一新生的停车场在半个校园之外。他的54年产水星的后备箱锁坏了,所以他把行李丢到后座上。他让车子在十一月的寒风中预热,等了很长时间。他坐在这儿一定很滑稽:一个又矮又胖的家伙,留着平头,戴着一副角质框的眼镜,脑袋贴在方向盘上面,一副要吐的模样。

他驶离停车场时,在后视镜里瞥见了罗德尼崭新的奥斯莫比尔。

汤姆挂到空挡,停了一会儿,他在打算。他朝四周看看,空无一人,人们都待在屋子里看新闻。他紧张地舔舔嘴唇,然后回头看看那辆奥

[①] 托马斯的简称。

斯莫比尔。他紧握方向盘的指节都发白了。他睁大眼睛看着,皱起眉头,然后打了个喷嚏。

车门先撑不住了,它在压力之下慢慢向内凹去。两个头灯在两声轻响后依次炸开,镀铬装饰条脱落了。接着后挡风玻璃突然裂开,碎玻璃四处飞溅,挡泥板先是弯折,然后掉落,发出刺耳的嘎嘎声。后轮胎同时爆裂,车身侧面凹陷进去,然后是车顶;挡风玻璃彻底掉了出来。曲轴箱开裂,接着油箱也裂了;机油、汽油和润滑油从车底倾泻而出。此时汤姆·塔博瑞信心更足了,能力的运用也更加自如。他想象着自己用一只巨大的隐形手掌握住了奥斯莫比尔,他紧紧攥着,然后用尽全力一捏。破碎的玻璃和扭曲的金属齐声轰鸣,但没人能听到。他慢条斯理地将那辆车捏成一团废铁。

完事之后,他挂到前进挡,把学院、罗德尼还有童年都抛在了身后。

屋外传来雷鸣般的哭号。

塔奇昂昏昏沉沉地醒了过来,他觉得想吐。宿醉的脑袋随着一声声轰鸣般的抽泣声而不停抽痛。黑暗的房间里的陈设看起来非常陌生。难道今晚刺客又来了?我们家遭到攻击了吗?他得去找父亲。他晕晕乎乎地站起来,一阵头晕眼花,伸手扶住墙壁。

墙离床太近,这不是他的卧室,这完全不对,这味道……接着他全都想起来了,他真希望来的真是刺客。

他意识到自己又梦到塔基斯了。他觉得头痛,喉咙也又干又痛。他在黑暗中摸索到连接屋顶灯泡的灯绳,只一拉,灯泡就猛地摇晃起来,屋里的影子不住摆动。他闭上眼睛,忍过一阵胃肠痉挛。他喉咙里一股酸味,头发又脏又乱,衣冠不整。最可怕的是,他的酒瓶空了。塔奇昂无助地看看周围,这是个六英尺乘十英尺的二楼房间,在一座名叫"房间"的出租屋内,位于一条名叫包厘路的街上。教人糊涂的是,周围的社区以前也叫包厘街——仙女跟他说过。但那是从前,现在它有了一个新名字。他走到窗前,拉起阳篷。街灯的黄光照亮了整个房间。街的另一头,一个巨人正在伸手够月亮,因够不到而哭泣。

人们管他叫小不点儿,塔奇昂认为这是人类式的玩笑。因为小不点儿如果能站起来得有十四英尺高。他天真的脸蛋光滑细腻,一头黑发柔软蓬乱。他的腿苗条且十分匀称,这真像个残酷的玩笑:苗条而匀称的双腿根本不能支撑起一个十四英尺高的人。小不点坐在一台木头轮椅上,这件华丽的机械靠着从一台报废的拖车上拆下来的四个磨平的轮胎跑在鬼街的街头。他透过窗户看到了塔奇昂,便含糊不清地嚷嚷起来,仿佛认出了他似的。塔奇昂转过身,摇了摇头。又一个鬼街的夜晚,他得喝一杯。

他的房间弥漫着霉味和呕吐物的臭味,而且非常冷。"房间"的取暖设施可不像他以前经常住的那些宾馆那么好。他不由自主地想起了华盛顿的五月花旅馆,那时他和布莱丝……别,最好别去想那个。好吧,究竟几点了?反正够晚了。太阳已经落山,入夜后鬼街就会恢复生机。

他从地板上拾起外套披上,这件外套虽然很脏,但依旧引人注目,颜色是可爱的深玫瑰色,有一对绣有带金色穗子的肩章,还有一长溜金色带子编成的扣眼。"好愿"的店员告诉他说,这是音乐家的外套。他坐在瘪掉的坐垫上,套上靴子。

洗手间在大厅的另一头。他的小便溅到了马桶边上,腾起一股水汽。他手抖得厉害,根本没法瞄准。他把铁锈色的冷水泼到脸上,用一条脏兮兮的毛巾擦干手。

塔克走到门外,在"房间"开裂的招牌下站了一会儿,看着小不点儿,感到既苦涩又羞愧。他清醒得有点过头了。对小不点儿他实在爱莫能助,但再把自己弄迷糊是有办法的。他将手埋进大衣口袋,转身迅速沿包厘路走开了。

Dreamsongs

在附近的街头,鬼牌和酒鬼们相互传递着棕色的纸袋,用空洞的眼神望着路过的人。酒馆、店铺还有面具店都生意兴隆。著名的包厘街百搭牌一毛展馆(虽然还叫这个名字,但现在的门票已经是两毛五了)已经闭馆。塔奇昂曾去过一次,那是在两年前的一天,当时他的愧疚感已经达到顶峰。馆里有几个面目特别可憎的鬼牌,二十罐泡在福尔马林里的"畸形鬼牌婴儿",还有一部关于百搭牌日的煽情短片。展馆里还有几尊蜡像,有喷气小子和四大王牌,一场鬼街的狂欢……还有他自己。

一辆旅游大巴从他身边驶过,一张张粉红色的脸蛋紧贴着车窗。四个穿着黑皮夹克、戴着橡胶面具的年轻人站在一家比萨馆的霓虹灯下,他们瞪着塔奇昂,毫不掩饰其恶意。他觉得有点不安,移开视线,以念力轻触离他最近一个人的思维:装模作样的二姨子,瞧那头发染的。穿得他妈的跟军乐队敲他娘的小屁股一样。妈逼的今儿个还得找个欠的让咱给他揍出屎来。塔奇昂抽开联结,赶紧走开了。跑到包厘路,买几个面具,群殴一个鬼牌,这类时兴的消遣对他而言已不是新闻。警察才懒得管呢。

混沌会馆以全鬼牌阵容的演出而闻名,今晚也和往常一样拥挤。一辆灰色加长豪车在路边停下。套着黑色燕尾服,一身华丽白色皮毛的门僮用他的尾巴打开车门,扶着一位身着晚礼服的胖子下车。后者的女伴是一位丰满的少女,穿着抹胸连衣裙,戴着珍珠项链,金发扎成一团高高的发髻。

他走过一条街,一个蛇样的女人从附近的一个阳台上探出头,高喊着让他进来消遣。她的鳞片反射着五彩的光,"别怕,红发佬。"她说,"咱的两腿中间可软着呢。"他摇摇头。

欢乐屋位于一所临街带有落地窗的大屋内,但玻璃窗被换成了单面的镜子。兰道站在门口,戴着面具,穿着燕尾服,冷得直发抖。他外

梦歌

表一切正常——除非你察觉到他从来不把右手伸出口袋。"嘿,塔克①。"他大声说道,"听说过鲁比的事吗?"

"抱歉,没听说过这个女的。"塔奇昂说。

兰道皱起眉头。"不,我说的是杀了奥斯瓦尔德的那个男的。"

"奥斯瓦尔德?"塔奇昂糊涂了,"哪个奥斯瓦尔德?"

"李·奥斯瓦尔德,枪杀了肯尼迪的那个家伙。他今天下午在镜头前被人谋杀了。"

"肯尼迪死了?"塔奇昂惊讶道。正是肯尼迪准许他返回美国,塔克敬佩肯尼迪兄弟,认为他们堪比塔基斯人。不过暗杀总会和领袖如影随形。"他的兄弟们会替他报仇的。"他说,然后便意识到地球上没有这一套,而且那个鲁比已经报过仇了。他会梦到刺客还真是奇事一桩。

"他们把鲁比送进了监狱。"兰道继续说着,"照我看,该给那混蛋发枚勋章。"他顿了顿,"他和我握过手。"他补充道,"在和尼克松斗的时候,他在混沌会馆做过一次演说。在他离开之前,和在场的每个人都握了手。"这位门卫把他的右手从口袋里抽出来。手上覆满了几丁质硬壳,形似昆虫,手心还有一簇凹陷的盲眼窝。"他甚至都没有抖一下。"兰道说,"他微笑着说希望我一定记得去投票。"

塔奇昂认识兰道多年,还从没见过他的手。他也想像肯尼迪一样,抓住那扭曲的爪子,紧紧攥住,和他握手。他想把手从外套口袋里抽出来,结果胃里一阵泛酸,于是他只好移开视线,说:"他是个好人。"

兰道把手揣回兜里。"进去吧,塔克。"他礼貌地说,"仙女去会客了,但她叫戴斯给你留着桌子。"

塔奇昂点点头,让兰道给他打开门。他走了进去,把外衣和鞋子存到衣帽间,女接待员身材娇小,戴着猫头鹰羽毛面具,藏起了她的鬼牌

---

① 塔奇昂的简称。

畸相。然后他推开内侧的门，套着长筒袜的脚踩上熟悉的光滑镜面地板。他低头一看，另一个身材肥硕、脑袋溜圆的塔奇昂正和他脚对着脚，两个塔奇昂四目相对。

一盏水晶吊灯悬在镜面天花板上，散射出数百个光点，映在地板上、墙面上、墙角里，映在银质的高脚杯和酒杯上，连侍者的托盘都映出了它闪耀的光芒。四周的镜面墙壁大都能映出准确的影像，可有些镜影却是扭曲的，好似哈哈镜。在欢乐屋里，每次回头你都会看到不同的影像。所以在鬼街也只有这里的顾客鬼牌和正常人的数量差不多。因为在欢乐屋，正常人会被自己扭曲畸形的镜像逗乐，假装自己是鬼牌。而鬼牌呢，如果够走运，也可能恰好在某面镜子里看到自己过去的影子。

"你的隔间还留着呢，塔奇昂博士。"领班戴斯蒙说。戴斯蒙身材高大，衣着华丽，一根粉粉皱皱的长鼻子，卷着一张酒水单。他举起鼻子，伸出鼻子末端的一根手指头指给塔奇昂看。"今晚还是喝老牌子的科涅克？"

"对。"塔克答道，心想要是有钱能付小费就好了。

这晚他照常先敬了布莱丝一杯酒，但第二杯是敬约翰·菲茨杰拉德·肯尼迪的。

其余的都留给他自己。

汤姆开到弯道的尽头，经过废弃的精炼厂和进出口仓库，路过铁路岔口和报废的红色车厢，穿过高速路下的通道，开过杂草丛生、垃圾遍地的空场，开过巨大的豆油罐，最后开进了他的藏身处。他抵达时天已经快黑了，水星的引擎费力地喘息着。但乔伊知道该怎么弄。

垃圾场矗立在油污满溢的纽约湾旁，四周围着十英尺高的铁篱笆，篱笆上有三道铁丝网，一群野狗跟在他的车后，冲他狂叫，不了解狗的人准会被吓得不轻。垃圾场里有堆积如山、锈迹斑斑、碎裂变形的废旧车辆，有成亩的废金属以及各种成堆的垃圾和废物，落日的余晖给它们镀上了一层异样的铜黄。汤姆把车开到双开大门前,一侧门上挂着"闲人免进"的警示牌,另一侧则是"当心恶犬"。门上还挂着铁链和锁。

汤姆停下车,按了按喇叭。

篱笆后面就是乔伊称之为家的四间棚屋,瓦楞锡皮屋顶上立着一个大招牌,下面还安了几个黄色聚光灯。招牌写着"迪安吉列斯废金属及汽配回收站",油漆在二十年风雨的摧残之下早已泛白褪色,木板也已开裂了,一盏聚光灯也烧坏了。窝棚边上停着一辆老旧的黄色垃圾车,一辆拖车,以及乔伊的骄傲——一辆鲜红色的59年凯迪拉克跑车,它有着酷似鲨鱼鳍的尾翼,卸掉的前盖处安有一台改装过的怪兽级引擎。

汤姆又按了一次喇叭,这次他打出了秘密信号,合着他们小时候看过的《太空飞鼠》里的"他来救场子了!"的节奏鸣笛。

一块黄色的光斑落到垃圾场的地面上,乔伊从屋里走出来,手里拿着两瓶啤酒。

他和乔伊之间毫无共同点,他们来自不同的家庭,不同的阶层,但自从三年级的一次宠物展之后他们就一直是最好的朋友。也正是在那天他发现了乌龟不会飞,意识到了自己有着怎样的能力。

当时史蒂夫·布鲁德和乔什·琼斯在操场上逮到了他。他们抛着他的乌龟,传来传去,让他在中间疲于奔命,满面通红,气得哭了。最后他们玩腻了,就把乌龟们丢向墙上用粉笔画的一个球门,有一只让史蒂夫的德国牧羊犬吃了。汤姆想要抓住那只狗,可史蒂夫朝他扑了过来,打坏了他的眼镜,还打破了他的嘴唇。

多亏了垃圾场的乔伊,他们才没能继续逞凶。乔伊是个瘦子,有一头蓬乱的黑发,比班上同学都大两岁。他都留过两次级了,认字还不是很灵光,人人都嫌他臭,就和他那开垃圾场的父亲多姆一样。乔伊的个头不敌史蒂夫·布鲁德,但他不怕史蒂夫,无论什么时候都不怕。他伸手拽住史蒂夫的后领把他拉过来,狠狠踹了他的蛋蛋。然后又踹了狗,乔什要不是跑了,也会被他踹一脚。接着一只死乌龟从地上浮了起来,飞过操场打中了乔什红通通的肥脖子。

这一幕让乔伊看在眼里。"你怎么做到的?"他震惊地问道。在那一刻之前,连汤姆也没意识到他才是让乌龟飞起来的动力。

这件事成了他们两人共同的秘密,成了他们不同寻常的友谊的纽带。汤姆帮乔伊补习功课,带他复习考试。乔伊给汤姆保驾护航,帮他摆平操场和校园里的恶霸。汤姆给乔伊读漫画书,直到乔伊的阅读水平飞跃到能够自己看懂为止。灰发斑白、大腹便便、和和气气的多姆对此非常骄傲,他自己就不识字,连意大利文都读不懂。他们的友谊从小学一直保持到中学,乔伊退学之后也没有断。他们一起爱过女孩,共同经历了多姆·迪安吉列斯的去世,汤姆家搬往佩斯安博后仍然保持联系。乔伊·迪安吉列斯仍是唯一知道汤姆秘密的人。

乔伊用挂在他脖子上的罐头刀撬开另一瓶金莱茵的盖子。他的白背心下腆着和他父亲一样的啤酒肚。"你去电视维修店干活真他妈浪费。"他说。

"好歹是份工作。"汤姆说,"我去年暑假打过这个工,全天干没问题。我干什么工作无关紧要,要紧的是我该怎么利用我的,呃,天分。"

"天分?"乔伊挖苦道。

"你明白我的意思,你个呆子。"汤姆把空瓶子放在扶手椅旁的一个装橙子的箱子上面。乔伊的大多数家当可称不上华丽,都是他从垃圾堆里捡来的。"我一直在想喷气小子临死前的话,思考其中的含义。我猜他想说的是他还有事情没有干成。妈的,我就没干成过什么事情。"

乔伊躺倒在椅背上,吸了一口啤酒,摇了摇头。他身后的墙上钉了好几排书架,都是他小时候多姆给他做的。除了最下面一排的男性杂志,其他的都是漫画,他们共有的漫画。《超人》和《蝙蝠侠》、《动作漫画》和《侦探漫画》、乔伊用来作读书报告参考的《经典名著漫画系列》,

梦歌

还有恐怖类漫画、罪案类漫画和空战类漫画。这其中精品之中的精品、被他们视若珍宝的则是一套完整的《喷气小子漫画》。

乔伊顺着他的目光看过去。"断了这个念头吧。"他说,"你他妈可不是喷气小子,塔儿①。"

"不。"汤姆说,"我比他更厉害,我是个——"

"二货。"乔伊插嘴道。

"蠢牌。"他严肃地说道,"就像四大王牌一样。"

"谁?染了毛的嘟·喔普乐队?"

汤姆涨红了脸。"呆子,他们不是歌手,他们——"

乔伊猛地一挥手,打断了他。"操,我知道他们是谁,塔儿。拜托。他们和你一样都是傻逼,要么进了局子要么吃了子弹,不是么?除了一个操蛋的叛徒,叫什么来着。"他打了个响指,"你知道吧,那个演泰山的。"

"杰克·布劳恩。"汤姆说。他曾以四大王牌为题写过一篇学期报告。"而且我敢说还有其他隐姓埋名的王牌,就和我一样。我也隐藏过身份,但我不准备再隐藏下去了。"

"操,这么说你打算跑到《贝约恩时报》,给他们搞个演出?你个蠢驴,还不如直接宣布你是个恐怖分子呢。他们会把你遣送到鬼街,还他妈会把你爹的窗户都砸光。甚至可能还会征你入伍,白痴。"

"不。"汤姆说,"我认真考虑过了。四大王牌太显眼,我不会让人知道我是谁、住哪里。"他朝书架的方向举了举啤酒瓶。"我准备用化名,就和漫画里一样。"

乔伊狂笑起来。"真他妈牛逼。你还打算穿秋裤出门是不是,蠢蛋?"

"天杀的。"汤姆生气了,"闭上臭嘴。"乔伊没有答话,他坐在椅子

---

① 汤姆的昵称。

上狂笑不止。"来啊,大嘴。"汤姆喝道,他站了起来。"抬起你的肥臀出来啊,我要让你看看谁才是蠢蛋。来啊,你他妈知道得太多了。"

乔伊·迪安吉列斯站起身。"这我可要瞧瞧。"

汤姆在门外不耐烦地等着,两脚不停换着重心,呼出的气在十一月寒冷的空气中凝成水雾。乔伊走到屋子一侧的一个大金属箱前,合上一个电闸。垃圾场里挂在高高的杆子上的灯泡顿时亮了起来。那几只狗凑了过来,四处嗅着,他们一起走上前去,狗也都跟了上来。乔伊黑皮夹克的口袋里还揣着一瓶啤酒。

垃圾场本身没什么特别,只有一堆堆的垃圾、废旧金属和报废的车辆。但今晚它在汤姆眼里充满了魔力,仿佛他又回到了十岁。在一个俯瞰纽约湾的小丘上,一辆白色的老帕卡德像鬼城一样投下阴影,一如往昔。那时乔伊和他还是小孩。这是他们的避难所、他们的要塞、他们的部队指挥所、他们的太空站和城堡。它在月光下闪耀着,远处不断拍岸的海水充满了神秘。垃圾场笼罩在黑暗和阴影里,堆积的垃圾和金属仿佛化为黑色的山丘,一座灰色的迷宫落在它们之间。汤姆带头走进这座迷宫,绕过他们曾经在上面玩过山丘之王、用废铁比画过剑术的大垃圾堆,绕过曾被他们挖出许多破玩具、彩玻璃和废瓶子的藏宝洞——他们甚至还找到过满满一橱柜的卡通书。

他们在一摞摞破烂生锈的车子中间穿行。这里有福特和雪佛兰,有哈德逊和德索托,有一辆顶篷已经烂掉的科尔维特,一大堆报废的甲壳虫,还有一辆外形庄重的灵车,和它的乘客一样已经死透。汤姆仔细地一辆辆看过去,最终停下脚步。"这辆,"他指着一辆老得不行的斯图贝克老鹰,这辆车的引擎和轮子都已不见,挡风玻璃上布满蛛网般的裂痕,而且在这样昏暗的光线下他都能看出挡泥板和侧门锈得厉害。"一文不值,对吧?"

乔伊拧开啤酒。"拿去吧,归你了。"

汤姆深吸一口气,转身面对这辆车。他双手握拳,集中注意力,全神贯注地盯着那辆车,那车轻轻震了一下,车头颤悠悠地从地上抬起了几寸。

"呜——哇——!"乔伊不以为然地叫道,轻捶了一下汤姆的肩。斯图贝克"咣"的一声落了下来,保险杠跟着掉了。"妈呀,你真厉害呀。"乔伊说。

"靠,闭嘴,别来烦我。"汤姆说,"我能做到,让你好好看看,你他妈就不能闭会儿嘴吗?我一直在练习,你知道我能做什么。"

"我他妈一个字都不会说。"乔伊微笑着许诺道,他灌下一大口啤酒。

汤姆再次转身面向斯图贝克。他试图清空脑袋,忘掉乔伊、狗和垃圾场,只留下斯图贝克。他的腹部紧绷,他试图放松点儿,做了几次深呼吸,松开握拳的手。来啊,来啊,放松点儿,别紧张,去吧,你以前举过比这个更重的东西,小菜一碟。

车子缓缓地升了起来,向前飘去,带起了阵阵尘土。汤姆让它转了一圈又一圈,不断地加速,然后将它扔到了垃圾场另一边五十英尺外的地方。他露出胜利的笑容。车子砸中了几辆报废的雪佛兰,一摞车轰然倒地。

乔伊喝完手中的啤酒。"还不坏。要在前几年,你连把我举过栏杆都做不到。"

"我的能力一直在变强。"汤姆说。

乔伊·迪安吉列斯点点头,把空酒瓶扔到一边。"好。"他说,"那么你也能打过我了,是吧?"他用双手猛推了汤姆一把。

汤姆跟跄着退了一步,皱起眉头。"打住,乔伊。"

"有本事就拦住我啊。"乔伊说。他又推了汤姆一把,下手更重了,汤姆差点摔倒。

"我靠,别闹了。"汤姆说,"这不好玩,乔伊。"

"不好玩?"乔伊笑了,"我可觉得太他妈搞笑了。不过哎?你不是

Dreamsongs

能把我按住吗？快用他妈的特异功能啊。"他走到汤姆面前，轻轻扇了他一个耳光。"拦住我啊，王牌。"他加重力度，再次出手。"快拦我啊，喷气小子，拦住我啊。"第三个耳光更狠了。"出手啊，超人，愣着干吗呢？"第四下让他脸颊火辣辣的刺痛，第五下打得他脑袋侧向了一边。乔伊收起微笑，汤姆闻到了他呼吸里的酒气。

汤姆想抓住他的手，但乔伊力气太大，反应太快。他躲过了汤姆的手，又扇了他一巴掌。"想打拳击吗王牌？我要把你揍成一坨狗屎！蠢驴！混球！"这一下简直要把汤姆的脖子扇断了，他眼里直流泪。"拦住我啊，尿包！"乔伊咆哮道，他手握成拳，猛击汤姆的腹部，汤姆疼得弯下了腰，就快喘不上气了。

汤姆试图集中注意力，去抓去推，但他仿佛又回到了学校操场。乔伊四面攻击，拳头如雨点般朝他袭来，他只能勉强抬起手抵挡，但徒劳无用。乔伊的力气比他大得多，不仅又打又推，同时还大吼大叫。汤姆的大脑一片空白，他无法集中注意力，只能被动挨打，不断后退，跟跄着向后倒。乔伊迈步上前，一记上钩拳正中他的下颌，打得他龇牙咧嘴，瘫倒在地，满嘴鲜血。

乔伊俯视着他，皱起了眉。"操。"他说，"我不是故意的。"他弯下腰，拉住汤姆的手，猛地将他拽了起来。

汤姆用手背揩掉嘴唇上的血。他的衬衫正面也被染上血迹。"你看看，我给弄得这么惨。"他觉得有点恶心，瞪着乔伊，"这不公平，你怎能指望我在挨揍时发功啊？"

"啊噢。"乔伊说，"那么你他妈觉得坏蛋会在你全神贯注搞对眼的时候袖手旁观？"他拍拍汤姆的背，"他们会他妈的打光你的牙齿，那还算走运，否则就直接给你一枪。你不是喷气小子，塔儿。"他打了个寒战，"走吧，这里真他妈的冷死了。"

塔克在一个昏暗暖和的房间里醒来，他几乎不记得之前的狂欢，这正遂了他的愿。他拼命想坐起来，身下的绸缎床单滑如肌肤，在干掉的呕吐物的气味里还存有一丝花香。

他摇摇晃晃地坐起来,扔开被单,蹭到四柱大床的边缘。他赤脚踩在地毯上,尽管赤身裸体,仍热得难受。他伸手摸到电灯开关,突然而至的光亮让他眨了眨眼。这个房间粉白相间,堆满了维多利亚风格的家具,厚实的墙壁是隔音的。壁炉上挂着一幅约翰·F.肯尼迪微笑的画像,墙角处摆着一尊三英尺高的塑料雕像,主题是圣母玛利亚。

仙女坐在熄灭的壁炉旁的一张粉红色扶手椅上,她睡眼惺忪,朝他眨了眨眼,抬手遮住嘴,打了个哈欠。

塔克感到既恶心又羞愧。"我又把你挤下你的床了吗?"他问。

"没事的。"她答道。她的脚搭在一个小凳子上,尽管穿了特制的鞋垫,她的脚底依然伤痕累累,又黑又瘪,非常丑陋。但若不看脚,她便十分动人。披散的头发直垂腰际,皮肤红润有光泽,富有生机。她有一双水汪汪的黑眼睛,而每次都会让塔奇昂惊异的则是那双眼睛里的温存,和他不配享有的爱慕。在他对她、对他们所有人犯下了那样的罪行之后,这个名叫仙女的女子仍然原谅了他,并且爱上了他。

塔克揉揉太阳穴,他的脑后仿佛被人用电锯锯过一样。"我的脑袋。"他呻吟道,"你们要价这么高,至少上点没掺树脂和毒素的饮料吧。在塔基斯我们——"

"我知道。"仙女说,"在塔基斯你们想要灌个宿醉的时候只喝葡萄酒。你已经跟我说过了。"

塔奇昂冲她疲惫地一笑。她实在太迷人了。她只套了件露大腿的酒红色丝袍,和她的皮肤很相称。但当她起身时,他瞥见了她的另一侧脸——她睡觉时靠着椅子的那一边——上面的瘀痕已经乌黑发紫。"仙女……"他开口欲言。

"没什么大不了的。"她说着,拢过头发遮住伤痕,"你的衣服脏透了,马尔拿出去洗了,所以你要先在我这里做一会儿囚犯喽。"

"我睡了多久?"塔奇昂问。

"一整天。"仙女答道,"别担心,有一次一个顾客在我这里喝醉了,睡了整整五个月。"她在梳妆台上坐下,拿起电话,叫了早餐:她自己要的烤面包和茶,给塔奇昂叫了鸡蛋、培根还有加了白兰地的浓咖啡。两人都另要一颗阿司匹林。

"别。"他反对道,"吃这么多,我肯定会不舒服。"

"你得吃点东西,太空人也不能光靠烈酒过活。"

"求你了……"

"要喝酒的话,你就得吃饭。"她生硬地说道,"协议里定好的,你忘了?"

协议,对了,他想起来了。仙女供给他租金、食物、免费的酒吧位置以及足够消掉一世愁怨的酒。而他要做的只有吃饭和讲故事给她听。她喜欢听他讲故事。他给她讲他们家族的趣闻,解说塔基斯的文化、历史、传说还有浪漫故事,诉说那些远离鬼街的关于舞会、密谋和美人的故事。

有时在打烊后,他会给她跳舞,踩着夜总会的玻璃地板跳起古老繁复的塔基斯孔雀舞,她一边观赏一边叫好。有一次,他们两人都喝多了,她说服他演示了结缘舞,一种所有塔基斯人都会跳、但只会在洞房之夜跳一次的情色芭蕾。这是她唯一一次和他共舞,她模仿着他的动作,起先有点犹豫,接着舞步越来越快,飞快地踩着地板旋身摇摆,直到她的光脚磨破开裂,在镜砖上留下道道血痕。在这个舞的结尾,舞伴要抱在一起,久久相拥。但这里不是塔基斯,在快结束时,她没有跟着舞步,而是避开了他的双臂。他便又想起这里离塔基斯实在太遥远了。

两年前,戴斯蒙发现他赤身裸体地昏倒在鬼街的小巷里。有人在他不省人事时偷走了他的衣服。他烧得迷糊不清,叫人把他抬回了欢乐屋。当他醒来,发现自己躺在储物间的一张吊床上,周围都是啤酒桶和葡萄酒架。"你记得自己喝了什么吗?"他被带到仙女的办公室时,她这么问。他不记得那些,他只记得当时他想喝酒想得都快疯了,巷子

梦歌

里的一个黑人老头非常慷慨地送了他一大口。"那东西是罐装酒精。"仙女告诉他。她让戴斯蒙取来一瓶她最好的白兰地。"男人好酒没什么问题,但这小小的一口差点要了你的命。"白兰地的暖意在他胸中徐徐扩散,他的手不再颤抖。塔克干了杯酒中,然后拼命地道谢,但当他要碰到她的时候她退了回去。他问为什么。"我来给你演示。"她伸出手,"轻点儿。"她说,他用嘴唇轻轻一扫,没有碰她的手背,而是亲了她的手腕内侧,好感受她的脉搏,她体内的生命之流,因为她真是太可爱、太善良了,他想要她。

很快他就感到了极度的沮丧,她的皮肤因他那一吻而变得又紫又黑。又一个被我伤害的人,他想。

然而他们却成了朋友。当然,不是爱人,虽然有时他也会做些春梦。她的毛细血管在最轻微的压力下也会破裂,极度敏感的神经系统让轻微的触碰化为疼痛。一次温柔的爱抚会给她留下青紫瘀痕,做爱更可能会导致死亡。但他们仍是朋友。她从没向他提出过分的要求,他也从来没有让她失望过。

一个驼背的黑女人端来了早餐,她名叫鲁斯,头上长的不是头发而是蓝色羽毛。"那个人早上给你带了这个。"她摆桌的时候跟仙女说,并把一个用棕色纸包着的方形大包裹递给她。仙女默默地接下包裹,塔奇昂喝掉了掺白兰地的咖啡,然后拿起刀叉,绝望地看着他无从回避的培根鸡蛋。

"别这么丧气啊。"仙女说。

"我记得我还没给你讲过星网的飞船在塔基斯登陆的那次,还有我的曾祖母阿穆拉丝不得不和莱巴特使讲过的那些话。"

"没听过。"她说,"接着说吧,我喜欢你的曾祖母。"

"我可不敢苟同,她让我害怕。"塔奇昂讲起了故事。

※

汤姆在离天亮还有很久时就醒了,乔伊还在后屋打呼噜。他用砸

Dreamsongs

扁了的咖啡壶煮了一壶咖啡，把一块托马斯英式小松饼扔进面包机。咖啡过滤时，他把沙发床折回沙发。他在松饼上涂上奶油和草莓果酱，四下看看想找点能读的东西，最后视线停留在漫画上。

他还记得他们救下这批漫画的那天。这些漫画大多原本都是他的，包括他父亲帮他订的喷气小子系列，他爱这些漫画。然后在1954年的某天，他放学回家后发现它们不见了，一整书架加两个板条箱里存的漫画书都不见了。他母亲说家长教师联合会的两个女人来家访，告诉她这些漫画书非常糟糕。她们还给她看了一本魏特汉博士写的书，书里声称漫画书会让孩子蜕变成少年犯和同性恋，而且美化了王牌和鬼牌。于是他母亲就让她们拿走了汤姆的收藏。他尖叫吵闹，大发脾气，但无济于事。

家长教师联合会把学校里每个孩子的漫画都收走了，他们准备在周六把它们在学校操场上焚毁。全国都在销毁漫画书，人们甚至考虑出台法律查禁漫画，至少要禁止恐怖、罪案和描绘古怪能力的漫画。

魏特汉和家长教师联合会算是说对了：周五晚上，汤姆·塔博瑞和乔伊·迪安吉列斯由于漫画而犯了罪。

汤姆当时九岁，乔伊十一岁，但他七岁时就开过他爸的卡车。午夜时分，他偷偷把卡车开出来，汤姆则偷溜出来找他。然后他们开到学校，乔伊撬开了一扇窗户，汤姆踩着他的肩膀，望进漆黑的教室，集中精神提起了装有他漫画书的箱子，操控它飘了出来，落进卡车车斗里。然后他又取走了四五箱别人的漫画作为补偿。家长教师联合会根本没有察觉，他们还有好多书要烧呢。尽管多姆·迪安吉列斯对这些漫画的来源很疑惑，但他从没提起过，只是修了个能放下它们的书架，为自己的儿子能读这么多书而感到骄傲。从那天起，这些书就是他们共有的收藏。

汤姆把咖啡和松饼放到板条箱上，走到书架前，抽出一叠喷气小子漫画。他一边吃一边重读漫画，《喷气小子在恐龙岛》《喷气小子和第四帝国》,还有他的最爱——系列的最终卷,最最正宗的《喷气小子和外星人》。扉页上的标题是"百老汇上空三十分钟惊魂"。汤姆一边抿着凉掉的咖啡,一边把这一册读了两遍,他们画了一个外星人——塔奇昂——在哭。汤姆不知道这是否真实。他合上漫画,吃完英式松饼,然后坐在那里想了很久。

喷气小子是个英雄,而他呢?无名之辈,一个弱鸡加废柴。他的百搭牌超能力根本不顶事,一点儿用也没有,就和他一样。

他灰心丧气地披上外套,走出门外。晨光下的垃圾场显得十分脏乱,冷风吹个不停。东边几百码外的海湾里,绿色的海水不断翻滚。汤姆爬到小丘上的老帕卡德旁,拽开吱嘎作响的车门。车内的坐垫已经开裂,发出一股霉味儿,但至少里面吹不到风。汤姆靠进椅背,把膝盖顶在仪表盘上,看着日出。他一动不动地坐了好久,垃圾场的另一边,轮毂和旧轮胎纷纷浮到空中,呼啸着砸进纽约湾泛绿的波涛中。他可以望见自由女神站在她的小岛上,还有东北方向曼哈顿楼群雾蒙蒙的轮廓。

时间快到七点三十,汤姆的四肢已经僵硬,他已记不清自己究竟抛了多少个轮毂。他坐起身,脸上带着奇怪的表情。飘在四十尺空中的冰箱砸到了地上。他用手揉揉头发,把冰箱又拉了起来,让它升到二十码的高度,然后直直地砸进了乔伊的瓦楞屋顶。接着他又扔进去了一个轮胎、一辆砸扁的自行车、六个轮毂还有一辆红色小拖车。

屋门"砰"的一声推开了,乔伊穿着短裤背心冲进了屋外的寒气里。他看上去气坏了。汤姆攥住他的光脚,把它们从地面上拉起来,让他一屁股坐到地上。乔伊大骂起来。

汤姆把他头朝下提到半空中。"你他妈藏哪儿了,塔博瑞?"乔伊咆哮道,"快打住,蠢驴,放我下来!"

汤姆想象出两只隐形的大手,把乔伊来回抛着。"最好别让我下去,不然我他妈要把你揍到生活不能自理!"乔伊赌咒发誓。

帕卡德多年不用的摇柄已经难以转动,但汤姆还是把窗户摇了下来。他探出头,"你好呀小朋友,你好呀你好呀你好呀你好呀。"他唱了起来,然后哈哈大笑。

乔伊在十二尺高的空中晃来晃去,挥拳示威。"我要揍扁你这小妖精的屁股,脑残!"他刚喊完,汤姆就扒下他的短裤,把它挂到一个电线杆上。"你就等死吧,塔博瑞。"乔伊说。

汤姆深吸一口气,把乔伊轻轻放到地上。关键时刻到了。乔伊一边骂街一边朝他冲了过来。汤姆闭上眼睛,把手放到方向盘上,然后开始拉升。帕卡德晃动起来。他的额前开始冒汗。他摒弃一切身外知觉,集中精神,数到十,然后慢慢往上升。

当他终于睁开眼睛,已经准备等着乔伊的拳头落到鼻子上了。然而他眼前除了一只海鸥站在帕卡德的前车盖上之外,其他什么也没有,它弯下脑袋,从挡风玻璃的裂口朝车里看。他飘起来了,他在飞。

汤姆把头伸出车窗外,乔伊站在他下方二十英尺的地面上,用手捂着屁股,恨恨地瞅着他。"对啦,"汤姆微笑着朝下面喊道,"你昨晚说过什么来着?"

"有本事你就在上面待一天吧,你个狗娘养的。"乔伊说着无力地挥了挥拳,他的黑色长发落到他眼前,"唉,妈的,这能证明什么?要是我有把枪,你还是个活靶子。"

"如果你有枪,我就不会把头伸出来了。"汤姆说,"实际上,要是没有窗户会更好。"他考虑了一会儿,但在上面很难思考。帕卡德太沉了。"我要下来了,"他告诉乔伊。"你,呃,你冷静下来了?"

乔伊笑了:"来试试看啊,塔儿。"

"让开点,我可不想让这玩意儿把你砸扁。"

乔伊闪到一边,他现在光着屁股,浑身鸡皮疙瘩。汤姆操纵帕卡德像秋天的落叶一样稳稳着陆。他刚把车门推开,乔伊就钻进来揪住他,把他拽起来往车里一按,另一只手紧握成拳。"我要——"他刚开口,又摇了摇头,哼了一声,然后轻轻拍了拍汤姆的肩膀。"操,你得赔我一个抽斗,王牌。"他说。

他们回到屋里,汤姆把剩下的咖啡热了热。"我需要你的帮助。"他一边说一边炒鸡蛋火腿,还热了几个英式松饼。每回动用超能力都会让他胃口大开。"你负责去汽配店、焊接还有各种粗活,我来接电线。"

"电线?"乔伊用咖啡杯暖着手,"操,干吗用的?"

"连接灯泡和摄像头。我想要防弹的窗户。我知道在哪里能买到便宜的摄像头,你这里有好多旧电视,我修修就能用。"他坐下来,狼吞虎咽地吃着鸡蛋。"我还得弄个喇叭,再整个扩音器。还有发电机。你说我还要不要弄个冰箱?"

"那辆帕卡德巨他妈大,"乔伊说,"把座位拆了,能他妈装下三个冰箱。"

"我不准备用帕卡德。"汤姆说,"要用辆更轻的车。我们可以用旧的车壳把窗户盖住什么的。"

乔伊拨开眼前的头发。"车壳什么的见鬼去吧。我这里有装甲铁板,从战场上退下来的。在46、47年时海军基地拆了一大堆船,多姆当废铁收了下来,整整有他妈二十吨。真他妈浪费钱——哪个二逼会买战列舰装甲?现在那堆玩意儿还扔在后院生锈呢。要射穿那屁玩意儿得要用他妈的十六寸的炮弹。塔儿,到时候你就会安全得像——操,不知道怎么说,总之很安全。"

汤姆知道。"安全得——"他大声说,"——像藏在壳里的乌龟!"

再过十个采购日就到圣诞节了,塔克坐在窗前,攥着一杯爱尔兰咖啡,来驱散十二月的寒意。透过单向玻璃,他盯着窗外的包厢路。欢乐屋还要再过一个小时才开门,不过仙女的朋友总是可以从后门进去。

舞台上一对自称和谐和混沌的鬼牌杂耍艺人在相互抛着保龄球。和谐盘腿打坐,飘在舞台上方三英尺处,那张无眼的面孔十分平静。他完全看不见,但从不会丢掉一个球。他的搭档是六只手的混沌,像疯子一样蹦来蹦去,嬉皮笑脸地讲着冷笑话,他背后的两只手来回抛着几个火炬,另外四只手朝和谐丢着保龄球。塔克瞥了两眼就移开了视线,他们固然技巧高超,但看到这等畸形总会让他心痛。

马尔挤进了他的隔间。"你喝了几杯?"这位保镖盯着爱尔兰咖啡,问道。他下颌悬着的触手伸长了,蠕虫似的蠕动着,蓝黑色的畸形大下巴让他显得既好斗又傲慢。

"我看这不关你的事。"

"你他妈屁用也没有,对吧?"

"我从没说过我有用。"

马尔哼了一声。"你的用处还顶不上一堆狗屎。妈的,我真不明白仙女为什么需要一个狗屁基佬太空人成天在这儿晃悠,糟蹋她的好酒……"

"她要我没用,我跟她说过了。"

"跟女人永远说不通。"马尔附和。他紧握手掌,他的手很大。在百搭牌日之前,他是排名第八的重量级选手,之后,他的排名一度攀升至第三位……直到病毒感染者被禁止参加职业赛,他的职业梦想就此成为泡影。据说,此项措施是针对王牌的,以保证赛事的公平性,但鬼牌也不能网开一面。马尔已经老了,稀疏的头发已成铁灰色,但他看上去仍然壮得能用膝盖把弗洛伊德·帕特森顶至骨折,眼神依然凶恶到能吓退小崽子李斯顿。"看看。"他盯着窗外,不满地吼道。小不点在外面,坐在自己的椅子上。"他妈的,他在这里干什么,我早告诉过他不要到这儿来。"马尔朝门口走去。

"你就不能放过他吗?"塔奇昂朝他喊道,"他伤不了人的。"

"伤不了人?"马尔扭过头看着他,"他又哭又闹的把游客全他妈吓跑了,到时候谁他妈还会供你免费喝酒?"

这时门开了,戴斯蒙站在门口,外套搭在一只手上,第三只手平举着。"放过他吧,马尔。"领班疲惫地说道。"那你就让他闹吧。"马尔嘟哝着走开了。戴斯蒙走过来坐进塔奇昂的隔间。"早上好,博士。"他说。

塔奇昂点了点头,喝光咖啡。威士忌全都沉到了杯底,一股暖流滑进他的胃里。他发觉自己正盯着镜面桌上的倒影:一张疲惫、憔悴、不修边幅的脸,眼睛红肿,红色长发油腻打结,五官都被酒精泡涨。这不是他,不可能是他,他可是英俊的、外表整洁的、仪表堂堂的,他的脸……

戴斯蒙伸出第三只手,猛地握住他的手腕,把他拉到面前。"我说的话你一个字都没有听到,是不是?"戴斯蒙的声音带有怒气,低沉而急切。塔克眼前一片模糊,他才意识到戴斯蒙刚跟他说了什么,正嘟哝着要道歉。

"算了。"戴斯蒙放开他,"听我说博士,我想请求你的帮助。我虽然是个鬼牌,但并非没有受过教育。我读过你的故事,这么说吧,你有某种能力。"

"不。"塔克打断他,"和你想象的不一样。"

"你所有的超能力都详细记录在案。"戴斯蒙说。

"我没……"塔克尴尬地说,摊开两只手,"那是以前,我丢掉了……我是说,我不能,再也不能了。"他低头看着自己的倒影,他想看着戴斯蒙的眼睛,想让他明白,但他无法忍受看到鬼牌的畸形。

"你的意思是,你不愿意。"戴斯蒙说着站了起来,"我本以为在开业之前和你谈,你可能会清醒一点,看来我错了。把我说的都忘了吧。"

"要是能做到的话我肯定会帮忙的。"塔克开口道。

"我不是为自己求你。"戴斯蒙严厉地说道。

他走之后,塔奇昂在铬银色的长吧台前,灌下一整瓶白兰地。第一杯让他心情变好了，第二杯让他受不了了。第三杯酒下肚，他开始哭泣。马尔走了过来，厌恶地低头看着他。"从没见过哪个男人像你这么爱哭。"他把一块脏兮兮的手帕塞给塔奇昂，然后帮忙张罗开门去了。

他右脚边的警用频率无线电嗞嗞啦啦地响起火情的警报，这时他已经在天上飘了四个半小时。诚然，他飞得一点也不高，离地六英尺而已。但汤姆发现六英尺和六十英尺没有多大的区别。四个半小时，他一点也没有感到疲惫，精神头反而好得很。

他安稳地绑着安全带，坐在凹背座椅上，这个座位是乔伊从一辆撞毁的凯旋 TR-3 上拆下来，再安装在大众车车厢的正中的。一圈各式各样的电视机环绕着他，昏暗的荧光屏是唯一的光源。车里还塞有几台照相机及其机械臂、发电机、换气系统、音响系统、控制台、一盒备用真空管以及一台小冰箱，挤得让他几乎转不过身。但无所谓，比起幽闭的空间，汤姆更怕敌人，待在车里让他觉得很自在。乔伊给这辆报废甲壳虫的外壳加装了两层厚厚的战列舰装甲，比他娘的坦克还结实。乔伊已经用一把鲁格手枪试过装甲，那枪是多姆在二战时从一个德国军官身上缴获的。准头好的话子弹可以打掉他的摄像机或者灯泡，但要击伤装甲后面的汤姆是不可能的。他安全得不能再安全了，简直无懈可击。而在放松又自信的时候，他的能力几乎没有限度。

全部装好后，这台装甲车比帕卡德还重，但是不要紧。他飞了四个半小时，中途完全没有降落，安静平稳地在垃圾场上空滑翔，一滴汗都没有出。

当他听到无线电里的警报时，一阵激动的喜悦涌上心头。就是现在！他想。他本该等乔伊回来，但后者开车去庞培比萨买晚餐去了（香肠、洋葱、加量乳酪）。机不可失，失不再来。

汤姆开始拉升装甲车的高度，车子底部的一圈灯在堆积如山的废

梦歌

旧金属和垃圾之间投下漆黑的阴影。八英尺，十英尺，十二英尺，他紧张地来回瞟着一个个屏幕，看着逐渐远离的地面。一台从旧西瓦尼亚上拆下来的屏幕上出现了缓慢滚动的横向条纹。汤姆拧了一个旋钮消除了干扰。他掌心在出汗。十五英尺。他操纵车子缓慢向前移动，一直飘到海岸线上方。他面前一片漆黑，在如此黑暗的夜里是看不见纽约的，但他知道方向没错，只待动身前去。在他面前的一面面黑白小屏幕上，纽约湾的海水看上去比平时更黑，波涛滚滚的漆黑海水在朝他逼近。他必须摸索着前进，直到能看见市区的灯光。如果他在海上失去控制的话，就得提前去见喷气小子和肯尼迪了。就算他能在装甲沉没之前迅速弃车，他也不会游泳。

但他突然意识到自己是不会失控的，妈的，我还在等什么？他再也不会失败了，对吧？他必须如此自信。

他咬紧牙关，调动意念，操纵装甲车平稳地在海水中滑行。他身下的咸水起起落落，他从未在水里移动过，感觉很不一样。一时间汤姆有些慌神，装甲车晃动起来，下沉了三英尺。然后他才找回了感觉，稍作调整。他尽力让自己冷静下来，向前滑去，然后开始抬升。飞高点儿，他想，他得在高空中登场，一路飞过去，就像喷气小子和黑鹰一样，妈的，要像个王牌的样子。装甲车跃出水面，速度越来越快，安静平稳地划过海湾上方，汤姆找回了自信。他从没感到自己如此强大，妈的，他的感觉从来没这么对头过。

罗盘工作正常，不到十分钟，他便看到巴特里公园和华尔街迎面逼近。汤姆继续拉升高度，沿着哈德逊河的河岸朝上城方向飞去。喷气小子的墓碑在他身下掠过，他曾站在这尊巨型金属塑像下仰望过那张脸许多次。若这雕像今晚抬起头看到了他，不知会作何感想呢。

他有一张纽约地图，但今晚用不到。隔着一英里就能看到火光。他飞到火灾现场上方，隔着厚厚的装甲都能感觉到热浪扑面而来。他小心翼翼地开始下降，换气扇呼呼狂转，他操纵摄像头观察周围。下方

Dreamsongs

一片狼藉,场面混乱不堪:警笛的尖啸和人群的嘈杂混作一团,消防员、警察和救护人员急匆匆地走来走去,带梯子的消防车在向熊熊燃烧的大楼喷水。他在人行道上方五十英尺处盘旋下降,一开始没人注意到他,直到他的底盘灯照到了墙上。他看到下面的人抬头仰望指指点点,一时间有些飘飘然。

但很快便回过神来。他眼角瞥见一块屏幕上有一个女孩。她突然出现在五楼的窗口,探出窗外,咳嗽不止。她的裙子已经烧着。在他反应过来之前,她的衣服也已着火,她尖叫着跳出窗外。

他在半空中接住了她,这次毫不迟疑,毫不犹豫,一点也没有怀疑过自己。他做到了,他接住了她,轻轻地载着她落到地上。消防员围了过来,扯掉她着火的外衣,把她抬进救护车。现在汤姆发现人人都在仰望着他,都在盯着这个飘浮在夜空、还带着一圈灯泡的黑漆漆的不明物体,警用无线电响了起来,他们报告称发现了飞碟。他一听就笑了起来。

一个警察爬上警车,举着喇叭朝他吼了起来。汤姆关掉无线电,透过熊熊燃烧的火焰仔细听着。那警察要他立即着陆并表明身份,他在问他是谁,或者是什么。

简单的问题。汤姆打开麦克风。"我是大龟。"他说。甲壳虫的轮胎已经卸掉,乔伊在轮胎位上安装了他能找到的最大的麦克风,并接上了他们能买到的功率最大的功放。巨龟的声音头一次响彻大地,轰鸣般的"我是大龟"在街头巷尾间回响,喇叭里爆出一阵剧烈的喀喇声。虽然这登场宣言听上去有点儿不对,但汤姆还是把音量扭到更高,又把重低音打开。"我就是无敌巨龟。"他向所有人宣布。

然后他朝西面飞了一条街,飞到哈德逊河黑漆漆的脏水上方。他想象出两只五十英尺长的隐形巨手,让它们合成杯状,舀起一捧河水。他把水捧向火场,泉水般的细流从指缝间落到街道上。接着他把一捧水全都洒到火上,下面的人群高声欢呼起来。

梦歌

"圣诞节快乐。"塔克醉醺醺地说。时钟指向了午夜,人群开始拍着桌子欢呼喝彩,今年平安夜的顾客人数破了纪录。舞台上,亨弗莱·鲍嘉怪声怪气地讲着冷笑话。大堂里的灯光忽然变暗,然后又亮了起来,鲍嘉换成了一个红鼻头圆脸的胖子。"这位是谁?"塔克问坐在他左边的双胞妹。

"W.C.费尔兹。"她耳语道。她的舌头伸进了他的耳窝里。坐在他右边的双胞姐在桌子底下做着更有意思的事情,她设法把手伸进了他的裤裆。这对姐妹是仙女给他的圣诞礼物。"你假装她们是我就行了。"她这么说,当然,这二位和她一点儿也不像。姐妹俩都是小美妞,嘴甜乳圆又淫荡,就是有点儿呆头呆脑。他觉得她们有点儿像塔基斯性奴。坐在他右边这位不幸感染过病毒,不过她在床上都戴着面具,不会露出畸形的面相,也不会干扰到他勃发的兴致。

他还是不知道 W.C.费尔兹是什么人,这人讲了几个关于圣诞节和小孩子的晦气笑话,被观众嘘下了台。下一个上台的是投影师,他会变成许多人的脸,但却讲不了一个笑话。塔克毫不在意,他在台下可舒心着呢。

"要报纸吗,博士?"小贩把一份《先驱论坛报》递到他面前,他厚厚的手掌上只有三根手指,油腻腻的皮肤是蓝黑色的。"各类圣诞新闻。"他理了理腋下夹着的一大沓报纸。他微笑的大嘴两侧有两颗突出的大龅牙。他带着平顶毡帽,大脑门盖在又乱又硬的红头发下面。附近的人都叫他肥海象。

"谢了,朱伯,不用了。"一身酒气的塔克礼貌地答道,"恐怕今晚我无暇搅和人类的愚行喽。"

"嘿,看!"双胞姐说道,"是大龟!"

塔奇昂扭头张望,一时没回过神来,心想那台巨大的装甲车怎么跑进欢乐屋了。当然了,她指的是报纸。

"你最好给她买一份哦,塔克。"双胞妹咯咯笑道,"不然她会不高兴的。"

塔奇昂叹了口气。"来一份吧,但你可别讲那些傻笑话,朱伯。"

"我听了一个新笑话,讲的是一个鬼牌、一个波波和一个爱尔兰人困在荒岛上。不过既然你这么说了我就不讲了吧。"肥海象胶皮面具一样的大脸咧嘴一笑。

塔奇昂在兜里掏着硬币,但他兜里除了一双娇小的手之外什么也没有。朱伯眨了眨眼。"我找戴斯蒙要吧。"他说。塔奇昂摊开报纸,这时和谐和混沌登台了,台下爆发出一阵喝彩。

一张大龟的模糊照片占满了整个版面。塔奇昂觉得那东西长得像一根酸黄瓜,一根长满了麻子的糙铁瓜。大龟抓住了一个在哈姆雷撞死一个九岁男孩后逃逸的司机。他截住了肇事车辆,让他悬在二十尺的空中,任凭车子引擎咆哮、车轮狂转,直到警察赶到才放下。边栏里的文章讲到有流言称这台装甲车是实验中的机器人,但空军发言人已否认。

"我还以为他们找到了什么值得报道的线索了呢。"塔奇昂说。这已经是本周的第三条龟新闻了。新闻页和评论文章全都是老乌龟、老乌龟、老乌龟。连电视里都在疯狂地争论着老龟的身份。他是谁?是什么东西?他怎么做到的?

甚至有个记者还来采访了塔奇昂。"意念操控。"塔奇昂告诉他,"没什么新奇的,甚至可以说很普遍。"在46年,念力曾是病毒感染者中最常见的超能力。他见过十几个能移动纸片和铅笔的患者,还见过一个能让自己悬浮十分钟的女子。连厄尔·山德森的飞行能力本质上也是一种念力。但他没有指出这种程度的念力是前所未见的。当然啦,等报道写成,他才发现他们理解错了。

"知道吧,他是个鬼牌。"戴着银灰色猫面具的双胞姐耳语道,她靠在他肩上读着大龟的故事。

"鬼牌?"塔克说。

"他藏在壳里不露面,不是吗? 如果不是因为面相丑陋,他干吗要这么做呢?"她把手从他裆里抽开,"我能拿走吗?"

塔克把报纸推给她。"他们现在为他欢呼。"他尖刻地说,"他们也为四大王牌欢呼过。"

"那不是个有色人团体么?"她认真地读起了导读。

"她有一本剪贴簿。"她妹妹说,"鬼牌们人人都相信他是他们的一员,挺蠢的,是不是? 我敢说它就是台机器,空军的飞碟什么的。"

"他不是。"姐姐说,"这里讲得很清楚。"她染红的长指甲指了指侧栏。

"别理她。"双胞妹说,她靠到塔奇昂身边,轻轻咬着他的脖子,一只手伸到桌下。"嘿,咋回事? 你怎么全软了?"

"不好意思。"塔奇昂阴郁地答道。和谐和混沌正在舞台上扔着斧头、匕首和刀子,四周的镜子映出无数条闪亮的金属流。他手边有一瓶白兰地佳酿,还有两个可爱乖巧的女子陪伴左右,但是他不知为何这圣诞夜突然显得不那么美好了。他倒上满满一杯,猛地灌下一大口烈酒。"圣诞快乐。"他嘟哝道,也不知在和谁讲。

塔克被马尔愤怒的大吼吵醒。他摇摇晃晃地从镜面桌上抬起头,朝自己压得红肿的脸眨眨眼。杂耍艺人、双胞胎姐妹和顾客早已散去。他的脸泡在洒落的酒里,一脸酒气。双胞胎逗过他,哄过他,甚至还钻到过桌子下面,但他依然昏昏欲睡。接着仙女过来遣走了她俩。"睡吧,塔克。"她说。马尔过来问她需不需要把塔克拽到床上。"今天不用了。"她说,"你也知道今天特别,就让他在这里睡到酒醒好了。"他已不记得自己几时睡着的。

他感觉脑袋快要炸了,马尔的叫嚷更让他头痛。"我他娘的才不管什么狗屁协定,你这混蛋休想再见到她。"这位保镖叫道。一个声音轻声回答了些什么。"操,钱你会拿到的,拿了就让你滚蛋。"马尔喝道。

塔克抬起头,看到了镜子里黑漆漆的倒影:昏暗晨光映照下的扭曲身形,重重叠叠的倒影,有成百上千个,美丽而又狰狞,数不胜数,那是他的孩子,他的后代,他失败的产物,一群一群的鬼牌。另一个声音又轻声说了些什么。"放你妈的狗臭屁。"马尔说。他的身躯就像一根扭曲的棍子,脑袋像南瓜,塔克看着他微笑起来。马尔操了那人一把,手伸到背后要掏枪。

一重一重又一重的倒影,瘦的、胖的、圆脸的、细腰的、黑的、白的,在同一时间动了起来,马尔的尖叫和一声枪响立刻充斥了整个大堂。塔克本能地躲了起来,他钻到桌子下面,还把头撞了一下。他不顾眼泪和头痛,拼命眨眼,缩成一团卧在地上,瞪着一双双脚的倒影。世界碎裂成千万块锋利的碎片,玻璃碴纷纷落下,四面的镜子都碎了,锋利的银色碎片四处飞溅,连和谐和混沌也不一定能抓得住这么多。黑影侵入了重重倒影,罩住了所有扭曲的身形。碎裂的镜子上满是鲜血。

一切的结束就和开始一样突然。那个声音轻声说了些什么,接着是一阵踩在玻璃碴上的脚步声。不一会儿,他身后传来一声含糊的叫嚷。塔克躺在桌子下,又醉又怕。他发现自己的手指被银色的碎片割破,隐隐作痛。此刻他满脑子只有愚蠢的人类迷信——打破镜子会招来坏运气。他双手抱头,希望能睡过这个噩梦。

再次醒来时,他面前是个正在拼命摇他的警察。

一位探员告诉他马尔死了,他们给他看了尸体的照片。照片里的保镖躺在血泊里,浑身扎满玻璃碎片。鲁斯也死了,还有一个门房也死了,他是个智力有缺陷的独眼龙,对任何人都没有威胁性。他们还给他看了报纸。"圣诞老人大屠杀",标题这么写道。导读称三个鬼牌在圣诞节早晨被发现死于树下。

梦歌

法切蒂小姐失踪了,另一位探员告诉他,他了解任何情况吗?她是否参与其中?是嫌犯还是受害人?关于她他还知道些什么?他说他不知道这号人,他们便解释道,此人全名安吉拉·法切蒂,又名仙女,可能他更熟悉这个名字。现在她失踪了,马尔被害,而最令塔克恐惧的是他不知道该上哪里找酒喝了。

他们把他关了四天,不停地审问他,把同样的问题问了一遍又一遍,到最后塔奇昂开始冲他们尖叫,哀求他们,主张权利,要求律师,还讨酒喝。而他们只给他派了律师。律师说,他们如果不打算起诉他就不能继续关押他了,因此他们起诉他为重要目击者、流浪犯以及具有拒捕行为,然后接着审问他。

到了第三天,他的手开始止不住地颤抖,眼前开始出现幻觉。唱红脸的警察答应给他一瓶酒,只要他愿意合作,但不知为何他的供词不能令他们满意,酒也没戏了。唱白脸的警察威胁如果不招供就要一直把他关在这里。我以为那是个噩梦,塔克抽泣着告诉他们。我喝醉了,我睡过去了。不,我没看见他们,我只看到了倒影,许多个扭曲的影子,也不知道有多少人,也不知道争执的原因。不,她没有对头,人人都爱仙女。不,她没有杀害马尔,那太荒唐了,马尔爱她。有一个人说话声音很轻柔。不,我不知道那人是谁。不,我记不清他们说了什么。不,我不知道他们是不是鬼牌,他们看起来像鬼牌,但镜子会扭曲影像,有些,不是全部,你明白吗?不,我没法在一排人里把他们认出来,我没有直接看到他们。我必须藏在桌子底下,你明白吗?刺客来了,我父亲一直在警告我,我什么也做不了。

当他们发现他已经把他知道的所有情况都吐露出来之后,就撤销了指控,放他走了。他们把他扔进了鬼街寒冷的夜中。

他独自走在包厢路上,浑身颤抖。在喜事达街的路口上,肥海象站在他的报摊前叫卖晚报。"不可错过啊。"他喊道,"鬼街的乌龟恐慌。"塔奇昂停住脚步,木然地盯着头条。《邮报》说警方正在搜捕大龟。《世界电讯报》说大龟被控意图伤人。看来他的支持者已经烟消云散了。他瞅了眼内容,昨天和前天晚上,大龟曾在鬼街里游荡,把一些人拉到一百英尺的高空中审问,并威胁说如果不肯开口就把他们扔下去。而昨晚警方试图逮捕他时,大龟把两辆警车扔到了查萨姆广场的连体大楼顶上。抓住这只龟,《世界电讯报》的社论写道。

"你还好吗,博士?"海象问道。

"不好。"塔奇昂说,他放下报纸,反正他也没钱。

警方用路障围住了欢乐屋的入口,门上挂着一把大锁。门口的告示写道:无限期停业。他得喝一杯,但他主唱外套的口袋里空空如也。他想到去找戴斯蒙或者兰道,但突然意识到自己根本不知道他们住哪里,也不知道他们究竟姓什么。

他一步一步蹭回"房间",疲倦地爬上楼梯。他踏进黑暗的房间,马上意识到屋里冷得要死。窗户大敞着,寒风呼啸,吹走了积存很久的尿味、霉味和酒味。我开过窗户吗?他糊涂了,走到窗前,接着有人从门后窜了出来,擒住了他。

他一下就被抓住,甚至来不及反应。勒住他脖子的手臂好似钢铁,把他的尖叫生生压下,另一只手把他的右臂扯到他背后,下手很重。他喘不上气,胳膊也感觉快要断掉。然后他就被猛地朝窗口推去,他无力地挣扎着,那人的力气比他大多了。窗框正中他的肚子,把他肺里最后一点气也挤了出来,突然他开始坠落,大头朝下,仍被那人勒得动弹不得,两人一齐栽向楼下的人行道。

他们在离地五英尺的高度突然停住,他身后那人被扭得叫出了声。

塔克在地面逼近时闭上了眼。此刻他睁开双眼,发现他们开始朝前飘去。街灯黄色的光晕之上有一圈亮得多的灯,安在一个飘浮在冬夜星空中的黑影上。

梦歌

勒着他脖子的手松了一点,让他可以喘口气。"你,"他嘶哑地说,他们绕过装甲车,轻轻落到它的顶部。金属冷得像冰,寒气透过塔奇昂的裤子,咬噬着他的皮肤。大龟开始直直地升向夜空,绑架塔奇昂的人放开了他。他深吸一口寒冷的空气,转过身,看到那人身穿拉链皮夹克,黑色工装裤,还带着一个绿色的橡胶青蛙面具。"谁……?"他喘息道。

"我乃无敌巨龟手下。"戴着青蛙面具的人说,他好像兴致很高。

"你就是塔奇昂博士吧。"装甲车的喇叭轰鸣道,他们离下方的鬼街已经很远了,"我一直想会会你,我小时候就读过你的事迹。"

"关小点儿。"塔奇昂有气无力地抱怨道。

"哦,好的。这样是不是好些?"音量突然变小,"这里面很吵,隔着装甲我有时听不出来外面的音量有多大。抱歉吓到你了,但我们不能冒被你拒绝的风险,我们需要你。"

塔奇昂坐着不敢挪窝,他浑身颤抖。"你要我做什么?"他疲惫地说。

"要你的帮助。"大龟宣称。他们仍在攀升,曼哈顿的灯火在他们身下铺开,帝国大厦的尖顶和克莱斯勒大厦出现在北面。他们的高度超过了这两座大厦。寒风咆哮,吓得塔克紧紧贴着装甲车的表面。

"放了我吧。"塔奇昂说,"我帮不了你,我帮不了任何人。"

"操,他在抹眼泪。"青蛙面具说。

"你不明白。"大龟说。装甲车转向西面飞去,安静而平稳。这趟离奇的飞行还真是令人印象深刻,"你必须帮我,我自己已经试过了,徒劳无用。但是你,以你的念力,可以打开局面。"

塔奇昂完全沉溺在自怨自艾中,他又冷又累,绝望到答不出话了。"我想喝一杯。"他最后说道。

"操他娘的。"青蛙面具说,"乌贼说得没错,这厮就他妈是一酒鬼。"

"他还没明白。"大龟说,"等我们解释清楚,他会回心转意的。塔奇昂博士,我们得谈谈你的朋友仙女。"

他想喝酒想得快要死了。"她对我很好。"他想起了她的绸缎床单上甜蜜的香水味,还有她在镜砖上留下的带血的脚印,"但我什么也做不了,我把我知道的全告诉警察了。"

"软鸡巴蛋。"青蛙面具骂道。

"我小时候在《喷气小子漫画》里读到过你。"大龟说,"'百老汇上空三十分钟惊魂',记得吗?你应该和爱因斯坦一样聪明。也许我能救出你的朋友仙女,但我必须借用你的超能力。"

"我再也不能用超能力了,再也不能了。我伤害过一个人,我爱过她,却控制了她的心智,尽管只有一瞬间,尽管我有充足的理由——或者我认为自己有充足的理由,但是我……还是把她毁了。我再也不能用超能力了。"

"啊哦。"青蛙面具嘲弄地说道,"咱还是把他扔下去吧,大龟。这厮简直狗屁不如。"他从皮夹克口袋里掏出一件东西。塔克震惊地发现那是一瓶啤酒。

"求你了。"塔奇昂看着那人用挂在他脖子上的一把起子撬开瓶盖。"就一小口。"塔克说,"就一小口。"他讨厌啤酒的味道,但他需要酒精,无论是什么酒。他已经好几天没喝过了。"求你了。"

"滚你妈的。"青蛙面具说。

"塔奇昂。"大龟说,"你可以控制他把酒给你。"

"不,我不能。"塔克说。那人把瓶子举到绿橡胶面具的嘴边。"我不能。"他重复道。青蛙面具还在喝着。"不。"他听见那人在大口灌酒,"求你了,就一小口。"

那人放下酒瓶,若有所思地晃了晃瓶子。"就小小的一口。"塔奇昂说。

"求你了。"他伸出颤抖的双手。

梦歌

"不成。"青蛙面具慢慢地把酒瓶倒过来,"当然啦,你要是真渴得要命,就能控制我的脑子,对吧?逼我把这瓶马尿给你。"瓶子倾斜了一点,"来啊,你敢吗,试试看啊。"

塔克看着最后一点儿啤酒流到大龟的壳上,滑进了夜空中。

"操。"青蛙面具说,"你搞砸了,是吧?"他又从口袋里掏出一瓶啤酒,起开,递给塔奇昂。塔克用双手捧着接过来。啤酒又冷又酸,但他像从没尝过这么甜蜜的味道似的,一口气把它喝光了。

"你还有什么聪明点子吗?"青蛙面具问大龟。

他们前方是黑漆漆的哈德逊河,泽西市的灯光在西岸。他们正在下降。在他们下方,一座钢铁、玻璃和大理石构成的大厦俯瞰着哈德逊河。塔奇昂突然认出来了,那是喷气小子的陵墓,虽然他从没进去过。"我们要去哪里?"他问道。

"我们要和一个人商讨救援行动。"大龟说。

喷气小子的陵墓占据了一整个街区,里面存放着他的飞行器从天而降的碎片。这座大厦也占满了汤姆的所有屏幕,他坐在昏暗而温暖的座舱内,被荧光屏所环绕。摄像头在轨道上来回移动,马达咯咯作响。陵墓巨大的侧翼向上弯曲,整座大厦仿佛正要起飞一般。透过高而狭窄的窗户,他瞥见 JB-1 的全尺寸复制品悬在天花板上,它红色的机翼被隐藏的灯光照亮。大门上方镌刻着这位英雄的遗言,每个字母都凿在意大利黑色大理石上,又填入了不锈钢。装甲车白炽的探照灯扫过时,两排金属字母闪闪发亮。

我还不能死,

我还没看过《乔森故事》呢。

汤姆让装甲车落向纪念馆正前方台阶之上的大理石广场,悬浮在离地五英尺的高度。旁边一座二十英尺高的钢制喷气小子雕像俯视着西侧的大道和更远处的哈德逊河,他的双手握成拳头。汤姆知道,雕像所用的金属来自他坠毁的飞行器的碎片。他对雕像的脸比对自己父亲的脸还熟悉。

他们要见的人从雕像底座后面的阴影里走了出来,他身形臃肿,穿着一件厚外套,双手深埋在口袋里。汤姆将灯光打到他身上,好让移动摄像头照得更清楚点。那人是个肥胖的鬼牌,弯腰驼背,衣着体面。他的外套带毛领子,软毛压得很低。他的脸部正中生出了一根象鼻,象鼻的另一端长着手指,还戴着皮手套。

塔奇昂博士从装甲车顶上滑下来,没站稳一屁股坐在了地上。汤姆听见乔伊大笑起来。接着乔伊也跳下车,把塔奇昂拉起来。

鬼牌瞅了眼外星人:"你居然说动他来了,真令人惊讶。"

"咱他妈可很能说服人呢。"乔伊说。

"戴斯蒙。"塔奇昂好像糊涂了,"你在这里做什么,你认识这两人?"

象鼻人扭了扭长鼻子:"说起来也是前天才认识的,他们来找我,时间已经很晚了,但无敌巨龟本人打来的电话可是很能激起好奇心的。他承诺提供帮助,我接受了。我甚至告诉了他你的地址。"

塔奇昂用手揉揉他纠结的脏头发:"马尔的事我也很难过。你知道仙女的情况吗?你知道她对我有多重要。"

"我当然知道,精确到几毛几分。"戴斯蒙说。

塔奇昂张大了嘴巴。他似乎很受伤。汤姆有点为他难过。"我想去找你来着,"他说,"但不知道上哪里去找。"

乔伊笑了。"就他妈在黄页上呢,蠢货。叫泽维尔·戴斯蒙的能有几个?"他看看装甲车,"他连自己的伙计都找不到,怎么还他妈能指望他找到那个女的?"

戴斯蒙点点头:"很有道理。这办法行不通的。看看他吧!"他用长鼻子指了指,"他能有什么用?我们在浪费宝贵的时间。"

梦歌

"我们试过你的办法了。"汤姆答道,"结果毫无头绪。没人肯开口。而他能提供我们需要的信息。"

"我一点也听不明白。"塔奇昂插嘴道。

乔伊发出呕吐的声音。他不知从哪里又摸出一瓶啤酒,撬开盖子。

"怎么回事?"塔克问道。

"如果你能对烈酒和便宜妓女之外的任何东西留一点儿心,就不会听不明白。"戴斯蒙冷冷地答道。

"把你跟我们讲过的话再和他说一遍。"汤姆要求道。他想,等塔奇昂明白了情况,肯定就愿意帮忙了,他必须帮忙。

戴斯蒙重重地叹了口气:"仙女有海洛因的瘾。你应该知道她很容易痛。你应该经常能注意到的,是吧博士?她必须要依靠麻醉品度日,一天不服用,疼痛就会令她发疯。但她并不是真正的瘾君子,她服用的纯海洛因的量足以让普通人送命。你也看到了,她并没有因此而受到多少影响。鬼牌的新陈代谢非常特殊。你知道海洛因究竟有多贵吗,塔奇昂博士?算了,我知道你不知道。欢乐屋能给仙女带来丰厚的收入,但总是不够她用。毒贩子允许她赊账,直到她的欠账已经堆积如山,然后要求……所谓的借据兑现,或者还一份圣诞礼物。她别无选择。如果不接受就只能停药。她希望能攒够欠款,她这一向很乐观。但她没能攒够。在圣诞节的早上毒贩来收债,马尔不让他们带走她,但他们不肯罢休。"

塔奇昂被大灯晃得睁不开眼,他眼中的残影不断往上飘。"她为什么不跟我说?"他说。

"我想她可能不想让你有负担,博士。不然你自怨自艾地胡喝胡闹就没有乐趣了。"

"你报警了吗?"

"报警?啊,是啊,纽约最优秀的一群人。鬼牌被殴打被杀害,他们总是不为所动,而对被抢的游客却总是勤勉尽职,真有意思。对于任何品味差到居然住到鬼街之外的鬼牌,这些豪杰们也会不遗余力地施以抓捕、骚扰和虐待。或许我们应该去向那位声称强奸鬼牌女子不是犯罪而是性取向异常的警官报案。"戴斯蒙哼了一声,"塔奇昂博士,你觉得仙女的毒品是从哪里买到的?你真认为普通的街头毒贩能搞到这么大量的纯品海洛因?她的毒源来自警局。具体来说的话,是鬼街缉毒队的头儿。哦,我承认整个警局都卷入这件案子确实不太可能,重案组可能会做些合规定的调查。但你觉得要是我们告诉他们巴尼斯特就是凶手,他们会有什么反应?你真的认为他们会逮捕自己人吗?就凭我的证词,或者任何一个鬼牌的证词?"

"我们可以替她还钱。"塔奇昂脱口而出,"我们赔给他钱,或者欢乐屋,他要什么就给什么。"

"借据,"戴斯蒙疲惫地说,"不是关于欢乐屋的。"

"不管是什么,给他就是了!"

"她许诺给他的是他唯一希望从她那里得到的东西。"戴斯蒙说,"那就是她自己,她的容貌,还有她的痛苦。消息已经传开,如果你知道怎么打听的话。城里的某处将举办一场特别的除夕聚会,仅限受邀者参与。费用昂贵。还有激动人心的独特体验。巴尼斯特要首先享用她,他已经等了很久了。但其他贵宾也有机会。这是鬼街的待客之道。"

塔奇昂大张着嘴,一时语顿。"警察?"最后他终于挤出一个词。此刻的他就跟汤姆和乔伊之前听戴斯蒙讲过内情之后一样震惊。

"你以为他们喜欢我们吗,博士?我们是怪胎,是瘟疫,鬼街是个活地狱,死路一条。鬼街的警察是全市最野蛮、最腐败、最无能的。我不认为欢乐屋的血腥事件是有预谋,但人还是死了。仙女知道得太多了,他们不可能让她活命,因此就打算在此之前好好享用一番这位鬼牌。"

汤姆·塔博瑞凑近麦克风。"我能救她,"他说,"这些混球从没对付过无敌巨龟。但我找不到她。"

梦歌

戴斯蒙说:"她有很多朋友,但我们都不能读心,也不能强迫他人违背自己的意愿。"

"我不能。"塔奇昂反对道。他的神智似乎已经脱离了现实,脱离了他面前的人。一时间汤姆以为这小个子要逃跑了。"你们不明白。"

"好他妈一个软蛋。"乔伊大声说道。

汤姆看着屏幕上几近崩溃的塔奇昂,终于失去了耐性。"如果你失败了,那就是失败了,"他说,"如果你不去试,一样是失败了。这他妈究竟有什么不同?喷气小子也失败了,但至少他尝试过,他不是王牌,也不是他妈的塔基斯人,他就是一个开喷气飞机的,但他已经尽力去试过了。"

"我也想……但我……就是……不能。"

戴斯蒙厌恶地啐了一口,乔伊耸耸肩。

汤姆坐在装甲车里,极度震惊。塔奇昂不愿意伸出援手。他不敢相信,真的无法相信。乔伊警告过他,戴斯蒙也警告过他,但汤姆坚持要找这位博士。之前他十分确信塔奇昂一定会帮忙,他可是塔奇昂博士啊。也许他有些心理障碍,但一旦了解了事情的原委,一旦他们讲清楚了他的帮助有多么重要——他一定会同意的。而现在他一直在说不,这成了压垮骆驼的最后一根稻草。

他把音量扭到最高。"狗娘养的。"他大吼道,震耳欲聋的音波冲击着广场,塔奇昂畏缩着退后一步。"你他妈就是个一无是处的外星软蛋!"塔奇昂跌跌绊绊地退到台阶前,但大龟飞到他身后,喇叭对着他咆哮道:"全他妈是假的,是不是?漫画里的所有故事,报纸上的每一个字,都是愚蠢的假话。我这一辈子都在挨揍,被人骂作胆小的懦夫,但你才是懦夫。你个混球,无能的软蛋,你连试都不敢试,你的朋友仙女在你眼里屁也不是,肯尼迪、喷气小子还有任何人都顶不上一个屁。操,你有全套的超能力,但有个屁用,你什么也不肯做,你比奥斯瓦德还有布劳恩还有任何人都他妈更混账。"塔奇昂摇摇摆摆地退下台阶,双

Dreamsongs

手捂着耳朵,嘴里嚷着他听不懂的话,但汤姆什么都不想听。此刻他已怒火中烧,他操起念力,塔奇昂的脑袋顿时歪了过去,脸也红了起来,仿佛被打了一个耳光。"王八蛋!"汤姆继续咆哮道,"你才是躲在龟壳里的人!"隐形的拳头如暴雨般落在塔奇昂身上,他跌倒在台阶上,往下滚了足有三分之一的距离,他想要站起来,结果又跌了下去,大头朝下栽倒在街上。"王八蛋!"大龟喝道,"滚吧,混账,滚得远远的,否则我他妈就把你丢进河里! 滚啊,你个小软蛋,趁无敌巨龟还没真的发火之前赶快滚! 滚,他妈的,你才是藏在龟壳里的软蛋! 你才是软蛋!"

塔奇昂跑了,他像无头苍蝇似的扎进了路灯的灯光里,消失在了夜色中。汤姆·塔博瑞看着他在一排排荧幕上消失。他感到了恶心和挫败,头痛欲裂。他得喝杯啤酒,或者吃片阿司匹林,或者两样都要。接着他听见了警笛声,便把乔伊和戴斯蒙举起来放到装甲车顶上,关掉探照灯,直直地升入夜空,越来越高,直到没入寂静冰冷的黑暗中。

当晚塔克做了噩梦,像发高烧似的在床上翻来滚去,喊着梦话大哭,一次又一次从噩梦中惊醒,一次又一次地陷入梦魇。他梦到自己回到了塔基斯,他可恨的表兄扎博正在炫耀他的新女奴。但当扎博把她领出来时,他却发现那是布莱丝,接着他表兄就当他面强奸了她。塔克目睹了全程,却完全无力阻止。她的身躯在他胯下萎缩,血液从口中、耳中和阴道中涌出。她开始变异,化成千百种鬼牌畸相,一种比一种可怖。但扎博没有停止进攻,把她们全操了个遍,任凭对方哭喊挣扎。之后,当扎博从沾满血的女尸上爬起来时,那张脸却不是表兄的脸了。那是他自己的脸,面容疲惫,苍老而丑陋,双眼红肿,红色长发油腻而纠结,扭曲的五官像被酒精泡过,又或者,像被欢乐屋的镜子照过。

他在正午时分醒来,被窗外小不点儿可怕的哭号声吵醒。他再也受不了了,他早就已经受不了了。他跌跌撞撞地走到窗前,猛地推开窗户,尖声命令巨人安静,别再哭了,别再烦他了,让他静一静,求你了。但小不点儿还是哭个不停,他已如此痛苦,如此愧疚,如此羞辱,为什么还不能放过他。他再也受不了了,不,闭嘴啊,闭嘴啊,求求你了闭嘴啊。塔克突然尖叫起来,操起念力直击小不点儿的大脑,让他闭上了嘴。

寂静和雷鸣一样刺耳。

最近的公用电话在一个街区外的糖果店里。顽童早已把电话簿撕成了碎片。他拨了查号台,查到泽维尔·戴斯蒙就住在克里斯蒂街,距此不远。他的公寓在四楼,楼下是个面具店。塔奇昂爬上去时已经快喘不上气了。

敲到第五下时,戴斯蒙打开了门。"是你。"他说。

"大龟。"塔克的嗓子很干,"他昨晚找到任何线索了吗?"

"没有。"戴斯蒙答道,扭着长鼻子。"还是和前几天一样,他们已经学精了,知道他是虚张声势,不会真把人扔下去。现在除非真的摔死几个人,不然也没什么好做的了。"

"告诉我要问谁。"塔克说。

"你?"戴斯蒙说。

塔克不敢看鬼牌的眼睛。他点点头。

"等我去拿下大衣。"戴斯蒙说。他从里屋出来时已经裹上了厚厚的冬装,还拿着一顶毛皮帽子和一件有点磨损的米色雨衣。"把头发塞进帽子里。"他告诉塔奇昂,"把这滑稽的外套也脱掉,不然就等着被人认出来吧。"塔克照做。出门后,戴斯蒙到面具店里给他买了最后一件伪装。

"鸡?"塔克接过面具,面具饰有鲜艳的黄色羽毛和橙色的喙,头顶上还有个松松垮垮的红色鸡冠。

"我一看到它就觉得适合你。"戴斯蒙说,"戴上吧。"

Dreamsongs

一台起重机开到查萨姆广场楼下,准备把警车从连体大厦上吊下来。门房是个秃头的鬼牌,身高有七英尺,口生獠牙。门口的霓虹灯招牌上有个三对乳房的舞女在不断扭动。他们从大腿下经过时,门房揪住了戴斯蒙:"鬼牌禁止入内。"他粗鲁地说,"滚吧,长鼻子。"

我得用念力控制他的意志,塔奇昂想。在布莱丝的悲剧之前,他凭本能就可以做到。但现在他犹豫了,机会转瞬即逝。

戴斯蒙把手伸进裤兜,掏出钱包,抽出一张五十元的票子。"你在看他们吊警车呢,"他说,"根本没看到我们进来。"

"啊,哎。"门房说着,票子消失在了他的爪子里,"真好玩,大吊车。"

"有时候金钱才是最厉害的超能力。"戴斯蒙说。他们走进低矮昏暗的大堂。午休的职工坐在大堂里吃午餐,他们都在看铁丝网后面的一个脱衣舞女从舞台后跑出来。她全身长满了柔滑的灰色毛发,只有乳房是裸露的,那里的毛被刮掉了。戴斯蒙扫了眼对面的隔间,他挽着塔克的手,把他拉到一个阴暗的角落,一个穿呢子外套的人坐在那里,面前放着一杯啤酒。"他们开始放鬼牌进门了?"见他们走近,那人没好气地说道,他满脸麻子,看上去闷闷不乐。

塔克侵入他的思维——操他妈怎么回事,这个象鼻子是欢乐屋的那个还是谁?他妈的鬼牌啥时候也这么有胆了。

"巴尼斯特把仙女关哪儿了?"戴斯蒙问道。

"仙女是那个乐享居的贱货么?没听说过什么巴尼斯特。你要我吗?滚蛋,鬼牌,老子不吃这套。"而在他的思绪里一幅幅影像接连浮现:塔克看到了碎裂的镜子,银色的刀刃在空中飞舞。他感觉到被马尔猛推了一把,看到他从背后掏出一把抢,看到他中弹后抽搐着倒地,听到了巴尼斯特轻柔的声音,让手下杀了鲁斯。看到了他们把她关进了哈德逊河边的仓库,看到了他们抓她时在她手臂上留下的鲜红伤痕。他体会到了那人的恐惧,对鬼牌的恐惧,对东窗事发的恐惧,对巴尼斯特的恐惧,对他们的恐惧。

塔克伸手拉了拉戴斯蒙的胳膊。戴斯蒙转身要走。"嘿,给我站住。"麻子脸说。他站起身,亮了亮警徽。"卧底缉毒警察。"他说,"你大概是嗑了药吧,先生,居然问出这么不知天高地厚的问题。"戴斯蒙站着不动,那人开始搜他的身。"好啊,看看这个。"他从戴斯蒙的口袋里掏出一小包白粉,"知道这是啥玩意吗?你被捕了,怪物。"

"那不是我的。"戴斯蒙镇定地说。

"鬼才信呢。"那人说,他的脑子在拼命运转——又一个小事故拘捕,我该怎么办?鬼牌会喊,但谁他妈会听鬼牌的话。不过另一个该怎么搞掉?他瞅瞅塔奇昂。老天,看这鸡男抖个不停没准丫真嗑药了,太好了。

塔奇昂浑身颤抖,他意识到关键时刻到了。

他不知道自己能不能做到。这和控制小不点不同,那次纯粹是凭本能。但他现在已经清醒,知道自己在干什么。在以前这是再简单不过的,易如反掌。但现在他的手在颤抖,他的手上沾满了鲜血,他的意念沾满了罪恶……他想起了布莱丝,想起了她的神志在他的触碰下彻底崩溃,就和欢乐屋的镜子一样。时间转过了可怕的一瞬,什么也没有发生,唯有恐惧充斥了他的胸膛,失败的味道涌上喉头。

接着麻子脸傻笑起来,坐回了隔间里,趴到桌上,像婴儿一样呼呼大睡起来。

戴斯蒙未动声色。"你干的?"

塔奇昂点点头。

"你在发抖。"戴斯蒙说,"你还好吗,博士?"

"我想是吧。"塔奇昂说。警察鼾声如雷。"我想我大概没事,戴斯蒙。这么多年来的头一次。"他盯着鬼牌的脸,盯着藏在非人面向之下那个人。"我知道她在哪里了。"他们朝出口走去。笼子里,一个巨乳长须的双性人正在挑逗地扭动着。"我们必须立即行动。"

"给我一个小时,我能叫来二十个人。"

"不。"塔奇昂说,"他们没把她关在鬼街里。"

戴斯蒙正要推门,又站住了。"这样啊。"他说,"在鬼街之外,鬼牌和戴面具的人就很可疑了,是不是?"

"没错。"塔克说,他没有流露出心中的恐惧,对于胆敢对抗警方的鬼牌,哪怕是像巴尼斯特一伙这样腐败堕落的警察,会遭到怎样可怕的报复呢。他愿意冒这个险,他已经没有什么可失去的了,但他不能让其他人也一同冒险。"你能联系上大龟吗?"他问。

"我能带你去找他。"戴斯蒙说,"什么时候?"

"现在。"塔克说,过不了一两个小时,这个警察就会醒来,他肯定会直接去找巴尼斯特。他会说什么?戴斯蒙和一个戴着公鸡面具的人找他问了一个问题?他要逮捕他们的时候突然犯困了?他敢承认么?巴尼斯特会怎么反应?他会转移仙女吗?会杀了她吗?他们不能冒这个险。

他们走出连体大厦时,起重机刚刚把第二辆警车吊到人行道上。起风了,但公鸡面具下的塔奇昂博士汗如雨下。

汤姆·塔博瑞被沉闷的敲击声吵醒,有人在敲他的装甲。

他掀开破旧的毛毯,一边摇着自己的脑袋一边坐起来。"唉,操。"他骂道。他在黑暗中摸索了一阵才找到台灯的开关。外面还在敲个不停,装甲沉闷地咚咚作响,在舱里回荡。汤姆一时间有点慌神。是警察,他想,他们找到了我,他们要把我拉出去判刑。他的头很痛,舱里又冷又闷。他打开加热器、换气扇还有摄像头。屏幕亮了起来。

舱外是个亮堂而寒冷的十二月上午,阳光洒在脏兮兮的地砖上,显得十分清冷。乔伊坐火车回贝约恩了,但汤姆还没走。他们已经没有时间了,他别无选择。戴斯蒙给他找了个藏身处,鬼街深处的一个有顶棚的空场,周围都是破旧的五层公寓,铺地的鹅卵石散发着腐臭。从大街上完全看不到这里。他着陆时已近黎明,几扇窗户后亮起了灯光,几张警觉的面孔躲在窗后向外窥探。都是疲惫、惊惧且不似人类的面孔,瞟了一眼发现事不关己后便迅速消失。

汤姆打着哈欠,坐到座位上,来回移动着摄像头,直到发现了敲门的人。戴斯蒙站在一扇活板门前,双臂抱胸,而塔奇昂正用一只扫帚柄敲着装甲车。

汤姆震惊了,他打开麦克风。"是你。"

塔奇昂吓了一跳:"别。"

汤姆把音量关小:"抱歉,你让我吃了一惊。我可没想到会再看到你。我的意思是,考虑到昨晚的事。我没弄伤你吧?我不是有意的,只是——"

"我理解。"塔奇昂说,"但我们现在没时间争论和道歉了。"

戴斯蒙的影像开始向上翻滚,该死的垂直同步。"我们知道他们把她关在哪里了。"鬼牌的画面不断翻滚。"如果塔奇昂博士真如人所周知的一样,能够读心的话。"

"在哪里?"汤姆说。戴斯蒙不停地翻滚、翻滚、翻滚。

"哈德逊河边的一个仓库。"塔奇昂答道,"在一个码头旁边。我说不清准确地址,但我在他的记忆里清楚地看到了,可以认出来。"

"好极了!"汤姆欢呼道。他松开垂直同步旋钮,敲了一下屏幕。画面稳定了。"那我们去会会他们吧。走吧。"塔奇昂脸上的表情让他迟疑了,"你是也准备一起去吧?"

塔奇昂咽了口唾沫。"是的。"他说。他手上拿着一个面具,他把它戴上。

这我就放心了,汤姆想道。刚才他还以为自己得一个人去呢。"上车吧。"他说。

塔奇昂哀怨地重叹一口气,爬到装甲车顶上,靴子摩擦着装甲外壳。汤姆紧握扶手,开始爬升。装甲车像肥皂泡一样轻易地飘了起来。他感到十分兴奋,这才是我该去做的,汤姆想,当喷气小子一定就是这感觉。

乔伊在车上装了个巨型喇叭。飞过楼顶时汤姆按着鸣笛按钮,打着"我——来——救——场——子——了——"的拍子,吓走了一群鸽子和几个醉鬼,塔奇昂也给吓了一跳。

"我认为现在行事低调一点或许更为理智。"塔奇昂拐弯抹角地说。

汤姆大笑。"得了吧,我背着个打扮得像平克·李①一样的外星人,他居然要我保持低调。"他笑个不停。在下面,鬼街的人群纷纷涌上街头。

他们最后一次越过码头区迷宫般的小巷。最后一条巷子是个死胡同,尽头是一堵砖墙,墙上涂满了帮派混混的名字和情侣的名字。大龟越过这堵墙,飞进了仓库后面的装卸区。一个穿着短皮夹克的男人坐在卸货码头边。他跳了起来,结果没想到一下飞到了十英尺高空中。他张嘴要喊,却被塔奇昂抢先拿下,在半空中睡着了。大龟把他扔到旁边的屋顶上。

码头有四个卸货口,全都拉着铁链,挂着大锁。粗糙的金属大门上锈迹斑斑。旁边的侧门上写着:闯入者将被起诉。

塔克轻松地跳下车,脚掌着地,他的神经绷得很紧。"我先进去。"他对大龟说,"给我一分钟,然后你再跟进来。"

"一分钟。"喇叭响道,"好嘞。"

塔克脱下靴子,把门推开一条缝,然后踩着紫色长筒袜溜进门内。他拿出在塔基斯星上学到的全部潜行本领,尽量不弄出动静。屋里是成捆的废纸,用细线紧紧绑着,堆到二三十英尺高。塔奇昂溜过一道弯

---

① 美国滑稽剧演员,20世纪50年代以《平克·李真人秀》闻名。

曲的空隙，朝声音的源头走去。一台巨大的黄色装卸车挡住了去路，他趴在地上，钻到车下，躲在一个大轮胎后面朝里面窥探。

他数了数，有五个人。两个坐在折叠凳上，用一捆没了封面的旧书当桌子，打着扑克。一个极其肥硕的男人正在远端的墙头玩着一台碎纸机。另外两个坐在一张长桌上，面前整整齐齐地摆着一袋袋白粉。其中一个穿法兰绒衬衣的高个子正用一台小天平称着什么东西，旁边的人在监视着他。那人是个秃头瘦子，身穿一件昂贵的雨衣，手上夹着香烟，他的声音十分轻柔。塔奇昂听不清他在说什么。也没有看到仙女。

他潜入巴尼斯特污秽的思维里，看到了她，在碎纸机和打包机之间。可他什么也看不到，机器挡住了他的视线，但她就在那里。水泥地上铺着一张脏兮兮的垫子，她就躺在上面。她的脚被铐着，红肿的脚腕被磨破了。

"五十八，五十九，六十。"汤姆数着。

卸货口足够大了，他用念力一挤，大锁便碎成了一堆锈渣和废铁。铁链落了下来，大门吱吱嘎嘎地开了，锈蚀的滑槽发出了刺耳的摩擦声。汤姆把所有灯都打开，操纵装甲车飞了进去。仓库里堆积如山的废纸挡住了他的去路，他没法绕开，只得用力把它们推开。但当废纸堆开始垮塌时，他却意识到自己可以从上面飞过去，于是便向上升去。

"妈的，怎么搞的。"一个玩牌的说，他们听到卸货口的门打开了。

接着他们全都行动了起来。两个玩牌的站起身来，其中一个还掏出一把枪。法兰绒衬衣从天平前抬起头。胖子从碎纸机前转过身，嘴里喊着什么。但塔奇昂没法听清他们在说什么。仓库的另一头，堆积如山的废纸垮掉了,撞倒了旁边的纸堆,整个仓库里的纸堆像多米诺骨牌一样纷纷垮塌。

巴尼斯特毫不犹豫地朝仙女跑去。塔克钳住他的意识,让他定格在举步欲迈、左轮枪一半抽出枪套的姿势上。

接着一堆废纸捆击中了卸货车的车尾。车子移动了一点点,巨型轮胎刚巧压住了塔奇昂的左手。他痛苦地尖叫起来,松开了巴尼斯特的意识。

下面两个人隔着老远就朝他射击。第一枪把汤姆吓了一大跳,一时间丢掉了控制力,装甲车往下掉了四英尺。他迅速把车拉起来。接着子弹砰砰砰地打在装甲上,又弹回仓库,完全无法伤到他。汤姆笑了。"我是无敌巨龟。"他把音量开到最大,周围的纸堆纷纷垮塌。"你们这帮混球要倒大霉了,立即投降!"

离他最近的混账不肯投降。他又开了一枪,一个屏幕黑了。"哦,操。"汤姆忘了关麦克风。他用念力揪住那人的胳膊,把枪拽走。从那混账尖叫的声音来看他大概还把他的肩关节拽脱臼了,操。以后他得要注意了。另一个混账撒腿就跑,他跳过一堆倒塌的废纸。汤姆在空中揪住他,把他拉至天花板,挂到橡上。他扫视着一块块屏幕,但有一块已经黑掉,而且旁边的那块垂直同步又他妈出毛病了,他看不到那一侧的情况。现在已没时间修屏幕。他在大屏幕上看到一个穿法兰绒衬衣的人正在往箱子里塞小袋子,同时在眼角里瞥见一个胖子正爬上一辆卸货车……

塔奇昂的手被轮胎压到,剧痛令他缩成一团,他尽力压下尖叫。巴尼斯特——必须在他抓到仙女之前阻止他。他咬紧牙关,试图忽略疼痛,他试图按照以前学过的那样,把痛感打包塞到脑后,但这太难。他掌握不了要诀。他发觉手掌的骨头碎了,泪水盈满他的眼眶。接着他听到卸货车的发动机响起,并突然往前动起来,直接轧上了他的胳膊,直冲他脑门而来,可怕的黑色巨轮朝他冲了过来……从他头顶上一英寸的地方飞过,升入空中。

无敌巨龟轻轻一推,卸货车便轻飘飘地飞过整个仓库,撞进了远端的墙里。胖子也飞到半空中,摔进了一堆没有封皮的旧书里。直到这时汤姆才发现塔奇昂趴在卸货车先前停着的地方。他滑稽地捏着一只手,脏兮兮的公鸡面具已被扯烂。汤姆看见他摇摇晃晃地爬起来,嘴里喊着什么。接着跌跌撞撞地朝仓库里面跑去。操,他这时急着要干什么?

汤姆皱起眉头,用手背砸了一下乱滚的屏幕,图像立即稳定了。此刻屏幕上的图像清晰得吓人。一个穿雨衣的男人站在一个躺在垫子上的女人身前。她真的很漂亮,脸上傻傻的微笑中却透着悲哀而又认命的神情。那男人正用一把左轮枪顶着她额头。

塔克跌跌撞撞地绕过碎纸机,他的脚腕软得像橡胶一样,眼前是一片红色的迷雾,每走一步碎裂的骨头就会相互摩擦。接着他看到巴尼斯特和仙女。巴尼斯特用手枪轻点着她的额头,枪口擦到的皮肤已经变黑。他甩开眼泪、恐惧和剧痛,攫住了巴尼斯特的神志……然后立即察觉他的手指已经扣下了扳机,感觉到了后坐力带来的抽痛。他从两边的耳朵里都听到了枪声。

"不——!"他尖叫道。他闭上双眼,跪倒在地。他听到巴尼斯特扔掉了枪,有什么用呢,毫无意义,太迟了,他又一次来晚了,失败了,又一次失败了。仙女,布莱丝,他的妹妹,他爱的每一个人,都已死去。他卧在地板上缩成一团,脑海里充斥着镜子碎裂的画面,还有带来痛苦和鲜血的结缘舞,然后他的意识便被黑暗吞没了。

✦

他醒来时闻到了医院病房的消毒水味,感觉脑袋下有一个软枕头,硬枕套浆洗过。他睁开眼睛。"戴斯蒙。"他虚弱地说道。他想坐起来,却发觉自己被绑住了。他眼前一片模糊。

"你绑着板子呢,博士。"戴斯蒙说,"你的右臂有两处骨折,右手掌伤得更糟糕。"

"对不起。"塔克说。他想哭,但是眼泪早已流干,"对不起。我们去救她,我……我很抱歉,我——"

"塔克。"她的声音嘶哑而轻柔。

她就站在那里,站在他面前,穿着医院的病服,黑头发衬着一缕歪扭的微笑。她把头发梳到了额前,刘海下有一块可怕的青紫色瘀伤,眼周的皮肤透着血红。他以为自己已经死了,或者疯了,或者在做梦。"没事了,塔克。我也没事,我还活着。"

他呆呆地盯着她。"你死了。"他木然地说,"我来晚了,我听见了枪响。我控制住了他,但已经太迟。我感觉到了他手里的枪的后坐力。"

"你发觉它震了一下吗?"她问。

"震了一下?"

"最多几英寸。就在他开枪的时候,刚刚好。我被火药烧到了,但子弹打进了坐垫,在离我脑袋一英尺远的地方。"

"大龟。"塔克嘶哑地说。

她点点头。"他在巴尼斯特开枪的瞬间推开了枪口。接着你就在那个混蛋第二次开火之前控制住他,让他把枪扔了。"

"你们赢了。"戴斯蒙说,"一些人被吓跑了,不过大龟捉住了三个,包括巴尼斯特,外加一箱足有二十磅的纯海洛因。另外这个仓库被发

梦歌

现是黑手党的。"

"黑手党?"塔奇昂说。

"黑帮。"戴斯蒙解释道,"罪犯,塔奇昂博士。"

"在仓库里被抓的其中一个人已向警方坦白了。"仙女说,"他会向法庭交代所有罪行——受贿,贩毒,还有欢乐屋的谋杀。"

"也许以后鬼街能分到几个合格的警察了。"戴斯蒙补充道。

此刻塔奇昂心中的激动远非如释重负可以形容。他想要感谢他们,想要为他们哭号,但泪水和言语都被他吞了下去。他很虚弱,但也高兴。"我没有失败。"他终于说出一句话。

"你没有失败。"仙女说。她看看戴斯蒙,"你能在外面等一会儿吗?"待屋里只剩他们两人后,她在床边坐下。"我想给你看一样东西,很早之前就想给你看了。"她将它举到他眼前。是个金色的小盒子。"打开它。"

用一只手打开盒子并不容易,但他还是打开了。盒子里是一张圆形的小照片,照片中是个卧床的年老女子,她四肢细瘦干枯,长满老年斑的皮肤皱纹遍布,她的脸丑陋得可怕。又一个鬼牌,他想,又一个他失败的受害者。

仙女低头看着丑陋的年老女子,叹了口气,啪的一声合上盖子。"她四岁时住在小意大利①,一天她跑上街玩耍,却被惊马踩踏了脸,马车车轮轧断了脊椎。哦,那是在1886年。她彻底瘫痪了,但还活着,如果那种样子也可以称之为活着的话。这个小女孩从此在床上躺了六十年,她在床上吃饭、洗澡,听人念故事,除了修女没有人陪她。有时候她只想去死。她梦想过美丽,梦想过被人爱、被人追求,梦想过跳舞,梦想过触摸东西的感觉。唉,她真的很想感受一下这个世界啊。"她微笑道,"我早就该感谢你了,塔克。只是我很难下定决心把这张照片给别人

---

① 纽约市曼哈顿下城的一个街区。

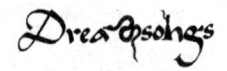

看。但我真的很感激,现在我又欠了你一次。今后你在欢乐屋喝酒不需要付一分钱。"

他盯着她。"我不喝酒了。"他说,"再也不喝了,戒了。"他知道自己可以做到,既然她能够在痛苦之中活下去,他还有什么借口浪费自己的人生和天赋呢?"仙女,"他突然说,"我可以为你合成出比海洛因更好的止痛药,我曾是……我是个生物化学家,塔基斯星有些配方,我可以合成出来,止痛药、神经阻断剂。如果你愿意配合做些测试,没准我能为你的新陈代谢定制出一个配方。当然,我需要一个实验室。筹备工作可能会很费钱,但之后制药就很容易了。"

"我有一些钱。"她说,"我准备把欢乐屋卖给戴斯蒙。但你说的这些是违法的。"

"让那些愚蠢的人类法律见鬼去吧。"塔克宣布,"只要你不说我就不会说一个字。"接着他便滔滔不绝地讲了起来:计划、梦想、希望,所有那些他曾迷失在白兰地和罐装酒精里的东西。仙女吃惊地看着他,然后笑了。当他注射的止痛药开始失效时,他的胳膊又开始抽痛,塔奇昂博士记起了古老的要诀,把痛觉抛到脑后。不知怎的,他的愧疚和忧伤仿佛也跟着消失了,他觉得自己又一次完整了,活了过来。

报纸的头条是《大龟和塔奇昂捣毁了海洛因贩毒网》。汤姆正把剪报往本子上贴的时候,乔伊带着啤酒回来了。"他们把'无敌巨'去掉了。"乔伊指出,他往汤姆怀里塞了瓶啤酒。

"至少我的名字在前面。"他用一块厚白布擦掉指尖上的胶水,然后推开剪报簿。剪报簿下面是他为装甲车画的几张粗糙的设计图。"好了,"他说,"咱们该把他妈的录音机塞到什么地方呢?"

王密 译

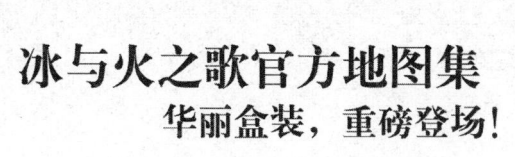

冰与火之歌官方地图集
华丽盒装，重磅登场！

· 本图集包含12张全手工高清地图，首次披露了从维斯特洛到东方世界之间的真实地貌、布拉佛斯和多斯拉克海的异域风情，以及小说里主要角色的活动轨迹。

· 随地图附赠全彩《冰与火之歌官方地图指南》，100%无遗漏解析，还原一个最真实最详尽的"冰与火之歌世界"！

"冰与火之歌"外传合集 全球首发
《七王国的骑士》

揭示坦格利安王朝的兴衰、
暗藏几大家族的争斗、
讲述不该成王的王的精彩人生。

在《冰与火之歌》故事开篇前约89年，这时的维斯特洛风平浪静。
"高个"邓肯怀揣着骑士梦，
与他的侍从、实则身份远非如此简单的小男孩伊戈，
踏上了行侠仗义、游历天下的旅程。

比武审判、冷壕堡之劫……危险如影随形、死亡寸步不离。
这一场成王路上梦想与现实的碰撞、正义与阴谋的较量，
带给他们的远比他们想象的要多。
忠诚、荣誉、勇气，
终将伴随他们一路向前……